LA ZONE
D'INTÉRÊT

DU MÊME AUTEUR

Dossier Rachel, Albin Michel, 1977 ; Motifs, 2003.
Money, Money, Éditions Mazarine, 1987 ; Le Livre de Poche, 2015.
D'autres gens, Bourgois, 1989 ; Le Livre de Poche, 2015.
Les Monstres d'Einstein, Bourgois, 1990.
London Fields, Bourgois, 1992 ; Folio, 2013.
La Flèche du temps, Bourgois, 1993 ; Folio, 2014.
Visiting Mrs Nabokov, Bourgois, 1997.
L'Information, Gallimard, 1997 ; Folio, 2005.
Train de nuit, Gallimard, 1999 ; Folio, 2001.
Poupées crevées, Gallimard, 2001 ; Folio, 2003.
Réussir, Gallimard, 2001 ; Folio, 2003.
Expérience, Gallimard, 2003 ; Folio, 2005.
Le Chien jaune, Gallimard, 2007 ; Folio, 2008.
Guerre au cliché, Gallimard, 2007.
La Maison des Rencontres, Gallimard, 2008 ; Folio, 2012.
Koba la terreur : les vingt millions et le rire, Gallimard, 2009.
Le Deuxième Avion, Gallimard, 2010.
La Veuve enceinte : Les dessous de l'histoire, Gallimard, 2012 ; Folio, 2013.
Lionel Asbo, L'état de l'Angleterre, Gallimard, 2013 ; Folio, 2014.

MARTIN AMIS

LA ZONE D'INTÉRÊT

roman

Traduit de l'anglais (Grande-Bretagne)
par Bernard Turle

calmann-lévy

Titre original :
THE ZONE OF INTEREST
Première publication : Jonathan Cape, Random House,
Londres, 2014

© Martin Amis, 2014
Tous droits réservés

Pour la traduction française :
© Calmann-Lévy, 2015

COUVERTURE
Maquette : Peter Mendelsund
Adaptation : Louise Cand

Photographie de Hitler et Bormann :
© Bayerische Staatsbibliothek München / Bildarchiv

ISBN 978-2-7021-5727-5

En rond tournons autour du chaudron,
Plongeons-y les entrailles envenimées :
Toi, crapaud qui, sous la pierre glacée
Suintant le venin de tous tes pores,
Pendant un mois entier a séjourné :
Tu bouilliras d'abord dans le pot ensorcelé.

Puis, filet d'aspic des marais,
Dans le chaudron te ferons mijoter.
Œil de salamandre, orteil de grenouille,
Poil de chauve-souris, langue de chien,
Dard fourchu de vipère,
Aiguillon d'orvet,
Patte de lézard, aile de hibou [...]
Écaille de dragon, dent de loup,
Momie de sorcière, ventre et gueule
De requin vorace,
Racine de ciguë arrachée à la nuit,
Foie de Juif blasphémateur,
Fiel de bouc, branches d'if
Cassées sous une éclipse de lune,
Nez de Turc et lèvres de Tartare,
Doigt d'un marmot étranglé
Quand une catin le mit bas dans un fossé,
De tout ça faisons un jus épais et visqueux [...]

Refroidissons-le avec du sang de babouin,
Ainsi le charme complet agira [...]

J'ai tant pataugé dans le sang que,
Devrais-je ne point passer à gué,
J'aurais autant de peine à m'en retourner
Qu'à poursuivre ma route.

SHAKESPEARE, *Macbeth*

I

La Zone d'Intérêt

1. THOMSEN : COUP DE FOUDRE

L'éclair ne m'était pas inconnu ; le tonnerre ne m'était pas inconnu. Expert enviable que j'étais dans ce domaine, l'averse, non plus, ne m'était pas inconnue : l'averse, puis le soleil, et l'arc-en-ciel.

Elle revenait de la Vieille Ville avec ses deux filles ; elles étaient déjà bien engagées dans la Zone d'Intérêt. Plus loin devant elles, prête à les recevoir, se profilait l'avenue – presque une colonnade – d'érables, branches et feuilles lobées entremêlées au-dessus de leurs têtes. Une fin d'après-midi de plein été, les moucherons luisaient infimement... la brise curieuse tournait les pages de mon calepin ouvert sur une souche.

Grande, carrée, plantureuse mais le pied léger, elle portait une robe blanche dont l'étoffe crénelée tombait jusqu'aux chevilles, un chapeau de paille avec un ruban noir, et un sac en osier se balançait dans sa main (les filles, en blanc de même, avaient aussi des chapeaux de paille et des sacs en osier) ; elle entrait et sortait périodiquement de poches de chaleur fauves, toisonnées, léonines. Elle riait, tête rejetée en arrière, gorge tendue. En veste de tweed bien coupée, mon écritoire à pince et mon stylo-plume à la main, j'ai décidé de marcher parallèlement à elle, en suivant sa cadence.

Encerclée par ses filles taquines, elle a traversé l'allée de l'Académie équestre. Puis dépassé le moulin d'ornement, l'arbre de mai, la potence mobile, le cheval de trait attaché par une corde détendue à la pompe à eau en fonte, avant de disparaître.

Dans le Kat Zet. Le Kat Zet I.

Il s'est passé quelque chose dès le premier regard. Éclair, tonnerre, averse, soleil, arc-en-ciel : la météorologie du coup de foudre.

*

Elle s'appelait Hannah – Mme Hannah Doll.

Au Club des officiers, engoncé dans un canapé en crin de cheval, parmi les gravures équestres et les statuettes équestres en laiton, buvant des tasses d'ersatz (du café pour cheval), je me confiais à mon ami de toujours Boris Eltz :

« En un éclair, je me suis senti rajeuni. C'était comme lorsqu'on est amoureux.

— Amoureux ?

— J'ai dit "*comme* lorsqu'on est amoureux". Ne fais pas cette tête. *Comme*. Une sensation d'inévitable. Vois-tu… Comme la naissance d'un long et merveilleux amour. Un amour romantique.

— L'impression de l'avoir toujours connue et tout le tintouin ? Vas-y. Rafraîchis ma mémoire.

— Eh bien… On vénère, et c'est douloureux. Très. On se sent très humble, on se sent indigne. Comme toi et Esther.

— Rien à voir. » Boris pointait son index sur moi. « Pour ma part, c'est juste un sentiment paternel. Tu comprendras quand tu la verras.

— Quoi qu'il en soit... L'instant a passé et je... Et je me suis mis à imaginer à quoi elle ressemblerait sans ses vêtements.

— Ah, tu vois ! Moi, je ne me demande jamais à quoi Esther ressemblerait sans ses vêtements. Si ça arrivait, je serais horrifié. Je fermerais les yeux.

— Et fermerais-tu les yeux, Boris, devant Hannah Doll ?

— Hum. Qui aurait pensé que le Vieux Pochetron pouvait se dégoter une belle plante comme ça !

— Je sais. Incroyable.

— Le Vieux *Pochetron*. N'empêche, réfléchis. Je suis sûr qu'il a toujours été pochetron... mais il n'a pas toujours été vieux.

— Les filles ont... quoi ? Douze, treize ans ? Elle a donc notre âge. Ou un peu plus jeune.

— Et le Vieux Pochetron l'a engrossée quand elle avait... dix-huit ans ?

— Et lui quand il avait notre âge.

— Alors, je suppose qu'on peut pardonner à Hannah de l'avoir épousé, dit Boris en haussant les épaules. Dix-huit ans... Mais elle ne l'a pas quitté, n'est-ce pas ? On a beau rire...

— Je sais. C'est difficile à...

— Hum. Elle est trop grande pour moi. Quand on y pense, elle est trop grande aussi pour le Vieux Pochetron. »

Une fois de plus, nous nous sommes demandé : comment quelqu'un pouvait-il avoir envie d'emmener son épouse et ses enfants ici ? *Ici !*

« Boris, cet endroit convient mieux aux hommes qu'aux femmes.

11

— Bah, je n'en suis pas si sûr… Il y a des femmes que ça ne dérange pas. Certaines sont comme les hommes. Prends ta Tatie Gerda. Elle se plairait beaucoup ici.

— Il se peut que Tante Gerda approuve par principe mais, non, elle ne s'y plairait pas.

— Et Hannah, tu crois qu'elle s'y plaira ?

— Elle n'a pas l'air de quelqu'un qui pourrait s'y plaire.

— Non, c'est vrai. Mais n'oublie pas qu'elle est l'épouse *non séparée* de Paul Doll.

— Hum. Alors, peut-être y fera-t-elle son nid. Je l'espère. Mon physique fait plus d'effet aux femmes qui se plaisent ici.

— On ne se plaît pas ici, *nous*.

— Non. Mais nous sommes là l'un pour l'autre, Dieu merci. Ce n'est pas rien.

— Bien dit, très cher. Tu m'as et je t'ai. »

Boris, mon compagnon de toujours : énergique, intrépide, séduisant, un petit César. École maternelle, enfance, adolescence et puis, plus tard, nos vacances en vélo en France, en Angleterre, en Écosse, en Irlande, notre randonnée de trois mois de Munich à Reggio puis en Sicile. C'est seulement à l'âge adulte que notre amitié s'est heurtée à des écueils, au moment où la politique – *l'histoire* – a envahi nos existences. « Toi, tu seras parti à Noël. » Boris sirotait son breuvage. « Moi, je resterai jusqu'à juin. Pourquoi on ne m'envoie pas sur le front de l'Est ? » Et, fronçant les sourcils en allumant une cigarette : « Au fait, tu n'as aucune chance, frère, tu le sais ? *Où*, par exemple ? Elle est bien trop repérable. Et prends garde à toi. Le Vieux Pochetron est peut-être le Vieux Pochetron mais c'est aussi le commandant.

— Hum. N'empêche. On a vu plus étrange.

— *Beaucoup* plus étrange. »

12

Certes. Parce que, à l'époque, on respirait à pleines bouffées le caractère frauduleux, l'impudeur sarcastique, l'hypocrisie ébouriffante de tous les interdits.

« J'ai un plan. Plus ou moins. »

Boris m'a opposé un soupir et un air absent.

« D'abord, je dois attendre d'avoir des nouvelles de l'Oncle Martin. Ensuite, mon coup d'ouverture : Pion à reine 4. »

Boris a mis un certain temps à réagir : « Je crois que ce pion-là va en prendre pour son grade.

— Sans doute. Mais ça ne coûte rien de se rincer l'œil. »

Ensuite, Boris Eltz a pris congé : il était attendu à la rampe. Un mois là-bas en horaires décalés : telle était sa sanction à l'intérieur de la sanction, à la suite d'une énième bagarre. La rampe : le débarquement, la sélection, puis la marche à travers le Petit Bois de bouleaux jusqu'à la Petite Retraite brune, au Kat Zet II.

« Le plus bizarre, m'a confié Boris, c'est la sélection. Tu devrais venir, un jour. Juste pour en faire l'expérience. »

Après avoir mangé seul au Mess des officiers (un demi-poulet, des pêches à la crème, pas de vin), direction mon bureau de la Buna-Werke. Une réunion de deux heures avec Burckl et Seedig, principalement sur la lenteur du travail dans les halles de production de carbure ; mais j'ai également compris que j'étais en train de perdre la bataille de la relocalisation de notre population active.

À la tombée de la nuit, je me suis rendu au réduit d'Ilse Grese, au Kat Zet I.

Ilse Grese se plaisait beaucoup ici.

*

13

Après avoir frappé doucement à la porte ballante en fer-blanc, je suis entré.

Comme l'adolescente qu'elle était encore (vingt ans moins un mois), Ilse était assise en tailleur sur sa paillasse. Penchée en avant, plongée dans la lecture d'un illustré, elle n'a pas daigné lever les yeux. Son uniforme était accroché à un piton enfoncé dans la poutrelle métallique, sous laquelle je me suis avancé en me baissant ; Ilse portait une robe de chambre filandreuse bleu nuit et des chaussettes grises en accordéon. Sans se retourner, d'un ton railleur, elle s'est exclamée :

« Ah ! Je sens l'Islandais. Je sens le trou-du-cul. »

Elle affectait avec moi, et peut-être avec tous ses galants, une espèce de langueur moqueuse. De mon côté, comme avec toutes les femmes, du moins au départ, j'avais avec elle une attitude flamboyante de grand seigneur (un style que j'ai adopté pour atténuer l'effet de mon apparence physique, que certaines, pendant un temps, trouvaient intimidante). Par terre gisaient le ceinturon d'Ilse, avec étui et pistolet, et son nerf de bœuf, enroulé, effilé, tel un serpent endormi.

Après avoir ôté mes souliers, je me suis assis et collé confortablement contre l'arrondi de son dos, agitant par-dessus son épaule une amulette de parfum d'importation pendue à une chaîne dorée.

« C'est le trou-du-cul islandais. Qu'est-ce qu'il veut ?

— Hum, Ilse, dans quel état est ta chambre ! Au travail, tu es toujours impeccable, je te l'accorde. Mais dans ta sphère privée... Alors que tu es très à cheval sur l'ordre et la propreté d'autrui.

— Qu'est-ce qu'il veut, le trou-du-cul ? »

Ce que je voulais ? Je le lui ai expliqué, entrecoupant mes paroles de silences pensifs. « Mon souhait, Ilse, c'est que tu viennes chez moi vers dix heures. Je t'abreuverai de cognac, de chocolats et de présents onéreux. Je t'écouterai me détailler les aléas les plus récents de tes humeurs. Ma généreuse sympathie te redonnera bientôt le sens des proportions. Parce que le sens des proportions, Ilse, tu es connue pour en manquer, très occasionnellement. Du moins, c'est ce que Boris me rapporte.

— Boris ne m'aime plus.

— Il chantait encore tes louanges pas plus tard que l'autre jour ! Je lui en toucherai un mot si tu veux. Tu viendras, je l'espère, à dix heures. Après la conversation et les cadeaux, il y aura un interlude sentimental. Tel est mon souhait. »

Ilse continuait de lire : un article qui proclamait avec force – avec rage, même – que les femmes ne devraient sous aucun prétexte se raser ou s'épiler les jambes ou les aisselles.

Je me suis levé. Elle m'a regardé. La large bouche aux lèvres étonnamment gercées et ourlées, les orbites d'une femme de trois fois son âge, l'abondance et la vigueur de ses cheveux blond cendré.

« T'es qu'un trou-du-cul.

— Viens à dix heures. C'est promis ? »

Tournant la page, elle a répondu : « Peut-être. Peut-être pas. »

*

Les logements étaient si rudimentaires dans la Vieille Ville que les gens de la Buna avaient dû construire une sorte de colonie dans les faubourgs ruraux à l'est (on y trouvait une école, un lycée, une clinique, plusieurs boutiques, une cantine et un bar, ainsi que des essaims de ménagères sur les nerfs). Néanmoins, j'avais bientôt déniché, en haut d'une montée qui débouchait sur la place

15

du marché, 9, rue Dzilka, un meublé très fonctionnel, décoré de manière légèrement tape-à-l'œil.

Ce logement avait un gros inconvénient : il était infesté de souris. Après le déplacement forcé de ses propriétaires, l'appartement avait accueilli des maçons pendant près de un an, au cours duquel l'infestation était devenue chronique. Même si ces bestioles réussissaient à rester invisibles, je les entendais presque constamment s'affairer dans les moindres recoins et le long des canalisations, détaler, couiner, grignoter, copuler...

La deuxième fois qu'elle est venue, la jeune Agnès, ma bonne, a amené un gros matou au pelage noir avec des taches blanches, du nom de Max ou Maksik (elle prononçait « Makseech »). Max était un chasseur légendaire. « Vous n'aurez besoin de rien de plus, m'a assuré Agnès, qu'une visite de Max toutes les quinzaines ; il apprécierait une coupelle de lait de temps en temps, mais pas besoin de le nourrir, il fait ça tout seul. »

J'ai bientôt appris à respecter ce prédateur habile et discret. Maksik ressemblait à un smoking – costume anthracite, faux plastron blanc parfaitement triangulaire, guêtres blanches. Quand il plongeait en avant et étirait ses pattes, il écartait joliment ses coussinets comme des pâquerettes. Chaque fois qu'Agnès le prenait par le cou pour le remporter, après avoir été en villégiature chez moi, il laissait derrière lui un silence profond.

Lors de l'un de ces silences, je me suis fait couler, ou, plus exactement, j'ai *collecté* un bain chaud (à l'aide de bouilloire, casseroles et seaux), comptant bien me faire particulièrement beau et attirant pour Ilse Grese. Après avoir sorti le cognac et les friandises, plus quatre paires de collants (elle ne professait que mépris pour les bas) de très bonne qualité dans leur sachet d'origine encore scellé, je l'ai attendue, contemplant par la fenêtre le vieux château ducal, noir comme Max sur fond de ciel nocturne.

Ilse a été la ponctualité même. Dès que la porte s'est refermée derrière elle, elle a seulement dit, et elle l'a dit sur un ton vaguement moqueur et d'une grande langueur, elle a seulement dit : « Vite. »

*

À ma connaissance, l'épouse du commandant, Hannah Doll, emmenait ses filles à l'école et allait les rechercher ; hormis quoi, elle quittait peu la villa orange.

Elle n'était présente à aucun des deux *thés dansants** expérimentaux ; elle ne s'est pas rendue au cocktail de la Section politique organisé par Fritz Mobius ; et elle n'a pas assisté à la projection de gala de *Deux Personnes heureuses*.

À chacune de ces occasions, Paul Doll, lui, a dû faire une apparition. Il s'en acquittait toujours avec la même expression : celle d'un homme qui maîtrisait avec héroïsme sa fierté blessée… Il avait une façon particulière d'avancer les lèvres comme s'il voulait siffler, jusqu'à ce que (du moins est-ce ce qu'il semblait) un scrupule bourgeois l'en empêche et que sa bouche redevienne un bec.

« Pas de Hannah, Paul ? » a demandé Mobius.

Je me suis approché d'eux.

« Indisposée, a répondu Doll. Vous savez comment c'est. Cette période proverbiale du mois… ?

— Oh, mon Dieu, mon Dieu. »

---

* Les mots en italique suivis d'un astérisque sont en français dans le texte. *(Toutes les notes sont du traducteur.)*

J'ai, toutefois, réussi à observer Hannah pendant plusieurs minutes, caché derrière la haie maigrichonne à la limite du stade (je passais là par hasard : je me suis arrêté et ai fait mine de consulter mon carnet). Au milieu de la pelouse, elle organisait un pique-nique pour ses deux filles et l'une de leurs camarades (la fille des Seedig, j'en suis quasi certain). Elle n'avait pas encore déballé le contenu du panier en osier. Elle n'était pas assise avec les enfants sur le plaid rouge : elle s'accroupissait seulement de temps à autre, avant de se relever avec un vigoureux balancement de hanches.

Sinon par sa tenue, du moins, sans nul doute, par sa silhouette (à l'exception de son visage), Hannah Doll était conforme à l'idéal national de la jeune féminité : impassible, campagnarde, charpentée pour la procréation et les gros travaux. Grâce à mon physique, je bénéficiais d'un vaste savoir charnel concernant ce type de femmes. Combien de dirndl (corsage, corselet, jupe et tablier) n'avais-je pas dégrafés et ôtés, combien de culottes duveteuses n'avais-je pas fait glisser, combien de sabots à semelles cloutées n'avais-je pas jetés par-dessus mon épaule !

Et moi ? Je mesurais 1,90 mètre. Les cheveux d'un blond givré. L'arête flamande du nez, le pli dédaigneux de la bouche, l'harmonieuse pugnacité du menton ; les articulations de la mâchoire comme rivées à angle droit sous les discrètes sinuosités des oreilles. J'avais les épaules droites et larges, le torse d'un seul bloc, en trapèze ; le pénis extensible, classiquement compact au repos (terminé par un prépuce épais), les cuisses solides comme des mâts, les rotules carrées, les mollets michelangélesques, les pieds à peine moins souples et harmonieux que les imposantes et tentaculaires pales des mains. Complétant cette panoplie d'attraits aussi providentiels qu'opportuns, mes yeux arctiques étaient bleu cobalt.

Tout ce que j'attendais, c'était un mot de l'Oncle Martin, un ordre spécifique de l'Oncle Martin à la capitale – et j'agirais.

*

« Bonsoir.

— Oui ? »

Sur les marches de la villa, je suis confronté à une petite bonne femme troublante, vêtue de lainages à grosses mailles (jupe et justaucorps), les chaussures ornées de boucles en argent brillant.

« Le maître de maison est-il chez lui ? » Je savais pertinemment que Doll était ailleurs. Il se trouvait à la rampe avec les médecins, Boris et quantité d'autres, afin de réceptionner le Train Spécial 105 (on s'attendait à un convoi rétif). « Voyez-vous, j'ai une urgence... »

Une voix, de l'intérieur de la villa : « Humilia ? Qu'est-ce que c'est, Humilia ? »

Un déplacement d'air dans le vestibule l'a précédée : Hannah Doll, encore en blanc, miroitant dans les ombres. Avec un toussotement poli, Humilia s'est retirée.

« Madame, je suis navré de m'imposer. Je m'appelle Golo Thomsen. C'est un plaisir de vous rencontrer. »

Un doigt après l'autre, j'ai vite ôté mes gants en chamois et lui ai tendu ma main, qu'elle a prise.

« Golo ?

— Oui. Hum, c'est ainsi que, tout enfant, je prononçais "Angelus". J'étais loin du compte, comme vous le voyez. Mais cela m'a collé à la peau. Nos bourdes nous hantent toute la vie, ne pensez-vous pas ?

— En quoi puis-je vous être utile, monsieur Thomsen ?

19

— Madame Doll, j'apporte une nouvelle urgente pour le commandant.

— Ah ?

— Je ne veux pas verser dans le mélodrame mais la Chancellerie a pris une décision sur un sujet qui, je le sais, lui tient à cœur. »

Hannah continuait de m'évaluer sans ciller. « Je vous ai déjà vu, monsieur Thomsen. Je m'en souviens parce que vous n'étiez pas en uniforme. Ne le portez-vous jamais ? Que faites-vous exactement ?

— J'assure la liaison. » Je me suis incliné légèrement. Elle a haussé les épaules. « Si c'est important, je suppose que vous feriez mieux d'attendre. J'ignore totalement où il se trouve. Puis-je vous faire servir une limonade ?

— Non. Je ne voudrais pas vous déranger.

— Oh, cela ne me dérange en rien. Humilia ? »

Dans la lumière rosée de la salle de séjour, Mme Doll dos à la cheminée, M. Thomsen campé devant la fenêtre du milieu, contemplant les miradors et la vue tronquée de la Vieille Ville au second plan.

« Charmant. C'est charmant. Dites-moi… » J'arborais un sourire empreint de regret. « Savez-vous garder un secret ? »

Hannah a fixé son regard sur moi. De près, elle avait l'air plus méridional, son teint était plus latin ; ses yeux d'un marron foncé guère patriotique, comme du caramel mou, avaient le brillant d'une bille visqueuse.

« Eh bien, je suis capable de garder un secret. Lorsque je le veux.

— Ah, très bien. Voilà, il se trouve… il se trouve que je m'intéresse beaucoup aux intérieurs, au mobilier et à la décoration (rien n'était moins vrai). Vous comprenez pourquoi je ne voudrais pas que cela s'ébruite. Ce n'est pas très viril.

— Non, en effet.

— Donc : était-ce votre idée… tout ce marbre ? »

J'espérais ainsi détourner l'attention de Hannah Doll, j'espérais qu'elle se déplacerait. Eh bien, elle a parlé, gesticulé, elle est passée d'une fenêtre à l'autre, et j'ai ainsi eu l'occasion de tout assimiler d'elle. Elle était, à n'en pas douter, façonnée à une échelle extraordinaire : une vaste entreprise de coordination esthétique. Son visage, la largeur de la bouche, la force de la dentition et de la mâchoire, la finition tout en velouté de ses joues – la tête carrée mais bien proportionnée, les os comme poussant vers le haut et l'extérieur.

« Et la terrasse fermée ?

— C'était soit ça soit… »

Humilia est revenue par la porte à double battant, avec un plateau chargé d'une cruche en grès, de deux verres et deux assiettes de pâtisseries et de biscuits.

« Merci, ma chère Humilia. »

Lorsque, à nouveau, nous nous sommes retrouvés seuls, je me suis permis de demander à voix basse :

« Votre bonne, madame Doll, est-elle, par hasard, témoin de Jéhovah ? »

Hannah s'est tue jusqu'à ce qu'une infime vibration domestique, indétectable par mes sens, l'autorise à répondre, dans un quasi-murmure : « Oui, c'est le cas. Je ne les comprends pas. Elle a une expression… religieuse, ne trouvez-vous pas ?

— Tout à fait. » Le visage d'Humilia était on ne peut plus indéterminé, indéterminé quant au sexe et à l'âge (un mélange inharmonieux de masculin et de féminin, de jeune et de vieux) ; pourtant, sous sa houppe de cheveux comme une cressonnière, elle rayonnait d'un formidable aplomb. « Ce doit être les lunettes à verres percés.

21

« — Quel âge lui donneriez-vous ?

— Euh… trente-cinq ans ?

— Elle en a cinquante. Je pense qu'elle est ainsi parce qu'elle est persuadée qu'elle ne mourra jamais.

— Hum. Eh bien… ce serait réconfortant.

— Et c'est si simple. » Après que Hannah s'est penchée pour nous servir, nous nous sommes assis, elle sur le canapé matelassé, moi sur une chaise de style campagnard. « Tout ce qu'elle aurait à faire, c'est signer un document, et c'en serait fini. Elle serait libre.

— Exactement. Elle doit simplement *abjurer*, comme cela s'appelle.

— Oui mais, vous savez… Humilia est extrêmement dévouée à mes deux filles. Elle a pourtant un enfant de son côté. Un garçon de douze ans. Placé dans un institut d'État. Tout ce qu'elle aurait à faire, c'est vrai… ce serait de signer un formulaire et elle pourrait aller le rejoindre. Or elle ne le fait pas. Elle s'y refuse.

— C'est curieux, non ? J'ai entendu dire qu'ils *aiment* souffrir. » Je me rappelais une description qu'avait faite Boris d'un témoin de Jéhovah soumis au fouet ; mais je n'en régalerais pas Hannah – la façon dont le témoin avait tendu l'autre joue… « Cela gratifie leur foi.

— Imaginez, tout de même.

— Ils aiment ça. »

Il allait bientôt être sept heures ; soudain, la lumière rougeâtre de la pièce s'est mise à baisser, a semblé se tasser sur elle-même… J'avais remporté quantité de succès éclatants dans cette phase de la journée, maints succès étonnants à l'heure où le crépuscule, pas encore contrecarré par l'opposition des lampes ou des lanternes, semblait dispenser une impalpable licence – rumeurs de possibilités d'une étrangeté onirique. Serait-il si inopportun, vraiment, que je la rejoigne tranquillement sur le canapé puis, après quelques compliments chuchotés à l'oreille, que je lui prenne la main, et, enfin (suivant la façon dont cette ouverture serait perçue), qu'avec les lèvres je lui effleure le bas de la nuque ? Vraiment ?

« Mon époux… » Elle s'est interrompue brusquement, tendant l'oreille, qui sait.

Ses paroles sont restées suspendues dans l'air et, pendant un moment, j'ai été ébranlé par ce rappel : le fait de plus en plus dérangeant qu'elle était l'épouse du commandant. Mais je me suis efforcé de ne pas me départir de mon air grave et respectueux.

« Mon époux prétend que nous avons beaucoup à apprendre d'eux.

— Des témoins de Jéhovah ? Quoi, par exemple ?

— Oh, voyez-vous… » Son intonation était neutre, comme assoupie. « La force de la croyance. Une foi inébranlable.

— Les vertus de la ferveur.

— C'est ce qui est censé tous nous animer, n'est-ce pas ? »

Reculant sur mon siège : « On peut comprendre que votre époux admire leur fanatisme. Mais… leur pacifisme ?

— Non. Bien sûr. » Sa voix était comme engourdie. « Humilia refuse de nettoyer son uniforme. Et de cirer ses bottes. Il n'apprécie pas du tout.

— Vous m'en direz tant. »

Je ne pouvais manquer de noter combien l'évocation du commandant avait assombri le ton de cette discussion fort prometteuse et, à la vérité, passablement enchanteresse. J'ai donc frappé doucement dans les mains et suggéré :

« Votre jardin, madame Doll. Pourrions-nous ? Je crains d'avoir une autre honteuse confession à vous faire. J'adore les fleurs. »

Le terrain était divisé en deux : à droite, un saule dissimulait en partie les dépendances aux toitures basses et le modeste réseau de sentiers et d'allées où, sans nul doute, les filles aimaient jouer, entre autres à cache-cache ; sur la gauche, les parterres foisonnants, la pelouse marbrée, la barrière blanche ; plus loin, l'Entrepôt du Monopole sur sa butte sableuse et, plus loin encore, les premières traînées rosées du crépuscule.

« Quel paradis. Vos tulipes sont superbes.

— Ce sont des pavots.

— Des pavots, naturellement. Et là-bas ? »

Au bout de plusieurs minutes de ce genre d'échanges, Mme Doll, qui n'avait pas encore souri en ma compagnie, lâcha un rire aussi surpris qu'euphonique :

« Mais… vous ne vous y connaissez pas en fleurs, n'est-ce pas ? Vous ne savez même… Non, vraiment vous n'y connaissez absolument rien !

— Oh si, je sais quelque chose sur les fleurs. » Sans doute me sentais-je dangereusement enhardi. « Quelque chose que peu d'hommes savent. Pourquoi les femmes aiment-elles tant les fleurs ?

— Je vous écoute.

— Fort bien. Les fleurs permettent aux femmes de se sentir… superbes. Quand j'offre à une femme un somptueux bouquet, je sais qu'elle va se sentir superbe.

— Qui vous l'a dit ?

— Ma mère. Paix à son âme.

— Elle avait raison. On se sent comme une actrice de cinéma. Pendant des jours et des jours. »

J'avais le tournis. « Cela vous honore toutes. Les fleurs et les femmes.

— Et vous, pouvez-vous garder un secret ?

— Sans l'ombre d'un doute.

— Alors, suivez-moi. »

J'étais certain qu'il existait un univers caché, parallèle à celui que nous connaissions : il existait *en puissance* ; pour y accéder, il nous fallait déchirer le voile, la pellicule de la routine, et *agir*. Hâtant le pas, Hannah Doll m'a conduit sur le sentier cendreux de la serre. La lumière du jour ne faiblissait point. Aurait-il été étrange, vraiment, de la pousser à l'intérieur, de me presser contre elle et de ramasser dans mes mains, laissées le long du corps, les plis blancs de sa robe ? Vraiment ? Ici ? Où tout était permis ?

Ouvrant la porte en partie vitrée, elle s'est penchée en avant sans tout à fait entrer dans la serre, et a fouillé dans un pot de fleurs sur une étagère basse… À vrai dire, dans mes transactions amoureuses, depuis sept ou huit ans, aucune pensée convenable ne m'avait plus traversé l'esprit (avant, j'étais plutôt romantique, mais j'avais changé). Voyant Hannah se courber, le postérieur en tension et une jambe puissante, tendue en arrière et vers le haut pour garder l'équilibre, j'ai songé : *Ce serait une baise* phénoménale. *Une baise* phénoménale. Voilà ce que je me suis dit.

Se redressant, elle s'est retournée vers moi et a ouvert la paume de la main. Révélant quoi ? Un paquet chiffonné de Davidoff : un paquet de cinq. Il en restait trois.

« En voulez-vous une ?

— Pas de cigarettes, non. » J'ai sorti de mes poches un briquet de luxe et une boîte de cheroots suisses. M'approchant d'elle, j'ai actionné la molette et levé la flamme, la protégeant de la brise avec ma main…

Ce petit rituel était chargé d'un fort contenu sociosexuel car nous appartenions à une nation, elle et moi, où il s'apparentait à un acte de collusion illicite. Dans les bars et les restaurants, dans les hôtels, les gares et ailleurs, on voyait des panonceaux *Les femmes sont priées de ne pas consommer de tabac* ; et, dans les rues, il revenait à des hommes d'un certain genre (dont beaucoup fumeurs eux-mêmes) de réprimander les femmes récalcitrantes et de leur arracher la cigarette des doigts, quand ce n'était pas des lèvres.

« Je sais que je ne devrais pas, a-t-elle dit alors.

— Ne les écoutez pas, madame Doll. Mais plutôt notre poète : "Abstiens-toi, abstiens-toi. Éternelle rengaine."

— Je trouve que ça aide un peu, expliqua-t-elle. À masquer… *l'odeur*. »

Ce dernier mot flottait encore sur ses lèvres lorsque nous avons entendu quelque chose, comment dire, un bruit porté par le vent… un accord impuissant, tremblotant, harmonie, fugue d'horreur et de désarroi humains. Nous nous sommes figés, les yeux de plus en plus exorbités. J'ai senti mon corps se raidir dans l'anticipation d'autres cris d'effroi plus nombreux, plus virulents. Or il s'est ensuivi un silence strident, comme un moustique vrombissant dans l'oreille, relayé, quelque trente secondes plus tard, par l'envol hésitant – une embardée – de violons.

La parole semblait avoir perdu tout droit de cité. Hannah et moi continuions de fumer, avec des inhalations muettes.

À la fin, elle a glissé nos deux mégots dans un sachet de graines vide, qu'elle a brûlé dans un bidon à ordures sans couvercle.

*

« Quel est votre dessert préféré, monsieur ?

— Voyons… Le gâteau de semoule.

— Le gâteau de semoule ? Pouah, c'est *infect*. Et le diplomate ?

26

— Le diplomate, ça peut se défendre.

— Qu'est-ce que vous préféreriez être ? Aveugle ou sourd ?

— Aveugle, Paulette.

— Aveugle ? Oh, lala, mais aveugle, c'est beaucoup pire. Sourde !

— Aveugle, Sybil. Tout le monde plaint les aveugles. Et tout le monde *déteste* les sourds. »

Je crois que je m'étais bien débrouillé avec les petites filles, sur deux plans : en ayant apporté des sachets de bonbons français et, de façon plus fondamentale, en dissimulant ma surprise quand j'avais appris qu'elles étaient jumelles. Différentes, Sybil et Paulette étaient simplement deux sœurs nées au même moment ; elles ne se ressemblaient en rien, Sybil tenait de sa mère alors que Paulette, plus courte que sa sœur d'une bonne dizaine de centimètres, remplissait désespérément la morne promesse de son prénom. Elle a demandé :

« Maman, qu'est-ce que c'était, ce cri horrible ?

— Oh, simplement des gens qui s'amusent. Ils font semblant que c'est la nuit de Walpurgis et ils jouent à se faire peur.

— Maman, a demandé Sybil ensuite, pourquoi Papa sait toujours si je me suis bien lavé les dents ?

— Quoi ?

— Il ne se trompe jamais. Je lui demande comment il fait et il répond : "Papa sait tout." Mais comment il sait ?

— Il te fait marcher, voilà tout. Humilia, c'est seulement vendredi mais donnons-leur le bain tout de même.

— Oh, Maman. Pouvons-nous d'abord passer dix minutes avec Bohdan, Torquil et Dov ?

— Cinq minutes, alors. Dites bonne nuit à M. Thomsen. »

Bohdan était le jardinier polonais (vieux, grand et, cela va de soi, très maigre), Torquil était la tortue d'agrément et Dov, apparemment, le jeune auxiliaire de Bohdan. Sous les serpentins du saule – les jumelles accroupies, Bohdan, une autre auxiliaire (une fille du coin, du nom de Bronislawa), Dov, et la minuscule Humilia, la témoin de Jéhovah...

Nous les regardions, lorsque Hannah a dit : « Il était professeur de zoologie, Bohdan. À Cracovie. Imaginez donc. Il était là-bas. Et maintenant, il est ici.

— Hum. Madame Doll, vous rendez-vous souvent dans la Vieille Ville ?

— Oh. Presque tous les jours de la semaine. Parfois, c'est Humilia mais, d'ordinaire, c'est moi qui les emmène à l'école et vais les chercher.

— Mon meublé, là-bas... j'essaie de l'améliorer, mais je suis à court d'idée. C'est probablement juste une question de rideaux. Je me demandais si vous pourriez venir jeter un œil, un jour, pour me donner votre avis. »

Jusque-là, profil à profil. Mais maintenant, face à face.

Croisant les bras, elle a demandé : « Et comment cela pourrait-il être organisé, pensez-vous ?

— Il n'y a pas grand-chose à organiser, ne croyez-vous pas ? Votre époux n'en saurait jamais rien. » J'allais aussi loin parce que l'heure passée avec Hannah m'avait entièrement convaincu que quelqu'un comme elle ne pouvait avoir aucune affection, pas la moindre, pour quelqu'un comme lui. « Pourriez-vous envisager cela ? »

Elle m'a fixé assez longuement pour voir mon sourire commencer à se flétrir.

« Non. Monsieur Thomsen, c'est une suggestion très téméraire... Et vous ne comprenez pas. Même si vous croyez comprendre. » Elle s'est effacée devant moi. « Prenez la peine d'entrer, si vous voulez encore attendre. Allez-y. Vous pourrez lire *L'Observateur* de mercredi.

— Merci. Merci pour votre hospitalité, Hannah.

— Ce n'est rien, monsieur Thomsen.

— Je vous verrai, n'est-ce pas, madame Doll, dimanche en quinze ? Le commandant a eu l'amabilité de m'inviter. »

Croisant de nouveau les bras, elle a dit : « Je suppose, alors, en effet, que je vous verrai. À bientôt, donc.

— À bientôt. »

*

Les doigts frémissant d'impatience, Paul Doll a incliné la carafe au-dessus de son ballon de cognac. Il a bu comme s'il avait eu la pépie, avant de se verser un autre verre, tout en me demandant, tourné vers moi :

« Vous en voulez ?

— Si ce n'est pas trop vous demander, commandant. Ah. Merci infiniment.

— Comme ça, ils ont pris leur décision ? Oui ou non ? Laissez-moi deviner. *Oui*.

— Comment faites-vous pour en être si sûr ? »

Se laissant choir sur le fauteuil en cuir, il a déboutonné sa tunique sans ménager les boutons.

« Parce que cela va me compliquer la tâche. Ce qui semble être le critère. Compliquons encore un peu plus la vie de Paul Doll !

— Comme d'habitude, vous avez raison, monsieur. Je m'y suis opposé mais cela arrivera tout de même. Kat Zet III. »

*

Dans le bureau de Doll, au-dessus du manteau de la cheminée, se trouvait une photographie encadrée d'environ cinquante centimètres de côté, un travail professionnel (le photographe n'était pas le commandant : cela remontait à l'avant-Doll). Le fond était très nettement contrasté, luminosité vaporeuse d'un côté, de l'autre, ténèbres feutrées. Une très jeune Hannah se tenait dans la lumière au centre de la scène (car c'était une scène : bal ? carnaval ? décor de théâtre amateur ?), vêtue d'une robe de soirée à la taille soulignée par un ruban ; elle tenait un bouquet de fleurs dans ses bras gantés jusqu'aux coudes ; elle rayonnait de gêne face à l'étendue de son plaisir. Dans sa robe diaphane, cintrée à la taille, Hannah s'offrait toute à votre regard…

La photographie remontait à treize ou quatorze ans – Hannah était bien mieux maintenant.

On raconte que l'une des plus terrifiantes manifestations de la nature est l'éléphant mâle en musth – ou : en rut. D'orifices qu'il a aux tempes, deux filets d'une sécrétion pestilentielle coulent jusqu'à l'angle des mâchoires. À cette époque de l'année, la bête encorne girafes et hippopotames, brise le dos de rhinocéros apeurés. Tel est l'éléphant mâle qu'on dit « en musth », en rut.

Musth : un mot dérivé, via l'ourdou, du perse *mast* ou *maest* – « enivré ». Pour ma part, je me borne à : Je rute, je rute, je rute.

*

Le lendemain matin (un samedi), je me suis esquivé de la Buna-Werke avec une sacoche qui pesait son poids et suis retourné rue Dzilka éplucher le rapport hebdomadaire sur l'avancement des travaux. Qui comporterait évidemment quantité de devis pour les nouveaux équipements de Monowitz.

À deux heures, j'ai eu de la visite ; pendant quarante-cinq minutes, j'ai reçu une jeune femme du nom de Loremarie Ballach. Ce rendez-vous était notre dernier. C'était l'épouse de Peter Ballach, un collègue (un sympathique métallurgiste fort compétent). Loremarie ne se plaisait pas ici, pas plus que son mari. Le cartel venait enfin d'autoriser sa réintégration à la maison mère.

« Ne m'écris pas, dit-elle en s'habillant. Pas jusqu'à ce que tout soit fini. »

J'ai repris mon travail. Tant de ciment, tant de bois, tant de fil de fer barbelé. Régulièrement, à des moments bizarres, je prenais conscience de mon soulagement, autant que de mon regret : Loremarie n'était plus (et il faudrait la remplacer). Les coureurs de jupons adultères avaient une devise : « Séduis la femme, calomnie le mari » ; quand je couchais avec Loremarie, j'imaginais toujours Peter, avec une certaine gêne, comme une sorte de dépôt sédimentaire : personnage lippu qui boutonnait toujours mal son gilet et postillonnait quand il riait.

Ce ne serait pas le cas avec Hannah Doll. Le fait qu'elle ait épousé le commandant : ce n'était pas une bonne raison pour l'aimer – mais c'était une bonne raison pour coucher avec elle. Je continuais de travailler, additions, soustractions, multiplications, divisions, tout en tendant l'oreille, à l'affût des pétarades du side-car de Boris (avec son panier accueillant).

Vers huit heures et demie, je me suis levé de mon bureau pour sortir une bouteille de sancerre de la glacière dont la porte était maintenue par une corde.

Max – Maksik – était assis, droit et immobile, sur les lattes blanches et nues. Sous sa garde, retenue par une patte négligente, se trouvait une petite souris grise et poussiéreuse. Encore tremblotante de vie, elle le fixait, eût-on dit, en souriant – elle paraissait lui adresser un

sourire confus ; puis la vie s'est échappée d'elle en frémissant, alors que Max regardait ailleurs. Était-ce la pression des griffes ? Était-ce la peur mortelle ? Quoi qu'il
en fût, Max s'est mis instantanément à table.

*

Je suis sorti et ai descendu la pente jusqu'au Stare
Miasto. Vide, comme si l'on avait décrété le couvre-feu.
   Que disait la souris ? Elle disait : « Tout ce que je
peux offrir, comme atténuation, en guise d'apaisement,
c'est l'entièreté, la perfection de mon impuissance. »
   Que disait le chat ? Il ne disait rien, bien sûr. Le
regard froid, scintillant, impérial, d'un autre ordre, d'un
autre monde.
   Lorsque je suis rentré dans mon meublé, Max était
étiré de tout son long sur le tapis du bureau. La souris avait disparu, dévorée sans laisser de trace, queue y
compris.
   Ce soir-là, au-dessus du noir infini de la plaine eurasienne, le ciel s'est accroché jusqu'à tard à son indigo, à
son violet – à ces teintes pareilles à une contusion sous
un ongle.
   C'était en août 1942.

2. DOLL : LA SELEKTION

« Si Berlin change d'avis, déclara mon visiteur, je vous préviendrai. Dormez bien, commandant. » Et il sortit.

Comme on peut s'en douter, cet épouvantable incident à la rampe m'a donné une migraine effroyable. Je viens tout juste de prendre 2 aspirines (650 mg ; 20 h 43) et j'aurai sans doute recours à un Phanodorm au coucher. Bien sûr, pas 1 mot gentil de Hannah. Alors qu'elle ne pouvait manquer de voir que j'étais ébranlé jusqu'à la moelle, elle tourna les talons, le menton haut – comme si ses propres tracas avaient été incomparablement plus graves que les miens...

Ah, que se passe-t-il, ma toute douce ? Ces petits monstres te causent du souci ? Bronislawa n'a pas été à la hauteur encore une fois ? Tes précieux pavots refusent de fleurir ? Mon Dieu, mon Dieu... ah, c'est tragique, en effet, plus qu'il n'est supportable. J'ai quelques suggestions pour toi, mon chou. Essayez de faire quelque chose pour votre pays, madame ! Essayez de travailler avec des escrocs de la pire espèce comme Eikel et Prufer ! Essayez d'étendre la Détention Préventive à 30... 40... 50 000 personnes !

Essayez donc, ma belle, de réceptionner le Sonderzug 105...

Ah, je ne puis prétendre ne pas avoir été alerté. Quoique... J'avais été préparé, certes, mais à tout à fait

33

autre chose. Tension intense, extrême soulagement… et pression draconienne derechef. On pourrait croire que j'aurais droit maintenant à un moment de repos, tout de même ! Or qu'est-ce que je trouve, de retour chez moi ? D'autres épreuves.

Konzentrationslager 3, je vous en foutrais. Pas étonnant que j'aie l'impression que ma tête va exploser !

Nous avions reçu 2 télégrammes. Le bulletin officiel de Berlin, rédigé en ces termes :

25 JUIN
LE BOURGET – DRANCY DÉP. 01 H 00
ARR. COMPIÈGNE 03 H 40 DÉP. 04 H 40
ARR. LAON 06 H 45 DÉP. 07 H 05
ARR. REIMS 08 H 07 DÉP. 08 H 38
ARR. FRONTIÈRE 14 H 11 DÉP. 15 H 05
26 JUIN
ARRIVÉE KZA(I) 19 H 03 STOP

En parcourant ces lignes, on avait toutes les raisons de s'attendre à un convoi « calme », puisque les évacués passeraient seulement deux jours en transit. Certes, mais le 1er message fut suivi d'un autre, en provenance de Paris :

CHER CAMARADE DOLL STOP EN TOUTE
AMITIÉ STOP SUGGÈRE EXTRÊME
PRÉCAUTION TRAIN SPÉCIAL 105 STOP
CAPACITÉS MISES À RUDE ÉPREUVE STOP
COURAGE STOP SALUT DU SACRÉ-CŒUR
WALTHER PABST STOP

Au fil des ans, s'est imposée à moi la maxime suivante : « Préparation défaillante ? Préparez-vous à faillir ! » Je fis donc les préparatifs en conséquence.

Il était 18 h 57 ; nous étions fin prêts.

Personne ne peut dire que je n'ai pas fière allure sur la rampe : torse bombé, poignets solides rivés aux hanches moulées dans la culotte de cheval, semelles des bottes cavalières plantées à un mètre au moins de distance l'une de l'autre. Et voyez ce dont je disposais : j'avais avec moi mon numéro 2, Wolfram Prufer, 3 responsables de la main-d'œuvre, 6 médecins et autant de désinfecteurs, mon fidèle Sonderkommandofuhrer, Szmul, avec son unité spéciale de 12 hommes (dont 3 parlent français), 8 Kapos et l'équipe de laveurs au jet, une brigade d'assaut complète de 96 hommes sous les ordres du capitaine Boris Eltz, un renfort d'une unité de 8 servants pour la mitrailleuse lourde posée sur trépied et alimentée par bandes de cartouches, et les 2 lance-flammes. J'avais aussi réquisitionné a/ la Surveillante principale Grese et sa section (Grese est d'une fermeté exemplaire avec les femmes rétives) et b/ l'« orchestre » du moment – pas l'habituelle bouillie de banjos, d'accordéons et de didgeridoos, mais un véritable « septuor » de violonistes de premier plan originaires d'Innsbruck.

(J'aime les nombres. Ils traduisent logique, exactitude, économie. Certes, il m'arrive parfois de douter du « 1 » : dénote-t-il la quantité ou est-il employé comme… pronom ? L'important, c'est l'uniformité. Oui, j'aime les nombres. Nombres relatifs, nombres entiers. Nombres premiers !)

19 h 01 devint très lentement 19 h 02. Je perçus les bourdonnements et secousses des rails, en même temps qu'un flux de force et d'énergie. Nous étions là, immobiles pour l'instant, silhouettes en attente le long de la voie de garage, à l'extrémité de l'interminable montée telle une steppe dans son immensité. La voie se perdait

presque à l'horizon, où, enfin, ST 105 apparut, enveloppé de silence.

Il approcha. D'un geste nonchalant, je levai mes puissantes jumelles : le torse de la loco, ses épaules saillantes, son œil unique, sa cheminée trapue. Le convoi pencha légèrement de côté en abordant la montée.

« Des voitures passagers », commentai-je. Ce n'était pas si rare dans les convois arrivant de l'Ouest. « Ah ! 3 *classes*… » Les wagons glissèrent de côté, voitures jaune et chocolat, *Première**, *Deuxième**, *Troisième** – *La Flèche d'Or**, *NORD+**. Pince-sans-rire, le professeur Zulz, notre médecin-chef, répondit :

« 3 classes ? Vous connaissez les Français… du panache en toute chose.

— Comme vous avez raison, professeur. Même la façon dont ils brandissent le drapeau blanc a un certain… un certain *je-ne-sais-quoi**. Nicht ? »

Le bon docteur ricana de bon cœur : « Vous, alors, Paul ! Touché, mein Kommandant. »

Oh, certes, nous plaisantions et souriions comme des potaches, mais ne vous y trompez pas : nous étions prêts. De la main droite, je fis signe au capitaine Eltz, alors que les troupes (qui avaient ordre de rester en retrait) se mettaient en position sur le bord de la voie de garage. *La Flèche d'Or* ralentit puis s'immobilisa en poussant un féroce soupir pneumatique.

On a tout à fait raison de dire que, d'un point de vue « pratique », 1 000 par convoi, c'est le bon équilibre (et tout autant de penser que jusqu'à 90 % d'entre eux seront orientés vers la file de gauche). Mais je prévois déjà que les directives habituelles seront de peu de secours dans le cas présent.

Les premiers à descendre de voiture ne furent point les habituelles silhouettes affairées des militaires ou des gendarmes en uniforme mais un contingent disséminé de « conducteurs » d'âge mûr, l'air dérouté dans leur costume civil simplement agrémenté d'un brassard blanc. La locomotive poussa un dernier souffle épuisé, et le silence s'abattit sur la scène.

Une autre portière s'ouvrit. Et qui descendit ? Un petit garçon de 8 ou 9 ans, en costume marin, avec un extravagant pantalon aux jambes évasées ; un vieux monsieur en manteau d'astrakan ; et, enfin, courbée sur le pommeau en nacre d'une canne en ébène, une sorte de vieille chouette – tellement courbée, à la vérité, que sa canne était trop haute pour elle et qu'elle devait lever le bras pour maintenir sa main sur son pommeau lustré. Bientôt, les portières de tout le train s'ouvrirent et les autres passagers mirent pied à terre.

À ce moment-là, j'arborais un large sourire et hochais la tête, maudissant dans ma barbe ce vieux schnock de Walli Pabst : de toute évidence, son télégramme « pour m'alerter » était une mauvaise blague !

Un convoi de 1 000 ? Voyons, ils n'étaient pas plus de 100 ! Quant à la Selektion : seule une poignée d'entre eux avait plus de 10 ans et moins de 60 ; et même les jeunes adultes étaient déjà, façon de parler, sélectionnés.

Tenez, par exemple. Cet homme a la trentaine et un torse de taureau, certes, mais il a aussi un pied bot. Et cette damoiselle, plutôt musclée, est en parfaite santé, assurément, mais elle est enceinte. Tous les autres : minerves et cannes blanches.

« Eh bien, professeur, faites votre besogne, lançai-je avec malice. Rude test pour vos dons de pronostiqueur. »

Zulz, naturellement, me regardait avec des étoiles dans les yeux.

« Ne craignez rien, répondit-il. Esculape et Panacée voleront à mon secours. "Je garderai purs et bénis et ma vie et mon art." Que Paracelse soit mon guide.

— Vous savez quoi ? Retournez donc au Ka Be et faites un peu de sélection là-bas. Ou dînez tôt. Il y a du canard poché au menu, ce soir.

— Bah, dit-il, sortant sa flasque. Puisque je suis là. Je peux vous offrir une goutte ? C'est une délicieuse soirée. Je vais vous tenir compagnie, si vous me le permettez. »

Il renvoya les médecins stagiaires. De mon côté, j'ordonnai au capitaine Eltz de réduire les effectifs, ne gardant avec moi qu'un peloton de 12 hommes, 6 de nos rudes Sonders, 3 Kapos, 2 désinfecteurs (sage précaution, transpira-t-il !), les 7 violonistes et la Surveillante principale Grese.

C'est alors que la petite vieille toute voûtée se détacha du flot d'arrivants qui piétinaient sans trop savoir où ils en étaient, et s'approcha clopin-clopant mais à une vitesse déconcertante, comme un crabe qui carapate. Tremblotant d'une ire mal maîtrisée, elle s'exclama (dans un allemand tout à fait correct, d'ailleurs) :

« Êtes-vous le responsable, ici ?

— En effet, madame.

— Savez-vous, vitupéra-t-elle, la mâchoire trépidante, *savez-vous* qu'il n'y avait pas de wagon-restaurant dans ce train ? »

Je n'osais croiser le regard de Szmul. « Pas de wagon-restaurant ? Que c'est barbare.

— Aucun service. Pas même en 1re classe !

— Pas même en 1re classe ? C'est scandaleux.

— Nous n'avons rien mangé hormis la charcuterie que nous avions apportée nous-même. Et nous avons failli manquer d'eau minérale !

— C'est monstrueux.

— Pourquoi riez-vous ? Vous riez. Pourquoi riez-vous ?

— Reculez, madame, je vous prie, postillonnai-je. Surveillante principale Grese ! »

C'est ainsi que, tandis qu'on entassait les bagages près des charrettes à bras et que les voyageurs formaient une file bien ordonnée (mes Sonders passaient dans les rangs, disant tout bas « *Bienvenue, les enfants** », « *Êtes-vous fatigué, monsieur, après votre voyage ?** »), je songeai, non sans ironie, à ce bon vieux Walther Pabst. Lui et moi avons fait nos armes ensemble dans le Freikorps de Rossbach. Quels châtiments suants et pétant le feu n'avons-nous pas infligés aux pédérastes rouges à Munich, dans le Mecklenburg, la Ruhr, en Haute-Silésie, dans les contrées baltiques de la Lettonie et de la Lituanie ! Combien de fois, pendant nos longues années de prison (après avoir réglé son compte au traître Kadow dans l'affaire Schlageter en 23), n'avons-nous pas veillé jusque très tard dans notre cellule et, entre des parties de poker sans fin, discuté, à la lueur vacillante des bougies, des arcanes de la philosophie !

Je pris le porte-voix et m'adressai aux arrivants, dans la langue de Goethe :

« Bienvenue à tous et à chacun d'entre vous. Je ne vais pas vous mentir. Vous êtes ici pour récupérer avant votre transfert dans des fermes, où vous sera confié un travail honnête récompensé par un hébergement honnête. Nous n'allons pas en demander trop à ce petit-là, toi, là avec le costume marin, ni à vous, monsieur, en beau manteau d'astrakan. Chacun selon ses talents et capacités. Cela vous semble juste ? Parfait ! En 1er lieu, nous allons vous escorter au sauna pour que vous y preniez une douche chaude avant d'être installés dans vos

39

chambres. Le parcours est très court, à travers le bois de bouleaux. Veuillez laisser vos valises ici, je vous prie. Vous pourrez les récupérer à la pension. On va vous servir sur-le-champ du thé et des sandwiches au fromage, et plus tard un ragoût brûlant. En avant ! »

Autre preuve de ma courtoisie, je tendis le porte-voix au capitaine Eltz, qui résuma mon discours dans la langue de Molière. Puis, tout à fait naturellement, sembla-t-il, la colonne s'ébranla, moins, cela allait de soi, la vieille dame désobéissante, qui resta sur la rampe où la Surveillante principale Grese s'occuperait d'elle suivant la modalité adéquate. Et je songeai : pourquoi n'est-ce pas toujours comme ça ? Ce serait le cas si je pouvais tout organiser à ma façon. Un trajet confortable suivi d'un accueil amical et digne. Qu'avions-nous besoin, je vous le demande, de tant de brusquerie lors de l'ouverture des portes des wagons à bestiaux, des lampes à arc aveuglantes, des cris effroyables (« Raus ! Sortez ! Vite ! Plus vite ! PLUS VITE ! »), des chiens, des matraques et des fouets ? Qu'il paraissait accueillant, le KL, sous le rougeoiement de plus en plus soutenu du crépuscule, qu'ils luisaient richement, les bouleaux. Il régnait là, faut-il tout de même le signaler, l'odeur caractéristique (et plusieurs arrivants la reniflèrent, d'ailleurs, avec de menus mouvements de tête vers le haut) mais, après une journée de grands vents et de hautes pressions, même cela n'avait rien d'…

Et c'est alors qu'il arriva, ce foutu, ce damné camion, de la taille de ceux dont on se sert pour les déménagements mais franchement rustre – véritablement brutal –, suspensions grinçantes, tuyau d'échappement pétaradant et tapageur, recouvert de rouille comme un rocher plein de berniques, bâche verte palpitante, chauffeur de profil, mégot pendu à la lèvre inférieure, bras tatoué pendant de la fenêtre de sa cabine. Il freina violemment et dérapa, ses roues chouinèrent en patinant et il s'arrêta net en travers des rails. Sur quoi, le véhicule s'inclina ignoblement vers la gauche, la bâche de côté, gonflée, se souleva et, pendant 2 ou 3 secondes insoutenables, son chargement fut exposé à la vue de tous.

Le spectacle m'était aussi familier que la pluie au printemps ou les feuilles mortes à l'automne : ce n'était, après tout, que le rebut naturel de tous les jours au KL1, en chemin vers le KL2. Mais, bien sûr, des gosiers de nos Parisiens s'éleva un immense hurlement, ou gémissement. Par pur réflexe, Zulz leva les avant-bras comme pour le repousser, et même le capitaine Eltz tourna d'un coup la tête vers moi. Nous étions à 2 doigts de voir notre convoi tout entier perdre totalement les pédales…

Mais on ne va pas loin dans la Détention Préventive si on n'a pas 2 sous de jugeote et si on ne témoigne pas d'un minimum de présence d'esprit. Maint autre Kommandant, j'en suis certain, aurait laissé la situation dégénérer d'une manière des plus déplaisantes. Paul Doll, toutefois, est d'une autre trempe. D'un seul geste et sans prononcer un mot, je donnai un ordre. Pas à mes soldats, non : à mes musiciens !

Le bref interlude fut ardu, à n'en pas douter, je l'admets, cet instant où les 1res notes des violons ne surent que reproduire et renforcer le hurlement impuissant, chevrotant. Mais la mélodie tint bon ; le camion immonde, ses bâches claquant, se libéra des voies avec un sursaut, dévala la route en courbe, on le perdit bientôt de vue et nous avançâmes.

Car il en était ainsi que je l'avais pensé d'instinct : nos invités *étaient absolument incapables d'assimiler ce qu'ils avaient vu.* J'appris plus tard que c'étaient les pensionnaires de 2 institutions de luxe, une maison de retraite et un orphelinat (tous 2 financés par la crème des arnaqueurs, les Rothschild). Nos Parisiens : que savaient-ils des ghettos, des pogroms, des rafles ? Que savaient-ils de la noble fureur du Volk ?

Tous nous marchions comme sur des œufs – oui, nous traversâmes sur la pointe des pieds le bois de bouleaux, dépassâmes les troncs gris cendré...

Les écorces des bouleaux qui pelaient, la Petite Retraite brune avec sa palissade, ses géraniums et ses soucis en pot, la salle de déshabillage, la chambre. Je tournai les talons en fanfare dès que, Prufer ayant donné le signal, je sus que les portes étaient hermétiquement closes.

Voilà, je vais mieux. La 2e aspirine (650 mg ; 22 h 43) accomplit son œuvre, son œuvre réparatrice, d'ablution. C'est vraiment le proverbial « remède miracle » – et on me dit que jamais la production d'une préparation brevetée n'a été meilleur marché. Dieu bénisse IG Farben ! (Pense-bête : commander un *bon* champagne pour le dimanche 6, question de se mettre dans la poche Frauen Burckl et Seedig – et Frauen Uhl et Zulz, sans parler de la pauvre petite Alisz Seisser. Et je suppose que nous devrons également inviter Angelus Thomsen, vu qui il est.) Je trouve que le cognac Martell, aussi, si l'on en prend en quantités généreuses mais raisonnables, a un effet salutaire. D'autant plus que cet alcool astringent calme les démangeaisons insensées de mes gencives.

Même si je suis homme à comprendre la plaisanterie, de toute évidence je vais devoir avoir une sérieuse explication avec Walther Pabst. Sur le plan financier, ST 105 fut une véritable catastrophe. Comment vais-je justifier la mobilisation de toute une brigade d'assaut (avec lance-flammes) ? Comment vais-je justifier le recours onéreux à la Petite Retraite brune – alors que, normalement, pour la gestion d'1 cargaison infime comme celle-là, nous optons pour la solution adoptée par la Surveillante principale Grese avec la petite vieille à la canne en ébène ? Nul doute que ce vieux Walli va se prévaloir de la loi du talion : il rumine encore ma blague du pâté et du pot de chambre à la garnison d'Erfurt.

Bien sûr, c'est désolant, de devoir compter le moindre pfennig. Les trains, par exemple. Si l'argent n'était pas un problème : en ce qui me concerne, tous les transportés pourraient voyager en *couchettes**. Cela faciliterait notre subterfuge, notre *ruse de guerre**, si vous préférez (puisqu'il s'agit bien d'une guerre, aucun doute là-dessus). Fascinant, le coup de nos amis français incapables d'assimiler ce qu'ils ont vu : il souligne bien l'aveuglant *radicalisme* du KL, c'est même un hommage qui lui est rendu. Hélas, nous ne pouvons pas « faire des folies » et jeter l'argent par les fenêtres comme s'il nous tombait du ciel.

(*N.B.* : Cette fois, nous n'avons pas gaspillé d'essence, nous avons donc fait une économie, si infime soit-elle. D'ordinaire, ceux de la file de droite vont à KL1 à pied, voyez-vous, mais ceux de la colonne de gauche sont acheminés à KL2 en camion de la Croix-Rouge ou en ambulance. Or comment pouvais-je faire monter ces Pariserinnen dans un véhicule, après le spectacle de ce satané camion ? 1 goutte dans l'océan, certes, mais il n'y a pas de petite économie. Nicht ?)

« Entrez ! »

C'était la servante biblique. Sur le plateau à franges : un verre de bourgogne et un sandwich au jambon, pensez.

« Je voulais quelque chose de chaud ! m'exclamai-je.

— Désolé, monsieur, c'est tout ce qu'il y a.

— Je travaille dur, vous savez… »

Avec minutie, Humilia dégagea un espace sur la table basse devant la cheminée. Je dois avouer que le mystère demeure entier pour moi : comment une femme aussi tragiquement laide peut-elle aimer son Créateur ? Il va sans dire que ce qui accompagne vraiment bien un sandwich au jambon est une bonne chope bien mousseuse. Nous avons tous droit à ces picrates français alors que ce qu'on veut vraiment, c'est un bon pichet de bière de Kronenbourg ou de Grolsch.

« Est-ce vous qui avez préparé ça ou est-ce Frau Doll ?

— Monsieur, Frau Doll s'est couchée il y a une heure.

— Ah bon ? Une autre bouteille de Martell. Et vous pourrez disposer. »

Par-dessus tout, j'entrevois des tas de complications et de dépenses liées à ce projet de construction du KL3. Où sont les matériaux ? Dobler va-t-il débloquer les fonds nécessaires ? Personne ne se soucie des difficultés, personne ne s'intéresse aux « conditions objectives ». Les horaires des transports auxquels on me demande de donner mon aval le mois prochain sont carrément fantasmagoriques. Et, comme si je n'avais pas assez de pain sur la planche, qui téléphona, à minuit, de Berlin ? Horst Blobel. Les consignes dont il me fit part me donnèrent des sueurs dans le dos. Avais-je bien entendu ? Je ne puis décemment pas exécuter un tel ordre tant que Hannah réside au KL. Dieu tout-puissant ! Ça va être un véritable cauchemar.

*

« Tu es une gentille fille, dis-je à Sybil. Tu t'es bien lavé les dents, aujourd'hui.

— Comment tu le sais ? À cause de mon haleine ? »

J'adore ça, elle est charmante quand elle prend son air offensé et embrouillé !

« Vati sait tout, Sybil. Et tu as aussi essayé de te coiffer convenablement. Je ne suis pas fâché ! Je suis heureux, au contraire, que *quelqu'un* dans cette maison soigne son apparence et ne garde pas toute la journée son infâme robe de chambre sur le dos.

— Je peux y aller maintenant, Vati ?

— Alors, tu portes une culotte rose, ce matin… ?

— Non. Bleue ! »

C'est ma tactique de roublard : me tromper de temps à autre.

« Prouve-le, alors. Ha, ha ! L'erreur est humaine. »

Il reste 1 idée fausse largement répandue à laquelle je voudrais régler son compte sans tarder : l'idée que la Schutzstaffel, la garde prétorienne du Reich, serait en majorité composée d'hommes issus du prolétariat et du Kleinburgertum. Soit, c'était peut-être vrai des SA, au début, mais cela ne l'a jamais été de la SS – dont la liste des membres fait figure d'extrait de l'*Almanach de Gotha*. Oh, jawohl : l'archiduc de Mecklenburg ; les princes Waldeck, von Hassen et von Hohenzollern-Emden ; les comtes Bassewitz-Behr, Stachwitz et von Rodden. Même ici, dans la Zone d'Intérêt, pendant une brève période, nous avons eu notre baron !

Des aristocrates mais aussi des *grands esprits*, professeurs d'université, hommes de loi, entrepreneurs.

J'avais tout bonnement envie de régler son compte à cette idée fausse sans plus de chichis.

« Lever à 3 heures, déclara Suitbert Seedig. Et la Buna est à 90 minutes de marche. Ils sont épuisés avant de commencer. Ils partent à 6 heures du matin et reviennent à 8 heures du soir. Et ils doivent porter leurs morts. Répondez-moi, Kommandant : comment pourrions-nous arriver à tirer quoi que ce soit d'eux ?

— Certes, certes… » Étaient présents de même, dans mon vaste et luxueux bureau du Bâtiment Administratif Principal (le BAP), Frithuric Burckl et Angelus Thomsen. « Mais qui va payer, si je puis poser la question ?

— Farben, répondit Burckl. Le directoire a accepté. »

L'information me requinqua un peu.

« Mon Kommandant, expliqua Seedig, nous ne vous demandons que de nous fournir des détenus et des gardiens. Et la sécurité générale, naturellement, restera de votre ressort. Farben prendra en charge la construction et les frais de fonctionnement.

— Eh bien ! m'exclamai-je, une entreprise mondialement connue avec son propre camp de concentration… C'est inouï !

— Nous leur procurerons aussi la nourriture… indépendamment, précisa Burckl. De ce fait, pas d'allers-retours entre la fabrique et KL1. D'où : pas de typhus. Du moins, c'est ce que nous espérons.

— Ah, le typhus. C'est le fond du problème, nicht ? Même si la situation s'est améliorée, j'ose l'espérer, grâce à la selection d'envergure du 29 août.

— Ils meurent encore comme des mouches, déclara Seedig. Au rythme hebdomadaire de 1 000.

— Hum. Dites-moi. Avez-vous l'intention d'augmenter les rations ? »

Seedig et Burckl échangèrent des regards acérés. Je devinai sans peine que leurs avis divergeaient sur ce point.

Burckl remua sur sa chaise : « Oui, je *serais* en faveur d'une modeste réévaluation. Disons… 20 pour 100.

— 20 pour 100 !

— Oui, monsieur, 20 pour 100. Ils se porteront mieux et dureront un peu plus longtemps. De toute évidence. »

C'était au tour de Thomsen de parler. « Avec tout mon respect, monsieur Burckl… votre sphère, c'est le commerce, et le docteur Seedig est ingénieur industriel. Le Kommandant et moi-même ne pouvons nous permettre d'être aussi purement pragmatiques. Nous ne pouvons perdre de vue notre autre objectif. Notre objectif politique.

— Le Reichsfuhrer-SS m'enlève les mots de la bouche ! m'exclamai-je. Sur ce plan, lui et moi sommes sur la même longueur d'onde. » Je tapai le plateau de ma table de travail avec la paume de la main. « Nous refuserons de dorloter qui que ce soit !

— Amen, mon Kommandant, renchérit Thomsen. Ceci n'est pas un sanatorium.

— Il n'est pas question de les couver ! Que croyez-vous que c'est, ici ? Un hospice ? »

Dans les lavabos du Club des officiers, voilà que je tombe sur 1 exemplaire de *Der Sturmer*. Or, cette publication est interdite au KL depuis un certain temps, de par mon ordre. Je suis convaincu qu'avec son insistance répugnante et hystérique sur les prédations charnelles du mâle juif, *Der Sturmer* a causé un grand tort à l'antisémitisme légitime. Les gens ont besoin de graphiques, de diagrammes, de statistiques, de preuves scientifiques… pas de dessins humoristiques en pleine page représentant Shylock (disons) salivant à la vue de Raiponce. Je ne suis pas le seul, loin de là, à adopter ce point de vue. C'est la position défendue par le Reichssicherheitshauptamt, l'Office Central de la Sécurité du Reich.

À Dachau, où j'entrepris mon ascension météorique dans la hiérarchie pénitentiaire, on avait installé un présentoir d'exemplaires de *Der Sturmer* dans la cantine des détenus. Il eut un effet galvanisant sur les éléments criminels, et conduisit à divers actes de violence. Nos frères israélites s'en tirèrent à leur façon habituelle, avec des pots-de-vin... car ils étaient tous riches comme Crésus. D'ailleurs, ils étaient surtout persécutés par leurs coreligionnaires, notamment Eschen, leur responsable de Block.

Bien sûr, les Israélites savaient que, sur le long terme, ce torchon aiderait leur cause plutôt que le contraire. Qu'on me permette d'ajouter ceci : il est bien connu que le directeur de *Der Sturmer* est israélite ; et qu'il rédige lui-même les articles les plus incendiaires qui paraissent dans son torchon. CQFD.

Il faut savoir que Hannah fume. Oh, ja. Ah, yech. J'ai trouvé 1 paquet vide de Davidoff dans le tiroir où elle range ses sous-vêtements. Si les domestiques parlent, on répandra bientôt à tout vent la nouvelle que je ne sais pas tenir mon épouse. Angelus Thomsen est un drôle d'oiseau. Je dirais qu'il est plutôt sain, mais il y a un je-ne-sais-quoi d'impudent et de gênant dans ses manières. Je me demande tout de même s'il ne serait pas *homosexualiste* (quoique refoulé à l'extrême). A-t-il mérité son grade honoraire ou tout lui vient-il de son « contact en haut lieu » ? C'est curieux, car personne n'est aussi universellement et totalement haï que l'Éminence Brune. (Pense-bête : désormais, le camion devra faire le détour par la route nord, celle des Chalets d'Été.) Le cognac, ça vous calme et ça vous insensibilise les gencives, mais ça a une 3ᵉ propriété : c'est 1 aphrodisiaque.

Ach, Hannah n'a aucun problème que mes bons vieux 15 centimètres ne peuvent résoudre. Quand, après 1 dernier verre ou 2 de Martell, je me faufilerai dans notre chambre à coucher, elle devrait être raisonnablement prompte à honorer son devoir conjugal. Si elle m'oppose la moindre ineptie, j'invoquerai simplement le nom magique : *Dieter Kruger !*

Car je suis un homme normal avec des besoins normaux.

J'étais presque sur le seuil de la chambre lorsque je fus brusquement la proie d'une pensée troublante. Je n'avais pas vu le bilan de l'opération Réception Train Spécial 105. Or, il se trouve que, ce soir-là, je quittai la Petite Retraite brune sans spécifier à Wolfram Prufer qu'il fallait enterrer les pièces dans le Pré de Printemps. Serait-il assez bête pour avoir allumé une chaudière Topf & Fils pour régler son compte à 1 poignée de petits morveux et de vieux croulants ? Certainement pas. Non. Non. Un autre, plus sage, l'en aura dissuadé. Prufer aura écouté un vieux de la vieille. Comme Szmul.

Oh, Bon Dieu, qu'est-ce que j'ai à gamberger de la sorte ? Si Horst Blobel était vraiment sérieux, il faudra bien, de toute façon, n'est-ce pas, qu'ils partent tous en fumée ?

Je vois que je ferais bien de réfléchir à tout ça. Je dormirai dans le dressing-room, *comme d'habitude.* Je m'occuperai de Hannah demain matin. 1 de ces positions où on se glisse à côté d'elles quand elles sont encore toutes chaudes et somnolentes : on se presse contre elles et puis en elles. Je ne tolérerai aucun boniment. Après quoi, nous serons tous les 2 d'excellente humeur pour notre raout, ici, à la villa !

Car je suis un homme normal avec des besoins normaux. Je suis *complètement normal*. Personne ne semble vouloir le comprendre.

Paul Doll est complètement normal.

3. Szmul : Sonder

On murmure : *Ihr seit achzen johr, und ihr hott a fach.*

Il était une fois un roi qui demanda à son magicien préféré de confectionner un miroir magique. Dans ce miroir, on ne voyait pas son reflet. On y voyait son âme : il montrait qui l'on était vraiment.

Le magicien ne pouvait pas le regarder sans détourner les yeux. Le roi ne pouvait pas le regarder. Les courtisans ne pouvaient pas le regarder. On promit une récompense, une malle pleine de joyaux, à tout citoyen de cette paisible contrée qui pourrait le regarder pendant soixante secondes sans détourner les yeux. Pas un seul n'y parvint.

Pour moi, le KZ est ce miroir. Le KZ est ce miroir, avec une différence : ici, on ne *peut pas* détourner les yeux.

On appartient au Sonderkommando, le SK, le Commando Spécial, et on est les hommes les plus tristes de tout le Lager. En fait, on est les hommes les plus tristes de toute l'histoire de l'humanité. Et de tous ces hommes tristes, je suis le plus triste. On peut le démontrer, et même le mesurer. Je suis de plusieurs longueurs le plus ancien ici, le plus vil – le plus *âgé*.

En plus d'être les hommes les plus tristes qui ont jamais vécu, on est aussi les plus dégoûtants. Pourtant, notre situation reste paradoxale.

C'est dur de comprendre comment on peut être aussi dégoûtants qu'on l'est assurément, alors qu'on ne fait aucun mal.

On pourrait défendre l'opinion que, d'un autre côté, on fait un peu de bien. Cela dit, on est tout de même infiniment dégoûtants et aussi infiniment tristes.

On travaille presque exclusivement au milieu des morts, avec les cisailles, les pinces, les maillets, les seaux de rebut d'essence, les louches, les hachoirs.

On évolue aussi parmi les vivants. On leur dit : « *Viens donc, petit marin. Accroche là ton costume. Rappelle-toi le numéro. Tu as quatre-vingt-trois* !* » On dit : « *Faites un nœud avec les lacets, monsieur. Je vais essayer de trouver un cintre pour votre manteau. De l'astrakan ! C'est toison d'agneau, n'est-ce pas* ?* »

Après une Aktion majeure, on nous octroie toujours une bouteille de vodka ou de schnaps, cinq cigarettes et cent grammes de saucisse de lard, de veau et de suif de porc. On n'est pas toujours à jeun, mais on n'a jamais faim ou froid, au moins la nuit. On dort dans la pièce au-dessus du crématoire désaffecté (tout près de l'Entrepôt du Monopole), où les sacs de cheveux sont traités.

Quand il était encore parmi nous, mon ami Adam, qui était très philosophe, disait toujours : « On n'a même pas droit au réconfort de l'innocence. » Je n'étais pas d'accord alors et je ne le suis toujours pas. Je plaiderais encore non coupable.

Un *héros*, ça va de soi, s'*échapperait* et *raconterait tout au monde*. Mais j'ai l'impression que le monde sait depuis belle lurette. Comment il pourrait ne pas savoir, vu l'échelle ?

On a trois raisons, ou trois excuses, pour continuer de vivre : *primo*, pour témoigner ; *secundo*, pour exiger une vengeance mortelle. Je suis un témoin. Le miroir magique ne me renvoie pas l'image d'un tueur. Pas encore.

Tertio, et c'est le principal, on sauve une vie (ou on la prolonge) au rythme de une par convoi. Parfois aucune, parfois deux : ça fait une moyenne de une. Et 0,01 pour cent, ce n'est pas 0,00. Ce sont toujours des jeunes gars.

On doit agir tout de suite à leur descente du train ; si la file pour la sélection est déjà formée, il est trop tard.

*

On leur murmure :
Ihr seit achzen johr alt und ihr hott a fach.
Sie sind achtzehn Jahre alt, und Sie haben einen Handel.
Je bent achttien jaar oud, en je een vak hebt.

Vous avez dix-huit ans, et vous avez un commerce.

II

Les affaires avant tout

1. THOMSEN : PROTECTEURS

Boris Eltz devait me raconter l'histoire du Train Spécial 105, et je voulais l'entendre, mais, d'abord, je lui ai demandé :

« Lesquelles as-tu sur ta liste en ce moment ? Rafraîchis-moi la mémoire.

— Voyons… La cuisinière de Bunaville et cette serveuse de Katowitz, tu sais… et j'espère faire des progrès avec Alisz Seisser. La veuve du sergent. Il est mort seulement la semaine dernière mais elle a l'air d'en avoir plutôt envie. » Boris m'a donné des détails. « Le problème, c'est qu'elle rentre chez elle, à Hambourg, dans une ou deux semaines. Golo, je t'ai déjà demandé… Toi, tu aimes tous les genres de femmes, alors pourquoi est-ce qu'il n'y a que les prolo qui me *plaisent* ?

— Je ne sais pas, frère. Ce n'est pas un trait *déplaisant* chez toi. Bon, et maintenant, s'il te plaît… Sonderzug 105. »

Boris a croisé les mains derrière la nuque et entrouvert lentement les lèvres : « Ils sont drôles, pas vrai, les Français ? Tu trouves pas, Golo ? On a du mal à se débarrasser de l'idée qu'ils mènent le monde. Sur le plan du raffinement, des manières. Une nation de planqués et de fayots notoires, d'accord... mais, n'empêche, on pense encore qu'ils valent mieux que tous les autres. Mieux que nous, les épais Teutons. Mieux que les Rosbifs, même. Et une partie de nous-même accepte ça. Les Français... encore aujourd'hui, alors qu'ils sont à terre, à se contorsionner, on a du mal à penser le contraire. »

Boris a hoché la tête, exprimant sans doute sa candide perplexité face aux agissements de l'humanité – face à l'humanité et à l'étrange étoffe dont elle est faite.

« Ces choses sont ancrées tout au fond de nous, Boris. Continue, s'il te plaît.

— Je me suis surpris à penser que j'étais soulagé... non, heureux, en fait, et fier que la rampe soit à son mieux. Bien balayée et passée au jet. Personne n'était encore trop ivre... il était trop tôt. Et le coucher de soleil était si joli. Même l'odeur était moins forte. Le train de passagers arrive, tout guilleret. Il aurait pu venir de Cannes ou de Biarritz. Les gens descendent tout seuls. Pas de fouets, pas de matraques. Pas de wagons à bestiaux pleins de Dieu sait quoi. Le Vieux Pochetron fait son discours, je traduis, et nous y allons. Tellement "civilisé", tout ça. Et c'est alors que déboule ce satané camion. Et la fête est finie.

— Comment ça ? Qu'est-ce qu'il transportait ?

— Des cadavres. La montagne quotidienne de cadavres. Le transfert habituel du Stammlager au Pré de Printemps. »

Une demi-douzaine d'entre eux avaient manqué tomber du hayon. Boris les comparait à l'équipage d'un radeau fantôme vomissant par-dessus le bastingage.

« Les bras ballants. Et pas n'importe quels macchabées. Des macchabées rachitiques. Couverts de merde, de crasse, de guenilles, de sang, de blessures et de furoncles. Des cadavres brisés, de quarante kilos pièce.

— Ah. Fâcheux.

— Guère le summum de la sophistication.

— Est-ce à ce moment-là qu'ils se sont mis à brailler ? Nous avons entendu leurs gémissements.

— Il fallait voir la scène.

— Hum. Et l'interpréter. » Je voulais dire que ce ne devait pas être seulement un spectacle. C'était aussi, forcément, un récit qui racontait une longue histoire. Un tas de choses à assimiler d'un seul coup.

« Drogo Uhl pense qu'ils n'ont rien compris. Qu'ils n'ont pas saisi. Mais moi, je crois qu'ils ont *rougi* pour nous... rougi mortellement pour nous. À cause de nos... *cochonneries**. Tout de même... un camion plein de squelettes ! C'est un peu maladroit et provincial, tu ne trouves pas ?

— Peut-être. Sans doute.

— Tellement *insortables**. On n'est pas présentables. »

Trompeusement petit tout autant que trompeusement svelte, Boris était lieutenant-colonel dans la Waffen-SS : la SS armée, la SS de combat, la SS *guerrière*. La Waffen-SS était censée être moins contrainte par la hiérarchie (plus donquichottesque et spontanée) que la Wehrmacht, traversée par des différends répercutés de bas en haut de l'échelle. L'un des désaccords entre Boris et son supérieur, sur la tactique à suivre (cela se passait à Voronezh), avait dégénéré en pugilat, dont le jeune général de division était sorti édenté. Telle était la cause de la présence de Boris ici, *avec les Autrichiens*, comme il aimait à le dire – retrogradé, qui plus est, au grade de capitaine. Il lui restait encore neuf mois à tirer.

« Et la sélection ?

— Il n'y en a pas eu. C'étaient tous sans exception des clients pour le gaz.

« — Je me demandais : *qu'est-ce* qu'on ne leur inflige pas ?... Le viol, peut-être ?...

— Plein de choses. Et en même temps, on leur fait bien pire. Tu devrais apprendre à respecter tes nouveaux collègues, Golo. Bien, *bien* pire. On récupère les jolies filles et on fait sur elles des expériences médicales. Sur leurs organes reproducteurs. On les métamorphose en petites vieilles. Puis, la faim aidant, en petits vieux.

— Es-tu d'accord pour dire qu'on ne pourrait guère les traiter plus mal ?

— Oh, tout de même. On ne les mange pas. »

Pendant un bon moment, j'ai réfléchi à cette remarque. J'ai fini par dire : « Mais ça ne les dérangerait pas d'être mangés. Sauf si on les mangeait vivants.

— Non, mais on les force à se manger les uns les autres. Cela les gêne... Golo, dis-moi : qui, en Allemagne, *n'était pas d'avis* qu'on devait leur rabattre le caquet, aux Juifs ? Mais *ce qu'on leur fait ici*, merde, c'est ridicule, c'est... Mais tu sais le pire ? Tu sais ce qui me reste vraiment en travers de la gorge ?

— Je crois savoir, Boris.

— Ouais. Combien de divisions on mobilise pour ça ? Il y a des milliers de camps. Des milliers. Gaspillage d'heures de travail, de transports ferroviaires, de surveillance policière, de carburants. En plus, on tue notre main-d'œuvre ! Et la guerre, là-dedans ?

— Exactement. Et la guerre...

— Où est la logique ?... Oh, regarde, Golo. La brune à la coupe en brosse. C'est Esther. As-tu jamais vu quoi que ce soit d'aussi à croquer de toute ta vie ? »

*

58

Nous étions au rez-de-chaussée, dans le petit bureau de Boris, d'où l'on jouit d'un vaste panorama horizontal sur le Kalifornia. Cette Esther-là faisait partie de l'Aufraumungskommando, le commando de triage, une équipe tournante de deux ou trois cents filles qui s'affairaient dans une cour de la taille d'un terrain de football, ponctuée d'abris.

Boris s'est levé, s'est étiré. « Je l'ai secourue. Avant, elle ramassait à mains nues des gravats, à Monowitz. Puis une cousine à elle l'a infiltrée ici. On l'a découverte, bien sûr… parce qu'elle était rasée. Elle a été inscrite au Scheissekommando. Merde, je suis intervenu. Ce n'est pas si difficile. Ici, il suffit de voler Pierre pour soudoyer Paul.

— Et c'est pour ça qu'elle te déteste. »

Amer, hochant la tête : « Ouais, elle me hait. Mais on va lui donner une bonne raison de me détester, hein ? »

Boris a tapé sur le verre avec son stylo-plume, tapé jusqu'à ce qu'Esther lève la tête. Elle a roulé théâtralement les yeux avant de reprendre sa tâche (curieuse, sa tâche : elle écrasait des tubes de dentifrice pour faire tomber leur contenu dans une cruche fêlée). Boris s'est levé, a ouvert la porte et lui a fait signe d'approcher.

« Mademoiselle Kubis. Prenez une carte postale, je vous prie. »

J'ai pensé : *Quinze ans, séfarade (le teint levantin) ; peau délicate et ferme ; athlétique.* Elle a réussi, allez savoir comment, à se traîner lourdement jusque dans le bureau : la lourdeur de sa démarche était presque parodique.

« Veuillez vous asseoir, a dit Boris. J'ai besoin de vos connaissances en tchèque et de votre jolie écriture féminine. (Et, avec un grand sourire :) Esther, *pourquoi* tu me détestes à ce point ? »

Elle a tiré sur la manche de sa chemise.

« Mon uniforme ? » Boris lui tendit un crayon à la pointe fine. « Prête ? *Chère Maman deux points. Mon amie Esther écrit à ma place… parce que je me suis fait mal à la main… bien, Golo, ton rapport, je te prie… quand je cueillais des roses dehors point.* Comment se porte la Valkyrie ?

— Je la vois ce soir. Ou, du moins, c'est ce que j'espère. Mais j'ai confiance. Le Vieux Pochetron organise un dîner pour les gens de Farben.

— Tu sais, elle a tendance à faire des esclandres et à se retirer, à ce que j'ai entendu dire. Ce sera mortel si elle n'est pas là. *Comment décrire la vie au Pôle agricole point d'interrogation.* Mais tu es satisfait, tout de même, jusqu'ici ?

— Oh, oui. Enchanté. Je lui ai fait des avances, je lui ai même donné mon adresse. D'une certaine manière, je préférerais ne pas l'avoir fait, parce que, depuis, je m'attends toujours à ce qu'elle vienne frapper à ma porte. Je ne peux pas dire qu'elle ait sauté sur l'occasion, non, mais elle m'a bien compris…

— *Le travail est assez dur virgule.* Tu ne peux pas l'emmener chez toi… pas avec cette garce, cette fouineuse au rez-de-chaussée… *mais j'aime la campagne et le grand air point.*

— Quoi qu'il en soit. Elle est superbe.

— Oui, c'est vrai, mais maousse. *Les conditions de vie sont vraiment très correctes virgule.* Je les préfère plus menues. Elles me font plus d'effet. *Nos chambres sont simples mais confortables ouvrir la parenthèse.* Et elles sont plus faciles à culbuter. *En octobre virgule ils nous donneront…* Tu es dingue, tu le sais.

— Pourquoi ?

— Lui. *En octobre virgule ils nous donneront des édredons douillets. Pour les nuits plus froides fermer la parenthèse point-virgule.* Lui. Le Vieux Pochetron…

— C'est un minus. » J'ai employé alors une expression yiddish, que j'ai prononcée assez correctement pour que le crayon de Mlle Kubis marque une pause : « C'est un *grubbe tuchus*. Un gros cul : un péteux. Mais c'est un faible.

— *La nourriture est simple virgule c'est vrai virgule mais saine et en abondance point-virgule.* Ce vieux péteux est hargneux, Golo… *tout est d'une propreté impeccable point.* Et fourbe. La fourberie des faibles. *De vastes*, soulignez ça, s'il vous plaît, *de vastes salles de bains à la campagnarde… avec de grandes baignoires point. Propreté virgule propreté virgule tu les connais virgule ces Allemands point d'exclamation.* » Poussant un soupir, et avec une pétulance adolescente, voire enfantine, Boris s'est alors exclamé : « *Mademoiselle* Kubis. Veuillez lever la tête de temps à autre, que je puisse au moins voir votre visage ! »

Fumant des cheroots et buvant du kir dans des verres coniques, nous contemplions Kalifornia, qui était, simultanément et à une échelle phénoménale, un grand magasin de la longueur d'un immeuble, une immense braderie, une salle des ventes, une douane, une Bourse, une agora, une foire, un marché, un souk – un bureau des objets trouvés planétaire et terminal.

Tas imposants de musettes, de paquetages, de fourretout, de valises et de malles (ces dernières couvertes d'alléchantes étiquettes d'hôtels – évocatrices de postes-frontières, de villes nébuleuses), tel un vaste feu de joie n'attendant que la torche. Un empilement de couvertures haut comme un immeuble de trois étages : une princesse, fût-elle des plus délicates, n'aurait jamais pu sentir un pois sous vingt, trente mille épaisseurs de laine. Tout autour : de gras mamelons de batteries de cuisine, de brosses à cheveux, de chemises, de manteaux, de robes, de mouchoirs – et aussi de montres, de lunettes, et toutes sortes de prothèses, de perruques, de dentiers, d'appareils auditifs, d'appareils orthopédiques, de minerves. En dernier, le regard se posait sur le tertre de souliers d'enfants et la montagne tentaculaire de poussettes, dont certaines étaient de simples caisses sur roues, d'autres tout en rondeurs, landaus pour petits ducs et petites duchesses.

« Que fait-elle là-bas, ton Esther ? ai-je demandé. Son travail n'est pas très *allemand*, n'est-ce pas ? À quoi sert la cruche pleine de dentifrice ?

— Esther cherche des pierres précieuses… Tu sais comment elle a ravi mon cœur, Golo ? On l'a fait danser pour moi. On aurait dit de l'eau. J'ai failli éclater en sanglots. C'était mon anniversaire, et elle a dansé pour moi.

— Ah, c'est vrai ! Joyeux anniversaire, Boris.

— Merci. Mieux vaut tard que jamais.

— Quelle impression ça fait, d'avoir trente-deux ans ?

— Ça va, j'imagine. Pour l'instant. Tu verras toi-même, très bientôt. » Et, passant la langue sur les lèvres : « Tu sais qu'ils doivent acheter leurs billets de train ? Golo, ils paient leur acheminement ici. J'ignore comment ça s'est passé pour ces Parisiens, mais d'habitude… » Il pencha la tête pour s'ôter une escarbille dans l'œil. « La norme, c'est le prix d'un billet de troisième classe… aller simple. Moitié prix pour les enfants de moins de douze ans… aller simple. » Et, se redressant enfin : « C'est bien, non ?

— On pourrait dire ça.

— Soit, on devait les faire descendre de leurs grands chevaux, ces Juifs. Ce qui a été fait dès 1934. Mais ça, putain… ça, c'est loufoque, putain. »

*

62

Oui, Suitbert et Romhilde Seedig étaient là aussi, ainsi que Frithuric et Amalasand Burckl, et les Uhl, Drogo et Norberte, ils étaient là, de même, et Baldemar et Trudel Zulz... Moi, bien sûr, je n'avais pas de partenaire ; mais ils m'ont accolé, pour ainsi dire, la jeune veuve, Alisz Seisser (l'adjudant Orbart Seisser ayant décédé très récemment, au cours d'un incident d'une incroyable violence et ignominie, ici, au Kat Zet).

Oui, et Paul et Hannah Doll étaient présents.

C'est le commandant qui a ouvert la porte. Reculant d'un pas, s'exclamant :

« Ha, ha ! il est venu en grande tenue ! C'est qu'il a un commandement, pas moins.

— Purement nominal, monsieur. (Et, essuyant mes semelles sur le paillasson :) Il ne pourrait être plus élémentaire, d'ailleurs, n'est-ce pas ?

— La valeur n'attend pas le nombre des galons, Obersturmfuhrer, ah ! La juridiction, c'est ce qui compte. Regardez Fritz Mobius : il est encore plus bas que vous dans la hiérarchie... et il est tout feu tout flamme. La juridiction, voilà la clé de tout. Donnez-vous la peine d'entrer, jeune homme. Au fait, n'y prêtez pas attention, ce n'est rien... simple accident de jardinage. J'ai pris un méchant coup sur l'arête du nez, rien de plus. »

En conséquence duquel, néanmoins, Paul Doll avait deux yeux au beurre noir qui se voyaient comme le nez au milieu de la figure.

« Ce n'est rien. Et je vous assure que je sais ce qu'est une véritable blessure. Vous auriez dû me voir sur le front irakien en 1918. J'étais en charpie. Et ne vous inquiétez pas pour *elles*, non plus. »

Doll parlait des jumelles. Assises, en chemise de nuit, en haut de l'escalier, Paulette et Sybil se tenaient la main et pleurnichaient doucement. « Mon Dieu, mon Dieu !

s'est-il exclamé. Elles nous font encore une montagne d'une broutille. Mais où est donc mon épousée ? »

Je m'étais convaincu de ne pas la dévorer des yeux. Hiératique, divine et hâlée de frais, dans sa robe du soir en soie ambre, Hannah fut presque instantanément consignée aux franges neutres de ma vision périphérique... Je savais qu'une longue et tortueuse soirée se profilait ; pourtant, j'espérais encore obtenir quelques modestes avancées. Mon plan était d'introduire et de favoriser un certain thème, et d'exploiter ainsi une certaine tactique de séduction. Laquelle était sans doute regrettable mais aussi quasi infaillible.

Le grand, le svelte Seedig et le petit, le rondelet Burckl étaient tous deux en costume cravate ; tous les autres hommes avaient fière allure dans leur tenue de cérémonie. Doll, couvert d'insignes (Croix de Fer, Caducée d'Argent, Bague d'Honneur SS), dos tourné à la cheminée, jambes ridiculement écartées, se balançait sur les talons et, oui, de temps à autre caressait d'une main frémissante les macabres pustules qu'il avait sous les sourcils. Alisz Seisser était en deuil mais Norberte Uhl, Romhilde Seedig, Amalasand Burckl et Trudel Zulz étaient parées de velours et de taffetas, aussi multicolores que des cartes à jouer : reines de carreau, reines de trèfle. « Thomsen, s'est encore exclamé Doll, servez-vous ! Et joignez-vous à la compagnie. »

Sur la desserte étaient disposés quantité de plateaux de canapés (au saumon fumé, au salami, au hareng saur), et tout un bar de bouteilles, dont quatre ou cinq, toutes entamées, de champagne. J'ai accosté les Uhl : le capitaine, Drogo, d'âge mûr, carrure de docker, fossette au menton bleuté grisé par une barbe de trois jours, et Norberte, présence crépue, surchargée de bijoux, diadème doré, boucles d'oreilles volumineuses comme des quilles. La conversation était insignifiante mais j'ai fait deux découvertes vaguement surprenantes : Norberte et Drogo se détestaient intensément et tous deux étaient déjà ivres.

J'ai pris à part Frithuric Burckl et nous avons parlé boutique pendant vingt minutes ; ensuite, Humilia, paraissant à la porte à double battant, s'est inclinée timidement et a annoncé : « Madame est servie. »

Hannah : « Comment vont les filles ? Mieux ?

— Encore fort chagrines, madame. Je ne peux rien tirer d'elles. Elles sont inconsolables. »

Humilia s'est alors déplacée de côté tandis que, presque au pas de course, Hannah la dépassait et que, arborant une grimace de fureur, le commandant l'observait s'éclipser.

« Les uns *d'un côté*. Les autres *de l'autre*. »

L'air docte, Boris m'avait averti que les femmes seraient toutes assises ensemble ou qu'elles mangeraient séparément à la cuisine (peut-être même plus tôt, avec les enfants). Mais non, nous étions tous les douze assis à la table circulaire, dressée à la façon traditionnelle – mixte. Disons que, si j'étais installé à six heures, Doll était à onze heures, et Hannah à deux (le frôlage de nos mollets était envisageable *en théorie* mais, si je m'y étais risqué, seule ma nuque serait restée en contact avec ma chaise). J'étais assis entre Norberte Uhl et Alisz Seisser. Mouchoirs blancs en guise de foulards, Bronislawa, la bonne, et une autre auxiliaire, Albinka, ont allumé le candélabre à l'aide de longues allumettes puis ensuite les bougies du sapin de Noël.

Moi : « Bonsoir, mesdames. Bonsoir, madame Uhl. Bonsoir, madame Seisser. »

Alisz, bégayant : « Merci, monsieur, de même, monsieur. »

Dans ce milieu-là, la convention exigeait qu'on parle aux femmes au cours du potage ; après, dès que la conversation générale avait démarré, on n'était plus vraiment censé entendre leurs voix (elles devenaient comme du rembourrage, elles devenaient des *amortisseurs*). Visage rougeaud et déçu, avachie presque jusqu'au niveau de la nappe, Norberte Uhl gloussait dans sa barbe, de petits gloussements poussifs. Sans un coup d'œil à deux heures, je me suis donc tourné de sept heures à cinq, décidant de m'atteler à la veuve.

« J'ai été navré, madame Seisser, d'apprendre votre perte.

— Oui, monsieur… bien aimable, monsieur. »

Pas encore la trentaine, le teint mat, mais intéressant, peau criblée de grains de beauté (lesquels ont assuré une sorte de continuité quand, au moment de s'asseoir, elle a soulevé sa voilette noire brodée de mouches). Boris clamait son admiration pour sa taille ronde, sa silhouette ronde (qui ce soir paraissait fluide et aérienne, malgré son pas sépulcral). Il m'avait raconté, à coup de détails méprisants, les dernières heures du sergent-major.

Alisz : « Quel gâchis.

— Mais nous vivons une époque d'immenses sacrifices et…

— C'est vrai, monsieur. Merci, monsieur. »

Alisz Seisser n'était pas là en qualité d'amie ou de collègue mais en tant que relique honorée d'un sous-officier ; et, de toute évidence, elle était gênée, mal à l'aise. Je ne souhaitais rien de plus que la réconforter. Pendant un bon moment, j'ai cherché à dire quelque chose pour compenser le reste : c'est cela, oui, j'ai cherché la frange d'or du nuage noir de la ruine d'Orbart.

66

Il m'est venu à l'idée de commencer en déclarant qu'au moment de l'incident, le Sturmscharfuhrer avait du moins été sous l'influence d'un puissant analgésique : une importante, quoique totalement récréative, dose de morphine.

« Il ne se sentait pas bien, ce jour-là, a-t-elle expliqué, révélant des incisives félines (blanches comme du papier, fines comme du papier). Il ne se sentait pas bien du tout.

— Hum. C'est un travail très exigeant.

— Il m'a dit : "Tu sais, je ne suis pas en forme, ma vieille. Je ne suis pas moi-même." »

Avant d'aller au Krankenbau acheter ses médicaments, le sergent Seisser s'était rendu au Kalifornia voler assez d'argent pour pouvoir se les payer. Après quoi, il avait rejoint son poste à l'extrémité sud du camp des femmes. Alors qu'il approchait de la resserre à pommes de terre (espérant sans doute se rafraîchir, au calme), deux prisonnières étaient sorties des rangs et s'étaient précipitées vers le périmètre (une forme de suicide étonnamment rare) ; Seisser avait immédiatement levé sa mitraillette et ouvert le feu.

« Un mélancolique concours de circonstances », ai-je plaidé.

Car Orbart, surpris par la violence du recul de l'arme (et, à n'en pas douter, sous l'effet du médicament puissant), était tombé à la renverse et, sans cesser d'asperger les environs de balles, s'était affalé contre la clôture électrifiée.

Alisz : « Une tragédie.

— On ne peut qu'espérer, madame Seisser, qu'avec le temps...

— Vrai. Le temps panse toutes les plaies, monsieur. Du moins on le dit. »

Enfin, on a débarrassé les écuelles et servi le plat principal : un épais ragoût de bœuf au vin.

Hannah venait tout juste de revenir à table, Doll était en train de raconter une anecdote : la visite, près de deux mois auparavant (à la mi-juillet), du Reichsfuhrer-SS Heinrich Himmler.

« J'ai emmené notre hôte distingué à l'Élevage de Lapins de Dwory. Je vous invite instamment à le visiter, Frau Seedig. De magnifiques lapins angora, blancs et pelucheux à merveille. Nous les élevons, savez-vous, par centaines. Pour leur fourrure, nicht ? Pour que nos pilotes aient bien chaud pendant leurs missions, ce n'est pas rien ! Il y en avait un, en particulier... Il s'appelait *Boule de neige*... » L'expression de Doll a viré insensiblement au lubrique. « Une splendeur. Le prisonnier médecin, oh pardon... le prisonnier *vétérinaire*... il lui avait appris quantité de "tours". » Puis, avec un froncement des sourcils (accompagné d'une grimace de douleur) : « En fait, un seul tour. Mais quel tour. Boule de neige se dressait sur ses pattes de derrière, les pattes de devant, vous savez... dans cette position... et il mendiait ! Le vétérinaire avait appris à Boule de neige à mendier ! »

Le professeur Zulz (colonel honoraire de la SS, sinistrement sans âge comme le sont certains médecins) : « Et notre hôte distingué est tombé dûment sous le charme ? A-t-il été titillé ?

— Oh, le Reichsfuhrer a été titillé au point d'en devenir tout rouge. Ah, il rayonnait... il a même applaudi ! Et son entourage, comprenez... tous ont applaudi aussi. Boule de neige paraissait plutôt inquiet mais continuait à faire l'aumône ! »

Naturellement, en présence de toutes ces dames, les messieurs évitaient d'évoquer l'effort de guerre (pas plus que son ingrédient local, les progrès de la Buna-Werke). Durant tout ce temps, pas une fois je n'ai vraiment croisé le regard de Hannah, mais, régulièrement, nos regards détournés s'effleuraient hâtivement à la lueur des bougies… Abordant le thème de l'élevage avec des méthodes naturelles, la conversation s'est poursuivie : les remèdes aux herbes, le croisement des légumes, le mendélisme, les enseignements controversés de l'ingénieur agronome soviétique Trofim Lysenko.

Le professeur Zulz dit : « Il faudrait davantage faire savoir que le Reichsfuhrer est très qualifié en ethnologie. Je vous renvoie à son travail à l'Ahnenerbe.

— Assurément, répondit Doll. Il a réuni toute une équipe d'anthropologues et d'archéologues.

— Des runologues, des héraldistes et bien d'autres encore.

— Des expéditions en Mésopotamie, dans les Andes, au Tibet…

— Expertise, reprit Zulz. Matière grise. Voilà ce qui fait de nous les maîtres de l'Europe. La logique appliquée… tel est le secret. Aucun mystère là-dedans. Voyez-vous, je me demande s'il a déjà existé un État dont la tête et la chaîne de commandement ont jamais été aussi intellectuellement évoluées que le nôtre.

— QI. Capacité mentale. Aucun mystère là-dedans, poursuivit Doll.

— Hier matin, dit Zulz, je nettoyais mon bureau… je suis tombé sur deux notes de service accrochées ensemble avec un trombone. Eh bien, écoutez ça : des vingt-cinq chefs des Einsatzgruppen, nos polices politiques en Pologne et en URSS, qui font un boulot épatant, je vous le dis… eh bien, quinze ont un doctorat. Et prenez aussi… la Conférence des Secrétaires d'État en janvier. Sur les quinze hauts responsables présents ? Huit, *huit* doctorats.

— Quelle conférence, dites-vous ? demanda Seedig.

— À Berlin. À Wannsee. Sur la solution… pour finaliser…, répondit le capitaine Uhl.

— Pour finaliser les évacuations proposées dans les territoires libérés de l'Est », continua Doll, levant le menton, la bouche en cul-de-poule.

Drogo Uhl souffla du nez : « Hum. "Sur la vermine." »

— Huit doctorats ! reprit le professeur Zulz. Certes, Heydrich… qu'il repose en paix… C'est lui qui l'avait convoquée et la présidait. Mais, hormis lui, c'étaient des hauts fonctionnaires de second, voire de troisième ordre. Et pourtant. Huit doctorats. La force à tous les échelons. C'est *comme ça* qu'on prend les meilleures décisions.

— Qui était là ? demanda Doll, jetant un coup d'œil à ses ongles. Heydrich… Mais qui d'autre ? Rudolf Lange. Muller de la Gestapo. Eichmann… notre distingué chef de gare. Avec sa planchette à pince et son sifflet.

— C'est exactement ce que je disais, Paul. La force intellectuelle en profondeur. Des décisions de premier ordre du haut en bas de l'échelle.

— Mon cher Baldemar, rien n'a été "décidé" à Wannsee. On y a seulement entériné une décision prise des mois plus tôt. Prise au plus haut niveau. »

Il était temps d'introduire mon thème de prédilection et d'enfoncer le clou. Sous le système politique en place, chacun s'était vite habitué à l'idée que, là où le secret commençait, commençait aussi le pouvoir. Or, « le pouvoir corrompt » n'était pas une vaine expression. Mais « le pouvoir fascine » non plus, heureusement (pour moi) ; ma fréquentation du pouvoir m'avait procuré d'appréciables bonus sexuels. En temps de guerre, les femmes, surtout, en ressentaient l'irrésistible attrait ; elles avaient besoin de tous les amis et admirateurs possibles, de tous leurs protecteurs. Non sans provocation, j'ai commencé ainsi :

« Commandant. Puis-je vous dire une ou deux choses guère connues ? »

Doll s'est légèrement redressé sur ses fesses : « Oh, oui, je vous en prie.

— Merci. La conférence était une sorte de test, de galop d'essai. Le président de séance prévoyait une opposition farouche. Or, ça a été un succès aussi complet qu'inattendu. Après la réunion, Heydrich... le Reichsprotektor Reinhard Heydrich a savouré un cigare et un verre de cognac. En pleine journée. Heydrich, qui ne buvait jamais que seul... ! Un cognac devant le feu de cheminée. Le petit poinçonneur Eichmann enroulé à ses pieds.

— Y étiez-vous ? »

J'ai haussé les épaules mollement. Ensuite, me penchant en avant, dans un esprit expérimental, j'ai glissé ma main entre les genoux d'Alisz Seisser ; elle les a serrés, sa main a rejoint la mienne, et j'ai continué ainsi sur le chemin de la découverte.

En plus de ses autres problèmes, Alisz était paniquée. Tout son corps frémissait.

Doll, mastiquant et déglutissant : « Y étiez-vous ? Ou était-ce trop loin des hautes sphères pour vous ? Nul doute que vous tenez toutes ces informations de votre oncle Martin. » Les deux yeux au beurre noir exécutèrent un tour panoramique de la table. Puis, d'une voix plus profonde : « Bormann. Le Reichsleiter... Thomsen, autrefois, j'ai connu votre oncle Martin. Nous étions comme cul et chemise à l'époque de la Lutte. »

Quoique surpris, je n'en ai pas moins répondu du tac au tac : « Oui, monsieur. Il parle souvent de vous et de votre amitié.

— Transmettez-lui mes meilleurs sentiments. Et hum, veuillez continuer.

71

« — Où en étions-nous ? Ah oui, Heydrich voulait tâter le terrain…

— Si vous voulez parler des champs alentour, c'est gadoue et gadoue en ce moment !

— Suitbert, je vous en prie, dit Doll. Herr Thomsen.

— Il voulait tâter le terrain…, repris-je, évaluer une éventuelle opposition de l'administration. Une opposition à ce qui pouvait sembler être une entreprise plutôt ambitieuse. L'application finale de notre stratégie raciale à toute l'Europe.

— Et… ?

— Comme je l'ai dit, tout alla, étonnamment, comme sur des roulettes. Pas d'opposition. Aucune.

— Qu'y a-t-il d'étonnant là-dedans ? demanda Zulz.

— Eh bien, pensez à l'ampleur de l'entreprise, professeur. L'Espagne, l'Angleterre, le Portugal, l'Irlande… Et les chiffres… Dix millions. Peut-être douze… »

C'est à ce moment-là que la forme avachie à ma gauche, Norberte Uhl, a posé sa fourchette sur son assiette et lâché en postillonnant tout son soûl : « Oh, ce ne sont pourtant que de pauvres *Juifs*, après tout. »

On entendit alors la gustation, l'ingestion des civils (Burckl lapant aussi bruyamment que méthodiquement sa cuillère pleine de sauce, Seedig se rinçant la bouche au nuits-saint-georges). Tous les autres avaient cessé de mastiquer ; et j'ai eu l'impression que je n'étais pas le seul à prendre de plus en plus conscience de la présence de Drogo Uhl, dont la tête a décrit alors lentement un huit, tandis que sa bouche s'élargissait. Montrant les dents, il s'est tourné vers Zulz :

« Voyons, pas la peine de s'emporter, pas vrai ? Soyons indulgents. La bourgeoise ne comprend rien. *Que* de pauvres Juifs ?

72

— *Que* de *pauvres* Juifs. (Doll aquiesçait tristement, repliant sa serviette d'un air finaud.) La remarque a de quoi surprendre, ne trouvez-vous pas, professeur, compte tenu qu'ils encerclent désormais complètement le Reich ?

— Étonnante, en effet.

— Nous n'avons pas entrepris cette tâche à la légère, madame. Nous savons ce que nous faisons, me semble-t-il.

— Oui, acquiesça Zulz. Voyez-vous, ils sont particulièrement dangereux, madame Uhl, parce qu'ils ont compris depuis longtemps un principe biologique fondamental. La pureté raciale, c'est le pouvoir de la race.

— Ils se marient entre eux, ajouta Doll. Pas de mélanges, chez eux. Ils ont compris ça bien avant nous.

— C'est pourquoi ce sont des ennemis si redoutables, renchérit Uhl. Et si cruels… Mon Dieu. Pardonnez-moi, mesdames, vous ne devriez pas entendre ça mais…

— Ils écorchent vifs nos blessés.

— Ils mitraillent nos hôpitaux de campagne.

— Ils torpillent nos canots de sauvetage.

— Ils… »

J'ai regardé Hannah. Elle serrait les lèvres et fronçait les sourcils en direction de ses mains : ses mains aux longs doigts, qui lentement se combinaient, s'entortillaient et s'entrelaçaient, comme pour les laver à grande eau sous un robinet.

Doll : « C'est un trafic vieux comme le monde. Et nous en avons la preuve. Nous avons les minutes !

— *Les Protocoles des Sages de Sion*, cita Uhl, sinistrement.

— Ah, voyons, mon commandant, dis-je. On sait que certains ont leurs doutes sur les *Protocoles*.

— Vraiment ? Eh bien, je ne peux que les renvoyer à *Mein Kampf*, qui présente les faits de façon magistrale. Je ne me rappelle pas la démonstration mot pour mot, mais l'idée générale… Euh… le *Times* de Londres répète sans cesse que le document est un faux. Cela seul prouve son authenticité… Accablant, nicht ? Absolument imparable.

— Oui… prenez ça dans les gencives ! » dit Zulz.

Son épouse, Trudel, plissant le nez : « Ce sont des sangsues. Des punaises.

— Puis-je dire un mot ? » a demandé Hannah.

Doll a braqué sur elle son regard de bandit.

Hannah : « Eh bien, c'est un point capital. Incontournable. Je veux dire : leur talent pour la duperie. Et l'avarice. Un enfant ne s'y tromperait pas. » Elle a pris une inspiration avant de poursuivre : « Ils vous promettent la lune, tout sourires, ils vous leurrent. Et puis ils vous dépouillent de tout ce que vous possédez. »

Avais-je imaginé ça ? Ces paroles auraient pu sortir de la bouche d'une ménagère SS ; mais, à la lueur des bougies, elles semblaient insaisissables.

« Tout cela est indéniable, Hannah », dit Zulz, l'air intrigué. Il a paru se détendre. « Maintenant, nous faisons au Juif ce qu'il nous a fait.

— Maintenant, le vent a tourné, le marteau a changé de main, dit Uhl.

— Maintenant, nous lui rendons la monnaie de sa pièce », a ajouté Doll. Et il a ri jaune. « Non, madame Uhl. Nous ne nous sommes pas lancés dans cette opération à la légère. Nous savons ce que nous faisons, croyez-moi. »

Tandis qu'on faisait passer aux convives les salades, les fromages, les fruits, les gâteaux, le café, le porto et les schnaps, Hannah s'est rendue pour la troisième fois à l'étage.

Doll : « Maintenant, ils tombent comme des mouches. On a presque honte de rafler la mise. » Et, levant une main bulbeuse pour compter les points : « Sevastopol. Voronezh. Kharkov. Rostov…

— Oui, et attendez qu'on passe en force sur l'autre rive de la Volga, dit Uhl. Avec nos bombes, on a fait exploser la baudruche de Stalingrad. Maintenant, la ville va tomber comme un fruit mûr. »

« Vous, les gars (c'est-à-dire Seedig, Burckl et moi), vous feriez aussi bien de faire votre barda et de rentrer chez vous. D'accord, nous aurons encore besoin de votre caoutchouc. Mais plus de votre essence. Puisque les gisements de pétrole du Caucase seront à notre merci… Alors ? Leur as-tu donné une bonne râclée ? »

La question du commandant s'adressait à son épouse, qui, plongeant sous le linteau, sortait des ombres pour émerger à la lumière tremblante de la salle à manger.

S'asseyant, Hannah a dit : « Elles dorment.

— Dieu et tous ses anges soient bénis ! Vraiment, que de *simagrées* ! (Et, faisant pivoter sa tête :) Le judéo-bolchevisme sera écrasé avant la Saint-Sylvestre. Ensuite, ce sera le tour des Américains.

— Leur armée est *pitoyable*, a dit Uhl. Seize divisions ! D'environ la taille de celle de la Bulgarie. Combien de bombardiers B-17 ? Dix-neuf. Quelle blague.

— Ils font manœuvrer des camions avec *Tank* peint sur le côté, Zulz a ricané.

— L'Amérique ne changera en rien le cours de l'histoire, a poursuivi Uhl. Zéro. Nous ne sentirons même pas la pression de son pouce sur la balance. »

Frithuric Burckl, qui avait à peine parlé, a dit alors, tout doucement : « Ça n'a pas été, et de loin, notre expérience pendant la Grande Guerre. Une fois que leur économie se réveillera…

75

— Oh, incidemment…, ai-je dit. Saviez-vous, commandant, qu'il y a eu une autre conférence à Berlin le même jour en janvier ? Présidée par Fritz Todt. Sur l'armement. Sur la restructuration de l'économie. Pour se préparer à l'allongement du conflit.

— Defatismus ! s'est écrié Doll, éclatant de rire. Wehrkraftzersetzung ! Subversion de l'effort de guerre.

— Absolument pas, monsieur (je riais, comme lui). L'armée allemande. L'armée allemande est telle une force de la nature… irrésistible. Mais elle doit être équipée et approvisionnée. Le problème, c'est la main-d'œuvre. »

Burckl a croisé rondouillardement bras et jambes : « Normal, puisqu'on la ponctionne dans les usines pour la vêtir d'uniformes. Dans toutes les campagnes de 1940, nous avons perdu cent mille hommes. À l'Est, désormais, nous en perdons trente mille par mois.

— Soixante, ai-je précisé. Trente, c'est le chiffre officiel. Le vrai, c'est soixante. Il faut être réaliste. Le National-Socialisme, c'est la logique appliquée. Il n'y a pas de mystère, comme vous dites. Donc, mon commandant, puis-je faire une suggestion qui, je le sais, ne fera pas l'unanimité ?

— Fort bien. Nous sommes tout ouïe.

— Nous disposons d'une réserve de main-d'œuvre inexploitée de vingt millions d'individus. Ici même au sein du Reich.

— Où ?

— Elle vous entoure, monsieur. Les femmes. La force de frappe féminine. »

Doll a poussé un soupir d'aise : « Impossible. Les femmes et la guerre ? C'est contraire à nos convictions les plus chères. »

Des murmures d'accord de la part de Zulz, Uhl et Seedig.

« Je le sais. Mais tous les autres le font. Les Anglo-Saxons. Les Russes.

— Raison supplémentaire pour *ne pas* le faire. Vous ne transformerez pas mon épouse en Olga, la pelle à la main, creusant des tranchées et dégoulinant de sueur !

— Elles font plus que creuser des tranchées, mon Kommandant. La batterie, la batterie anti-aérienne qui a bloqué les panzers de Hube au nord de Stalingrad et a résisté jusqu'à la mort, c'étaient toutes des femmes. Des étudiantes, des jeunes filles… » J'ai serré une dernière fois la cuisse d'Alisz, avant de lever les bras et de déclamer en riant : « Je suis très téméraire. Et terriblement bavard. Désolé, la compagnie. Mon cher Oncle Martin a l'habitude de s'éterniser au téléphone : à la fin de la journée, toutes ses histoires me sortent par les oreilles. Ou par la bouche. Eh bien, qu'en pensez-vous, mesdames ?

— *De quoi* : qu'en pensent-elles ? a demandé Doll.

— De l'éventualité de *s'engager.* »

Doll, se levant : « Ne répondez pas. Il est temps de le kidnapper. On ne peut pas laisser cet "intellectuel" corrompre nos femmes ! Bien : sous mon toit, ce sont les hommes qui se retirent après dîner. Pas au salon mais dans mon humble Arbeitzimmer. Cognac, cigares et conversation *sérieuse* sur la guerre. Messieurs… après vous. »

*

Dehors, la nuit était doublée de quelque chose, quelque chose dont j'avais entendu parler mais dont je n'avais pas fait l'expérience moi-même : le talent silésien pour l'hiver. Nous étions le 3 septembre. Je me suis levé et, sur les marches, sous la lanterne de la remise à véhicules, j'ai boutonné ma houppelande.

77

Au milieu du fouillis du bureau de Doll, tous les hommes sauf Burckl et moi s'extasiaient (ils beuglaient, en fait) sur les merveilles que les Japonais accomplissaient dans le Pacifique (victoires en Malaisie, Birmanie, Corée et Chine occidentale, à Hong Kong, Singapour, Manille, Sumatra, dans le Bornéo du Nord, la province de Bataan et les îles Solomon) ; ils dressaient les louanges du généralat d'Iida Shojiro, de Homma Masaharu, d'Imamura Hitoshi et d'Itagaki Seishiro. S'est ensuivi un interlude plus calme, pendant lequel on s'est accordés sans éclats de voix sur le fait que les empires sclérosés et les démocraties craintives d'Occident ne faisaient pas le poids face aux autocraties raciales ascendantes de l'Axe. Puis ils ont recommencé à faire du tapage quand ils ont évoqué les invasions prochaines de la Turquie, de la Perse, de l'Inde, de l'Australie et (imaginez ça) du Brésil...

À un moment donné, j'ai senti le regard de Doll posé sur moi. Après un silence inattendu, il a déclaré :

« Il ressemble un peu à Heydrich, nicht ? Il y a un air de famille.

— Vous n'êtes pas le premier à le voir, monsieur. » Hormis Goring, qui aurait pu être un burgher sorti des *Buddenbrook*, et Ribbentrop, l'ex-importateur de champagne et pseudo-aristocrate (quand il était ambassadeur à Londres, et plutôt absentéiste, la bonne société anglaise le surnommait « l'Aryen fantôme »), Reinhard Heydrich était le seul Nazi éminent à pouvoir passer pour un pur Teuton, tous les autres étant composés de l'habituel méli-mélo balto-alpino-danubien. « Heydrich passait son temps au tribunal, ai-je déclaré, à défendre son lignage. Mais toutes ces rumeurs, Hauptsturmfuhrer, sont tout à fait infondées. »

Doll, souriant, à voix basse : « Eh bien, espérons que Thomsen ici présent, à la différence du Protektor, échappera à une mort prématurée. (Puis élevant la voix :) Winston Churchill est sur le point de démissionner. Il n'a pas le choix. Au bénéfice d'Eden, qui est moins à la botte des Juifs. Voyez-vous, quand la Wehrmacht reviendra victorieuse de la Volga, et de ce qu'étaient Moscou et Leningrad, tous nos soldats seront désarmés par la SS à la frontière. À partir de maintenant, nous... »

Le téléphone a sonné. Le téléphone a sonné à onze heures du soir : un appel fixé à l'avance avec une secrétaire du Sekretar à Berlin (l'une de mes ex-petites amies, fort serviable). Les autres ont observé un silence obéissant et ont écouté pendant la conversation qui s'est ensuivie.

« Merci, mademoiselle Delmotte. Dites au Reichsleiter que je comprends. » J'ai raccroché. « Je suis désolé, messieurs. Veuillez m'excuser. Un coursier va venir à mon appartement dans la Vieille Ville. Je dois aller le recevoir.

— Pas de repos pour les méchants ! s'est exclamé Doll.

— Aucun », répondis-je en m'inclinant.

Dans le salon, Norberte Uhl était allongée tel un épouvantail renversé sur le canapé, et Amalasand Burckl était aux petits soins avec elle. Alisz Seisser était assise, raide comme un piquet, le regard fixe, sur un banc bas en bois : Trudel Zulz et Romhilde Seedig étaient aux petits soins avec elle. Hannah Doll venait de monter à l'étage et l'on ne s'attendait pas à ce qu'elle redescende. Après avoir annoncé à la galerie que je n'avais pas besoin d'être accompagné jusqu'à la sortie, je me suis exécuté, marquant un temps d'arrêt d'une minute ou deux dans le couloir au pied de l'escalier. Le tonnerre lointain de l'eau d'un bain qu'on faisait couler ; le bruit légèrement adhésif de pieds nus ; le grincement outré des lattes.

Dans le jardin côté allée, je me suis retourné et ai levé les yeux. J'espérais voir Hannah nue ou presque à la fenêtre, à l'étage, me regardant, lèvres entrouvertes (inhalant la fumée rauque d'une Davidoff). De ce point de vue, j'ai été déçu. Seuls les rideaux tirés, de fourrure ou de peau, et la quiétude d'un rectangle de lumière. Je suis donc parti.

Les lampes à arc défilaient à des intervalles de cent mètres. D'énormes mouches noires encroûtaient leurs grillages. Oui, et une chauve-souris est passée en silence devant la lentille crémeuse de la lune. Du club des officiers (du moins, c'est ce que j'ai imaginé), porté par l'acoustique tortueuse du Kat Zet, filtrait la mélodie d'une ballade populaire, *À l'heure de nous séparer, dis-moi tout bas « Au revoir »*. Mais j'ai aussi détecté des bruits de pas dans mon dos et, une fois encore, me suis retourné.

Ici, presque une fois par heure, on avait l'impression de vivre dans un asile immense et pourtant grouillant. C'était un de ces moments-là. Un gamin de sexe indéterminé, vêtu d'une robe de chambre dont l'ourlet frôlait le sol, arrivait vers moi à toute vitesse – vite, oui, bien trop vite. Ils bougeaient tous trop vite, ici.

La silhouette gracile se dandinait fièrement quand elle a pénétré dans un halo de lumière. C'était Humilia.

Elle m'a tendu une enveloppe bleue, disant : « Tenez, de la part de Madame. »

Après quoi, elle a tourné les talons, et est repartie très vite.

Je me suis beaucoup battue... Je ne puis plus longtemps... Maintenant je dois... Parfois une femme... J'ai la poitrine oppressé quand je... Rencontré-moi au... Je viendrais a vous dans votre...

Pendant vingt minutes, j'ai marché en imaginant les choses les plus folles : j'ai dépassé les limites de la Zone d'Intérêt, vers les ruelles vides de la Vieille Ville, jusqu'à la place, avec sa statue grise et le banc en fonte sous le lampadaire à col-de-cygne. Je me suis assis et j'ai lu.

*

Le capitaine Eltz : « Devine ce qu'elle a osé faire. Esther. »

Boris était entré avec sa propre clef et faisait les cent pas sur la modeste longueur de mon salon, une cigarette dans une main mais aucun verre d'alcool dans l'autre. Il était à jeun, fébrile et concentré.

« Tu te souviens ? La carte postale… ? Est-ce qu'elle est folle ?

— Un instant. De quoi parles-tu ?

— Ce que je lui dictais, sur la bonne nourriture, la propreté, les bains… elle a rien écrit de tout ça. » Boris était indigné par l'ampleur et le caractère direct de la transgression d'Esther. « Elle a écrit que nous étions un ramassis de meurtriers et de menteurs ! Elle a même élaboré sur le sujet : "un ramassis de rats, de voleurs, de sorcières, de boucs, de vampires et de pilleurs de tombes".

— Sa lettre est passée entre les mains de la Postzensurstelle.

— Naturellement. Avec une enveloppe portant nos deux noms. Que croyait-elle ? Que je me serais contenté de la mettre à la boîte ?

— Donc, comme d'habitude, elle cherche à remuer la merde. »

Boris s'est penché en avant. « *Non*, Golo. Ce qu'elle a fait, c'est carrément un *crime politique*. Du sabotage. Quand elle est arrivée au Kat Zet, elle a pris une décision. Elle me l'a avoué. Elle s'est promis : *Je ne me plais pas ici, je ne vais pas mourir ici*... Et *voilà* comment elle se comporte.

— Où est-elle maintenant ?

— Ils l'ont foutue au Block 11. D'abord, je me suis dit : je dois lui faire parvenir de la nourriture et de l'eau. Ce soir. Mais, maintenant, je pense que ça lui fera du bien. De passer deux jours là-bas. Ça lui mettra du plomb dans la tête.

— Prends donc un verre, Boris.

— Je veux bien.

— Un schnaps ? Qu'est-ce qu'on leur fait, au Block 11 ?

— Merci. Rien. Justement. C'est ce qu'explique Mobius : on laisse la nature suivre son cours. On ne voudrait pas aller contre les lois de la nature, hein ? Deux semaines, c'est la moyenne, s'ils sont jeunes. » Il a levé les yeux vers moi : « Tu as l'air déprimé, Golo. Est-ce que Hannah t'a envoyé paître ?

— Non, non. Continue. Esther. Comment la sortir de là ? »

Au prix d'un certain effort, j'ai tenté de m'intéresser à de banales affaires de vie et de mort.

2. DOLL : LE PROJEKT

Pour être tout à fait honnête, je suis un peu dépité par mes yeux au beurre noir.

Non que je sois douillet, inutile de le préciser. Mes états de service sont assez éloquents, puis-je me risquer à affirmer, en ce qui concerne ma résistance physique. Sur le front irakien, pendant la dernière guerre (à 17 ans, plus jeune sous-officier de toute l'armée impériale, je hurlais tout à fait à mon aise des ordres à des hommes de deux fois mon âge), je me battis toute une journée, toute une nuit et, ja, encore tout le lendemain, rotule gauche éclatée, visage et cuir chevelu ratissés par un éclat d'obus, mais j'eus encore la force, après cette 2e aube, d'enfoncer ma baïonnette dans le ventre des traînards anglais et hindous du fortin que nous réussîmes finalement à prendre.

C'est à l'hôpital de Wilhelma (une colonie allemande sur la route entre Jérusalem et Jaffa), tout en récupérant de 3 blessures par balles écopées pendant la 2e Bataille d'Amman, que je cédai au « sortilège » du batifolage amoureux, avec une patiente, la svelte Waltraut. Waltraut était traitée pour de graves troubles psychiques, notamment la dépression ; et j'aime à penser que nos fusions intemporelles ont comblé les failles de son esprit, aussi sûrement qu'elles ont refermé les impressionnantes entailles que j'avais au creux du dos. Aujourd'hui, mes souvenirs de ce temps-là sont avant tout *sonores*. Quel contraste – d'un côté, les grognements et les haut-le-cœur du combat au corps à corps, de l'autre les roucoulements de nos jeunes amours (souvent accompagnés de véritables chants d'oiseaux, dans un bosquet ou un verger) ! Je suis un romantique invétéré. Moi, il me faut de la romance.

Non, le problème avec les yeux au beurre noir, c'est qu'ils entament sérieusement mon aura d'autorité infaillible. Et je ne veux pas dire seulement à la salle d'opération, à la rampe ou à la fosse. Le jour de l'accident, je donnais un dîner important pour les gens de la Buna, ici dans notre belle villa ; et j'eus le plus grand mal à sauver la face : je me donnais l'impression d'être un pirate, un clown dans une pantomime, un koala, un raton laveur. Au début du repas, je fus complètement hypnotisé par mon reflet dans la soupière : une tache en diagonale, rosée, deux prunes mûres, bancales, sous le front. J'étais persuadé que Zulz et Uhl s'adressaient des sourires en coin, et même Romhilde Seedig semblait se retenir de glousser. Toutefois, dès que nous entamâmes la conversation, je revécus, la dirigeant avec mon assurance coutumière. (Et je remis M. Angelus Thomsen vertement à sa place.)

Cela dit, si je me sens si mal sous mon propre toit, en compagnie de collègues, de connaissances et de leurs épouses, comment me comporterais-je en présence des hautes autorités ? Et si le Gruppenfuhrer Blobel revenait ! Et si l'Oberfuhrer Benzler de l'Office central de la Sécurité du Reich débarquait pour une inspection surprise ? Et si, Dieu nous en garde, nous devions recevoir une nouvelle visite du Reichsfuhrer-SS ? Ah, je crois que je serais bien incapable de croiser le regard du petit Fahrkartenkontrolleur, l'Obersturmbannfuhrer Eichmann !

C'est la faute à ce vieux schnock de jardinier. Imaginez, voulez-vous, une matinée de dimanche ensoleillée. Je suis assis à la table de notre joli boudoir, en pleine forme, après une « session » énergique quoique peu concluante avec ma moitié. Je dégustais le petit déjeuner préparé avec cœur par Humilia (qui s'était ensuite rendue dans quelque tabernacle délabré de la Vieille Ville). Après avoir dévoré mes 5 saucisses (et bu autant de bols d'un café fameux), je me levai et me dirigeai vers la porte-fenêtre, avec l'envie de méditer en fumant une cigarette dans le jardin.

Dans l'allée, dos tourné et une pelle sur l'épaule, Bohdan observait d'un air niais la tortue qui tracassait un trognon de laitue. Lorsque je passai de l'herbe au gravier, il se retourna avec une brusquerie de mongol ; l'épaisse lame de la pelle décrivit un 1/2-cercle et vint frapper l'arête de mon nez.

Hannah, lorsqu'elle finit par descendre, épongea abondamment la contusion et, avec ses phalanges chaudes, remit délicatement en place la peau à vif sur le front...

Désormais, 1 semaine plus tard, j'ai les yeux de la teinte d'une grenouille malade : un macabre vert jaunâtre.

« Impossible », déclara Prufer (fidèle à lui-même).

Je rétorquai en soupirant : « L'ordre vient du Gruppenfuhrer Blobel, c'est-à-dire qu'il vient du Reichsfuhrer-SS. Compris, Hauptsturmfuhrer ?

— C'est impossible, Sturmbannfuhrer. On n'y arrivera pas. »

Prufer, même si c'est loufoque, est mon Lagerfuhrer, à savoir : mon numéro 2. Wolfram Prufer, jeune (tout juste 30 ans), fadement séduisant (il y a quelque chose de terne dans son visage rond), jamais une initiative – bref, un indécrottable cossard. D'aucuns prétendent que notre

Zone d'Intérêt est un dépotoir pour des ratés de 2d ordre. Et je serais plutôt d'accord (si cela ne me renvoyait pas une mauvaise image de moi).

« Pardon, Prufer, répliquai-je, mais *impossible* n'est pas SS. Ce mot ne figure pas dans notre lexique. Nous nous élevons au-dessus des conditions objectives.

— Mais à quoi ça sert, toutes ces précautions, mein Kommandant ?

— À quoi ça sert ? C'est la politique, Prufer. Nous éliminons les traces. Nous devons même moudre les cendres. Dans des moulins à os, nicht ?

— Désolé, monsieur, mais je vous repose la question. À quoi ça sert ? Ça n'aurait de l'importance que si on devait perdre, ce qui n'arrivera pas. Quand on gagnera, et on gagnera, ces choses-là n'auront plus aucune importance. »

Je dois reconnaître que j'avais déjà suivi ce raisonnement en pensée. « Tout dépendra *un peu*, tout de même, de *quand* nous remporterons la victoire. Il faut avoir une vision à long terme, Prufer. Des esprits pointilleux pourraient poser des questions, fouiner.

— Mais je ne comprends toujours pas, Kommandant. Voyons… après la victoire, on est censé encore augmenter le nombre d'opérations, non ? Les gitans et les Slaves et tous les autres…

— Hum. C'est ce que je croyais.

— Alors, pourquoi se mettre à faire du sentiment ? » Prufer se gratta la tête. « De combien de pièces on parle, Kommandant ? Est-ce qu'on en a au moins une vague idée ?

— Non. Mais des quantités insensées. » Je me levai et me mis à faire les 100 pas. « Voyez-vous, Blobel est responsable du nettoyage de tout le territoire. Ach, il n'arrête pas d'exiger plus des Sonders. Et la vitesse à laquelle il les use ! Je lui ai dit : *Pourquoi devez-vous disposer de tous les Sonders après chaque Aktion ? Vous ne pourriez pas*

les faire durer un peu plus ? Ils n'iront nulle part, vous savez.
Mais vous croyez qu'il m'écoute ? » Je regagnai mon fauteuil. « Voyons, Hauptsturmfuhrer. Goûtez ça.

— Qu'est-ce que c'est ?

— À quoi ça ressemble ? C'est de l'eau ! Buvez-vous l'eau ici ?

— Jamais de la vie, Sturmbannfuhrer ! Je bois de l'eau en bouteille.

— Moi aussi. Mais goûtez-la. *Moi*, j'ai dû la goûter. Allons, goûtez-la… C'est un ordre, Hauptsturmfuhrer. Allons. Pas besoin de l'avaler. »

Prufer but une infime gorgée, qu'il laissa instantanément couler à travers ses dents.

« Ça a le goût de la charogne, non ? Inspirez profondément. » Je lui tendis ma flasque. « Prenez une goutte de ça, plutôt. Voilà… Hier, Prufer, j'ai été cordialement invité à la maison communale, dans la Vieille Ville. Pour rencontrer une délégation de notables. Ils se plaignent qu'elle est imbuvable même après avoir été bouillie à plusieurs reprises. Les pièces se sont mises à fermenter, Hauptsturmfuhrer. Les nappes phréatiques sont contaminées. Nous n'avons aucune issue. L'odeur va devenir insupportable.

— *Va* devenir, mein Kommandant ? Vous ne pensez pas qu'elle l'est déjà ?

— Arrêtez de *geindre*, Prufer. Se plaindre ne va guère résoudre nos problèmes. Vous ne faites que ça. Vous *n'arrêtez pas* de vous plaindre. Gnan gnan gnan. »

Je m'aperçus alors que je tenais le même discours que Blobel m'avait tenu – quand moi aussi, au début, je m'étais récrié. Et ses propres doléances étaient sans nul doute fustigées par Himmler. Incontestablement, Prufer s'indignera de l'opposition de Erkel et Stroop. Et ainsi de suite. La Schutzstaffel est une chaîne infinie de doléances.

Une chambre d'écho de doléances... Prufer et moi-même étions dans mon bureau du BAP, une pièce au plafond bas, plutôt sombre (et un tantinet encombrée), mais ma table de travail, à laquelle j'étais assis, était immense.

« Donc, c'est urgent, poursuivis-je. C'est objectivement urgent, Prufer. J'espère que vous le comprenez. »

Ma secrétaire, la mignonne Minna, frappa à la porte et entra. D'un ton à la perplexité non feinte, elle annonça : « Un homme du nom de "Szmul" attend dehors, mon Kommandant. Il vient vous voir. Soi-disant.

— Dites-lui de rester où il est, Minna. Et d'attendre.

— D'accord, mon Kommandant.

— Y a-t-il du café ? Du vrai café ?

— Non, mon Kommandant.

— Szmul ? » Prufer déglutit, poussa un soupir puis déglutit derechef. « Szmul ? Le Sonderkommandofuhrer ? Que fait-il ici, Sturmbannfuhrer ?

— Ce sera tout, Hauptsturmfuhrer. Repérez les fosses, accumulez ce que vous pouvez de carburant et de méthanol, s'il en reste, et renseignez-vous auprès de Sapper Jensen sur les propriétés physiques des bûchers.

— À vos ordres, mein Kommandant. »

J'étais plongé dans mes pensées lorsque Minna déboula avec une double brassée de communiqués, de télégrammes, de messages téléimprimés et de notes de service. C'est une jeune femme avenante et avertie, quoique bien trop flachbrustig même si son Arsch est tout à fait présentable et, d'ailleurs, si on relevait cette jupe serrée, on... Oh, je ne comprends pas pourquoi je me laisse aller à écrire de telles choses, ce n'est pas du tout dans mon style... D'ailleurs, mes pensées sont centrées sur mon épouse. Hannah, ici, pendant l'Aktion en cours ? Non ! Les filles non plus, a fortiori. Je pense plutôt qu'un petit voyage à Rosenheim serait indiqué. Sybil et Paulette pourront voir ces 2 excentriques raisonnablement inoffensifs, leurs grands-parents maternels, aux Bois de l'Abbaye : les poutres d'ébène, les poules, les amusants dessins en relief de Karl, la cuisine anarchique de Gudrun. Oui, les environs de Rosenheim... L'air de la campagne leur fera le plus grand bien. D'ailleurs, compte tenu de l'humeur de Hannah en ce moment...

Ach, si mon épouse pouvait être aussi docile que la languide Waltraut ! Waltraut – où es-tu donc aujourd'hui ?

« Quoi, toi, un être humain ? tempêtai-je dans la cour. Tu t'es vu, Sonderkommandofuhrer ? »

Mes yeux, à moi ? Mes yeux sont comme ceux de Boucle d'or comparés aux billes du Sonderkommandofuhrer Szmul. Ses yeux ont rendu l'âme, ils sont morts, éteints, vidés. Le regard typique des Sonders.

« Regarde donc tes yeux, mon brave. »

Szmul haussa les épaules, jetant un regard en biais au gros quignon de pain qu'il avait jeté par terre en me voyant approcher.

« Après moi..., commençai-je, avant de laisser mon esprit divaguer un instant. Vois-tu, dans les jours qui viennent, Sonder, ton Gruppe sera démultiplié par 10. Tu vas devenir l'homme le plus important de tout le KL. Après moi, cela va de soi. Viens. »

Dans le camion, direction nord-est, je songeai avec dégoût à l'Obersturmfuhrer Thomsen. Malgré son maintien efféminé, cette grande gigue est, de l'aveu de tous, un insatiable coureur de jupons. Il jouit même d'une fameuse réputation, apparemment. Et il n'est pas davantage respectueux des personnes, d'aucune manière, loin de là. Il aurait mis en cloque 1 fille von Fritsch (*après* le scandale du commandant en chef avec le garçon des

Jeunesses hitlériennes…) ; et 2 sources différentes m'ont rapporté qu'il avait même tringlé Oda Muller ! Autre cran à son ceinturon : Cristina Lange. On chuchote qu'il racole même pour le compte de son oncle Martin – il aurait facilité la liaison du Reichsleiter avec la grande actrice M***. Selon une autre rumeur, il aurait accompli « l'œuvre des ténèbres » avec sa propre tante Gerda (ou ce qu'il en reste après tant d'enfants, 8, 9… ?). Ici au KL, c'est de notoriété publique, Thomsen s'est payé tout un peloton de Helferinnen, y compris Ilse Grese (dont la réputation est, quoi qu'il en soit, notoirement sulfureuse). Son camarade et souffre-douleur Boris Eltz ne vaut apparemment guère mieux. Certes, mais Eltz est un prodigieux guerrier, et (c'est désormais reconnu quasi officiellement) de tels héros doivent aimer aussi librement qu'ils combattent. Alors que : quelle est l'excuse de Thomsen ?

En Palestine, la filiforme Waltraut m'a montré un exemple que j'ai suivi toute ma vie : en l'absence de sentiments, la copulation (soyons honnêtes), c'est assez sordide. À cet égard, je m'aperçois que je ne suis pas un soldat typique ; jamais je ne parlerais d'une femme de façon irrespectueuse ; et je déteste la vulgarité. Le monde du lupanar m'a donc été épargné, avec sa fange et sa crasse inimaginables ; de même les lubricités « mondaines » – la ballerine coincée entre les bottes en cuir sous la table, la main remontant sous la jupe dans la cuisine, le dandinement du croupion de la poule citadine, les orbites plâtrées, les aisselles rasées, la culotte transparente, la jarretière et les bas noirs encadrant les étendues crémeuses du haut des cuisses… De telles choses ne sont d'aucun intérêt pour votre humble serviteur, Paul Doll. Très peu pour moi merci.

Je ne serais pas surpris que Thomsen tente sa chance avec Alisz Seisser. Une pensée vraiment saisissante : cet escogriffe aux cheveux d'un blanc crémeux se délectant de cette pulpeuse brioche au sucre. Elle était ravissante, à dîner, l'autre soir. Ah, il faudra qu'il aille vite en besogne car elle rentre à Hambourg dans 1 semaine ou 2. Elle connaît un certain état de grâce, puisqu'elle récupère de la disparition de son sergent, de la perte d'Orbart, qui a donné sa vie pour déjouer une tentative d'évasion du Camp des Femmes. Son acte a conféré de la noblesse à la contenance de celle qui lui survit. Sans compter que le noir lui sied. Tandis que nous faisions ribote à la villa, les vêtements de deuil d'Alisz (son haut très ajusté) étaient délicatement rehaussés, pourrait-on dire, par les rais argentés du sacrifice germanique. C'est bien ce que je disais, voyez-vous. La romance : la romance avant tout.

Combien de temps Hannah croit-elle pouvoir continuer cette comédie ?

Croyez-moi : il n'y aura plus assez de réserves d'essence de récupération, et je devrai *encore une fois* aller à Katowitz.

« Arrêtez-vous là, Unterscharfuhrer. Ici !
— Oui, mein Kommandant. »

Je n'étais pas retourné au Sector 4IIIb(i) depuis juillet, lorsque j'y avais accompagné le Reichsfuhrer-SS lors de sa journée d'inspection éclair. En descendant de la cabine du camion (en même temps que Szmul descendait à l'arrière), je m'aperçus, avec une certaine gêne, que je sentais l'odeur du Pré du Printemps. Le pré débutait une 10zaine de mètres après le monticule où se tenaient Prufer, Stroop et Erkel, la main plaquée contre les narines. Et, en plus, on *entendait*. On sentait, cela va de soi, mais on *entendait* aussi : des éclatements, des *ploc*, des *pschitt*. J'ai rejoint mes collègues et contemplé le vaste champ.

Je le contemplai sans une once de feinte sentimentalité. Il n'est pas vain de répéter que je suis un homme normal avec des sentiments normaux. Lorsque je suis tenté de me laisser aller à une quelconque faiblesse, toutefois, je pense tout simplement à l'Allemagne, et à la confiance instillée en moi par son Sauveur – dont je partage inébranlablement la vision, les idéaux et les aspirations. Être gentil avec les Israélites, c'est être cruel avec les Germains. Le « Bien » et le « Mal », le « bon » et le « mauvais » : tous ces concepts ont fait leur temps ; ils sont dépassés. Sous l'ordre nouveau, certains actes ont des conséquences positives, d'autres ont des conséquences négatives. C'est simple comme bonjour.

« Kommandant, à Culendorf, dit Prufer, avec l'1 de ses froncements de sourcils d'éminence grise, Blobel a essayé de les dynamiter. »

Me retournant pour lui faire face, je demandai, à travers mon mouchoir (nous avions tous nos mouchoirs collés contre nos narines) : « Il a essayé de les dynamiter dans quel but ?

— Vous savez bien… pour s'en débarrasser. Ça n'a pas fonctionné, Kommandant.

— Eh bien, j'aurais pu le lui dire avant qu'il n'essaie. Depuis quand est-ce qu'on arrive à faire disparaître quoi que ce soit en le dynamitant ?

— C'est ce que j'ai pensé. Il y en avait partout. Des morceaux pendaient aux arbres.

— Qu'avez-vous fait ? demanda Erkel.

— Nous avons récupéré ce qui était accessible. Ce qui pendait aux branches les plus basses.

92

— Et les autres… plus haut ? s'enquit Stroop.

— C'est resté où c'était. »

Je contemplai la vaste étendue animée comme une lagune au changement de marée, un champ de geysers rotant et glougloutant ; régulièrement, des mottes de terre étaient projetées en l'air et exécutaient des sauts périlleux. J'appelai Szmul.

Ce soir-là, Paulette me surprit dans mon bureau. J'étais installé sur une chaise longue, je me reposais, un verre de cognac dans une main, un cigare dans l'autre.

« Où est Bohdan ?

— Tu ne vas pas t'y mettre, toi aussi ! Ah, mais quelle robe hideuse tu portes là. »

Déglutissant, elle poursuivit son interrogatoire : « Où est Torquil ? »

Torquil était la tortue (oui : *était*). Les filles adoraient leur tortue : à la différence de leur belette, de leur lézard et de leur lapin, leur tortue ne pouvait s'échapper.

Un peu plus tard, j'arrivai sur la pointe des pieds dans le dos de Sybil, qui faisait ses devoirs à la table de la cuisine – et je lui fis peur ! Alors qu'en riant, je la prenais dans mes bras et l'embrassais, elle parut avoir un mouvement de recul.

« Tu as eu un mouvement de recul, Sybil !

— Non, ce n'est pas vrai… C'est seulement que je vais bientôt avoir 13 ans, Papa. C'est une étape importante pour moi. Et tu ne…

— Et je ne quoi… ? Non. Vas-y.

— Tu ne sens pas bon », dit-elle, avec une grimace.

Mon sang ne fit qu'un tour.

« Connais-tu le sens du mot *patriotisme*, Sybil ? »

93

Elle détourna la tête pour répondre : « J'aime te faire des câlins et t'embrasser, Papa, mais j'ai d'autres choses en tête. »

J'attendis un instant avant de répondre : « Dans ce cas, tu es une petite fille très cruelle. »

*

Qu'en est-il de Szmul, qu'en est-il des Sonders ? Ach, je peine à l'écrire. Voyez-vous, je m'étonne toujours des abîmes de destitution morale dans lesquels certains humains acceptent de se laisser sombrer…

Les Sonders accomplissent leurs tâches immondes avec l'indifférence la plus abrutie. À l'aide d'épaisses ceintures en cuir, ils traînent les pièces de la salle de douches au Leichenkeller ; à l'aide de pinces et de burins, ils arrachent les dents en or des uns et des autres, et, à l'aide de cisailles, ils coupent les chevelures des femmes ; ils arrachent les boucles d'oreilles et les anneaux de mariage ; puis ils chargent les treuils, 6 ou 7 pièces à la fois, ensuite hissées sur les brasiers à ciel ouvert ; enfin, ils broient les cendres, et la poudre qui en résulte est emportée par camion et dispersée dans la Vistule. Tout cela, comme je l'ai déjà signalé, ils l'accomplissent avec une insensibilité de brutes. Ils ne semblent absolument pas se soucier que les gens qu'ils traitent soient leurs camarades de race, leurs frères de sang.

Les vautours du crématoire s'animent-ils jamais ? Ach yech : quand ils accueillent les évacués à la rampe et les guident vers la salle de déshabillage. En d'autres mots, ils s'animent seulement dans la traîtrise et la tromperie. « Dites-moi quelle est votre profession, disent-ils. Ingénieur, eh ? Excellent. Nous avons toujours besoin d'ingénieurs. » Ou quelque chose comme : « Ernst

94

Kahn... d'Utrecht ? Oui, lui et sa... Ah oui, Kahn, sa femme et ses enfants sont restés ici 1 mois ou 2 avant de choisir d'aller au pôle agricole. Celui de Stanislavov. » Quand il y a un problème, les Sonders n'hésitent pas à recourir à la violence ; ils amènent de force les trublions à un gradé, qui règle la situation suivant la modalité adéquate.

Voyez-vous, pour Szmul et ses semblables... il est dans leur intérêt que les choses se passent le mieux possible et vite, parce qu'ils ont hâte de fouiller dans les vêtements abandonnés et de renifler tout ce qu'il pourrait y avoir à boire ou à fumer. Voire à manger. Ils n'arrêtent pas de s'empiffrer – ils n'arrêtent pas de *s'empiffrer*, ces Sonders, en dépit des portions relativement généreuses que nous leur distribuons. Jusqu'à des rebuts subtilisés dans la salle de déshabillage. Ils s'assoient sur un tas de Stucke pour laper leur soupe ; ils pataugent, enfoncés jusqu'aux genoux, dans le pré méphitique tout en mâchonnant un morceau de jambon...

Cela me sidère, qu'ils décident de persister, de durer de la sorte. Car c'est délibéré de leur part : certains (peu nombreux, certes) refusent catégoriquement, malgré la conséquence évidente – car eux aussi, maintenant, sont devenus des Geheimnistragere : des porteurs de secrets. Non qu'aucun d'entre eux puisse espérer prolonger sa piètre existence plus de 2 ou 3 mois. Sur ce point, nous sommes parfaitement clairs et directs : après tout, la tâche initiale des Sonders est la crémation de leurs prédécesseurs ; et il continuera d'en être ainsi. Szmul a la douteuse distinction d'être le plus ancien fossoyeur du KL – à la vérité, il pourrait l'être de tout le système concentrationnaire que je n'en serais point étonné. C'est virtuellement un Membre-Clé (même les gardiens lui témoignent un minimum de respect). Szmul perdure. Mais il sait pertinemment ce qui leur arrive… ce qui arrive aux porteurs de secrets.

Pour moi, l'honneur n'est pas une affaire de vie ou de mort : il dépasse cela de beaucoup. Les Sonders, de toute évidence, voient les choses différemment. L'Honneur jeté aux orties ; le désir animal, voire minéral, de durer. *Être* est une habitude, une habitude à laquelle ils sont incapables de renoncer. Ach, si c'étaient de vrais hommes – à leur place, je… Mais halte-là. Il est impossible de se mettre à la place d'autrui. Et c'est vrai, ce qui se dit, ici, au KL : personne ne se connaît soi-même. Qui êtes-vous ? Vous l'ignorez. Puis vous débarquez à la Zone d'Intérêt, et elle révèle qui vous êtes.

J'attendis que les filles soient bordées pour sortir me promener dans le jardin. Un châle blanc sur les épaules, Hannah se tenait les bras croisés près de la table de pique-nique. Elle buvait un verre de vin rouge – et fumait une Davidoff. Dans son dos, un coucher de soleil saumoné et un éboulement de nuages. L'air de rien, je dis :

« Hannah, je crois que vous 3 devriez aller passer 1 semaine ou 2 chez ta mère.

— Où est Bohdan ?

— Bon Dieu. Pour la 10ᵉ fois : ils l'ont transféré. » Ça avait été très facile à organiser, et je n'avais pas été mécontent de le voir partir. « Ils l'ont emmené à Stutthof. Avec environ 200 autres.

— Et Torquil ?

— Pour la 10ᵉ fois : Torquil est *morte*. C'est Bohdan qui l'a tuée. Avec sa *pelle*, Hannah, tu as oublié ?

— Bohdan a tué Torquil… Ouais. Que tu dis.

— Oui ! Par dépit, je suppose. Et par cafard. Dans l'autre camp, il devra tout reprendre à zéro. Ça pourrait être dur pour lui.

— Dur de quelle façon ?

— À Stutthof, il ne sera pas jardinier. C'est un régime différent là-bas. » Je décidai de ne point révéler à Hannah qu'à leur arrivée à Stutthof, les déplacés recevaient systématiquement 25 coups de fouet. « C'est moi qui ai dû tout nettoyer. Torquil. Ce n'était pas très joli, je peux te le dire.

— Pourquoi les filles et moi devrions-nous aller chez ma mère ? »

Je tergiversai un moment, l'assurant que c'était une bonne idée.

« N'hésite pas, dis-moi la véritable raison, insista Hannah.

— Oh. Et puis tant pis... Berlin nous impose un Projekt d'urgence. Ce sera très déplaisant, dans les parages, pendant un moment. C'est l'affaire de 2 semaines. »

Hannah opta pour la veine sarcastique : « Déplaisant ? Ah, vraiment ? Cela nous changera. Déplaisant comment ?

— Je ne suis pas autorisé à le dévoiler. Un projet lié à la guerre. Il pourrait avoir un effet délétère sur la qualité de l'air. Tiens, permets-moi de remplir ton verre. »

Je revins un instant plus tard, avec le verre de vin de Hannah et un grand verre de gin pour moi.

« Réfléchis à ma proposition. Je suis sûr que tu comprendras que c'est préférable... Mmm, joli ciel. Il commence à faire plus frais. Ça facilitera les choses.

— De quelle façon ? »

Je toussotai avant de changer de sujet : « Tu te rappelles, n'est-ce pas, que nous allons au théâtre demain soir... »

Dans le crépuscule, son mégot, quand elle le jeta, ressembla à une luciole : un piqué ascendant.

« Oui, la soirée de gala des *Bois chantent éternellement*. » Je souris. « Tu te renfrognes, ma biche. Voyons, nous devons sauver les apparences ! Oh mon Dieu, mon Dieu. Qui est-ce qui boude, maintenant ? Je vais devoir te rafraîchir la mémoire : *Dieter Kruger* ! Même si tu as montré, n'est-ce pas, que tu ne te soucies guère de son sort.

— Au contraire, je m'en soucie. Ne m'as-tu pas dit un jour que Dieter est passé par Stutthof ? Et que, là-bas, ils recevaient 25 coups de fouet à l'arrivée ?

— Ah bon ? Oh non. Seulement les prisonniers les plus suspects. Ce ne sera pas le cas de *Bohdan*... *Les bois chantent éternellement* est un conte de la vie rurale, Hannah. » Je descendis d'un trait une gorgée de l'âpre spiritueux et me rinçai bien la bouche. « Pense à la nostalgie de la communauté redemptive. La communauté organique, Hannah. Ça te donnera envie de retourner aux Bois de l'Abbaye. »

Il s'agissait d'une double commémoration, de I) notre percée déterminante lors de notre victoire électorale du 14 septembre 1930 et de II) la promulgation historique des lois raciales de Nuremberg, le 15 septembre 1935. Deux célébrations en même temps !

Après plusieurs cocktails au bar du théâtre, Hannah et moi rejoignîmes nos sièges au 1er rang (notre couple était le point de mire de toute la salle). Les lumières faiblirent et le rideau monta en grinçant vers les cintres, révélant une laitière trapue qui se lamentait de son garde-manger vide.

Les bois chantent éternellement traitait d'une famille de fermiers pendant le rude hiver qui suivit le Diktat de Versailles. La 1re réplique en était « Le gel a gâté les tubercules, Otto » ; « Tu ne pourrais pas lever ton nez de ce bouquin, bêcheuse ? » en était une autre. Hormis quoi, je ne vis presque rien des *Bois chantent éternellement*. Non que je me fusse assoupi – au contraire. Il arriva quelque chose de fort particulier. Je passai la totalité des 2 ½ heures à estimer ce qu'il faudrait (étant donné la hauteur de plafond prévue contre l'humidité ambiante) pour gazer le public du théâtre, à me demander quels vêtements pourraient être récupérés et combien pourraient rapporter tous ces cheveux et ces dents en or...

Plus tard, au cocktail, deux Phanodorm que je fis passer avec plusieurs cognacs eurent tôt fait de me remettre d'aplomb. Je laissai Hannah en compagnie de Norberte Uhl, Angelus Thomsen, Olbricht et Suzi Erkel ; de mon côté, je m'entretins avec Alisz Seisser. Cette pauvre petite part à Hambourg à la fin de la semaine. 1re préoccupation d'Alisz : s'occuper de sa pension. Pour Dieu sait quelle raison, elle était blanche comme un linge.

« Nous irons d'ouest en est. Vous serez... »

Szmul haussa les épaules et sortit de la poche de son pantalon – il est impayable ! – une poignée d'olives noires.

« Peut-être 900. Dis-moi, Sonderkommandofuhrer. Es-tu marié ? »

Tête baissée, il répondit : « Oui, m'sieur.

— Comment s'appelle-t-elle ?

— Shulamith, m'sieur.

— Et où est donc cette "Shulamith", Sonderkommandofuhrer ? »

Il n'est pas entièrement exact d'affirmer que les vautours des charniers sont imperméables à toute émotion humaine. Assez fréquemment, au cours de leur besogne, ils tombent sur quelqu'un de leur connaissance. Le Sonder voit ses voisins, ses amis, ses parents, à leur entrée ou à leur sortie, ou les deux. Un jour, le bras droit de Szmul se retrouva dans la douche à calmer les craintes de son jumeau. Il n'y a pas si longtemps, un certain Tadeusz, un autre bon élément, lorsqu'il regarda au bout de sa ceinture dans le Leichenkeller (ils utilisent leur ceinture, je l'ai déjà signalé, pour transporter les pièces), reconnut sa femme : il s'évanouit ; mais on lui donna du schnaps, une bonne longueur de salami et, 10 minutes plus tard, il avait repris le travail, tailladant gaillardement.

« Voyons, où est-elle ?

— Je n'sais pas, m'sieur.

— Encore à Litzmannstadt ?

— Je n'sais pas, m'sieur. Pardon, m'sieur, mais ont-ils fait le nécessaire pour l'excavatrice ?

— Oublie l'excavatrice. Elle est foutue.

— Oui, m'sieur.

— Il va falloir les compter à l'unité près. Compris ? Compter les crânes.

— Les crânes, ça n'fonctionne pas, m'sieur. » Il se pencha de côté pour sortir de sa poche un dernier noyau d'olive. « Il y a une méthode plus fiable, m'sieur.

— Ah bon ? Dis-moi, combien cela va-t-il prendre ?

— Tout dépend de la pluie, m'sieur. À vue de nez, 2 ou 3 mois.

— 2 ou 3 *mois* ? »

Alors, il me fit face et je compris ce que son visage avait d'inhabituel. Ce n'étaient pas les yeux (il avait le regard typique des Sonders), mais la bouche. Je sus alors, là sur le monticule, que, tout de suite après l'accomplissement du présent Projekt, il faudrait régler le cas Szmul, suivant la modalité adéquate.

Ai récolté d'autres informations sur le suave Herr Thomsen (malgré ses états de service, je crois que, profondément, « *il en est* »). Sa mère, la demi-sœur beaucoup plus âgée de Bormann, a fait un mariage très avantageux, nicht ? Elle a épousé un banquier d'affaires – collectionneur d'art moderne de la catégorie la plus dégénérée qui soit. Le moule vous paraît-il familier – argent, art moderne ? Je me demande si ce « Thomsen » ne s'appelait pas autrefois quelque chose comme « Tawmzen ». Bref, en 1929, les deux parents sont morts dans la chute d'un ascenseur à New York (morale : mettez les pieds dans cette sodome hébraïque et vous n'aurez que ce que vous méritez !). Ce fils désormais unique, ce petit prince se fait officieusement adopter par son oncle Martin – l'homme qui régit l'agenda du Sauveur.

Moi, j'ai dû trimer, suer sang et eau, j'ai dû me tuer à la tâche pour me hisser là où je suis. Mais certains – certains sont nés avec une cuiller en… hum, ça, c'est drôle, j'allais employer l'expression usuelle… mais tout à coup me vient le terme adéquat, bien meilleur ! Et il lui va comme un gant. Oui. Angelus Thomsen est né avec un Schwanz en argent dans la bouche !

Nicht ?

J'étais à la villa, penché sur mon bureau, en proie à une méditation fourbue, lorsque j'entendis des bruits de pas ; ils s'approchèrent puis cessèrent. Je ne reconnus pas ceux de Hannah.

Je songeais : je suis pris entre le marteau et l'enclume. D'un côté, le Quartier Général de l'Administration Économique ne cesse de me harceler pour que je m'évertue à grossir les rangs de la main-d'œuvre (destinée aux usines de munitions) ; de l'autre, le Département Central de la Sécurité du Reich réclame l'élimination d'un nombre maximal d'évacués, pour d'évidentes raisons d'autodéfense (les Israélites constituant une 5e colonne de proportions intolérables). Je passai la main sur mon front en une sorte de salut machinal. Et maintenant, je vois (j'ai le télétype sous les yeux) que ce crétin de Gerhard Student au QGAE lance une idée lumineuse :

les mères valides devront travailler à la fabrique de godillots de Chłemek jusqu'à ce que mort s'ensuive ! *Parfait*, lui dirai-je. *Et vous viendrez vous-même à la rampe les séparer de leurs mioches*. Ceux-là, alors ! Pas un sou de jugeote. Je dis tout fort :

« Quiconque est à la porte ferait aussi bien d'entrer ! »

Enfin : *toc toc*. L'air très pénitent et abattu, Humilia entra dans mon bureau sur la pointe des pieds.

« Allez-vous rester plantée là, toute tremblante, marmonnai-je (j'étais de fort méchante humeur), ou avez-vous un message pour moi ?

— J'ai un problème de conscience, monsieur.

— Ah, vraiment ? Voilà qui est intolérable. On ne saurait le permettre. Alors ? Déballez votre sac.

— J'ai obéi à Mme Hannah alors que je n'aurais pas dû. »

Je la repris très calmement : « Alors que je n'aurais pas dû, *monsieur*. »

C'est le feu, voyez-vous, c'est le feu.

Comment les brûler, ces cadavres nus, comment les faire *prendre* ?

Nous expérimentâmes avec de très modestes entassements de planches, et nous n'arrivions à aucun résultat, mais alors Szmul... Voyez-vous, je comprends à présent pourquoi le Sonderkommandofuhrer mène une existence bienheureuse. Il fit une série de suggestions qui se sont révélées capitales. Je les indique ici pour mémoire :

1) On ne doit élever qu'un seul bûcher.

2) Ce bûcher doit se consumer continûment, sur une base de 24 heures.

3) Le gras humain fondu doit contribuer à la combustion.

Szmul organisa la confection des gouttières et les équipes de ramassage, qui, en outre, ont permis de faire des économies considérables en essence. (Pense-bête : ne pas manquer de souligner cette économie auprès de Blobel *et de Benzler.*)

À cette étape, nous sommes périodiquement confrontés à une difficulté technique. La chaleur est si intense qu'on ne peut plus s'en approcher, nicht ?

Maintenant, je vais vous dire, c'est vraiment trop drôle, ça alors, c'est vraiment le « pompon » ! Tout d'un coup, l'écouteur tressaute sur le récepteur : Lothar Fey, de la Haute Autorité de Défense Aérienne, se plaint, hargneusement je vous prie, de nos conflagrations nocturnes ! Guère étonnant que je ne sache plus où donner de la tête !

Alors qu'Humilia crut bon de devoir m'avouer que mon épouse avait rédigé et envoyé une missive personnelle à un débauché avéré, elle se révéla incapable – ou peu désireuse – de m'éclairer sur son contenu. Elle anéantit tous mes efforts de concentration. Bien sûr, ce pourrait être tout à fait innocent. Innocent ? *Comment* est-ce que ça pourrait être innocent ? Je ne me fais aucune illusion sur la sensualité débridée dont Hannah peut se montrer capable ; par ailleurs, il est de notoriété publique qu'une fois qu'une femme dénoue les liens sacrés de la pudeur, elle s'enfonce vite dans les dépravations les plus extravagantes, accroupissements, tortillements, pressions, succions.

Hannah frappa vivement à la porte et, entrant, dit de but en blanc : « Tu voulais me voir.

— Oui. (Attendant mon heure, je me contentai de répondre :) Écoute-moi, il est inutile que tu ailles aux Bois de l'Abbaye. Le Projekt durera des mois : autant t'y habituer.

— De toute façon, je n'avais aucune intention d'y aller.

— Ah bon ? Qu'y a-t-il donc ? Aurais-tu un Projekt de ton côté, par hasard ?

— C'est possible », répliqua-t-elle en tournant les talons.

Je levai la main et me frottai les yeux. Et pour la première fois depuis des jours, ce geste spontané, que tout écolier fatigué exécute cent fois par pur réflexe en faisant ses devoirs, ne fut point douloureux. Au lavabo du rez-de-chaussée, je consultai la glace. Ja, mes yeux martyrisés sont encore très légèrement injectés de sang, cernes gonflés... entre la fumée et les couchers tardifs, pensez (ce n'est pas comme si les trains arrêtaient d'arriver) ! Mais plus d'yeux au beurre noir.

Les flammes, les émanations ; même l'air le plus limpide se ride et tremblote. Non ?

Un écran de gaze palpitant dans la brise.

Sous la direction de Szmul, les Sonders ont érigé une sorte de ziggourat de rails de chemin de fer tordus. Elle a la taille de la cathédrale d'Oldenberg.

J'imagine que cette réalisation est un bel exemple de modernité mais, quand je l'observe depuis le monticule, je pense inévitablement aux pyramides d'Égypte construites par des esclaves. À l'aide de grandes échelles et de palans, les Sonders chargent l'énorme treillage, puis se retirent dans des tours mobiles pour nourrir le feu, voyez-vous, en jetant les pièces dedans, quelquefois par pelletées entières. Ces tours vibrent comme des engins de siège au Moyen Âge.

La nuit, les rails rougeoient. Même les yeux fermés, je vois un énorme crapaud noir aux veines lumineuses.

Communication de la Geheime Staatspolizei à Hambourg : la veuve Seisser nous revient, mais avec un différent statut. Alisz est maintenant une évacuée.

Le Sonderkommandofurher avait raison par rapport au comptage. Éliminer la méthode des crânes. La quasi-totalité des pièces est liquidée suivant la modalité adéquate (la méthode Genickschuss standard derrière la nuque) mais souvent maladroitement ou à la va-vite : bref, en brisant les crânes. Le comptage par crânes est donc inefficace. Nous établîmes que le procédé le plus scientifique était de compter les fémurs et de diviser le nombre par 2. Nicht ?

Dans le but de régler mon urgence domestique, je fis appel au Kapo criminel que je garde toujours en réserve à la mine de charbon du sous-camp de Furstengrube.

3. SZMUL : TÉMOIN

Ça me consolerait de manière infinitésimale, je crois, de pouvoir me persuader que, dans le dortoir au-dessus du four crématoire désaffecté, règne la camaraderie, qu'on y sente une espèce de communion humaine ou, du moins, une entente respectueuse.

En tout cas, on y discute beaucoup et les échanges sont toujours bien menés, honnêtes et moraux.

On entend souvent dire : « Ou tu deviens fou dans les dix premières minutes ou tu finis par t'habituer. » On pourrait préciser, bien sûr, que ceux qui s'habituent deviennent fous aussi. Et il existe une autre possibilité : ni on ne devient fou ni on ne s'y habitue.

À la fin de la journée de travail, on se réunit, ceux d'entre nous qui ne sont pas habitués et qui ne sont pas devenus fous, et on parle sans fin. Au Kommando, immensément développé pour l'actuelle collaboration, environ cinq pour cent des Sonders appartiennent à cette catégorie : disons quarante, sur la totalité. Dans le dortoir, d'ordinaire au lever du soleil, on se met un peu à l'écart avec notre pitance, de l'alcool, des cigarettes, et on bavarde. Et j'ose croire qu'il y a de la camaraderie entre nous.

J'ai l'impression qu'on est confrontés à des propositions et des alternatives jamais envisagées avant, parce qu'il n'avait jamais été utile d'en discuter ; j'ai l'impression que, si on connaissait bien toutes les minutes, les heures, les jours qui ont fait l'histoire humaine, on n'y trouverait nulle part aucun exemple, aucun modèle, aucun précédent de ce qu'on vit ici.

Martyrer, mucednik, martelaar, meczonnik, martyr : dans les multiples langues que je connais, le mot vient du grec *martur*, qui signifie « témoin ». Nous, les Sonders, ou, en tout cas, une poignée d'entre nous, on est là pour témoigner. Et il semble que ce point, contrairement à tous les autres, soit exempt de toute réelle ambiguïté. Du moins, c'est ce qu'on croyait jusqu'ici.

Le Juif tchèque de Brno, Josef, qui est parti depuis, a rédigé son témoignage et l'a enterré dans une galoche d'enfant sous la haie autour du jardin de Doll. Après s'être beaucoup disputés et en être même venus aux mains, on a décidé d'exhumer (temporairement) ce document et de prendre connaissance de son contenu. Pour ma part, j'étais instinctivement et peut-être superstitieusement opposé à cette initiative. Et, cela va de soi, il se trouve que sa lecture a été l'un des épisodes de ma vie au Lager que j'aimerais le moins revivre.

Le manuscrit, rédigé à l'encre noire, en yiddish, comportait huit pages.

Je commençai à le lire à voix haute : « "À ce moment-là une fillette de cinq ans..." Attendez. Je crois qu'il s'est mélangé...

— Lis ! » ordonna un Sonder. D'autres étaient d'accord avec lui. « Contente-toi de lire.

— "À ce moment-là, une fillette de cinq ans se leva et déshabilla son frère de un an. Un homme du Kommando vint emporter les vêtements du bébé. La fillette cria : 'Va-t'en, Juif assassin ! Ne touche pas avec

ta main couverte de sang juif mon si gentil petit frère !
Je suis sa bonne maman, il mourra dans mes bras, avec
moi.' Il se trouvait à côté d'elle un garçon de sept ou
huit ans…" » J'hésitai, déglutis. « Est-ce que je continue ?

— Non.

— Non. Si. Vas-y.

— Vas-y. Non. Si.

— "Il se trouvait à côté d'elle un garçon de sept
ou huit ans qui parla ainsi : 'Comment, tu es juif et
tu envoies ces chers enfants à la chambre à gaz… rien
que pour pouvoir vivre, toi ? Est-ce que ta vie dans un
repaire d'assassins t'est plus chère que les vies de tant de
victimes juives ?' … Une jeune femme polonaise se lança
dans un discours bref mais enflammé dans le…"

— Suffit. »

Beaucoup de Sonders avaient les larmes aux yeux.
Mais ce n'étaient pas des larmes de chagrin ou de
culpabilité.

« Arrête. Elle "se lança dans un discours bref mais
enflammé". Pour sûr ! Arrête.

— Arrête. Il ment.

— Le silence serait préférable à ça. Arrête.

— Arrête. Et c'est pas la peine de le renterrer.
Détruis-le… il faut pas que ça soit lu. Arrête. »

J'arrêtai donc. Les Sonders se détournèrent, s'éloi-
gnèrent, et, d'un pas lourd, regagnèrent leurs lits superposés.

Josef, le pharmacien de Brno, m'était connu ici au
Lager, et je le jugeais sérieux… Moi aussi, je suis sérieux,
et j'ai décidé de rédiger mon propre témoignage. Est-ce
que j'écrirai comme lui ? Est-ce que je serai capable de
contrôler ma plume, ou est-ce que les mots jailliront
simplement – *comme ça* ? Josef, j'en suis sûr, avait les

meilleures intentions du monde, les plus élevées ; mais ce qu'il écrit n'est pas vrai. C'est pernicieux. Une fillette de cinq ans, un garçon de huit ans : quel gosse pourrait avoir été doté d'une expérience assez infernale pour saisir convenablement la situation du Sonder ?

Un moment encore, je continuai de lire en silence ou, du moins, de balayer du regard le reste de la feuille...

Une jeune femme polonaise se lança dans un discours bref mais enflammé dans la chambre à gaz... Elle condamna l'oppression et les crimes nazis, terminant avec ces mots : « Nous ne mourrons pas maintenant, l'histoire de notre nation nous immortalisera, notre esprit et notre énergie sont vivants et florissants... » Sur quoi, les Polonais s'agenouillèrent et récitèrent solennellement une certaine prière, dans une posture qui fit forte impression, puis ils se levèrent et tous ensemble en chœur entonnèrent l'hymne polonais, les Juifs, de leur côté, chantant le Hatikvah. Leur cruel sort commun dans ce lieu maudit fusionna les intonations lyriques de ces deux hymnes en un seul tout. Ces gens exprimèrent ainsi leurs ultimes émotions avec une chaleur profondément émouvante et leurs espoirs, leur foi en l'avenir de leur...

Est-ce que je mentirai ? Aurai-je besoin de tromper ? Je comprends que je suis dégoûtant. Mais vais-je *écrire* de façon dégoûtante ?

Quoi qu'il en soit, je ferai en sorte que les pages de Josef soient de nouveau dûment enterrées.

Parfois, quand je passe devant la maison du Kommandant, je vois ses filles – qui vont à l'école ou en reviennent. De temps à autre, c'est la petite domestique qui les accompagne mais, d'ordinaire, c'est la mère – une grande femme, l'air vigoureux, encore jeune.

Apercevant la femme de Doll, naturellement, je pense à la mienne.

Les Juifs polonais n'arrivent pas au Lager en masse, ou pas encore ; ils viennent par des chemins détournés, comme cela a été mon cas et, bien sûr, je les recherche et je les interroge. Les Juifs de Lublin ont été acheminés à un camp du nom de Belzec ; un grand nombre de Juifs de Varsovie ont été envoyés à un camp du nom de Treblinka.

À Łódz, le ghetto n'a pas été démoli. Il y a trois mois, j'ai même eu des nouvelles de Shulamith : elle est encore dans le grenier de la boulangerie. J'aime ma femme de tout mon cœur, et je lui souhaite le plus grand bonheur mais, dans les circonstances, je suis content de ne plus jamais devoir la revoir.

Comment est-ce que je pourrais lui raconter les sélections et la salle de déshabillage ? Comment est-ce que je pourrais lui parler du camp de Chełmno et du Temps des garçons muets ?

Le frère de Shula, Maček, est en sécurité en Hongrie ; il a juré qu'il viendrait la chercher pour l'emmener à Budapest. Puisse-t-il en être ainsi. J'aime ma femme, mais je suis content de ne plus la revoir jamais.

À l'aube, on discute de la nature *extraterritoriale* du Lager, et, dans le dortoir, tout redevient normal : on parle, on s'appelle par nos noms, on gesticule, un coup on lève la voix, un coup on la baisse ; et j'aime croire qu'il existe ici une certaine camaraderie. Mais il manque quelque chose, toujours : ce qui caractérise les échanges humains a disparu.

Le regard. Quand on s'en rend compte, on se dit : « C'est moi, ce n'est que moi. Je garde la tête baissée ou je la détourne parce que je ne veux pas qu'on voie mes yeux. » Mais, après un certain temps, on s'aperçoit que tous les Sonders font pareil : ils veulent dissimuler leur regard. Qui aurait pu deviner combien c'était fondamental et nécessaire, dans les échanges humains, de voir les yeux ? Exactement. Mais les yeux sont le miroir de l'âme et, quand l'âme est partie, le regard est vide.

C'est de la camaraderie – ou un besoin irrépressible de parler ? Est-ce qu'on est capable d'écouter ou même d'entendre les autres ?

Ce soir au bûcher, deux socles de palans se sont effondrés, et me voilà à quatre pattes dans un creux entre les dunes, à taper sur des morceaux de fer pour les maintenir ensemble, quand la Kubelwagen de Doll approche, à une trentaine de mètres, sur la route de gravier. Après avoir fouillé, à la recherche de je ne sais quoi, à ses pieds dans le véhicule, Doll met pied à terre (laissant le moteur tourner) et il vient à moi.

Il porte des sandales en cuir à boucles épaisses, un short marron, et rien d'autre ; il tient dans la main gauche une bouteille à moitié vide de vodka russe avec son étiquette d'origine et, dans la droite, un nerf de bœuf, qu'il fait claquer, par jeu. Sur son torse, ses poils roux, comme spongieux, sont parsemés de billes de sueur qui scintillent dans l'éclat accablant du brasier. Il boit, s'essuie la bouche.

« Alors, grand guerrier, tout va bien ? Hum, j'aimerais te remercier pour tous tes efforts, Sonderkommandofuhrer. Ton esprit d'initiative et ton dévouement à notre cause commune. Tu as été d'une aide inestimable.

— Monsieur.

— Mais je crois, vois-tu, que maintenant nous avons compris comment tout fonctionne. Nous pourrions probablement nous débrouiller sans toi. »

Ma sacoche à outils est à ses pieds. J'avance et, du pied, je la ramène vers moi.

« Tes hommes. » Il boit au goulot. « Tes hommes. Que croient-ils qu'il va leur arriver à la fin de l'Aktion ? Savent-ils ?

— Oui, monsieur. »

D'un air douloureux, il m'interroge : « Pourquoi fais-tu ça, Sonder. Pourquoi ne te révoltes-tu pas ? Et ta fierté, alors ? »

Un autre coup de fouet, le bond du nerf de bœuf. Et encore un autre. Il me passe par la tête que Doll dompte son instrument : l'extrémité terminée par une pointe de métal ne s'élance distraitement vers la liberté que pour être matée à l'aide d'un mouvement du poignet sec et impérieux. Je dis :

« Les hommes ont encore espoir, monsieur.

— L'espoir de quoi ? » Il émet un bref halètement : un rire. « Que, soudain, nous allons changer d'avis ?

— Il est humain d'espérer, monsieur.

— Humain. Humain… Et toi-même, noble guerrier ? »

Dans mon sac en toile, mes doigts se referment autour du manche du marteau ; quand il renversera encore la tête pour boire, je frapperai, toutes griffes dehors, sur la nudité blanche de son cou-de-pied. D'un ton étale, il dit :

« Tu mènes une vie bienheureuse, Geheimnistrager. Parce que tu t'es rendu indispensable. Nous connaissons tous la tactique. Comme les usines du ghetto de Litzmannstadt, nicht ? » Il siffle une gorgée qui dure plusieurs déglutissements. « Regarde-moi. Avec les yeux. *Regarde*-moi… Voilà. Tu trouves cela difficile à juste titre, Sonder. »

Il mouille ses gencives et crache habilement entre ses dents inférieures (le liquide est éjecté dans un jet régulier, comme de la gueule d'un griffon en céramique dans une fontaine municipale).

« Peur de mourir. Mais pas de tuer. Je le vois à la détermination de ta bouche. Tu as le meurtre aux lèvres. Les gens comme toi ont leur utilité. Sonderkommandofuhrer, je vais prendre congé, maintenant. Travaille bien pour l'Allemagne. »

Je le regarde qui part en titubant légèrement (curieux comment l'ébriété, du moins au départ, lui délie l'esprit et la langue). Geheimnistrager : porteur de secrets. Des secrets ? Quels secrets ? Toute l'Allemagne se bouche les narines.

Le serpent qui habite le fouet de Doll est une vipère, disons, vipère heurtante ou mamba. Quant aux serpents qui habitent le feu de Doll, ce sont des pythons, des boas constricteurs, des anacondas qui, jusqu'au dernier, tentent avec voracité d'agripper quelque chose de solide dans le ciel nocturne.

Y a-t-il de la camaraderie entre nous ? Quand des escouades d'hommes armés jusqu'aux dents viennent au crématoire et que telle ou telle équipe de notre unité spéciale sait que l'heure a sonné, les Sonders sélectionnés font leurs adieux avec un simple hochement de tête, un mot ou un dernier signe – et quelquefois rien du tout. Ils partent les yeux baissés. Plus tard, quand je récite le kaddish des endeuillés, ils sont déjà oubliés.

S'il existe une chose telle qu'une peur mortelle, alors il existe aussi une chose telle qu'un amour mortel. Et c'est ce qui paralyse les hommes du Kommando : l'amour mortel.

III

Neige grise

I. THOMSEN : DÉCOUVERTE

Herr Thomsen,
Je voudrai vous demandé une faveur, si je puis. Vous
rappelez-vous Bohdan, le jardinier ? On me dit qu'il a été
arbitrairement transférer à Stutthof.

On raconte aussi qu'il aurait été impliquer dans un inci-
dent fort choquant ayant causer la mort de cet pauvre Torquil
(la tortue), ce qui est invérifiable et me paré si contraire à
son personnage que j'ai commencé à douter de la véracité
de l'histoire qui m'a été raconté. Son nom est : Professeur
Bohdan Szozeck. Les filles l'aimaient énormément et, cela
va de soi, elles sont inconsollables d'avoir perdue leur tortue,
comme vous avez du vous en apercevoir ce soir. Je leur est
simplement dit que Torquil a disparu. Elles ont l'intention
de se lever à l'aurore demain matin pour fouiller le jardin.

Je suis désolée de vous imposer cela mais, pour être
tout à fais franche, je ne peux demandé à personne d'autre.

Tous les vendredis, je me trouve entre quatre et cinq
heure près de la sablonière, aux Chalets d'Été.

Merci d'avanse. Très sincérement, Hannah Doll

PS. Pardonnez mon orthographe. Les professeurs
disaient que j'avais des « difficultés ». Mais je crois que

tout simplement je suis incapable d'apprendre. Et s'est drôle,
parce que le seul domaine où j'ai jamais été bonne, c'est
les langues. HD.

Donc, non, ce n'était guère l'appel transi ou la sol-
licitation désespérée que j'avais espéré, sans doute bêtement. Mais, lorsque, le lendemain ou le surlendemain,
j'ai montré la lettre à Boris, il a essayé de me persuader qu'elle était, à sa façon, discrètement encourageante.

« Il y a longtemps qu'elle a perdu toute confiance dans
le Vieux Pochetron. Ça, c'est un bon point pour toi. »
Moi, piqué au vif : « Oui, mais, tout de même...
Très sincèrement... Herr Thomsen... et *je ne peux demandé
à personne d'autre.*
— Idiot, c'est le meilleur. Ressaisis-toi, Golo. Elle
te dit que tu es son seul ami. Son seul ami au monde. »
Moi, encore modérément tourmenté : « Mais je ne
veux pas être son ami.
— Non, ça va de soi. Tu veux simplement...
Patience, Golo. Les femmes sont très impressionnées
par la patience. Attends la fin de la guerre.
— Tu m'en diras tant. Les guerres ne se conforment
pas aux unités... mon frère. » Les unités de temps, de
lieu et d'action. « Attendre la fin de la guerre, tu parles !
Qui sait ce qui restera alors ? De toute manière... »
Boris a bien voulu me promettre qu'il interrogerait
le chef de Block de Szozeck. Il a ajouté :
« Délicieux post-scriptum, au fait. Et elle a une jolie
écriture. Vive. Sans fioritures. Fluide. »
Les paroles stimulantes de Boris encore à l'esprit, j'ai
à nouveau, seul, étudié et admiré les pleins et les déliés
de Hannah : les rondeurs grivoises de ses *e* et de ses *o*,

116

les *g* et les *y* plongeant effrontément, le *w* tout à fait extravagant.

*

Puis plus rien pendant près de deux semaines. Boris a été envoyé au camp annexe de Goleschau (avec l'ordre de purger et de revitaliser son corps de garde démoralisé). Avant de partir, il a dû faire sortir Esther du Block 11 ; c'était une priorité pour lui, et il n'avait pas tort, car elle serait morte de faim en son absence.

En tant que prisonnière politique, Esther était maintenant détenue par la Gestapo. Heureusement, l'incorruptible Fritz Mobius était parti en permission et Jurgen Horder, son numéro deux, était au Block Dysenterie du Ka Be. Boris a donc approché Michael Off, dont le tarif, espérait-il, serait bien moindre que celui de Jurgen Horder.

Bref, le samedi soir, quand j'ai vu Hannah au théâtre, je n'ai pu que mimer mon impuissance et lui signifier « Vendredi prochain... » par le biais d'un coup d'œil, alors que Horst Eikel plaisantait grassement avec Norberte Uhl. D'abord, je me suis senti bizarrement engourdi (*Les bois chantent éternellement* traitaient d'un clan de culs-terreux de Poméranie septentrionale crevant modérément de faim et férocement anti-intellectuels) ; mais, soudain, mon humeur a changé, du tout au tout.

Un faisceau de forces physiques semblait se jouer de moi. Au milieu d'un groupe informel constitué autour de Hannah, j'étais électriquement conscient de sa masse et de son parfum corporel : tel un Jupiter à la gravité érotique, elle était immense. Quand Doll l'a emmenée, j'ai été à la fois tellement désarçonné et excité que j'ai failli me coller contre la silhouette hâve, molle et

117

terrifiée d'Alisz Seisser ; plus tard, couché, contemplant les ténèbres, j'ai mis longtemps à renoncer à l'idée d'une visite surprise à Ilse Grese.

*

Et voilà qu'on me mettait un autre genre de lettre sous les yeux, tandis que je buvais un ersatz de café dans le bureau de Frithuric Burckl à la Buna-Werke. *Très estimé Commandant*, débutait-elle. Le correspondant était le directeur du personnel chez Bayer, la firme pharmaceutique (une filiale d'IG Farben), et le destinataire Paul Doll.

> *Le transport de 150 éléments féminins nous est parvenu en bonne condition. Cependant, nous n'avons pas réussi à obtenir des résultats concluants dans la mesure où ils ont succombé aux expériences. Nous vous demandons donc de nous renvoyer la même quantité au même tarif.*

Levant les yeux, j'ai demandé : « À combien sont les femmes ?

— Cent soixante-dix RM pièce. Doll voulait deux cents mais Bayer a marchandé et lui a fait descendre le prix.

— Qu'est-ce que Bayer teste ?

— Un nouvel anesthésiant. Ils ont un peu forcé sur la dose. De toute évidence. » Burckl (cheveux bruns tonsurés, lunettes à monture épaisse) a reculé sur son siège et croisé les bras : « Je vous l'ai montrée parce que je pense qu'elle est symptomatique. Symptomatique d'une procédure défectueuse.

— Défectueuse, monsieur Burckl ?

118

— Oui, défectueuse, monsieur Thomsen. Est-ce que les éléments ont tous succombé en même temps ? Tous ont-ils reçu la même dose ? C'est l'explication la moins idiote. Les éléments ont-ils succombé par lots ? Ou bien un à un ? Ce que je veux dire, c'est que Bayer répète ses erreurs. Et nous aussi.

— Quelles erreurs ?

— Écoutez. Hier, je traversais la cour : une équipe de sujets transportait à l'annexe une quantité x de câbles. Au petit trot habituel, trop rapide, chancelant. L'un d'eux est tombé. Il n'est que tombé, il n'a rien cassé. Le Kapo s'est mis à le tabasser… à mort, au point qu'un Britannique du Stalag est intervenu. L'instant d'après, un sous-off s'en est mêlé. Le résultat ? Le KG a perdu un œil, le Haftling a reçu une balle dans la tête, et le Kapo a écopé d'une mâchoire cassée. Et il a fallu attendre deux heures pour que les câbles parviennent finalement à l'annexe.

— Que préconisez-vous donc ?

— Monsieur Thomsen, traiter la main-d'œuvre comme une quantité négligeable est très contre-productif. Bigre, ces Kapos ! Qu'est-ce qu'ils ont donc dans la tête ?

— Mais si le Kapo ne roule pas des mécaniques, aux yeux du sous-officier, il faillit à son devoir.

— Hum… rations réduites et je ne sais quoi…

— Non, plus grave que ça. Il est battu à mort plus tard le jour même. »

Burckl, fronçant les sourcils : « Ah bon ? Par qui ? Les sous-offs ?

— Non. Les prisonniers. »

Burckl s'est figé. Avant de reprendre : « Vous voyez, ça conforte mon point de vue. La spirale de la violence… tout le monde est trop excité. L'atmosphère est démente.

119

Et rien ne fonctionne. Nous n'avançons pas, n'est-ce pas, monsieur Thomsen... »

Nous avions pour objectif le milieu de l'année suivante.

« Oh, je ne sais pas... Nous avançons doucettement...

— La Chancellerie pressure le Conseil d'administration. Le Conseil d'administration nous pressure. Et nous-mêmes, nous pressurons... Bon Dieu, regardez donc dehors. »

C'est ce que j'ai fait. Les silhouettes qui ont retenu mon attention, comme toujours (moi aussi, j'avais un bureau à la Buna, où je passais de nombreuses heures à la fenêtre), les silhouettes qui ont retenu mon attention n'étaient pas les rangées d'êtres aux tenues rayées, qui, parfois dans une sorte de mêlée confuse, se déplaçaient à une vitesse anormale, comme des figurants dans un film muet, plus vite que leur force ou leur carrure ne pouvait le supporter, comme s'ils avaient obéi à une manivelle folle tournée par une main endiablée ; les silhouettes qui ont retenu mon attention n'étaient pas les Kapos qui hurlaient contre les prisonniers ni les sous-offs SS qui hurlaient contre les Kapos ni les contre-maîtres en salopette qui hurlaient contre les sous-offs SS. Non. Ce qui a retenu mon regard, ce sont les hommes en costume de ville, concepteurs, ingénieurs, administrateurs des usines IG Farben à Francfort, Leverkusen, Ludwigshafen, avec leurs carnets reliés en cuir et leurs mètres rétractables jaunes, qui délicatement se frayaient un chemin entre des blessés, des inconscients et des morts.

« J'ai une proposition. Oh, plutôt radicale, je l'admets. M'écouterez-vous, au moins ? »

Après avoir remis d'aplomb la modeste pile de documents devant lui, il a pris son stylo-plume.

« Voyons cela étape par étape. Monsieur Thomsen, combien… combien durent nos travailleurs, au maximum ? »

Un peu las, j'ai répondu : « Trois mois.

— Donc, tous les trois mois, nous devons installer leurs successeurs. Dites-moi… »

De dehors, nous est alors parvenue une série de beuglements guère compréhensibles, puis deux coups de pistolet et le rythme familier du fouet. Burckl a repris :

« De combien de calories un adulte oisif a-t-il besoin par jour ?

— Aucune idée.

— Deux mille cinq cents. Dans certains ghettos polonais, on est descendu à trois cents. C'est une exécution, pure et simple. Dans le Stammlager, on en est à huit cents. Et ici, onze cents, pour les chanceux. Onze, pour des travaux forcés. Avec onze cents calories, je peux vous l'assurer, un travailleur costaud perd dans les trois kilos par semaine. Faites vos calculs. Monsieur Thomsen : nous devons leur fournir une motivation.

— Comment vous débrouilleriez-vous ? Ils savent qu'ils vont mourir ici, monsieur Burckl. »

Il a plissé les yeux et s'est enquis : « Avez-vous entendu parler de Szmul ?

— Bien sûr.

— Quelle est *sa* motivation, à lui ? »

J'ai recroisé les jambes. Le vieux Frithuric commençait à m'impressionner.

« Je vous en prie. Imaginons… Nous faisons le tri et nous nous concentrons sur un noyau de, disons, deux mille cinq cents travailleurs. Nous arrêtons de les battre. Nous arrêtons de leur imposer cette vitesse, unverzuglich, unverzuglich : finie, cette *effroyable* démarche rapide et vacillante. Nous les nourrissons et les logeons

121

convenablement, dans les limites du raisonnable. Et ils travaillent. Comme Szmul travaille. Ils collaborent de manière efficace. » Enfin, ouvrant les mains dans ma direction : « La motivation, c'est seulement un ventre plein et une bonne nuit de sommeil.

— Que dira le docteur Seedig ?

— Je me charge de lui.

— Et Doll ?

— Doll ? Il ne compte pas. La bataille sera rude, mais je crois que, ensemble, Suitbert et moi, nous pouvons convaincre le Conseil d'administration. Ensuite, Max Faust portera l'affaire au sommet.

— Le sommet ? Vous n'arriverez pas à convaincre le Reichsfuhrer.

— Je ne veux pas dire le Reichsfuhrer.

— Qui voulez-vous dire, alors ? Certainement pas le Reichsmarschall.

— Bien sûr que non. Je veux dire le Reichsleiter. »

Le Reichsfuhrer, c'était Himmler, le Reichsmarschall, Goring. Le Reichsleiter, c'était l'Oncle Martin.

« Alors, monsieur Thomsen ? »

Mon avis était que les réformes envisagées par Burckl amélioreraient le rendement de la Buna de deux ou trois cents pour cent, peut-être plus. Toussotant poliment (comme si j'avais voulu le prévenir de ma présence), j'ai objecté :

« Avec tout votre respect, je crains qu'il y ait des choses que vous ne compreniez pas. Permettez-moi de... »

On a frappé à la porte et le secrétaire de Burckl s'est incliné en esquissant un sourire d'excuse : « Il est dehors, monsieur.

— Scheisse. » Burckl s'est levé d'un bond. « Pouvez-vous m'accorder une heure lundi matin ? Vous ne me croirez pas, Thomsen... C'est à peine si je puis le croire moi-même. Wolfram Prufer m'emmène à la chasse. *En Russie.* La chasse au cerf. »

*

À l'extérieur du périmètre de la Buna-Werke, à une distance d'environ un kilomètre, se trouvaient les deux camps de Kriegsgefangnisse britanniques. Entre eux béait une aire de chargement caverneuse jonchée de planches, d'échelles, d'amoncellements de briques et de poutres. Là, j'ai vu un détenu, un officier de forte carrure en manteau doublé et, c'était assez rare pour le remarquer, des bottes en cuir ; avachi contre une brouette renversée, il faisait une pause en catimini. Je l'avais déjà remarqué, à plusieurs reprises.

« *Rule Britannica !* ai-je crié. *Britain shall never never…*

— *Rule Britannia. Britons never never never shall be slaves.* Mais regardez-moi aujourd'hui !

— Où vous fait prisonnier ?

— Libye.

— Il est dit les Anglais aiment les fleurs. Aimez-vous les fleurs ? ai-je dit dans mon mauvais anglais.

— Ça va, elles ne me dérangent pas. C'est drôle, vous savez quel mot me trottait par la tête, justement ? *Woodbines.*

— Vous aimez *Woodbine* ?

— *Woodbine…* sans *s* : en anglais, le "chèvrefeuille"… Est-ce que j'aime le chèvrefeuille ? Ou bien les cigarettes du même nom, mais avec un *s* à la fin ? C'est à celles-ci que je pensais.

— *Woodbines.* Je sais pas cela. Aimez-vous Senior Service ?

— Les Senior Service. Beaucoup.

— Et Players ?

123

« — Les Players ? Pas mal.

— Votre nom ?

— Bullard. Capitaine Roland Bullard. Et le vôtre ?

— Thomsen. Lieutenant Angelus Thomsen. Ma anglais j'espère pas trop pire ?

— Elle fera l'affaire.

— J'apporterai Players ou Senior Service. J'apporterai les hier.

— Vous les avez déjà apportées demain. »

J'ai encore marché pendant dix minutes ; puis je me suis retourné pour contempler le spectacle. La Buna-Werke : une véritable cité. Comme Magnetigorsk en URSS (imaginez, baptiser une ville « Bougie d'allumage » !). Elle était censée devenir l'usine la plus vaste et la plus moderne d'Europe. Burckl prétendait que, lorsque l'usine fonctionnerait à plein régime, elle consommerait plus d'électricité que Berlin.

Du point de vue des dirigeants du Reich, la Buna n'était pas seulement synonyme de caoutchouc ou de carburant de synthèse. Mais également d'autarcie ; et l'autarcie, était-on persuadé, déciderait du tour que prendrait la guerre.

*

En début de soirée, dans le hall d'entrée du Mess, qui faisait également office de bar : canapés, fauteuils et tables basses pillés chez les dix mille Juifs et Slaves que nous avons chassés de la Vieille Ville il y a deux ans, un élégant buffet avec des bouteilles de vin et d'alcool alignées au milieu de fruits et de fleurs, prisonnières serveuses en blouse blanche au-dessus de leur tenue en toile matelassée, des lieutenants et des capitaines, dans les premiers

124

stades de l'ébriété ou les derniers d'une gueule de bois, et un fort bruyant contingent invité de Helferinnen et de Conseillères spéciales, parmi lesquelles Ilse Grese et sa nouvelle protégée de quinze ans, Hedwig, avec ses taches de rousseur et ses nattes enroulées sous sa casquette.

On pouvait dîner là comme à la salle à manger ; Boris se tenait face à moi de l'autre côté de notre table basse. Tout en terminant la deuxième et en commandant la troisième tournée d'apéritif (vodka russe), nous étions en train de choisir notre hors-d'œuvre (dix-huit huîtres chacun).

Boris, riant doucement : « Tu es surpris qu'Ilse ait tourné casaque ? Moi pas. *Tout s'explique**. Elle disait toujours *schnell*. "Schnell." À toi aussi, elle disait ça ?

— Oui. Toujours. "Schnell." Bon, d'accord, mais, maintenant, revenons à nos moutons… Accouche, Boris. Schnell !

— Je vais te raconter ce qui est arrivé. Je sais que le prof polonais ne serait pas de cet avis, mais en fait c'est plutôt rigolo. Voilà donc : Bohdan a donné au Kommandant un coup avec un outil de jardinage. C'est comme ça que le Vieux Pochetron a écopé de ses yeux au beurre noir. Un accident, mais tout de même.

— Qui raconte cette histoire ?

— Le Blockaltester de Bohdan. Qui le tient de l'adju de Prufer. Qui le tient de Prufer. Qui le tient du Vieux Pochetron en personne.

— Donc, tout cela viendrait du Vieux Pochetron. Et qu'est-il advenu de Bohdan ?

— Golo, pourquoi demander ? Un Haftling ne peut pas estourbir le Kommandant et espérer s'en sortir indemne, pas vrai ? Imagine si ça se savait. Sans parler de son esprit *revanchard*. Tu devrais en prendre de la graine. Fais gaffe au Vieux Pochetron.

125

— Combien de temps ont-ils mis pour venir le chercher, Bohdan ?

— Le soir même. Ils l'ont raccroché au convoi suivant. Et devine quoi. Avant de quitter son boulot au jardin, Bohdan a écrabouillé la tortue des enfants. Avec le plat de sa pelle.

— Pourquoi aurait-il fait ça ?

— Parce qu'il savait ce qui l'attendait.

— Non. Bohdan Szozeck était professeur de zoologie. Il ressemblait à un vieil animal domestique lui-même. Bref, qu'est-ce que je raconte à Hannah ? *En fin de compte.*

— Tu aurais pu découvrir tout ça toi-même. Je te dirai à qui demander. Pas besoin de soudoyer quiconque. Une poignée de cigarettes suffit.

— Qu'est-ce que je raconte à Hannah ?

— Raconte-lui ça. Raconte-lui la version de Doll, en précisant que la seule chose dont tu es certain, c'est que Bohdan est au ciel... Regarde Ilse. Merde, son garçon manqué n'a pas l'air plus âgé qu'Esther.

— Est-ce qu'Esther a changé de comportement ? Comment as-tu réussi à la faire sortir ?

— Merci pour l'offre, au fait, mon frère, mais l'argent, ici, ça ne sert plus à rien. Il en circule trop. C'est comme durant l'Inflation. Il y a trop de bijoux... J'ai proposé à Off mille Reichsmarks. Cette petite frappe en réclamait dix mille. J'en avais déjà refilé cinq cents à la vieille buse qui avait lu la lettre à la Postzensurstelle. Alors, je lui ai simplement dit : *Relâche-la où je te casse la gueule.*

— Boris.

— J'ai rien trouvé de mieux. La voiture attendait. »

Nous regardions tous les deux Ilse qui semblait vouloir apprendre la valse à Hedwig.

Boris : « Bah. Fini notre "coup du vendredi soir à Berlin". » Il faisait référence à un récent décret restreignant l'ouverture des bains dans la capitale du Reich au samedi et au dimanche. « Elle m'a pas à la bonne, en ce moment.

— Ah bon ? Pourquoi ?

— C'est un peu humiliant. Parlons d'autre chose. C'est Alisz Seisser qui me plaisait... Au fait, Golo, aujourd'hui, je suis arrivé juste à la fin d'un Behandlung.

— Ah. J'ai trouvé, en effet, que tu avais l'air un peu... un peu dément.

— À la fin d'un Behandlung... tu devrais voir comment ils sont entassés.

— Plus bas, Boris.

— Entassés droit. Comme des sardines, mais à la verticale. Des sardines verticales. Ils se marchent sur les pieds. Un seul bloc. Les minots et les bébés calés entre leurs épaules.

— Plus bas.

— Ça, c'est de la gestion. Le Zyklon B, c'est plus économique que les balles. Tout se réduit à ça. »

À une table voisine, un type à la tête bovine s'est retourné et nous a fixés.

Boris, comme de bien entendu, l'a regardé droit dans les yeux, clamant : « Quoi ? *Quoi ?*... Ah. Le gueux rougeaud, ça te plaît de pisser ton fric par les fenêtres, hein ? »

Le type à la tête de bovin continua de le dévisager, avant de déclarer forfait.

Boris, moins fort : « Rappelle-toi, Golo. Pour Hannah. Tu es son seul ami. Élabore là-dessus. Mais écoute-moi. Traite-la comme un bon vin. Couche-la.

— Elle ne peut pas venir chez moi mais il y a un petit hôtel derrière le château. Au fond d'une ruelle. Un énorme pot-de-vin ferait l'affaire. D'accord, les chambres ne sont pas luxueuses mais elles sont assez propres. Le Zotar.

127

— Golo...

— Je sais qu'elle en a envie. »

En plat principal, coquelet aux petits pois et pommes de terre nouvelles, arrosé d'un bourgogne rouge sang, suivi de pêches à la crème et d'un verre ou deux de champagne éventé. Et puis du calvados accompagné de noisettes et de mandarines. Boris et moi étions alors les Allemands les moins éméchés de la salle, même si nous l'étions déjà beaucoup.

Boris, l'air grave : « Une seule bouchée... Combien de prisonniers en tout ? Soixante-dix mille ? Dont quatre-vingt-dix-neuf pour cent tomberaient raides morts s'ils avalaient *une seule bouchée* de ce que nous avons engouffré ce soir.

— L'idée m'a aussi traversé l'esprit.

— J'ai envie de tabasser quelqu'un.

— Tu ne vas pas recommencer, Boris. Pas aussi tôt...

— Je ronge mon frein, tu comprends. Je veux partir pour le front de l'Est. » Regardant autour de lui : « Ouais, je veux me battre, et avec un adversaire à ma mesure. Question que ça dure plus longtemps.

— Tu ne trouveras personne ici. Après ce que tu as fait à Troost.

— Ça marche pas comme ça. Il y a toujours un gros bouseux qui a entendu parler de moi et qui se sent pousser des ailes tout à coup. Lui, là-bas, par exemple. Le péquenaud avec l'acné près de la cheminée. »

Quand nous avions une douzaine d'années, une dispute qui avait éclaté entre Boris et moi avait dégénéré en bagarre ; j'avais été ébahi par la passion et la violence qui avaient alors déferlé sur moi. Je m'étais cru renversé par une moissonneuse-batteuse en folie et en même temps sûre de son bon droit. Quand j'avais finalement réussi à me redresser, ma première pensée avait été : Boris doit beaucoup me détester, depuis longtemps. Mais non. Il avait fondu en larmes et m'avait caressé l'épaule, répétant cent fois qu'il était vraiment désolé.

« Golo, j'ai eu une sorte de euh… anti-eureka à Goleschau. J'ai entendu dire… j'ai entendu dire qu'on tuait des patients psychiatriques à Konigsberg. Pourquoi ? Parce qu'on manquait de lits. Pour qui ? Pour tous les soldats qui avaient craqué après avoir tué des femmes et des enfants en Pologne et en Russie. Alors, je me suis dit : Hum, tout ne va pas pour le mieux dans le royaume d'Allemagne. Excuse-moi un instant, mon cher.

— Bien sûr. »

Il s'est levé. « Tu sais, Bohdan était certain qu'ils allaient venir le chercher. Il s'est assis près de la porte, il a attendu. Il avait distribué tous ses biens matériels.

— Ses biens matériels ?

— Ouais. Son bol, sa cuiller. Les lambeaux de tissu qui lui servaient de souliers. Tu as sommeil, Golo… Fais de beaux rêves. Rêve de Hannah. Et des yeux au beurre noir du Vieux Pochetron. »

J'ai somnolé pendant une minute ou deux. Quand j'ai bougé et levé la tête, Boris se tenait près de la cheminée, il écoutait le jeune fermier, menton haut, montrant les dents.

*

Vendredi est venu, je suis allé me promener sur la dune broussailleuse, avec sa végétation noire, hirsute, noueuse et bulleuse, comme des algues séchées par le vent. À chaque nouvelle éminence apparaissait une nouvelle étendue de terre, et mon corps espérait une plage, un rivage ou, au moins, un lac ou une rivière, un ruisseau, une mare. Mais je n'étais confronté, encore et toujours, qu'à la Silésie, la vaste plaine eurasienne qui franchit douze fuseaux horaires et se prolonge jusqu'au fleuve Jaune et à la mer Jaune.

J'ai débouché ensuite sur un terrain plus plan, une plateforme qui aurait pu être le jardin d'enfants d'une municipalité indigente dans le Nord-Est prussien : deux balançoires, un toboggan, un tape-cul, un bac à sable. Des femmes étaient assises par petits groupes sur des bancs : l'une d'elles tentait de lire un journal dont les feuilles d'un papier trop fin étaient rabattues par le vent ; une autre tricotait une écharpe jaune ; une troisième sortait un sandwich des plis blancs et lustrés de son fourreau de papier sulfurisé ; une autre, enfin, se contentait de regarder dans le vide, comme pour laisser le temps passer : c'était Hannah Doll qui, mains ouvertes sur les genoux, fixait l'espace, le temps. Au-delà, telles des cabanes spartiates, les Chalets d'Été, décorés de fanions.

Je l'ai appelée : « Bon après-midi, madame. » Elle s'est levée et je me suis approché : « Je ne voudrais pas verser dans le mélodrame mais j'ai été suivi jusqu'ici et nous sommes surveillés. Croyez-moi, c'est la vérité. » Je me suis forcé à arborer un large sourire. « Paraissez naturelle. Mais où sont vos filles ? »

J'ai avancé vers le tourniquet, qui tournait lentement. Attention touchante, auraient pu penser certains, j'avais deux sachets de berlingots dans mes poches ; mais ils devraient rester là où ils étaient.

« Quand est votre anniversaire ? ai-je demandé aux filles. Je veux vous donner quelque chose. Quand est-ce ?

— Pas avant des *années*, a répondu Paulette.

— Je sais comment j'appellerai mes enfants ! s'est exclamée Sybil. Les jumelles s'appelleront Marie et Magda. Et le garçon August.

— Ce sont de très jolis prénoms. »

J'ai reculé en devinant que Hannah s'approchait de moi dans mon dos.

« Sentez-vous le temps changer, Frau Doll ? Ah, l'air vif de la fin septembre. Je vous jure qu'on nous observe. »

Elle a fait mine de se dérider. « On nous observe ? Et pas seulement les mères ? Eh bien. Qu'avez-vous à me dire, Herr Thomsen ? »

Avec toutes les apparences de la gaieté, j'ai répondu : « Je suis désolé de devoir vous apporter de mauvaises nouvelles. Bohdan Szozeck n'est plus. »

Je m'attendais à ce qu'elle tressaille : en fait, ça a été davantage un saut, un spasme expansif à la fois vers le haut et vers l'extérieur, et, en même temps, elle a porté la main à la bouche. Mais elle s'est ressaisie immédiatement et, avec un mouvement de tête et levant la voix, s'est écriée :

« Paulette, ma chérie, ne tape pas si fort !

— Mais le tape-cul, c'est fait pour ! C'est bien pour ça !

— Doucement… Donc, il n'est pas allé à Stutthof ? » Elle souriait.

« Je crains qu'il ne soit allé nulle part. » Je souriais de même.

Tant bien que mal, nous avons continué de sourire, tandis que je lui faisais part du récit de Boris Eltz : l'incident avec l'outil de jardinage, l'inévitable ordre donné à Prufer, le transfert au Commando disciplinaire. Je n'ai fait aucune mention du gaz, mais elle savait.

« Et la tortue ?

— Le geste d'adieu de Bohdan. Semblerait-il. C'est apparemment la version de votre époux. Rapportée par untel qui la tient d'untel qui la tient… etc.

— Croyez-vous ça ? De Bohdan... ? »

J'ai haussé les épaules, avec raideur. « La peur de la mort fait commettre d'étranges forfaits.

— Croyez-vous qu'il y ait *quoi que ce soit* de vrai dans toute cette histoire ?

— Vous comprenez leur raisonnement, non ? Ça ne doit pas s'ébruiter. Qu'un prisonnier puisse faire ça au commandant et vivre.

— Faire quoi au commandant ?

— Eh bien. Le frapper... même par inadvertance. Bohdan lui a fait les yeux au beurre noir.

— Ce n'est pas lui. » Son sourire sans joie s'est modifié insensiblement : il s'est fait plus large et plus tendu à la fois. « C'est moi.

— Qu'est-ce que vous préféreriez ? a hurlé Sybil du tas de sable. Tout savoir ou rien savoir ?

— Rien savoir, ai-je répondu en hurlant tout aussi fort. Parce qu'on a le plaisir de tout découvrir ! »

*

Le même vendredi, la nuit tombait à peine quand j'ai traversé les allées boueuses du Kat Zet III. Entièrement financé par IG Farben, le Kat Zet III avait été construit, avec toute la précision d'un copiste, sur le modèle du Kat Zet I et du Kat Zet II. Les mêmes projecteurs et miradors, les mêmes fils barbelés et clôtures à haute tension, les mêmes sirènes et potences, les mêmes gardes armés, les mêmes cellules disciplinaires, le même kiosque à musique, le même poste de fouettage, le même bordel, la même Krankenhaus et la même morgue.

Bohdan avait un « Pikkolo » – pour reprendre le terme de Hannah. Ce dernier était ambigu : à la différence d'un Piepl, qui n'était ni plus ni moins qu'un *mignon* (aucune illusion à se faire là-dessus), un Pikkolo n'était souvent qu'un jeune compagnon, une sorte de pupille, un gamin dont le prisonnier plus âgé s'occupait. Dans le cas présent, c'était un jeune Juif allemand de quinze ans, du nom de Dov Cohn. On voyait parfois Dov dans le jardin des Doll (ainsi, je l'y avais aperçu, lors de ma première visite). Hannah avait dit que Bohdan et Dov étaient « très proches »… Comme la Buna-Werke, le Kat Zet III était encore en chantier et, pour l'heure, une colonie de maçons était cantonnée là. D'après le registre de la Section du Travail, Dov Cohn se trouvait au Block 4(vi).

En partie par déduction, j'avais imaginé ce qui ressemblait à la séquence d'événements la plus plausible. Le matin en question : d'abord, une sérieuse altercation entre époux et moitié, au cours de laquelle Hannah donne à Doll un coup au visage ; au fil des heures, tandis que la contusion s'étend et s'assombrit, Doll comprend qu'il va devoir trouver une explication acceptable à son défigurement ; à un moment donné, Bohdan (peut-être parce qu'il a alors un geste maladroit) attire l'attention de son maître ; ce dernier invente l'histoire de la pelle et la transmet, ainsi que ses ordres, au Lagerfuhrer Prufer, dont l'adjudant notifie le Commando Disciplinaire. Le seul mystère qui demeurait, autant que je pouvais cerner le sujet, était le sort de la pauvre Torquil.

J'étais arrivé au Kat Zet III depuis la Buna-Werke, et j'étais certain (autant qu'on pouvait l'être) d'être suivi.

Avec ma matraque, j'ai tapé sur la porte du Block avant de l'ouvrir d'un coup : une grange de la taille de deux courts de tennis, contenant cent quarante-huit châlits à trois niveaux dont chacun accueillait deux ou trois individus. La chaleur de onze ou douze cents hommes me prit à la gorge.

« Blockaltester ! Ici ! »

Le chef, un ancien, la cinquantaine bien portante, est sorti de son réduit et a accouru. J'ai donné un nom, un numéro et ai fait un signe du menton. Avant de ressortir immédiatement pour me retrouver à l'air plus ou moins pur. Et j'ai allumé un cheroot, pour me désinfecter les narines. L'odeur du Block 4(vi) n'était pas la même que les autres : pas la puanteur de putréfaction qui émanait du Pré ou du bûcher, et pas les relents des cheminées (de carton moisi ; ils vous rappelaient aussi, avec leur soupçon de truite avariée, que l'être humain descend du poisson). Non, c'était la mauvaise odeur piteuse de la faim : les acides, les gaz d'une digestion contrecarrée plus un zeste d'urine.

Enfin le garçon est sorti, mais pas seul. Il était accompagné par un Kapo dont le triangle vert signalait que c'était un criminel ; des tatouages sur ses bras nus lui dessinaient comme un maillot de corps, les cheveux ras de son crâne pointu étaient une simple continuation de sa barbe de trois jours. Je lui ai demandé :

« Qui es-tu ? »

Le Kapo m'a toisé. Et qui étais-je, moi, avec ma grande taille, mes yeux bleu glacier, mes tweeds de propriétaire terrien, et mon brassard d'Obersturmfuhrer ?

« Ton nom.

— Stumpfegger. Monsieur.

— Laisse-nous seuls, Stumpfegger. »

En tournant les talons, il a esquissé un geste, levé le bras un instant avant de le laisser retomber. J'ai eu l'impression qu'il avait voulu passer une main de propriétaire sur le duvet noir du garçon.

« Dov, marche avec moi un moment, ai-je dit, d'un ton mesuré. Jeune Dov Cohn, je veux te parler de Bohdan Szozeck. Il est possible que tu ne puisses pas m'aider mais tu ne devrais pas répugner à le faire. Cela ne te nuira en rien. Il ne pourra en résulter que du bien, que tu puisses ou pas. » J'ai alors sorti un paquet de Camel. « Prends-en cinq. » Combien valaient cinq cigarettes américaines – cinq rations de pain ? Dix ? « Cache-les bien. »

Pendant nos quelques derniers pas, le garçon avait hoché la tête en rythme, et j'étais de plus en plus confiant : il me fournirait la réponse que j'attendais. Puis nous nous sommes arrêtés sous les lampes grillagées. Il faisait presque nuit et le ciel noir crépitait très vaguement sous l'effet de la neige fondue qui commençait à tomber.

« Comment es-tu arrivé ici ? Détends-toi. Grignote ça, d'abord. »

C'était une barre de chocolat. Le temps a ralenti… Délicatement, Dov a dégagé la friandise de son papier argent et, pendant un instant, il est resté comme ébahi, puis il a léché la barre marron, d'un coup de langue respectueux. Quelle délicatesse ! Ce serait un artiste ; il lui faudrait sans doute une semaine pour réduire à néant la barre avec la langue… Hannah m'avait parlé de ses yeux : d'un gris foncé, profond, d'une rondeur parfaite, d'infimes dentelures sur la circonférence de l'iris. Les yeux de l'innocence, confirmés dans l'innocence et pourtant exorbités par l'expérience.

« Tu es allemand. D'où ? »

D'une voix ferme qui néanmoins sautait de temps à autre d'une octave, il m'a raconté son histoire. Elle n'avait rien d'exceptionnel. Chassé d'une maison de Juifs à Dresde, avec le reste de sa famille, à l'automne 41 ; un mois au camp de transit de Theresienstadt ; un deuxième transport ; la sélection vers la file de gauche, immédiatement, pour sa mère, ses quatre jeunes sœurs, trois grands-parents, deux tantes et huit cousins plus jeunes que lui ; la survie de son père et de deux oncles pour les trois mois réglementaires (à creuser des fossés d'écoulement) ; et puis Dov s'était retrouvé seul.

« Alors, qui s'occupe de toi ? Stumpfegger ? »

Hésitant : « Ouais, Stumpfegger.

— Et le professeur Szozeck pendant un certain temps.

— Lui aussi, mais il est parti.

— Sais-tu où ? »

Après l'avoir gardée immobile un instant, Dov s'est remis à dodeliner de la tête.

« Bohdan est venu du Stammlager me dire au revoir. Et me prévenir de pas le chercher à la villa Doll. Après, il est reparti. Il les attendait. Il était sûr qu'ils viendraient le chercher. »

Dov savait tout.

Le dernier matin, Bohdan Szozeck était allé au Ka Be (pour faire changer le pansement de son genou infecté) ; il était rentré au jardin de la villa plus tard que d'habitude, vers neuf heures et demie. Il se trouvait dans la serre quand le commandant, la main au visage, était sorti en titubant des portes vitrées du boudoir – en pyjama. Au premier abord (à cette évocation, j'ai senti des picotements dans la nuque), Bohdan avait pris son maître, chancelant, en pyjama à rayures bleues et blanches, pour un *prisonnier*, un Zugang encore ventru, les vêtements encore propres : Doll était ivre, fou ou simplement éperdument désorienté. Ensuite, Doll avait dû apercevoir la tortue traversant lentement la pelouse ; il avait saisi la pelle et, avec le plat de l'outil, il avait tapé sur la carapace, de toutes ses forces.

« Et il est tombé, monsieur. Sur le gravier… très fort. En arrière. Son bas de pyjama s'est défait, il s'est embronché dedans. Et il est tombé.

— Doll a-t-il vu le professeur ?

— Il aurait dû se cacher. Pourquoi il s'est pas caché, monsieur ? Bohdan aurait dû se cacher.

— Qu'a-t-il fait ? »

D'un air implorant : « Il s'est approché pour l'aider. Il l'a installé sur un tabouret, à l'ombre. Il est allé lui chercher de l'eau. Le commandant l'a repoussé d'un geste.

— Donc… Bohdan savait. Tu as dit qu'il était au courant qu'ils allaient venir le chercher.

— Naturlich. Selbstverstandlich.

— Parce que… ? »

Ses muscles oculaires étaient comme paralysés, tellement il savait de choses.

« Parce qu'il était là quand le commandant a montré un signe de faiblesse. Il a vu le commandant pleurer. »

Nous avons remonté le talus du périmètre de sécurité. À mi-chemin de son Block, je lui ai donné le reste des cigarettes et dix dollars américains.

« Tu les cacheras dans un endroit sûr. »

D'un air presque indigné : « Naturellement.

— Attends. Doll sait-il que tu étais l'ami de Bohdan ?

— Crois pas. Je suis allé au jardin que deux fois.

— D'accord. Dov, c'est notre secret, compris ?

— Mais, monsieur. S'il vous plaît. Qu'est-ce que je devrai lui dire ?

— Au Blockaltester ?

— Non, lui, il s'en moque. Non. Qu'est-ce que je devrai dire à Stumpfegger ? Il voudra savoir de quoi on a parlé.

— Dis-lui… » J'avais dû réfléchir à la question incon-sciemment car la réponse me vint sans détour. « Toute la journée d'hier au Stammlager, un homme est resté, debout, dans le couloir entre la barrière de fils de fer barbelés et la clôture électrifiée. Un Kapo. Menotté. Il avait un écriteau pendu autour du cou. Dessus était écrit *Tagesmutter. Kleinaugen*. Tu sais ce que ça signifie ? »

Dov savait.

« Dis au Stumpfegger que c'est moi qui l'ai mis là. Dis-lui que je mène une enquête commanditée par Berlin. Peux-tu lui dire ça ? »

Il a souri, m'a remercié et est parti à vive allure dans le crépuscule.

Et la neige. La première de l'automne, neige grise, de la couleur de la cendre, de la couleur des yeux de Dov.

Tagesmutter. Kleinaugen. Garde d'enfants. Pédéraste.

*

Apparemment, ce n'était pas tout le temps et pas systématique, mais j'étais suivi, c'était sûr. Cela m'était souvent arrivé quand je travaillais pour le Service de Renseignements de l'État-Major (l'Abwehr) : on déve-loppait vite un sixième sens. Quand on était suivi, on avait l'impression qu'un fil invisible vous reliait à celui qui vous pistait, *l'autre* : selon la distance entre vous, on sentait ce fil se relâcher ou se resserrer. Quand il était tendu : c'est alors qu'on se retournait et qu'on surpre-nait, immanquablement, dans son sillage, une certaine silhouette sursauter ou se raidir.

Celui qui marchait dans mes pas était un Haftling en tenue à rayures. Un Kapo (cela sautait aux yeux rien qu'à sa corpulence), comme Stumpfegger, mais il portait deux triangles, un vert et un rouge. Donc : prisonnier à la fois criminel et politique, ce qui pouvait signifier beaucoup ou presque rien ; il était possible que mon double ait été simplement un indécrottable indiscipliné qui, un jour, avait montré un certain intérêt pour la démocratie. Mais j'en doutais : il avait une mine patibulaire, renfrognée, un air pénitentiaire.

Pourquoi me suivait-il ? D'où venait l'ordre ? Il était toujours peu judicieux de sous-estimer la paranoïa de la Geheime Staatspolizei, ce qui, ici, signifiait Mobius, Horder, Off, etc., mais ces types-là n'auraient jamais recruté un prisonnier, encore moins un politique. Et la seule subversion dont je m'étais rendu coupable jusquelà consistait à avoir donné de mauvais conseils.

Le bon sens désignait Paul Doll. Les contacts illicites entre Hannah et moi n'étaient connus que de quatre personnes : les deux intéressés, Boris Eltz et la témoin de Jéhovah, Humilia. Seules deux personnes pouvaient avoir averti le commandant – or ce n'était pas Boris.

Le dimanche, Hannah et moi devions assister à un récital de piano et à un cocktail au Club des officiers, pour célébrer l'anniversaire de la signature (avec l'Italie et le Japon) du pacte Tripartite, le 27 septembre 1940. J'espérais pouvoir y avertir Hannah qu'Humilia l'avait trahie.

De façon plus prometteuse, le lendemain, à cinq heures et demie, j'étais censé tomber par hasard sur Hannah à l'Académie équestre. Je feindrais de montrer une grande envie de prendre des leçons d'équitation. Elle se renseignerait sur l'achat ou la location d'un poney : Paulette et Sybil avaient jeté leur dévolu sur un Shetland hirsute du nom de Meinrad. Mentalement, je rédigeai une lettre ; sa rédaction me serait fort pénible ; j'allais confier à Hannah que, par prudence, nous devions mettre un terme à notre amitié, ou quelque terme qu'on pût employer pour décrire notre relation.

*

« Alors, combien de cerfs avez-vous abattus ?

— Moi ? Aucun. J'ai tiré en l'air. Quel horrible passe-temps. On voit une belle bête grignotant un buisson d'aubépine, et qu'est-ce qu'on fait ? On la réduit en bouillie avec le contenu de deux canons. » Ôtant ses lunettes, il a soufflé sur les verres et les as nettoyés avec son mouchoir froissé (ce qu'il faisait, d'ailleurs, toutes les trois ou quatre minutes). « Joli paysage. Et même un bon hôtel sur un lac. Il n'y a pas, là-bas, que des masures et des yourtes. Mais pourquoi ai-je accepté ? Wolfram Prufer. J'ai eu deux dîners en tête à tête avec lui. Ce jeune homme est d'une idiotie remarquable. Monsieur Thomsen, le docteur Seedig m'a dit qu'il n'y avait plus d'acétate d'éthyle. J'ignore ce que cela signifie. Et vous ?

— Oui. Pas de mesures colorimétriques. Nous avons de l'acide acétique. C'est l'alcool éthylique qui nous manque. »

Pendant un moment, nous avons parlé de la pénurie, partielle ou totale, dans les parages, d'alcool éthylique. Ensuite, nous sommes passés au triste état de l'usine d'hydrogénation.

« Eh bien, informez-en Berlin. Monsieur Thomsen, avez-vous réfléchi à ma proposition ?

— Oui. Les réformes que vous suggérez paraissent tout à fait raisonnables. À première vue. Mais vous oubliez un détail, monsieur Burckl. Dans la plupart des cas, il s'agit de Juifs. »

Il n'en a pas fallu plus pour que les grands yeux marron de Burckl perdent tout leur éclat.

« Je puis vous assurer, monsieur Burckl, qu'au bureau du Reichsleiter, l'unanimité est atteinte. L'ensemble des échelons supérieurs est unanime sur ce point.

— Certes, certes.

— Laissez-moi résumer. Et autorisez-moi d'ailleurs à citer les paroles mêmes du Reichsfuhrer... De par leurs gènes et leur constitution, les Juifs sont opposés à toute forme de travail. Depuis des siècles, des millénaires, ils pataugent dans le bonheur sur le dos des nations de la diaspora, merci beaucoup. Le travail, les travaux pénibles sont réservés aux candides gentils, alors que le Juif, riant gaiement sous cape, s'en met plein les poches, furtivement comme toujours. Le travail physique... il ne connaît pas. Vous voyez bien que ceux-là tirent sans cesse au flanc et font semblant d'être malades. La brutalité est la seule langue qu'ils comprennent.

— Venez-en au but, voulez-vous ?

— L'idée d'augmenter leurs rations... c'est risible, très franchement. Mettez un bon repas sous le nez d'un Juif et vous n'en tirerez plus rien. Il se mettra à rêver d'une contrée de lait et de miel.

— Je vais me répéter mais... Szmul.

— Szmul est une fausse analogie, monsieur Burckl. La besogne de Szmul n'est tendue vers aucun but. Ici à la Buna, les Juifs comprendront fort bien que, dès le moment où la production aura démarré, ils ne nous seront plus d'aucune utilité. Ils nous mettront des bâtons dans les roues à tout bout de champ. »

Ce à quoi, après un instant de réflexion, Burckl a rétorqué, grincheux : « Jusqu'à il y a six ou sept ans, il y avait des tas de Juifs à Farben. Y compris dans les hauts échelons. D'excellents éléments. D'un sérieux salué par tous.

— Des saboteurs. Soit ça, soit ils dérobaient les brevets pour les vendre aux Américains. C'est bien connu. Nous détenons les preuves. »

Alors, de la cour nous est parvenue une série de cris, la plupart perçants et prolongés.

« Des "preuves". Où ça ? À l'Ahnenerbe ? Monsieur Thomsen, je suis las de vous.

— Et vous, vous m'étonnez, monsieur Burckl. Vous allez à l'encontre d'une des pierres angulaires de la politique du Parti. »

Le ton de Burckl était empreint d'une froide résignation : « Produktive Vernichtung ! La Vernichtung *n'est pas* produktive, monsieur Thomsen. » Et, tournant la tête de côté : « Je suis un homme d'affaires. Nous avons ici une population qu'il est opportun d'exploiter. Comment le faire pour le plus grand confort de tous, là est tout le problème. Quoi qu'il en soit... Nous nous passerons de votre oncle Martin. Nous avons un contact à la Chancellerie.

— Ah bon ?

— Pas le Reichsleiter, pas le Reichsmarschall, pas le Reichsfuhrer. Le Reichskanzler en personne souhaite qu'ait lieu une réunion avec une délégation d'IG... sur un tout autre sujet.

— À savoir ?

— Les gaz toxiques utilisés à des fins militaires. Monsieur Thomsen, je vais lancer mes réformes, autant que je le pourrai sans votre soutien. » Il continuait de soutenir mon regard : « Voyez-vous, en ce qui concerne les Juifs, je n'ai jamais compris pourquoi on en fait tout un plat. À Berlin, la moitié du temps, je n'arrivais pas à les distinguer des Aryens. Je ne suis pas fier de le dire mais j'ai été personnellement soulagé qu'on introduise l'étoile. Sinon, comment savoir ?... Allez, dénoncez-moi. Brûlez-moi comme hérétique. Non. Non, je vous le dis. Je n'ai jamais vu la moindre justification à tout ce tintouin sur les Juifs. »

*

Le vendredi, me rendant à pied de la Vieille Ville au Kat Zet I, j'ai compris que je n'étais pas suivi ; j'ai donc obliqué à l'est et fait le détour par les Chalets d'Été, sans envisager un instant que je ne m'y trouverais pas seul. Une pluie pressée et poisseuse, fine et froide, des nuages bas souillés de fumée ; le terrain de jeu désert, les chalets trempés fermés. Tout était à l'unisson de mon humeur, de mes espoirs concernant Hannah. J'ai avancé ainsi dans le sable et les broussailles.

« Tout est fini, maintenant, avait dit Boris la veille au soir. Golo, rien ne m'aurait tant plu que de te voir mettre les cornes au Vieux Pochetron. Mais c'était un projet bêtement dangereux. »

Et dire que cela sortait de la bouche d'un colonel de la Waffen-SS (trois croix de fer) et d'un don Juan déchaîné, qui courtisait le danger sous toutes ses formes...

« Elle est bonne, l'histoire du pantalon de pyjama en accordéon, n'est-ce pas ?

— Oui. Très. Voilà un mari qui veut le faire avec sa femme et se prend un gnon. Ensuite, il se casse la figure, la queue à l'air dans le jardin. Mais ça rend la chose encore plus horrible, Golo. Encore plus glauque. Ça dépasse la mesure.

— Peut-être une fois, une seule, à l'hôtel Zotar. J'y suis allé un jour, ce n'est pas si crasseux et il n'y a qu'un...

— Sois pas idiot, Golo. Écoute. Tout ce qui est risible chez le Vieux Pochetron... ça ne le rend que plus dangereux, pas moins. Et c'est lui qui détient le pouvoir ici. »

Mieux valait ne pas se faire un tel ennemi dans l'univers concentrationnaire, où la mort exerçait sa pression partout ; tout ce que Doll aurait à faire, ce serait : orienter les choses dans la direction de son choix.

« Réfléchis. Toi... toi, tu y survivrais sans doute. Tu es un fils de l'ordre nouveau. Mais pense à elle. »

Resserrant mon manteau autour de mes épaules, j'ai continué mon chemin. Realsexuellpolitik. Tous les coups sont permis. À la guerre comme à la guerre... Oui, et il faut voir comment l'Allemagne la mène. L'épouse fautive du commandant ne pourrait attendre aucune aide des dispositions des conventions de La Haye et de Genève ; ce serait... une guerre d'extermination : Vernichtungskrieg.

Je me suis retrouvé dans un taillis de bouleaux décrépits où les merveilleux relents de décomposition naturelle embaumaient l'air ambiant : une authentique décomposition naturelle, et non pas l'œuvre de l'homme, une odeur chargée de souvenirs... Au bout d'un moment, déconfit, j'ai dirigé mes pensées ailleurs : Marlene Muthig, l'épouse d'un pétrologue d'IG, avec laquelle je plaisantais souvent sur la place du marché ; Lotte Burstinger, ajout récent aux rangs des Helferinnen ; et la sœur aînée d'Agnès (la seule qui n'était pas mariée), Kzryztina.

Plus loin, juste devant la haute haie qui figurait la limite de la Zone, je ne sais qui avait entamé la construction d'un pavillon ou d'un belvédère – avant de manquer de temps et de bois. Un fond en planches, deux parois latérales de longueurs différentes, et la moitié d'un toit. On aurait dit un arrêt d'autocars à la campagne. Je m'en suis rapproché.

Des fenêtres sans vitres, un banc. Et, dans le coin, Hannah Doll, un ciré bleu étalé sur les genoux.

Endormie, fermée au monde.

Une heure s'est écoulée, à la fois intense et empreinte d'un grand calme. À intervalles réguliers, Hannah fronçait les sourcils, une succession de froncements différents (variétés de la perplexité et de la douleur) ; trois ou quatre fois, ses narines se sont dilatées : des bâillements subliminaux ; une larme solitaire s'est formée et a coulé avant de fondre sur sa joue ; à un moment donné, elle a été secouée par un hoquet enfantin. Et puis, il y avait le rythme de son sommeil, sa respiration, les gonflements de ses douces insufflations. C'était la vie qui bougeait en elle, c'était la preuve, la preuve réitérée de son existence...

Elle a ouvert les yeux et m'a regardé, si peu surprise que j'ai eu l'impression que j'avais déjà été présent en elle, que je faisais déjà partie de son rêve. Sa bouche s'est ouverte sur toute sa largeur et elle a produit un son : la marée d'une mer lointaine.

D'une voix assurée, dénuée de toute rhétorique (comme si elle avait vraiment voulu savoir) : *Was tun wie hier, mit diesen undenkbaren Leichenfresser ?*

« Que faisons-nous ici, au milieu de ces inimaginables pervers ? »

Elle s'est levée, nous nous sommes enlacés. Nous ne nous sommes pas embrassés. Même quand elle s'est mise à pleurer et que nous pensions sans doute l'un et l'autre que ce serait délicieux, nous ne nous sommes pas embrassés, pas sur les lèvres. Mais je savais que, oui, notre histoire...

145

« Dieter Kruger », a-t-elle lâché au bout d'un long moment.

Quoi que nous ait réservé cette histoire, j'étais prêt. Quoi qu'elle nous ait réservé, il fallait aller de l'avant.

Et maintenant ? Quel avenir ?

2. DOLL : STUCKE

Si les petites choses peuvent être comparées aux grandes et si un ver de terre peut lever le regard vers une étoile, alors, il semble que moi, Paul Doll, en qualité de Kommandant (fer de lance de l'ambitieux programme national d'hygiène appliquée), j'aie quelques affinités avec la fumeuse clandestine !

Prenez Hannah. Oui, elle sera parfaite, il me semble, vraiment très bien, je trouve, comme exemple de fumeuse clandestine. Mais qu'est-ce que Hannah et moi avons en commun ?

En 1er lieu, elle doit dénicher un endroit à l'écart pour assouvir son besoin « clandestin ». En 2e lieu, elle doit escamoter les restes : il traîne toujours un mégot, sans doute taché d'un rouge à lèvres voyant, le bout, le clope (et, pour être parfaitement direct, oui, les cadavres sont le fléau de mon existence). En 3e lieu, elle doit se préoccuper de l'odeur, pas seulement de la fumée mais aussi de ses résidus, qui s'accrochent aux vêtements et surtout aux cheveux (dans son cas, elle empoisonne l'haleine : alors que l'arôme d'un cigare onéreux ajoute de l'autorité aux fumets internes des Mensch, la puanteur d'une Davidoff à un sou profane le sain parfum des Madchen). En 4e et dernier lieu, elle a le devoir, mais sans doute l'honnêteté est un concept qu'elle ne connaît pas et comprend encore moins, d'analyser la *compulsion* qui la pousse à faire ce qu'elle fait : s'empuantissant, et portant sur elle sa culpabilité comme une sale petite catin émergeant, toute rance, d'une joute énergique, par un torride après-midi d'été...

C'est là que nous divergeons et que cesse l'analogie. Oui, la ressemblance s'arrête là.

Car elle agit ainsi, poussée par l'inconvenance et la faiblesse. Alors que je fais ce que je fais par rectitude et pouvoir invincible !

« Tu a pris le maquillage de Mama. »

Sybil porta subitement les mains à son visage.

« Tu croyais l'avoir tout enlevé, n'est-ce pas ? Mais je vois encore des traces de rouge. Ou est-ce que tu rougis ?

— C'est pas vrai !

— Ne mens pas, Sybil. Tu sais pourquoi les filles allemandes ne devraient pas se maquiller ? Cela affecte leur moralité. Elles se mettent à mentir. Comme ta mère.

— Que veux-tu dire, Vati ?

— Tu es contente d'avoir un poney ? C'est mieux qu'une vieille andouille de tortue, nicht ? »

Même le National-Socialiste le plus convaincu, je crois, devrait reconnaître que la tâche que la SS s'est fixée à Kulmhof, en janvier de cette année, était exception-nellement rude. Yech, la mesure était à la limite de l'ex-trême, frisait, peut-être, l'excès – c'est l'Aktion, d'ailleurs, qui mena au recrutement et à l'intégration du Sonder Szmul. Jusqu'à ce jour, elle conserve une certaine noto-riété ; les gens la considèrent comme une curiosité, très probablement une exception. Nous l'appelons officieuse-ment : « Le Temps des garçons muets ».

(Pense-bête : l'épouse de Szmul végète à Litzmannstadt. La dénicher.)

148

Et, au fait, s'il reste encore quelques rêveurs qui Dieu sait comment conservent une quelconque sympathie pour nos frères hébreux, eh bien, ils feraient mieux d'observer correctement (ainsi que j'ai été amené à le faire – à Varsovie, en mai dernier) ce qui se passe dans les quartiers juifs des villes polonaises. Le spectacle de cette race regroupée en hordes découragera toute sentimentalité humaniste, et plutôt sévèrement, je crois. Apparitions cauchemardesques, misérables indigents, hommes et femmes au sexe indifférencié se pressent dans les artères jonchées de cadavres. (Étant un père aimant, je trouvai particulièrement difficile à tolérer le brutal abandon de leurs enfants à demi nus qui, partout, le teint cireux, mendient, chantent, crient, gémissent et tremblent : de véritables petits lépreux.) À Varsovie, on dénombre une douzaine de nouveaux cas de typhus toutes les semaines et, sur le demi-million d'Israélites, de 5 000 à 6 000 meurent tous les mois, tant sont grandes l'apathie, la dégénérescence et, pour être tout à fait franc, l'absence des simples rudiments du respect de soi.

Sur une note plus légère, qu'on me permette de décrire un incident mineur qui nous permit, avec mon compagnon de voyage (Heinz Uebelhoer, un charmant « jeune Turc » des bureaux de la Reichsfuhrer-SS) d'alléger pour nous ce terrible constat. Nous nous trouvions dans le cimetière juif, nous bavardions avec le célèbre cinéaste Gottlob Hamm (il réalisait un documentaire pour le compte du ministère de l'Éducation du Peuple), lorsqu'un autocar Kraft durch Freude, la Force par la Joie, vint s'immobiliser là et dégorgea un groupe d'Israélites. Eh bien, Gottlob, Heinz et moi-même interrompîmes un service funèbre dans le but de prendre des photographies. Nous concoctâmes plusieurs scènes de « genre » : vous savez bien… *Vieillard israélite auprès du cadavre d'une jeune fille*, ce genre-là. Les écoliers de la Force par la Joie étaient en haillons. (Hélas, ces « clichés » furent découverts lors de ma visite à Hannah aux Bois de l'Abbaye et ce fut l'enfer. Morale : tout le monde n'a pas le « sens de l'humour ».)

Et pourtant, et pourtant… la femme de Szmul baguenaude dans les rues de Litzmannstadt (*Łódz*, comme les Polonais appellent la ville : ils prononcent d'ailleurs « Whoodge » ou quelque chose dans le genre).

Il est possible que nous ayons besoin de Shulamith.

Je pense que je vais envoyer une communication au chef du Conseil Juif là-bas, qui s'appelle (où ai-je fourré ce rapport ?) « Chaim Rumkowski ».

Comme de bien entendu, votre serviteur n'eut d'autre recours que de descendre à Katowitz chercher du carburant de récupération. Je m'y rendis (accompagné de 2 gardes) avec ma Steyr 600 8-cylindres diesel, à la tête d'un convoi de camions.

Après avoir chargé le carburant usagé, je pris le thé dans le bureau de notre entrepreneur civil, un certain Helmut Adolzfurt, un Volksdeutscher d'âge mûr (signes caractéristiques : pince-nez et implantation des cheveux en pointe). Comme d'habitude, il sortit une bouteille et nous sirotâmes quelques gouttes. Et puis, soudain, il dit :

« Sturmbannfuhrer. Savez-vous que, le soir, d'à peu près 6 heures jusqu'à environ 10 heures, ici en ville, personne ne peut rien avaler ?

— Pour quelle raison ?

— Parce que le vent tourne et arrive par rafales depuis le sud. À cause de l'odeur, Sturmbannfuhrer. L'odeur vient du sud.

— Jusqu'ici ? Oh, quelle bêtise, lançai-je en partant d'un rire insouciant. Nous sommes à 50 kilomètres.

— Regardez, nous avons des doubles fenêtres. Il est 7 heures moins 20. Sortons. Après vous, monsieur. »

Nous descendîmes donc dûment et nonchalamment dans la cour (où mes hommes avaient presque terminé le transvasement). Je posai la question :

« Est-elle *toujours* aussi forte ?

— C'était bien pire le mois dernier. Cela va un peu mieux depuis qu'il fait plus froid. Mais *d'où vient* cette odeur, Sturmbannfuhrer ?

— Ah, eh bien, la vérité, Adolzfurt… (car j'ai une grande présence d'esprit) la vérité est que nous avons créé une porcherie d'une taille fort considérable au pôle agricole, et une épidémie a éclaté. Une maladie porcine. Causée par des vers. Nous n'avons donc pas eu d'autre choix, voyez-vous, que de détruire et d'incinérer. Nicht ?

— Les langues se délient, Sturmbannfuhrer.

— Eh bien, racontez-leur, aux gens, alors, cette histoire de porcherie. »

Les derniers bidons de benzène étaient chargés. Je fis signe aux chauffeurs. Peu après, je réglai les 1 800 zlotys convenus et pris le reçu requis.

Pendant le trajet du retour, alors que les gardes somnolaient (naturellement, j'étais aux commandes du prestigieux engin), sans cesse je m'arrêtais sur le bas-côté et sortais la tête pour humer l'air. La puanteur était pire que jamais. Et ça ne ferait qu'empirer…

Je croyais me trouver dans l'un de ces cauchemars fangeux que nous avons tous de temps à autre – vous savez… où, comme quand on trouve du pétrole, on devient un geyser écumant de saletés chaudes qui ne cessent de jaillir et de s'accumuler partout, malgré tous nos efforts.

« Ils ont parlé pendant 2 ou 3 minutes, Herr Kommandant. Dans l'enceinte derrière le *ranch*. »

Il voulait dire l'école de cheval. Mon Kapo, Steinke (assassin trotskiste dans le civil), voulait dire l'école d'équitation – l'Académie équestre… Donc, 2 rendez-vous : les Chalets d'Été et l'Académie équestre. Et 2 lettres, désormais.

« Vous voulez dire l'école d'équitation. L'Académie équestre, Steinke. Bigre, il fait une de ces chaleurs, ici… Ils ont parlé à la vue de tous ?

— Oui, Herr Kommandant. Il y avait beaucoup de monde autour.

— Et ils se sont contentés de parler, vous dites. Se sont-ils remis mutuellement des documents ?

— Des documents ? Non, Herr Kommandant.

— N'importe quoi d'écrit ?…Oui, eh bien, voyez-vous, vous manquez de sens de l'observation, Steinke. Parce qu'il y a bien eu un échange de documents écrits. Il vous a tout simplement échappé.

— Je les ai perdus de vue quelques secondes quand tous ces chevaux sont passés, Herr Kommandant…

— Certes. Forcément, dans une école équestre, il y a des chevaux ! Avez-vous vu les insignes que les fous portent ici, Steinke ? Avec *Dumm* écrit dessus ? Et *Ich bin ein Kretin* ? Je crois qu'on va vous en commander 1. » Oui, et 1 autre à l'ami Prufer pour la bonne mesure. « Steinke, bien sûr qu'il y a des *chevaux* dans une école d'équitation… Écoutez. À partir de maintenant, ne vous occupez plus de lui. Concentrez-vous sur elle. Klar ?

— Oui, Herr Kommandant.

— Comment se sont-ils salués ?

152

— Ils se sont serré la main.

— "Ils se sont serré la main, *Herr Kommandant.*"
Comment se sont-ils dit au revoir ?

— Ils se sont aussi serré la main, Herr Kommandant. »

Nous nous écartâmes quand une équipe de Polonais
(portant des charges incroyables) passa par là. Steinke et
moi-même nous trouvions dans l'un des entrepôts atte-
nant à la tannerie. C'est là que le bric-à-brac le plus
modeste des évacués est entassé avant son élimination ;
il sert de combustible dans le fourneau de la tannerie :
chaussures en carton, sacs imitation cuir, poussettes en
planches épaisses et tout le tralala.

« Quelles ont été les durées respectives des 2 poi-
gnées de main ?

— La 2e a duré plus longtemps que la 1re, Herr
Kommandant.

— Combien de temps avait duré la 1re ? »

Bien qu'indifférent à tout ce qui concerne la « décoration intérieure », j'ai toujours été plutôt bon bricoleur.
Au printemps de cette année, quand Hannah s'attardait à
Rosenheim, j'ai mené à bien, seul, mon projet fétiche :
l'installation d'un coffre-fort encastré dans le mur de la
penderie du 1er. Naturellement, j'utilise l'armoire forte
dans mon bureau (et il y a toujours le coffre-fort massif
au BAP). Mais l'usage de cette installation à l'étage est
très différente. Sa face visible, avec ses serrures à clef et
à combinaison, n'est guère plus qu'une façade. Ouvrez et
que trouvez-vous ? Une glace sans tain offrant une vue
partielle de la salle de bains. Hélas, au fil des ans, voyez-
vous, mon épouse est devenue plutôt farouche, physi-
quement, or il se trouve que j'aime l'évaluer quand elle
est en tenue d'Ève – ce qui est, n'est-ce pas, mon droit
conjugal le plus strict. Le miroir spécial (ah, miroir de
l'âme, nicht ?), je le récupérai au Block 10, où on l'utilisait

pour renforcer le contrôle de certaines expériences médicales. Il y avait une plaque en trop, et je pensai immédiatement : Ha, ha, alors, je vais m'en servir !

Eh bien, hier, Hannah revenait de l'Académie équestre (toujours le poney) et me voilà, donc, au garde-à-vous pour le spectacle du soir. Normalement, Hannah ouvre les robinets avant de se dévêtir, ce qu'elle fait plutôt mollement. En attendant que la baignoire se remplisse, elle se penche, à plusieurs reprises, afin de vérifier la température de l'eau : ça, c'est le meilleur moment (et aussi plus tard, quand elle sort du bain, bien qu'elle ait l'irritante habitude de se sécher près du porte-serviettes chauffant, qui est hors-champ). Mais hier, rien n'était pareil… Elle entra, ferma la porte, s'adossa contre elle… ; elle remonta sa robe et sortit de sa culotte 3 morceaux de papier bleu ciel. Elle étudia une première fois leur contenu ; puis elle les assimila une 2e fois ; toujours pas satisfaite, elle les étudia une fois encore. Pendant un moment, elle parut perdue dans sa rêverie. Puis elle bougea vers la gauche et déchira les missives en menus morceaux ; j'entendis le bruit de la chasse d'eau et, après l'intervalle nécessaire, une nouvelle trombe.

Je suis maintenant confronté à l'obligation de rapporter une vérité peu ragoûtante. Quand Hannah lisait, son visage en 1er lieu trahit l'horreur, puis une concentration teintée de perplexité, jusqu'à ce que… vers la fin, chaque fois, sa main libre montait à sa Kehle ; après un moment, elle descendait, semblait caresser sa Brust (comme comprimée entre ses Schultern tendues). Ce que je ressentis, en tant que mari, lorsque je fus confronté à ce spectacle, on peut aisément l'imaginer. Mais ce n'était pas fini. Malgré le fait évident qu'elle était excitée – et bien que les essences féminines aient de toute évidence bouillonné en elle (affolement, mouillages, luisances secrètes) –, Hannah n'eut même pas la décence, élémentaire pourtant, de prendre un bain.

Depuis, elle porte sur son visage une expression particulière. Comblée, sereine : en un mot, insupportablement
contente d'elle. En outre, au physique, elle resplendit. Elle
a le même air qu'elle avait enceinte de 3 mois. Puissante.

*

Mobius, du Politische Abteilung, pense que nous
devons agir, en ce qui concerne les Polonais.
« Combien de sujets ?
— Pas encore finalisé. Je dirais dans les 250. » Il
tapota le dossier sur son bureau. « Pas une mince affaire.
— 250. » Moi, ça ne me paraissait pas énorme – mais
il est vrai qu'avec le temps, ma perception des choses a
été faussée par les quantités astronomiques confiées au
Pré, dont Szmul me tient informé. « Oui, je suppose que
ça fait beaucoup.
— Et c'est notre faute, d'une certaine manière.
— Pourquoi ?
— Tous ces trucs à la tannerie… » Il poussa un sou-
pir. « Plutôt insensible, vous ne pensez pas ?
— Je suis désolé, vieille branche, mais je ne vous
suis pas.
— Tout ce bric-à-brac n'aurait jamais dû quitter
Kalifornia.
— Quel bric-à-brac ?
— Voyons, Paul… réveillez-vous. » Et puis il ajouta,
comme accablé : « Toutes ces ordures ramassées au
moment de la pacification de la zone autour de *Lublin*. Les
vêtements campagnards. Les petites savates. Les rosaires
rudimentaires. Les… missels.
— Les… missels, qu'est-ce que c'est ?
— Sais pas trop. Je ne fais que me fier au rapport
d'Erkel. Une saloperie de livre de prières, j'imagine. Ils

sont très catholiques par là-haut. Avez-vous vu comme ces hommes sont en forme ? C'est un scandale. Comment avons-nous pu laisser les choses évoluer de la sorte ?

— Prufer.

— Prufer. Ça ne doit pas attendre. C'est déjà risqué, compte tenu de la situation. Ce ne sont pas des youpins, Paul. Ce ne sont pas des vieilles dames ou des petits garçons.

— Sont-ils au courant… les Polacks ?

— Pas encore. Ils ont des soupçons, bien sûr. Mais, non, ils ne savent pas.

— Qu'espèrent-ils donc qu'il arrivera ?

— Ils pensent qu'ils seront simplement dispersés. Envoyés d'un côté et de l'autre. Mais c'est trop tard pour ça.

— Bah. Apportez-moi la liste, ce soir. Ne ?

— Zu befehl, Kommandant. »

Ayant été décoré de 2 Croix de Fer (2e et 1re classe), je suis parfaitement assuré de ma virilité, merci, et je n'ai pas besoin de crier sur tous les toits que ma libido se porte comme un charme : côté désirs charnels, comme sous tout autre rapport, je suis complètement normal.

La tragique frigidité de Hannah fut révélée peu après notre mariage, juste après que je l'eus emmenée en lune de miel à Schweinfurt. Son manque de réceptivité, au début, lorsque notre intimité était en train d'éclore, je l'avais attribuée à des considérations médicales ; mais cette explication ne tenait plus. Personnellement, je rejette la responsabilité sur Dieter Kruger. Néanmoins, j'affrontai ce défi avec le proverbial impétueux optimisme de la jeunesse (disons, d'une jeunesse relative… puisque j'avais déjà vingt-neuf ans). J'étais persuadé qu'avec le temps, elle finirait par s'ouvrir à ma gentillesse, à ma sensibilité et à mon extraordinaire patience – mon stoïcisme naturel fortifié par la pureté de mon amour. Mais il se passa autre chose.

Notre mariage eut lieu à Noël, en 28. La semaine suivante, après notre retour des environs de Rosenheim, l'intuition que Hannah avait eue précédemment fut officiellement confirmée : elle était enceinte de 6 mois. Ce qui changea tout. Voyez-vous, il se trouve que j'adhère à une doctrine avancée par le grand écrivain et penseur russe, le comte Tolstoï. Dans un ouvrage dont le nom m'échappe (il comprenait un nom allemand, ce qui avait piqué ma curiosité... Oui, c'est ça ! Kreutzer !), il prône la cessation de toute activité érotique, non seulement pendant les mois de gestation *mais aussi pendant toute la période de la lactation.*

Ce n'est pas que je sois particulièrement écœuré par les processus naturels propres à l'organisme féminin. C'est simplement le principe de la chose : respect de la vie nouvelle, de l'inestimable et inviolable formation d'un nouvel être humain... Nous discutâmes ouvertement et Hannah, avec un sourire chagrin, acquiesça bientôt à la supériorité de mes arguments. Paulette et Sybil naquirent à l'été 29 – pour notre inestimable joie ! Mon épouse se consacra donc entièrement aux jumelles pendant les 3 ½ années qui suivirent.

L'atmosphère entre nous, est-il juste de préciser, se fit de plus en plus tendue. De sorte que, lorsque enfin fut revenu le temps de reprendre les relations maritales, nous étions – comment exprimer ça ? – presque redevenus des étrangers. Cette 1re nuit-là, malgré le dîner aux chandelles, les fleurs, la lumière tamisée, la musique du phonographe, le retrait au moment opportun, cette 1re nuit-là fut loin d'être réussie. Après quelques difficultés *préludiales*, je fus certes, de mon côté, enfin parfaitement prêt à m'acquitter de mon devoir conjugal, mais Hannah se montra incapable de maîtriser ses nerfs. La nuit suivante ne fut pas mieux, ni la suivante ni la suivante encore. Je la suppliai de reprendre son traitement (ou du moins de voir le médecin pour qu'il lui procure un onguent), mais en vain.

Nous étions début 1933. La Glorieuse Révolution allait me venir en aide. Qu'on me permette de sourire – tout comme Clio, la muse de l'Histoire, dut sourire en appréciant l'ironie de la situation. Après l'incendie du Reichstag (le 27 février) et les innombrables arrestations qui s'ensuivirent, l'individu qui avait été la cause de tant de tristesse dans ma chambre à coucher devint une source de soulagement érotique. Je parle bien, oui, de l'ami Kruger. Ach, mais ça, c'est une autre affaire.

Est-il étonnant, dans la mesure où j'étais un jeune homme sain, avec des désirs normaux, que j'aie été, entre-temps, contraint de « chercher ailleurs » ?

Pour commencer, il y eut une série de badinages quasi paradisiaques et intensément lyriques avec plusieurs…

Mais on frappe à la porte.

« Entrez… Ah. Humilia. »

Elle apporte la liste de Mobius.

Avez-vous remarqué comment, le soir, quand, somnolant, on tend le bras pour ajuster le drap, on doit souvent se redresser ? Quel effort énorme cela semble exiger ! C'est une masse certaine, le corps, grosse, lourde, et le mien est un corps bien vivant – certes, moite de sommeil, mais regorgeant de vie, oui, de vie !

« Quelle matinée effroyable, j'ai bien peur. Y allons-nous, Sturmbannfuhrer ?

— Oui, oui. Je viens, pour l'amour de Dieu. »

— Tout va bien, Kommandant ? »

Je retrouvai Prufer sur la véranda au sol glissant. Une brume grise était traversée par une maigre neige grise : de gros flocons mouillés. Je dus m'éclaircir la gorge pour demander : « De quel bunker s'agit-il ? J'oublie. »

Stanislaw Stawiszynski, Tadeusz Dziedzic, Henryk Pileski – épisodiquement, la veille au soir, en parcourant le programme de Mobius, j'avais été à même de mettre un visage sur certains noms. Et j'avais compris que plusieurs de ces hommes étaient des travailleurs véritablement légendaires, de vrais stakhanovistes, des scieries faites hommes, des rouleaux compresseurs humains, qui régulièrement passaient tout un mois dans la mine de charbon de Furstengrube, capables (au bout de plusieurs semaines passées à transporter des traverses de chemin de fer) d'en redemander...

Assis à mon bureau, massant mon front sous la lampe, je commençais à douter sérieusement de la mesure proposée par Mobius ; c'est la raison (en plus de mes autres problèmes) pour laquelle je bus trop, beaucoup trop de riesling, de vodka, d'armagnac et par-dessus tout de slivovitz, et ne me couchai pas avant 04 h 07.

J'étais donc en plutôt piteux état quand, à 06 h 28, je pris ma place sur le banc, à la table du sous-sol du Bunker 3 (murs de brique rouge, aveugles). Également présents, hormis Prufer, Mobius et moi-même : 2 agents de la Section Politique, plus les capitaines Drogo Uhl et Boris Eltz. Il y avait aussi un traducteur de la Postzensurstelle, que Prufer renvoya : les Polonais, déclara-t-il, étaient des « anciens » et comprenaient suffisamment l'allemand... Empilant ses papiers, Mobius me dit avec nonchalance qu'il ne prévoyait aucune complication. Uhl se mit à fredonner tout bas. Eltz alluma une cigarette et étouffa un bâillement. Au bout d'un moment, je reculai sur mon siège et réussis à émettre un gargouillis satisfait quoique aviné. Je n'aurais pas dû prendre de Phanodorm à 05 h 05. Tout ce sur quoi se posait mon regard semblait se brouiller et onduler comme l'air au-dessus d'un radiateur.

Accompagnés par un garde armé (certes, c'était nul autre que le sergent d'état-major Palitzsch, mais *1* seul ? Tout de même…), les Polonais, arrivant par colonnes de 5, commencèrent à emplir le quadrilatère. J'eus du mal à en croire mes sens. Ces Halftlinge étaient bâtis comme des ours, des gorilles. Leurs uniformes rayés tendus sur leur masse musculaire, leurs larges visages hâlés, leur bonne mine… et ils portaient même de vraies chaussures ! Sans compter qu'ils débordaient d'*esprit** – on aurait dit une brigade d'élite de la Waffen motorisée (une partie de mon cœur, dûment quoique brièvement, mourut d'envie de les mener au combat). Ils n'arrêtaient pas de se masser là, l'air sévère, 100, 200, 250, 300… suivis, excusez du peu, par un autre soliste désinvolte, l'« ex-Polonais » honni, collaborateur de longue date, le Lageraltester Bruno Brodniewitsch !

Mobius fronça les sourcils et hocha la tête. « Strammstehen ! » lança-t-il en tapant avec son dossier sur la table. « D'abord, le Kommandant va prononcer quelques mots. »

Première nouvelle ! Je les regardai tous. Nous, les officiers, avions nos Luger dans leur étui, bien sûr, et Palitzsch et Brodniewitsch avaient des mitraillettes légères en bandoulière. Mais je savais sans l'ombre d'un doute que, si ce bataillon de colosses reniflait le danger – or la moindre étincelle aurait suffi –, pas un seul Allemand n'en ressortirait vivant.

« Merci, Untersturmfuhrer, dis-je, m'éclaircissant encore la gorge. Bien, vous ici de toute évidence vous voudrez savoir… vous voudrez savoir pourquoi vous avez été détachés de vos Kommandos respectifs ce matin. Ja, pas de travail pour vous aujourd'hui. » S'ensuivit un brouhaha vaguement appréciatif ; je manquai parler de double ration (mais c'eût été, vraiment, trahir nos intentions). « Vous prendrez donc votre déjeuner, puis : temps libre. Parfait. L'Untersturmfuhrer Mobius va vous expliquer pourquoi.

— Merci, Sturmbannfuhrer. Écoutez-moi. Vous, les *Polonais*. Je ne vais pas vous raconter des salades. »

Je ne pus retenir un sourire un tantinet bilieux. Car Fritz Mobius était gestapiste jusqu'au bout des ongles. *Observe, écoute*, songeai-je : *le subterfuge arrive. Il va te les entortiller…*

« À un moment donné, cet après-midi, sans doute vers 5 heures, dit-il en regardant sa montre, chacun d'entre vous va être abattu. »

Il me monta tout à coup dans la gorge un goût de vomi (il est possible, même, que j'aie lâché un cri)… Mais le discours de Mobius fut accueilli par le silence : le silence de 300 hommes dont le souffle venait d'être coupé.

« Oui, c'est la vérité. Je m'adresse à vous comme à des soldats, continua-t-il tout fort, parce que c'est ce que vous êtes. Vous êtes l'Armée intérieure, tous autant que vous êtes. Est-ce que je peux avouer pourquoi vous en êtes là ? Parce que vous n'avez pas pu convaincre Varsovie que le KZ est une ressource active. On croit là-bas que vous n'êtes tous que des sacs d'os. Qui pourrait imaginer qu'il y a des hommes comme vous dans un endroit pareil ? Moi-même, j'ai du mal à le croire. »

L'Untersturmfuhrer consulta son dossier vert, alors que, d'une main d'une hypnotique stabilité, le Hauptsturmfuhrer Eltz remplissait 7 verres d'eau de Seltz.

161

« Je tremble à l'idée de tout ce qu'on vous a passé. Si vous entendiez l'ordre de Varsovie, vous nous saute-riez dessus avant qu'on ait le temps de ciller. Mais, les gars, c'est fini. Vous savez très bien ce qui arrivera s'il y a le moindre embrouillamini cet après-midi. Ainsi que j'ai pris la peine de vous le rappeler hier, nous sommes en possession des registres de votre paroisse. Et vous ne voulez pas que vos mères, vos pères et vos grands-parents soient matraqués dans les wagons à bestiaux, vous ne voulez pas que vos femmes, vos enfants, vos neveux et vos nièces grillent dans le créma. Voyons. *Vous nous connaissez.* »

Le silence gagna encore en profondeur. Avec un bruit de succion, Mobius termina comme suit : « Tout ce que vous pouvez faire, c'est mourir en guerriers. Alors, fai-sons en sorte que tout se passe dans la dignité. Montrez-nous un exemple de fierté et de courage polonais. Et nous vous témoignerons un peu de respect allemand. Oh, et vous aurez droit à votre dernier souper. Vous aurez votre double ration de lavasse bien chaude. Maintenant *raus* ! Hauptscharfuhrer ? Je vous en prie. »

À 22 h 07, ce soir-là, je dus me relever pour écou-ter le rapport de Prufer. Plus tôt, du Bunker 3 j'étais allé directement au Krankenbau, où le Professor Zulz m'avait fait une injection de vitamines et donné 2 doses de chlorpromazine, qui est censé être un antivomitif autant qu'un sédatif. Ce qui ne m'empêcha pas, en sor-tant du poste d'infirmerie, d'avoir l'impression qu'on m'arrachait les tripes, et j'étais certain qu'en titubant sur le chemin de la villa, je m'effondrerais dans la neige fon-due (hors de question de croiser le transport de midi).

Plus tard, je m'excusai auprès de Wolfram Prufer : « Pardonnez la robe de chambre. Entrez. » Soit, j'avais juré de ne pas toucher une goutte d'alcool jusqu'à nouvel ordre, mais je pensais que Prufer avait vraiment droit à une rasade, après une telle journée, et il n'aurait guère été viril de ne pas me joindre à lui. « Ihre Gesundheit. Comment ça s'est passé ?

— Sans encombres, monsieur. »

Dans la cour du Bunker 3, une petite fraction du contingent polonais avait choisi de mourir en se battant (1 barricade, vite renversée), mais tous les autres, 291 hommes, avaient été fusillés de manière pacifique entre 17 h 10 et 17 h 45.

« Plutôt exemplaire, déclara Prufer, sans que son visage impassible trahisse la moindre expression. D'une certaine façon. »

Je remplis nos verres et nous bavardâmes, nous dispensant, puisqu'il était si tard, des formalités d'usage.

« N'avez-vous pas été surpris, demandai-je, que Mobius y mette si peu les formes ? Je m'attendais à un stratagème. Vous me comprenez... une supercherie.

— La supercherie, c'était hier. Il leur a dit qu'on devait leur donner une leçon, et il a menacé de rafler leurs familles s'ils tentaient quoi que ce soit.

— Où est la supercherie là-dedans ? C'est bien ce que nous faisons, n'est-ce pas ?

— Non, plus maintenant. Apparemment, ça n'en vaut plus la peine, alors nous avons arrêté. Ça coûte trop cher, de les rechercher. Vous comprenez, ils ont tous été expulsés et envoyés je ne sais où. D'ailleurs... »

Il déclara que, de toute manière, ces familles, pour la plupart, avaient déjà péri : qui sous les bombes, qui mitraillé, qui pendu, qui mort de faim ou de froid... ou encore exécuté lors de représailles de masse. Prufer continua de sa voix traînante : « Et ces enfants dont il a parlé, la ½ d'entre eux, tous ceux qui en valaient la peine, ont été envoyés dans le Reich et germanisés. Le jeu n'en vaut donc plus la chandelle.

— Et ces hommes. Ils ont simplement… ?

— Aucun problème. Ils ont eu leur soupe et ont passé 1 heure ou 2 à écrire des cartes postales. À l'heure dite, beaucoup chantaient. Des airs patriotiques. Et presque tous ont crié quelque chose comme *Vive la Pologne* au dernier instant. Rien de plus.

— "Vive la Pologne". Amusant, ça. »

Prufer tendit le cou : « Tout a failli capoter pour une autre raison… il fallait faire disparaître les corps avant que leurs camarades ne reviennent du travail. Nous avons couvert les charrettes mais nous n'avons rien pu faire pour le sang, bien sûr. Pas le temps. Les hommes l'ont vu. L'atmosphère était tendue. Tendue, Kommandant. Mobius pense que nous devrons peut-être culbuter un nouveau groupe. Recommencer tout le tintouin.

— Na. Comment va votre frère, Prufer ?

— Lequel ?

— Celui qui est à Stalingrad. Freiherr ? Non. Irmfried. »

Quand je me retrouvai seul, je m'autorisai une demi-heure d'introspection, affalé sur le fauteuil au coin de la cheminée, une bouteille sur les genoux. À quoi en étais-je réduit, moi, songeai-je, alors que d'autres affichaient une luminescente bravoure : je liquidais des vieilles dames et des petits garçons. Je pensais, cela va de soi, avec une admiration envieuse, à l'Untersturmfuhrer. Face à ces géants polonais, osant, de la glace dans le cœur : « *Du weisst wie wir sind*. Vous nous connaissez. »

Ça, c'est le National-Socialisme !

Cela dit, au fait, liquider des vieillards et des enfants requiert d'autres forces et vertus : radicalisme, fanatisme, implacabilité, sévérité, dureté, froideur, impitoyabilité, und so weiter. Après tout (comme je me le dis souvent), il faut bien que quelqu'un se charge de la besogne – les Israélites nous feraient pareil s'ils avaient la ½ d'une chance, on le sait tous. Ils ont mené rondement leurs affaires en novembre 1918, quand les profiteurs de guerre qui achetaient tout pour rien vendaient à…

Ayant réussi à me lever, je me rendis tant bien que mal à la cuisine. Debout à la table, Hannah mangeait une salade verte dans un bol, à l'aide d'une fourchette et d'une cuiller en bois.

« Na ja ! m'exclamai-je, inhalant à pleins poumons. Le front. Ça, c'est la vraie vie. J'ai presque envie de demander mon transfert. Sur le front de l'Est. À l'heure où je te parle, Hannah, c'est là-bas que se forge l'Histoire avec un grand *H*. Et je veux en faire partie, nicht ? Nous allons donner au judéo-bolchevisme la plus grande…

— Donner à qui ?

— Au judéo-bolchevisme. Sur la Volga. Nous allons donner au judéo-bolchevisme la plus grande raclée, bon Dieu, de tous les temps. Tu as entendu le discours ? La ville est quasiment à nous. Stalingrad. Sur la Volga, femme. Sur la Volga.

— Si vite… Tu es encore soûl.

— Na, peut-être, et alors ? Ça pourrait… » Je plongeai les doigts dans le bocal d'oignons marinés et en piochai un que je croquai à pleines dents. « Vois-tu, ma chère, je réfléchissais. Je pensais que nous devrions faire tout ce qui est en notre pouvoir, même si c'est peu, pour cette pauvre Alisz Seisser. Elle est de retour. Comme détenue.

— Alisz Seisser ? Mais pour quelle raison ?

— Bah… c'est, ce n'est… pas très clair. Pardon. Ils l'ont éti… étiquetée *Asozial*.

— Ce qui signifie ?

— Ça pourrait signifier n'importe quoi. Vagabondage. Mendicité. Prostitution, Dieu l'en garde. Ou un… euh… délit relativement mineur. Marmonner. Se passer du vernis à ongles sur les orteils.

— Se passer du vernis à ongles sur les orteils ? Hum, je suppose que c'est la logique même. En temps de guerre. Drôle de coup porté au moral des troupes… » Hannah s'essuya la Mund avec une serviette, et les traits de son Gesicht se recomposèrent. « Qui est déjà en berne, à ce que j'entends dire.

— Quatsch ! Qui dit ça ?

— Norberte Uhl. Qui le tient de Drogo. Et de Suzi Erkel. Qui le tient d'Olbricht… Bien. Alors, quel est ce *peu* que nous pouvons faire pour Alisz Seisser ? »

Au début, j'avais enchaîné une série d'amourettes intensément lyriques, presque paradisiaques, dans le cadre sylvestre de notre ferme bavaroise (louée à ma belle-famille), avec plusieurs jouvencelles, des laitières et des bergères (tout cela avait démarré au cours du 2e trimestre de Hannah). Combien de fois n'ai-je pas, en short en cuir et tunique brodée, sauté le fossé aux moutons et couru jusque dans la grange aux trousses de ma belle printanière qui, avec un glapissement amoureux et un trémoussement espiègle de sa croupe blonde, se faufilait à 4 pattes dans notre nid secret derrière la botte de foin ! Combien d'heures n'avons-nous pas passées dans l'enclos idyllique derrière l'aire de tonte : Hansel un brin d'herbe entre ses lèvres rieuses, la tête enfouie entre les genoux et les plis du dirndl de sa plantureuse et rubiconde Gretel !

En 32, Hannah et moi fûmes inexorablement attirés par Munich, cité de mes rêves et de mes désirs.

Finis les troupeaux, les ruisselets, les botte-culs, les coucous, le thym et les vierges brûlantes. Malgré mes allers-retours quotidiens depuis la banlieue de Dachau (où j'entamai ma fulgurante carrière) et mon rôle de chef de famille, avec deux enfants, je trouvais encore le temps pour une relation très sincère et éminemment sensible avec une dame d'une grande sophistication, du nom de Xondra, qui tenait une pension sur la Schillerstrasse près de la Hauptbanhof. Sans crier gare, elle épousa un prospère prêteur sur gages d'Ingolstadt, mais, de mon côté, je trouvai sans tarder d'autres amies dans le même immeuble – notamment Pucci, Booboo et Marguerite au casque d'or. Cependant, depuis, il a coulé beaucoup d'eau sous les ponts.

Ici au KZ, en temps de guerre, je n'ai jamais envisagé le moindre « écart de conduite ». Je pense qu'il serait très anti-allemand de me compromettre avec une collègue (comme Ilse Grese) ou l'épouse d'un collègue. Berlin ne verrait pas cela d'un bon œil. Sans compter que les tentations sont rares, si rares sont les femmes qui ont encore leurs menstrues ou leurs cheveux. En cas d'urgence... eh bien, l'endroit pour ça à Katowitz est bien trop sordide. Par contre, le meilleur à Cracovie est un établissement allemand, aussi propre qu'une salle d'opération – mais je n'y suis pas retourné depuis l'arrivée de mon épouse. Ach, j'ai été un mari modèle, le mari idéal, le mari de rêve...

Maintenant, la situation a changé. On peut être 2 à jouer à ce jeu-là. N'est-ce pas ?

Nous avons bien une porcherie au KL (une annexe modeste du Pôle agricole). Alisz Seisser y est Tierpfleger :

infirmière vétérinaire. Elle porte le même uniforme que les aides-soignantes de la Haftling Krankenbau : veste en lin blanc, bande rouge au dos et sur le pantalon. Après avoir bien regardé, je tapai à la vitre de son laboratoire, et elle sortit.

« Oh merci, merci. Merci d'être venu. Cela me fait tellement plaisir de vous voir, Herr Kommandant.

— Herr Kommandant ? Voyons ! "Paul", je vous en prie, répondis-je avec un petit rire amical. Paul. Non... je n'ai pas cessé de penser à vous. Pauvre Alisz. Cela dut être très difficile pour vous là-bas à Hambourg. Vous étiez dans une situation inextricable. Vous n'avez pas reçu votre pension ?

— Non, non. Rien de la sorte. Ils m'ont arrêtée à la gare de chemin de fer, Paul. À la descente du train.

— C'est étrange. » Sur la poitrine étaient cousus le triangle noir des Asozial et, au milieu, une lettre (qui, d'ordinaire, signalait le pays d'origine). « Qu'est-ce que cela signifie pour une Allemande ? demandai-je en souriant. Zambie ?

— Zigeuner. »

Tzigane. J'eus un mouvement de recul.

« Je ne peux pas dire que je ne m'y attendais pas, continua-t-elle gaiement. Orbart disait toujours : "Ma vieille, s'il arrive quelque chose à ma pomme, ou s'il te prenait l'envie de me quitter..." il plaisantait, naturellement... "alors, tu seras dans la merde, mon amour." Une grand-mère sinti, vous comprenez. Et on savait que ça figurait dans mon dossier. »

C'était une surprise des plus fâcheuses. Les Zigeunere étaient envoyés dans des maisons de correction depuis le milieu des années 20 et, bien sûr, le Bureau Central de la Lutte Contre la Menace Bohémienne du Reichsfuhrer-SS opérait depuis des lustres (pas plus tard que l'autre jour, je lisais que ces pauvres bougres étaient dépossédés de leurs biens et de leurs droits). Il avait été impératif de nous occuper de cette menace, à un moment ou à un autre... Il y avait au KL2 un camp de familles gitanes (des gens du cirque, des propriétaires de guinguettes, ce genre-là) ; ses membres étaient classés comme détenus, tatoués mais pas rasés et ils ne figuraient pas sur les listes de condamnés au travail forcé. À ma connaissance, Alisz était la seule Zigeuner Haftling de toute la Zone.

« Hum, bien. N'empêche, je ferai quand même tout ce qui sera en mon pouvoir, Alisz.

— Oh, je le sais, Paul. Quand on m'a retirée du Block des Femmes, j'ai deviné que vous étiez intervenu. Le Block des Femmes, c'est vraiment la fin de tout. Je ne trouve pas les mots pour le décrire.

— Vous paraissez bien vous porter, ma chère. La coupe en brosse est très seyante. Et ça, c'est votre numéro de téléphone ?... Pardon, je plaisante. Nicht ? Voyons, Alisz, que je vous regarde un peu. Mmm. Ce costume ne vous est pas d'une grande utilité avec les températures que nous avons ces temps-ci. Avez-vous bien 2 couvertures, au moins ? Et on vous sert la ration Tierpfleger ? Faites donc un tour sur vous-même. Au moins, vous n'avez pas perdu de poids. »

L'Unterschenkel est un peu court chez Alisz, mais son Hinterteil est une splendeur. Quant au reste, le Busen et ce qui s'ensuit, c'est difficile à savoir – mais il n'y a rien à redire sur son Sitzflache.

« Vous êtes mieux ici, voyez-vous, qu'au Ka Be. Je préfère que vous ne soyez pas affectée au Block Typhus. Ou au Block Dysenterie, d'ailleurs, ma chère.

— Non, ce n'est pas trop mal. Je suis une fille de la campagne, moi. Et les cochons sont adorables !

169

— J'espère, Alisz, j'espère que le souvenir béni du Sturmscharfuhrer vous est de quelque soutien. Votre Orbart. Il a donné sa vie, Alisz, pour ses idées. Que peut-on demander de plus à un homme ? »

Elle arbora un grand sourire, la brave fille. À nouveau, l'espace d'un éclair, elle fut nimbée d'un rayonnement sacré : la sainte aura de la martyre germanique. Tandis que, les bras croisés sur la poitrine, elle agrippait ses épaules et, claquant des dents, chantait les louanges de son époux glorifié, je pensai qu'il était, ô combien, difficile de juger de la silhouette d'une femme jusqu'à ce qu'elle se déshabille entièrement. Après tout, tant de choses qu'on ne voit pas peuvent aller de travers. Nicht ?

« Écoutez, Alisz. J'ai un message pour vous de la part de ma chère femme. Elle souhaite que vous veniez à la villa dimanche.

— La villa ?

— Oh, cela fera hausser 1 sourcil ou 2, nul doute. Mais je suis le Kommandant et nous avons une excuse toute prête. Le poney des filles. Il a la gale ! Venez passer l'après-midi chez nous.

— Si vous affirmez que c'est possible, Paul.

— Hannah a des vêtements de femme qu'elle voudrait vous donner. » J'ajustai ma houppelande grise pour affronter le vent. « Je viendrai vous prendre en voiture. Il y aura du steak, des patates et des légumes verts.

— Oh, ce serait si plaisant !

— Un vrai repas. Oh oui. Et un bon bain chaud.

— Ooh, Paul, j'ai hâte d'y être.

— À midi, dimanche, donc. Retournez donc, ma fille. Retournez là-bas. »

Je ne vais plus aussi souvent au Pré. Szmul non plus. Quelquefois, il s'y rend vers minuit, pour s'assurer que

170

tout se passe de la façon réglementaire, après quoi il reprend sa fonction d'hôte à l'accueil. Désormais, pour parler à Szmul, il faut l'attraper au vol à la rampe.

On s'était occupé du 1er train et le Sonder mangeait un morceau de fromage, assis sur une valise, sous la lumière crue d'un projecteur non gardé. Arrivant en diagonale dans son dos, je le surpris en lui demandant tout de go :

« Comment se fait-il que tu te trouvais dans le 1er convoi en provenance de Litzmannstadt ? »

Les muscles de sa mâchoire s'immobilisèrent. « Le 1er convoi, c'était pour les indésirables, monsieur. J'étais un indésirable, monsieur.

— Indésirable ? Un petit schnok d'instituteur comme toi ? À moins que tu aies enseigné un peu d'éducation physique. Nicht ?

— J'ai volé un peu de bois, monsieur. Pour acheter des navets.

— "Pour acheter des navets, *monsieur.*" » Je le dominais de toute ma hauteur, jodhpurs bien écartés. « Où croyais-tu qu'on t'envoyait ? En Allemagne ? Travailler en Allemagne ? Pourquoi est-ce que tu as cru ça ?

— Parce qu'ils ont changé mes titres convertibles du ghetto en Reichsmarks, monsieur.

— Ooh. Très malin de leur part. Ta femme n'était pas avec toi, n'est-ce pas, Sonder ?

— Non, monsieur. Exemptée en raison de sa grossesse, monsieur.

— Surtout des naissances de mort-nés dans le ghetto, me dit-on. D'autres bambins ?

— Non, monsieur.

— Donc, elle a raté l'Aktion plutôt inélégante de Kulmhof. *Lève-toi.* »

171

Il s'exécuta, essuyant ses mains pleines de gras sur son pantalon tout aussi gras.

« Mais toi, tu y étais, à Kulmhof. Chełmno, c'est comme ça que vous l'appelez, vous autres. Tu y étais... Remarquable. Normalement, aucun Juif ne sort de Kulmhof. J'imagine qu'ils t'ont gardé parce que tu étais allemand. Dis-moi. Y étais-tu au Temps des garçons muets ?

— Non, monsieur.

— Dommage... Bien, Sonder. Tu connais Chaim Rumkowski ?

— Oui, monsieur. Le directeur, monsieur.

— Le directeur. Le roi du ghetto. On me dit que c'est un sacré personnage. Tiens. »

Je sortis de ma poche la lettre que j'avais reçue le matin même de « Łódz ».

« Le timbre. C'est son portrait. Il se promène en calèche. Tirée par un cheval de trait qui n'a plus que la peau sur les os. »

Szmul hocha la tête.

« Je me demande si tu survivras assez longtemps, Sonderkommandofuhrer, pour le recevoir ici. »

Il détourna la tête.

« Tes lèvres. Tu serres toujours les lèvres. Toujours. Même quand tu manges... Tu veux *tuer* quelqu'un, n'est-ce pas, Sonder ? Tu as l'intention de tuer quelqu'un avant de "tirer ta révérence". Moi, par exemple ? » Je sortis mon Luger et pressai le canon contre son front buté. « Oh, ne me tue pas, Sonder. Je t'en prie, ne me tue pas. » Le projecteur rendit l'âme dans un grésillement. « Lorsque ton temps viendra, je te dirai exactement quoi faire. »

Loin dans la nuit, nous aperçûmes l'œil jaunâtre du 2ᵉ convoi.

« Voyez-vous, dis-je sur le ton de la méditation, voyez-vous... je crois que nous devrions faire un effort particulier à l'occasion des commémorations du 9 novembre. » Wolfram Prufer tiqua et se renfrogna, son visage poupin arbora toutes les marques de la concentration.

« Une cérémonie en bonne et due forme, poursuivis-je, pensif. Et un discours enflammé.

— Bonne idée, Sturmbannfuhrer. Où ? À l'église ?

— Non. » Je croisai les bras. Il faisait référence à Saint-André dans la Vieille Ville.

« Non. En plein air, proposai-je. Après tout, *eux* étaient en plein air, les Vétérans, en leur heure de gloire...

— Mais ça, c'était à Munich, et Munich, c'est presque l'Italie. Ici, c'est la Pologne orientale, Sturmbannfuhrer. L'église Saint-André, c'est déjà une glacière...

— Voyons, la différence n'est pas si grande, en latitude. Quoi qu'il en soit, qu'il neige ! On tendra des bâches. Près du kiosque à musique. Ce sera tonifiant. Ça endurcira le moral de tout le monde. » Je souris. « Votre frère sur la Volga, Hauptsturmfuhrer... Irmfried. Je suis certain qu'il n'envisage aucune difficulté insurmontable ?

— Aucune, Kommandant. La défaite en Russie est une impossibilité biologique. »

Je levai les sourcils. « Ah, Prufer, voilà qui est plutôt bien tourné... Et, pour les urnes, que suggérez-vous ? »

Le dimanche soir, j'assistai à une réception dans la Vieille Ville, au Ratshof Bierkellar (considérablement rénové, récemment, grâce aux taxes que rapporte IG). Yech, en gros, c'était une autre « fête » de Farben : une soirée d'adieux à Wolfgang Rauke, qui rentrait à Francfort après sa tournée. Pour être honnête, l'atmosphère était plutôt morose, et j'eus du mal à conserver ma bonne humeur (même si la visite d'Alisz Seisser avait été, elle, un grand succès).

Bref, je m'entretenais avec (ou plutôt écoutais) 3 ingénieurs d'échelon moyen, Richter, Rudiger et Wolz. La conversation, comme d'habitude, tournait autour de l'absence d'un véritable esprit d'entreprise dans la main-d'œuvre de la Buna (et de ses résultats décevants), de la rapidité avec laquelle elles s'étaient ajoutées à la malédiction de mon existence : les pièces, die Stucke, méchamment volumineuses, inflexiblement lourdes et encombrantes, baudruches méphitiques, bombes puantes toujours près d'exploser.

« Les Haftlinge sont déjà épuisés, monsieur. Pourquoi leur imposer en plus de transporter ces choses en retournant au Stammlager ? demanda Wolz.

— Pourquoi les Leichekommando ne peuvent-ils pas venir les ramasser, monsieur ? demanda Rudiger. Soit à la nuit tombée soit un peu avant le lever du soleil ?

— Ils prétendent que c'est à cause de l'appel, monsieur. Ne peuvent-ils donc pas obtenir les nombres du Leichekommando et faire leurs comptes ? fit Richter.

— Regrettable. » J'affectai un air distrait.

« Ils doivent leur fournir des baudets, pour l'amour de Dieu !

— Ils manquent en permanence de brancards.

— Et il n'y a jamais assez de ces saloperies de brouettes.

— De nouvelles brouettes, conclus-je (il était temps de partir). Oui, c'est bien, ça. »

Thomsen était là, à la sortie – il pérorait, hautain, en compagnie de Mobius et Seedig. Nos regards se croisèrent et son sourire, ou sa grimace, révéla ses dents féminines. Manifestement confus, il eut un mouvement de recul et je perçus la crainte dans ses yeux clairs alors que, les épaules hardies et le pas rude, je m'élançais dans le grand air.

19 h 51. Je ne doute pas que Prufer aurait été heureux de me ramener sur sa moto mais, comme la température n'était pas encore tombée en dessous de zéro et qu'il faisait encore jour, je préférai marcher.

Dans la période 1936-1939, à Munich, il existait une procession annuelle, parrainée et encouragée par l'État : c'était « La Nuit des Amazones » (cela me revint alors que je traversais l'emplacement de la synagogue que nous avons dynamitée il y a 2 ans). Des colonnes de jouvencelles Reichsdeutsche paradaient à cheval, seins nus. Suivant une chorégraphie de bon aloi, ces vierges reconstituaient des scènes historiques, célébrations de l'héritage teuton. On raconte qu'un jour, le Sauveur en personne a assisté, preuve de sa grande tolérance, à un célèbre ballet dévêtu dans cette même ville. C'est ça, la manière allemande, voyez-vous. L'Allemand maîtrise entièrement ses désirs. Il peut fondre sur une femme tel un génie en folie mais, d'un autre côté, si l'occasion l'exige, il est heureux de se contenter d'un regard civilisé – sans éprouver le besoin de toucher...

En pénétrant dans la Zone, je marquai une pause, me rassérénai de plusieurs rasades de ma flasque. Par tous les temps, j'apprécie une bonne marche. C'est mon éducation, j'imagine. Je suis comme Alisz. Un gars de la campagne dans l'âme.

Les Titte un peu plantureux, comme ceux de mon épouse, on peut les dire « beaux » ; les plutôt petits, comme ceux de Waltraut ou de Xondra, on peut les dire « jolis » ; et les Titte tirant vers le moyen, on peut les dire... quoi ? « Bjeaulis » ? Comme ceux d'Alisz. « Bjeaulis ». Quant à ses Brustwarten, ils sont d'un foncé très excitant. Et voyez dans quelle humeur enjouée elle m'a mis !

Je regarderai. Je ne toucherai pas. Les châtiments punissant la Rassenschande ont beau n'être pas toujours appliqués, ils peuvent être fort sévères (jusqu'à la décapitation) – mais, dans tous les cas, la gitane Alisz n'a jamais éveillé en moi que le plus tendre, le plus exalté des sentiments. Je pense à elle comme à l'une de mes filles qui aurait atteint l'âge adulte et que je devrais protéger, chérir et humblement vénérer.

Quand je dépassai l'ancien créma et approchai du portail de notre jardin, je songeai à mes retrouvailles imminentes avec Frau Doll ; et je ressentis cet exquis accès de certitude qui vous réchauffe et vous réjouit quand on joue au brag à deux cartes (un jeu beaucoup plus complexe qu'il n'y paraît à première vue) : on observe la table, on compte les points, et on sait pour sûr que la victoire est sienne. Frau Doll ignore que je connais l'existence de la lettre qu'elle a fait passer à Thomsen. Elle ignore que je connais l'existence de la missive qu'il lui a donnée. Je vais la « mettre dans tous ses états ». Je veux simplement voir son expression à ce moment-là.

Meinrad, le poney, hennit faiblement quand je montai les marches.

Assise sur le canapé devant la cheminée, Hannah lisait *Autant en emporte le vent* aux jumelles. Aucune d'elles ne leva le regard quand je m'installai sur le tabouret pivotant.

« Écoute-moi, Sybil, écoute-moi, Paulette, m'exclamai-je, votre mère est une mauvaise femme. Une très mauvaise femme, vraiment.

— Ne dis pas ça !

— Une femme méchante.

— Oh, que veux-tu dire, Vati ? »

176

Lentement, j'accentuai le froncement de mes sourcils. « Montez vous coucher, les filles. »

Hannah tapa dans les mains. « Allez. Je vous rejoins dans 5 minutes.

— 3 minutes !

— Promis. »

Tandis que les filles se levaient et quittaient la pièce, je m'exclamai : « Ho ho ! Ho ho ho ! Je crois que ça prendra un peu plus long*temps* que ça ! »

À la lueur du feu, les yeux de Hannah semblaient avoir la couleur et la texture de la crème brûlée.

« Je sais quelque chose que tu ignores, entonnai-je, imprimant à mon menton un mouvement paresseux de gauche à droite. Je sais quelque chose que tu ignores que je sais. Ho ho. Ho ho ho. Je sais que tu ne sais pas que je…

— Tu veux parler de Herr Thomsen ? » répondit-elle d'un air jovial.

L'espace d'un éclair, je dois l'admettre, je fus désarçonné. « Oui. Herr *Thomsen*. Allons, Hannah, à quoi joues-tu ? Écoute. Si tu ne…

— De quoi parles-tu ? Je n'ai aucune raison de le revoir. J'étais déjà assez navrée de m'imposer ainsi la 1re fois. Il a été poli, mais j'ai compris qu'il n'apprécie guère tout ce qui ne concerne pas sa mission. »

À nouveau, il me fallut un instant avant de pouvoir réagir : « Ah, vraiment ? Et de quelle "mission" s'agit-il ?

— Il est obsédé par la Buna-Werke. Il croit que le sort de la guerre dépend du caoutchouc.

— Il n'a pas tort. » Je croisai les bras. « Non, un instant. Pas si vite, ma fille. La lettre que tu as demandé à Humilia de lui transmettre. Oui, oh oui, elle m'a tout raconté. Certains connaissent le sens du terme "moralité", vois-tu. Cette lettre… Peut-être voudrais-tu satisfaire ma curiosité en me révélant son contenu ?

— Si tu veux. J'ai sollicité de sa part un rendez-vous aux Chalets d'Été. Au terrain de jeux. Où il m'a promis, de mauvaise grâce, d'essayer de retrouver la trace de Dieter Kruger. Enfin, j'ai eu accès à quelqu'un de haut placé. De vraiment important. »

Je me redressai trop brusquement et, ce faisant, me donnai un violent coup au crâne, de biais, sur le manteau de la cheminée.

« Veux-tu surveiller ton langage avec moi, jeune personne ! »

Au bout d'1 certain temps, elle inclina la tête comme en signe de contrition. Mais je n'aimai pas du tout la tournure que les choses avaient prise.

« Et la 2de missive… celle qu'il t'a donnée en catimini à l'école d'équitation ?

— C'était sa réponse, naturellement. Son rapport détaillé. »

Il s'écoula 3 minutes avant que Hannah ne se récrie :
« Je ne te le dirai pas. Comprends-tu ? Je ne te le dirai pas. Et maintenant, si cela ne te dérange pas, je vais honorer la promesse que j'ai faite aux filles. »

Sur quoi, elle sortit de la pièce en roulant des fesses… Non. Notre petit échange ne s'était pas passé comme prévu. Pendant un moment, je contemplai la grille du foyer – les maigres flammèches qui fouettaient l'air. Ensuite, je pris une bouteille de je ne sais plus quoi et sortis m'adonner à certaines cogitations éprouvantes dans ma « tanière ».

Je me réveillai en pleine nuit ; mon visage était tout engourdi : lèvres, joues, menton, comme si chacun avait été trempé dans la Novocaïne. Je me laissai glisser sur le bord du divan et gardai la tête plus bas que les genoux pendant 1 heure ½. Sans effet. Je songeai : si une fille, une femme embrassait mes joues ou mes lèvres caout-chouteuses, je ne sentirais rien.

Comme une jambe ou un bras mort. Une tête morte.

3. SZMUL : RESPIREZ À PLEINS POUMONS

En plus, ils se moquent de nous, ce qui n'est pas très bien non plus, c'est le moins qu'on puisse dire. Ils se moquent, et ils nous profanent. Ils ont peint une étoile de David au plafond de la chambre hermétique. Les chiffons qu'ils nous fournissent en guise de souliers sont des lambeaux de châles de prière. Le ballast de la Route de Transit IV, construite de Przemsyl à Tarnopol par les esclaves, est composé des vestiges concassés de synagogues et de dalles funéraires juives. Et puis, il y a le « calendrier Goebbels » : pas une de nos fêtes religieuses ne se passe sans une Aktion. Les « mesures » les plus dures sont réservées à Yom Kippour et Rosh ha-Shana – nos Jours d'angoisse.

Manger. Je crois que je peux expliquer pourquoi on mange tant.

Des cinq sens, le goût est le seul que les Sonders puissent encore contrôler en partie. Les autres sont ravagés, morts. En ce qui concerne le toucher, c'est vraiment étrange. Je prends, je porte, je tire, je pousse : je fais ça toute la nuit. Mais tout lien avec ce que je prends, porte, tire ou pousse a disparu. On dirait que j'ai des prothèses à la place des mains : un homme avec de fausses mains.

Mais quand on considère ce qu'on voit, ce qu'on entend, ce qu'on sent, qui niera qu'on a drôlement besoin de contrôler le goût ? Que serait le goût dans notre bouche, sans nourriture ? Dès qu'on avale, dès que la nourriture est engloutie, il arrive, il revient : le goût de notre défaite, le goût de l'armoise.

Je veux dire le goût de notre défaite dans la guerre menée contre les Juifs. Cette guerre est, dans tous les sens possibles, *unilatérale*. On ne s'y attendait pas et, bien trop longtemps, on a observé avec une trop grande incrédulité l'incroyable colère de la Troisième Allemagne.

Un transport de Theresienstadt comporte un grand nombre de Polonais. Pendant le retard de trois heures, parce que les Disinfektoren ne se présentent pas, j'entame une conversation avec la famille d'un ingénieur d'âge mûr (naguère membre du conseil juif de Lublin). Je rassure sa fille et les enfants de cette dernière quant aux bons repas et aux logements douillets qui les attendent ici au KZ, et l'homme m'attire à l'écart en toute confiance pour me raconter une histoire étrange et effroyable sur les récents événements à Łódz. Qui se révèle être une histoire sur l'emprise de la faim.

4 septembre : la foule s'est massée sur la place des Pompiers. Rumkowski, en pleurs, annonce la dernière exigence des Allemands : la remise aux autorités, pour la déportation, de tous les adultes de plus de soixante-cinq ans et de tous les enfants de moins de dix ans. Le lendemain, les anciens partiront, les tout jeunes partiront…

Je réussis à dire : « Ils se portent sans doute bien. Pour vous aussi, tout se passera au mieux. Regardez-moi. Est-ce que j'ai l'air de mourir de faim ? »

Mais, naturellement, ce n'était pas tout. Le même après-midi, les habitants du ghetto apprennent qu'on va bientôt procéder à la distribution de pommes de terre. L'euphorie gagne les rues. Les conversations et les pensées ne tournent plus autour de la disparition de tous les adultes de plus de soixante-cinq ans et de tous les enfants de moins de dix ans, mais autour des patates.

Doll s'amuse de plus en plus à répéter sans cesse : « Ne me tue pas, tue quelqu'un d'autre. Je ne suis pas un monstre. Je ne torture pas les gens pour le plaisir. Tue un monstre, Sonderkommandofuhrer. Tue Palitzsch. Tue Brodniewitsch. Tue un monstre. »

Parfois, il dit (et, même au milieu de tout ce qui nous entoure, j'arrive à le trouver offensant) : « Tue un puissant. Moi, je ne suis rien. Je n'ai aucun pouvoir. Moi... du pouvoir ? Non. Je suis un simple rouage dans une vaste machine. Je suis de la pacotille. Je suis une non-entité. Je suis de la merde.

« Pourquoi ne pas attendre la prochaine visite du Reichsfuhrer ? Si tu n'arrives pas à l'avoir, essaie Mobius. Il est d'un rang inférieur mais il a beaucoup plus de poids. Ou le Standartenfuhrer Blobel. Ou Odilo Globocnik quand il repassera par ici.

« Mais ne tue pas Paul Doll... bien que, naturellement, tu puisses toujours tenter ta chance. Doll n'est rien. C'est une merde. C'est un con. »

La pensée que j'ai le plus de mal à repousser est la suivante : je rentre chez moi et je retrouve ma femme. La pensée, je peux la repousser, plus ou moins. Mais je ne peux repousser le cauchemar.

Dans ce cauchemar, j'entre dans la cuisine, et ma femme, en faisant pivoter sa chaise, dit : « Tu es revenu. Qu'est-il arrivé ? » Je commence à raconter mon histoire, elle écoute un moment mais, ensuite, elle se détourne. C'est tout. Ce n'est pas comme si je lui racontais mes trente premières journées au Lager (passées à explorer sans cesse les orifices des cadavres frais, conformément aux ordres des Allemands, en quête d'objets de valeur). Ce n'est pas comme si je lui racontais le Temps des garçons muets.

Rien de tout ça, mais c'est un cauchemar insupportable, et le cauchemar même le sait, et, humainement, m'accorde le pouvoir de m'en extraire. Désormais, je me redresse sur ma paillasse dès l'instant où il démarre. Je saute du châlit et fais les cent pas même si je suis épuisé : j'ai trop peur de me rendormir.

Ce matin, pendant un nouveau débat entre camarades, nous revenons une fois de plus sur le sujet de *l'atténuation des souffrances*. Voici quelques-unes des idées qui ont été avancées :

« Chaque fois, à chaque convoi, on devrait provoquer la panique. Chaque fois. On devrait passer dans les rangs et, à voix basse, parler de meurtre.

— Futile ? Non, pas futile. *Ça ralentirait le processus.* Et ça leur rongerait les nerfs. Les *Szwaby*, les *Zabójcy*... ce sont de simples mortels. »

Moi qui vous parle – à l'instar de quatre-vingt-dix pour cent des Juifs du Sonderkommando –, j'ai perdu la foi environ une demi-heure après avoir commencé la besogne. Mais certains articles de foi demeurent. À la différence des autres monothéismes, le judaïsme n'enseigne pas que le diable prend forme humaine. Tous sont mortels. Voilà une autre doctrine dont je commence à douter. L'Allemand n'a rien de surnaturel, mais il n'est pas humain non plus. Ce n'est pas le diable. C'est la Mort.

« Ils sont mortels. Ils tremblent aussi. Mais quand il souffle un vent de panique, alors, là c'est le cauchemar !

— *Parfait.* C'est ce qui devrait être.

— Pourquoi aggraver les choses pour les nôtres ? Pourquoi aggraver leurs dernières minutes ?

— Ce ne sont pas leurs dernières minutes. Leurs dernières minutes, ils les passent serrés comme des sardines et à l'agonie. Quinze. Quinze longues minutes.

— Ils vont mourir de toute manière. Mais on veut qu'il en coûte aux *Szwaby*. »

Un autre répond : « Le fait est qu'on *ne sème pas* la panique. Hein ? On sourit et on ment. Parce qu'on est des êtres humains. »

Un autre encore : « On ment parce que, si on suscite la panique, on sera tués plus vite. »

Un troisième : « On ment parce qu'on craint la fureur et la soif de sang. »

Un quatrième : « On ment pour nous-mêmes, pourris qu'on est. »

Et moi, je dis : « *Ihr seit achzen johr alt, und ihr hott a fach.* C'est tout ce qu'il y a. Il n'y a rien d'autre. »

Torse nu et masque à gaz sur le visage, Doll a l'air d'une grosse mouche velue (une mouche près de la fin de sa durée de vie). Et les sons qu'il émet, aussi, ressemblent à ceux qu'émet une mouche, quand il répète le nombre que je lui ai donné : un gémissement comme un crépitement. Il me pose une autre question.

« Je ne vous entends pas, monsieur. »

Nous sommes dans l'« ossuaire » – une vaste cavité contre le vent du bûcher. Je compte des os iliaques calcinés avant leur transfert aux équipes de broyage.

« Je ne vous entends toujours pas, monsieur. »

Il branle la tête, et je le suis sur l'inclinaison.

Lorsque nous atteignons le replat, il enlève le masque de devant sa bouche et, poussant un souffle, demande : « Donc, nous devrions bientôt y être, nicht ?

— Nous avons en tout cas passé la moitié du chemin, monsieur.

— À peine ? »

Le bûcher est situé à une soixantaine de mètres de l'endroit où nous nous trouvons et la chaleur, quoique encore effroyable, est maintenant couturée d'un froid automnal.

« Eh bien, vas-y, bordel... Je sais ce qui te tracasse. Ne crains pas, héros. Quand on en aura fini ici, toute la brigade y passera. Mais toi et tes cinquante meilleurs hommes vivront fièrement.

— Quels cinquante, monsieur ?

— Oh, tu choisiras.

— Je ferai la sélection, monsieur ?

— Oui, tu feras la sélection. Voyons, tu y as assisté mille fois. À ton tour... Tu sais, Sonder, je n'ai jamais porté une haine particulière aux Juifs. Mais, de toute évidence, il fallait s'occuper d'eux. La solution Madagascar m'aurait convenu. Ou alors on aurait pu tous vous faire châtrer. Comme les bâtards de Rhénanie, nicht ? Les rejetons des Araber et des Neger des troupes françaises qui nous ont occupés après 18. Nicht ? Pas de tuerie. Un simple petit coup de scalpel. Mais vous tous... vous êtes déjà castrés, ne ? Vous avez déjà perdu ce qui faisait de vous des hommes.

— Monsieur...

— Ce n'est pas moi qui ai décidé.

— Non, monsieur.

— J'ai juste dit : "Zu Befehl, zu Befehl." J'ai juste dit : "Ja, ja, yech, ja. Sie wissen doch, nicht ?" Je n'ai rien décidé. Berlin a pris les décisions. Berlin, pas moi.

— Oui, monsieur.

— Tu connais ce pisseux blond comme les blés qui se balade toujours en civil ? Tu dois avoir entendu parler

185

de Thomsen, Sonder. Thomsen est le neveu de Martin Bormann… le Reichsleiter, le Sekretar. Thomsen, c'est Berlin. » Doll rit aux éclats : « Alors, tue Berlin. Liquide Berlin. Avant que Berlin ne te liquide. » Il rit encore. « Tue Berlin. »

En se rendant à sa Kubelwagen, Doll se retourna et dit : « Tu vivras, Sonder. » Et il éclata encore de rire. « Je suis dans les meilleurs termes avec l'autorité compétente à Litzmannstadt. Je pourrais peut-être organiser une réunion. Toi et, euh… "Shulamith". Elle manque de vitamines P, Sonder. *Protektsye*, nicht ?

Elle y est encore, tu sais. Dans le grenier au-dessus de la boulangerie. Elle y est encore. Mais où est passée sa vitamine P, va savoir… »

Un matin, dans l'allée sur laquelle donne le jardin du Kommandant, je vois Frau Doll partir pour l'école avec ses filles. Elle regarde dans ma direction et me dit quelque chose d'assez extraordinaire. À l'entendre, j'ai un mouvement de recul comme si j'avais reçu de la fumée dans les yeux. Cinq minutes plus tard, courbé derrière le principal poste de garde, je verse mes premières larmes depuis Chełmno.

Elle m'a dit : « Guten Tag. »

Le désir de tuer est comme une vague qui remonte un fleuve à contre-courant. Contre le courant de ce que je suis ou ai été. Une partie de moi espère que ce désir sera encore là à la toute fin.

Mais s'il arrive que je doive aller au gaz (en fait, je suis sans doute trop visible pour le gaz, et ils m'emmèneront plutôt à l'écart et me tireront une balle dans la nuque – mais imaginons…), si je devais aller au gaz, je me faufilerais entre eux.

Je me faufilerais entre eux, conseillant au vieillard au manteau d'astrakan : « Tenez-vous aussi près que possible du conduit grillagé, monsieur. »

Je dirais au garçon avec le costume marin : « Respire à pleins poumons, mon enfant. »

IV

Neige brune

1.THOMSEN : REMUENT LES VIEILLES PLAIES

Un gros oiseau malade (je pense que c'était un milan), un gros oiseau malade tournoyait au-dessus du chêne, un peu après la potence sur la pelouse bien entretenue (striée de bandes laissées par la tondeuse) face à l'Appell-platz du Farben Kat Zet.

Par tous les temps, il planait là, brunâtre, jaunâtre, de la couleur des cernes convalescents du commandant ; j'avais l'impression qu'il ne remuait jamais les ailes. Il pendouillait : oui, il était suspendu en l'air.

Je savais que les oiseaux pouvaient faire ça, à la faveur d'une confluence favorable de courants, d'ascendances thermiques ; mais l'oiseau malade ne faisait rien d'autre toute la journée. Et peut-être toute la nuit aussi.

À se demander s'il *aimait* cet air particulier tout là-haut. Quelquefois, le vent poussait ses ailes par en dessous, et elles se mettaient à bouger, je devinais ses efforts et croyais entendre le lointain grognement de son aspiration. Et, malgré tout, il ne réussissait pas à s'élever. L'oiseau flottait simplement dans les airs, incapable de voler.

Parfois, il faisait une brusque chute de trois ou quatre mètres : une embardée vers le bas, comme tiré par une

189

corde. J'avais l'impression qu'il était artificiel, fabriqué par l'homme, tel un cerf-volant, qui, tiens au fait, se dit aussi *kite* en anglais, ai-je appris, comme le « milan » : un cerf-volant manœuvré par un gamin inexpérimenté.

Peut-être était-il fou, ce pesant prédateur des airs. Peut-être agonisait-il. Parfois, j'avais l'impression que ce n'était pas un oiseau mais un poisson, une raie qui flottait, se noyait dans l'océan céleste.

Je comprenais l'oiseau, je l'absorbais, je le contenais en moi.

*

Voici le mot que je lui ai glissé à l'école d'équitation.

> *Chère Hannah,*
> *Les événements me forcent à commencer par une autre mauvaise nouvelle. Le Pikkolo du professeur Szozeck, Dov Cohn, a également été « transféré » (avec un Kapo du nom de Stumpfegger, qui s'était attaché à lui et était sans doute son confident). Et cela, six semaines après l'incident. C'est particulièrement difficile à accepter parce que je croyais — pas vous ? — que Dov était très bien équipé pour survivre.*
> *Après ce que vous m'avez révélé sur les circonstances de votre mariage, je ne me sens plus contraint de montrer à votre époux le moindre respect dû au père de Paulette et de Sybil. Il est ce qu'il est et il empire. S'il croyait avoir le droit d'éliminer trois personnes, dont un enfant, simplement parce que son prestige a pu être égratigné, par ce qui, en réalité, était un acte de bienveillance… eh bien… Moi, je suis plus ou moins protégé, grâce à la position de mon oncle. Mais vous ne bénéficiez d'aucune protection. Il est donc urgent que nous « normalisions » rétroactivement nos comportements passés, vous et moi. En ma qualité de Referendar qualifié, j'ai beaucoup et laborieusement*

réfléchi, et voici donc la version, et la séquence d'événements auxquelles je crois que nous devrions nous tenir. Cela paraît compliqué mais, en réalité, c'est très simple. La clef de l'affaire est que vous savez pour sûr que Doll ne connaît ni le statut actuel de Dieter Kruger ni où il se trouve.

Veuillez donc, je vous prie, mémoriser ce qui suit.

Dans la lettre qui m'a été remise par Humilia, vous me demandiez un service et m'appreniez que l'on pouvait vous trouver aux Chalets d'Été le vendredi. Lors de notre rencontre là-bas, j'ai accepté de faire des recherches sur DK – à contre-cœur, car (cela va de soi) je ne supporte rien de ce qui me divertit de ma mission sacrée à la Buna-Werke. Cette seconde communication, celle que vous avez à la main, est mon rapport. Doll connaît l'existence de la première lettre et il est probable qu'il soit également déjà au courant pour la seconde (nous étions épiés). S'il vous interroge, ouvrez-vous le plus vite possible à lui. Lorsqu'il vous demandera ce que j'ai découvert, vous devrez répondre tout simplement que vous n'avez pas l'intention de le lui révéler. Je vais mener mon enquête sur DK (tout comme le fera, sans nul doute, votre époux).

À partir de maintenant, nous ne pourrons plus nous rencontrer, sauf en public – et nous ne pourrons plus échanger de correspondance. Je dois avouer que ce que vous proposez de faire de votre côté me gêne considérablement : votre plan, s'il faut l'appeler ainsi, concernant votre attitude sur le front domestique. Aujourd'hui, Doll n'a absolument aucune raison de s'attaquer à vous. Mais si votre plan fonctionne, il n'aura pas besoin d'une raison. Néanmoins, vous paraissez déterminée et, bien sûr, le choix vous appartient.

Permettez-moi de parler du fond du cœur.

La lettre continuait de la sorte pendant deux pages.

Son plan, dois-je préciser, consistait à faire tout ce qui était en son pouvoir pour accélérer la dégringolade psychologique du commandant.

*

« Ne prends pas cet air, Golo. C'est abominable.

— Quoi ?

— Ce sourire angélique. On dirait un écolier altruiste… Ouais, je vois. J'imagine que ton affaire progresse, je me trompe ? Et c'est pourquoi tu t'es fermé comme une huître avec moi. »

Je préparais le petit déjeuner dans la cuisine. Boris avait passé la nuit par terre dans le salon, sous un tas de vieux rideaux ; accroupi devant la cheminée, il était en train d'essayer de faire repartir le feu, à l'aide de pages froissées de *L'Observateur Racial* et du *Sturmer*. Dehors, le temps, en cette quatrième semaine d'octobre, était sans concession : des nuages bas et lourds, la pluie sans trêve, un brouillard pénétrant et l'on marchait constamment dans la vase brun violacé d'une latrine infinie.

Boris faisait référence au *Sturmer* (un torchon d'une ignorance crasse, haineux, dirigé par le pédophile Julius Streicher, le Gauleiter de Franconie) quand il a dit : « Pourquoi tu prends ce torchon bon qu'à se branler dedans ? Un vieux youpin drogue une adolescente blonde. Les officiers ne sont pas censés lire le *Sturmer* au camp. C'est une directive personnelle du Vieux Pochetron. Il est à ce point raffiné. Alors, Golo… ?

— Ne te fais donc pas de bile… je ne la toucherai pas ici. Exclu.

— L'hôtel Zotar et tout ça… ?

— Exclu aussi. » Je lui ai demandé combien il voulait d'œufs et comment (six, sur le plat). « Rien de clandestin. Je ne la verrai qu'en compagnie.

— Tu la verras le 9, naturellement.

192

— Le 9 ? Ah ouais, le 9. Pourquoi encore et toujours le 9 novembre ?

— Je sais. On aurait plutôt pensé qu'ils voudraient liquider le malotru qui oserait en parler.

— Oui, Boris. Alors qu'ils nous en rebattent les oreilles... Doll et les Polonais.

— Du Bunker 3 ? » Mon ami est parti d'un rire joyeux : « Oh, Golo, l'état du vieux plein de soupe. Merde. Avec sa gueule de bois, l'œil vitreux. Et ses mains qui partaient dans tous les sens.

— Tout le monde n'est pas taillé pour être un brave, mon cher.

— Vrai, Golo. Excellent, ton café. Hum, les Polonais... Ouais, même moi, j'ai trouvé que c'était un peu risqué. Raconter à trois cents hercules de foire qu'ils vont se faire culbuter.

— Cela dit, on imaginait bien que...

— Que Mobius avait prévu son coup. Et c'était le cas. Mais Doll. Ne soyons pas mesquins, Golo. Disons simplement que Doll était redevable à son pantalon brun.

— Et ça se voyait comme le nez au milieu de la figure.

— Il a carrément gémi et s'est mis à agiter les bras comme un pantin. Comme ça. Mobius a crié : "Commandant !" Doll avait l'haleine putride.

— Quoi qu'il en soit. » J'ai rempli nos tasses, ai ajouté trois sucres dans celle de Boris et remué son café avec une petite cuiller. « Quoi qu'il en soit, tu as fait la besogne.

— Ils étaient l'Armée de l'Intérieur. C'est le premier ordre sensé qu'on recevait depuis des mois... Ah, ils savent comment mourir. Torse en avant, tête haute. »

Nous avons mangé en silence.

« Oh, arrête donc, Golo. Cet air...

— Pardonne à ton vieil ami. Cela ne m'arrive pas si souvent. La plupart du temps, je souffre le martyre.

— À cause de quoi ? L'attente ? À cause de quoi ?

— Le simple fait d'être ici. Ce n'est pas… cet endroit n'est pas fait pour les sentiments délicats, Boris. » J'ai songé : *Avant, j'étais comme anesthésié ; maintenant, je suis à fleur de peau.* « Le simple fait d'être ici.

— *Ici*, comme tu dis. »

Après avoir encore réfléchi : « Je vais faire un vœu de silence, concernant Hannah. Mais avant, je veux que tu… Je suis amoureux. »

Les épaules de Boris lui en sont tombées. « Oh, *non.* »

J'ai débarrassé les assiettes et les couverts. « D'accord, je ne vais pas prétendre le contraire, frère. Il est difficile d'imaginer que les choses puissent bien tourner. Bon. Ça ira comme ça. »

Nous nous sommes installés dans l'autre pièce pour fumer. L'illustre chasseur, Maksik (revenu depuis peu), train d'atterrissage à deux ou trois centimètres du plancher, furetait dans les étagères basses de la cuisine ; soudain, il s'est assis et, follement colère, s'est gratté l'oreille avec un mouvement violent de la patte arrière.

« Elle va pas mal, hein ? » Boris parlait d'Agnès. « Oh, et Esther… Esther se porte bien, maintenant, au fait. Je l'ai fait transférer du labo vétérinaire. » J'ai saisi, m'at-il semblé, un soupçon de fatuité dans sa voix. « Trop de travail en plein air. Et, oui, j'ai vu Alisz Seisser. Tu savais ?

— Oui. Romanichelli ou sinti ?

— Alisz est une Sintiza. Si charmante, dit Boris, nostalgique.

— Donc, elle est exclue elle aussi.

194

— Ouais. Fais à Alisz un bécot sur la joue, et tu contreviens à la loi. La loi, Golo, pour la Protection du Sang germanique…

— Et de l'Honneur germanique, Boris. De quoi tu écopes pour ta peine ?

— Tout dépend de qui tu es. Ça passe, d'ordinaire, si tu es aryen. Et tant que tu es un homme, bien sûr. Mais moi, je suis en liberté conditionnelle. » Il a ajouté, en se mordillant la lèvre inférieure : « Et ce serait typique de leur part de m'infliger une autre année ici. Ah, au fait, pas fameuses… les nouvelles d'Égypte, hein ?

— Mmouais… » Boris faisait référence à la défaite du meilleur soldat de toute l'Allemagne, Rommel, vaincu par les Britanniques à El Alamein. « Et pourquoi personne ne parle plus de Stalingrad ? »

Boris examinait la pointe rougie de sa cigarette. « Il y a des années que cela ne m'était pas arrivé, mais, ces derniers temps, je pense davantage au passé.

— C'est notre lot, à tous. »

*

C'était un mardi. Cet après-midi-là, à quatre heures, Hannah, sortant par la porte vitrée du boudoir, a fait un petit tour du jardin, sous son parapluie, enveloppée d'une sorte de caban sans capuche. Elle n'a pas regardé dans ce qu'elle savait être ma direction. Je me trouvais à l'Entrepôt du Monopole, où sont rangés uniformes, bottes, ceintures…

Paul Doll n'avait pas été son premier amant.

1928. Hannah venait d'intégrer l'université de Rosenheim en Bavière méridionale (matières : français et anglais) ; Dieter Kruger faisait partie de la faculté (Marx et Engels). Avec deux amies, elle avait commencé à suivre un cycle de conférences qu'il donnait – pour la simple raison qu'il était *si séduisant*. *Nous étions toutes folles de lui*. Un jour, il l'avait prise à part et lui avait demandé si elle se passionnait pour la cause communiste ; elle avait menti et répondu que oui. Il l'avait conviée à assister aux réunions hebdomadaires qu'il présidait dans l'arrière-salle d'un Kaffeehaus du centre-ville. C'était : le Gruppe. L'athlétique Kruger s'était donc révélé être un universitaire assorti d'un militant, pas seulement un ponte mais aussi un combattant des rues (armé d'un fusil comme ses camarades et, à l'occasion, une grenade à la main : le Roter Frontkampferbund contre une nébuleuse de factions droitières, dont le NSDAP). Hannah et lui avaient eu une liaison et avaient, plus ou moins, emménagé ensemble (à l'époque, on disait : *prendre des chambres adjacentes*). Kruger avait trente-quatre ans, Hannah dix-huit.

Il l'avait quittée au bout de six mois.

« Je pensais qu'il n'avait plus envie de coucher avec moi, avait-elle expliqué, dans le Chalet d'Été à la limite de la Zone, mais ce n'était pas l'impression qu'il donnait. Il revenait toujours… vous comprenez, pour la nuit. Ou il me faisait venir. Il disait : "Tu veux connaître le fond de la question ? Tu n'es pas assez révolutionnaire, loin de là." Et c'était vrai. Je n'y croyais pas. Je n'aimais pas l'utopie. Ça le rendait fou, que je m'endorme pendant les réunions. »

Paul Doll appartenait aussi au Gruppe. Rien d'étonnant à cela, d'ailleurs. À l'époque, des milliers d'hommes passaient du fascisme au communisme et vice versa, sans s'arrêter un instant par la case libéralisme. « Puis Dieter s'est fait tabasser par un gang de chemises brunes. Ce qui n'a fait que renforcer ses convictions. Il trouvait "inconcevable" que quelqu'un comme lui puisse être avec une femme qui n'avait pas vraiment la flamme

196

sacrée. Et il m'a quittée pour de bon... J'étais dans un état lamentable. J'ai fait une dépression nerveuse. J'ai même essayé de me supprimer. Je me suis ouvert les veines. » Elle m'a montré les coutures blanches qui hachuraient ses veines bleues. « C'est Paul qui m'a découverte et emmenée à l'hôpital. Il était très gentil avec moi à l'époque... »

Intrigué, je l'ai interrogée sur ses parents.

« Vous comprenez l'expression allemande "être un crocus d'automne" ? Eh bien, j'étais dans ce cas. J'ai deux frères et deux sœurs de la précédente génération. Mon père et ma mère étaient adorables mais ils n'étaient plus en mesure d'assumer leur rôle de parents. Ils ne s'intéressaient qu'à l'espéranto et à la théosophie. Ils vénéraient Ludwik Zamenhof et Rudolf Steiner.

Paul m'a soignée, il me donnait mes médicaments. Mes calmants. Je ne devrais pas me chercher des excuses mais il est vrai que je vivais un cauchemar. Je me suis retrouvée enceinte. Je me suis retrouvée la bague au doigt... »

En mars 1933, bien sûr, après l'incendie du Reichstag, le 27 février, quatre mille figures de gauche ont été arrêtées, torturées et jetées en prison ; Dieter Kruger était du nombre.

Dieter Kruger a été envoyé à Dachau ; parmi ses geôliers, dès le début, un certain caporal Doll.

*

Après avoir mis un mouchoir sur mon ambivalence et après un ou deux faux départs, j'ai contacté (par télétype puis par téléphone) un vieil ami de mon père à Berlin, Konrad Peters, de la SD – la Sicherheitsdienst Reichsfuhrer-SS, le service d'espionnage du Parti. Peters avait été professeur d'histoire moderne à Humboldt ; désormais, il participait à la surveillance des ennemis du National-Socialisme (sa spécialité, sardoniquement, c'était les francs-maçons).

Peters, au bout du fil : « Parlez librement, Thomsen. Cette ligne est sûre.

— Merci infiniment de vous donner cette peine, monsieur.

— Content de pouvoir vous être utile. Max et Anna me manquent. »

Nous avons observé un bref silence. Puis je suis entré dans le vif du sujet :

« Arrêté à Munich le 1ᵉʳ mars. Déplacé vers Dachau le 23.

— Oh. La première fournée. Sous Wackerle. Ça a dû être une partie de plaisir.

— Wackerle, monsieur ? Pas Eicke ?

— Non. À ce moment-là, Eicke était encore à l'asile, à Wurzburg. Puis Himmler l'a fait sortir et déclaré sain d'esprit. C'était, en fait, pire sous Wackerle. »

Konrad Peters, bien que beaucoup plus militant, était comme moi. À savoir un obstruktiv Mitlaufer. Nous avons suivi. Nous avons suivi, nous avons *suivi le mouvement*, faisant de notre mieux pour traîner les pieds, érafler les tapis et gratter le parquet, mais nous avons suivi. Des comme nous, il y en avait des centaines de milliers, peut-être des millions.

« Transféré au pénitencier de Brandebourg en septembre. C'est tout ce que j'ai sur lui, ai-je reconnu.

— Accordez-moi un jour ou deux. Ce n'est pas un parent, au moins ?

— Non, monsieur.

— C'est bien, alors. Seulement un ami, donc.

— Pas même un ami. »

198

*

Début novembre, les modifications ergonomiques à la Buna-Werke étaient devenues palpables : un assouplissement marqué de la cadence (particulièrement sensible dans la cour) et un sursaut significatif de la production.

Par conséquent, j'ai pris rendez-vous avec le chef de la Politische Abteilung, Fritz Mobius.

« Vous pourrez le voir dans une demi-heure, déclara Jurgen Horder (la trentaine, taille moyenne, cheveux déjà poivre et sel gominés, d'une longueur quasi romantique). Allez-vous à ce machin... lundi ? Je n'ai pas été convié.

— Réservé aux officiers et à leurs épouses. Présence obligatoire. Votre patron vous représentera.

— Quelle veine. Il fera plus froid que dans les nichons d'une sorcière. »

Nous nous trouvions au rez-de-chaussée du Bunker 13, l'une des multiples bâtisses de morne brique grise du Stammlager ; les rares fenêtres étaient barricadées, si bien qu'il y régnait une atmosphère pour ainsi dire aveugle, d'enfermement (sans parler de l'acoustique tortueuse qui vous suivait partout au Kat Zet). Pendant les dix premières minutes, j'ai entendu, montant des caves, une série de hurlements, expression d'une douleur qui allait crescendo et éclatait peu à peu. Suivis par un long silence, lui-même suivi par les échos de bottes sur des marches en pierre, échos poussiéreux, caillouteux, même. Michael Off est entré, s'est essuyé les mains à un torchon. Son tricot de peau crème lui donnait des airs du jeune homme qui, à la fête foraine, aligne les autotamponneuses. Hochant la tête à mon intention, il m'a dévisagé tout en, eût-on dit, comptant ses dents avec la pointe de la langue, d'abord les dents du bas, puis celles du haut. Il a pris un paquet

199

de Davidoff sur l'étagère avant de redescendre au sous-sol, et les hurlements qui allaient lentement crescendo et éclataient peu à peu ont repris.

« Bonjour. Veuillez vous asseoir, je vous prie. Puis-je faire quelque chose pour vous ?

— Je l'espère, Herr Mobius. C'est assez gênant. »

À l'origine, Mobius était un gratte-papier au QG de la Police Secrète d'État, la Gestapo – à ne pas confondre avec la Gestapo actuelle dont elle est l'ancêtre, ou avec la Sipo (Police de la Sécurité), la Kripo (Police Criminelle), la Orpo (Police de l'Ordre), la Schupo (Police de Protection), la Teno (Police Auxiliaire), la Geheime Feldpolizei (Police Secrète), la Gemeindepolizei (Police Municipale), la Abwehrpolizei (Police du Contre-Espionnage), la Bereitschaftpolizei (Police du Parti), la Kasernierte Polizei (Police des Casernes), la Grenzpolizei (Police des Frontières), la Ortspolizei (Police Locale) ou la Gendarmerie (Police Rurale). Mobius avait réussi dans sa branche de l'industrie de la police car il s'était révélé posséder un talent certain pour la cruauté, lequel talent était le sujet de vives discussions, même au camp.

« Tout progresse bien à la Buna-Werke ? Vous remportez le morceau ? Nous avons vraiment besoin de tout ce caoutchouc.

— Certes. Amusant, n'est-ce pas ? Le caoutchouc… c'est comme le roulement à billes. On ne peut pas faire la guerre sans.

— Alors, Herr Thomsen. Quelle semble donc être la difficulté ? »

Presque entièrement chauve, sauf quelques mèches de cheveux noirs et raides plaqués autour des oreilles et descendant jusqu'à la base du cou, les yeux marron, le nez busqué, la bouche aux lèvres fines, il avait l'air d'un universitaire à l'intelligence cordiale. Or, l'invention la plus controversée de Mobius était son recours, lors des interrogatoires, à un chirurgien expérimenté, le professeur Entress de l'Institut Hygiénique.

« C'est délicat, Untersturmfuhrer. Et légèrement déplaisant.

— Il n'est pas toujours plaisant de faire son devoir, Obersturm*fuhrer*. (Il avait accentué mon grade d'une manière plutôt tatillonne. Dans la police secrète, il était de mise de mépriser les grades et autres manifestations extérieures du pouvoir. Le pouvoir résidait avant tout dans le secret, ces gens-là le savaient mieux que quiconque.)

— Soyez assuré que je n'évoque ceci qu'à titre expérimental. Mais je ne vois pas d'autre solution. »

Mobius a eu un mouvement convulsif de l'épaule : « Je vous écoute.

— À la Buna, le travail progresse à un rythme régulier ; les objectifs seront atteints, et avec un retard infime. Tant que nous continuons d'utiliser la méthode habituelle. » Et puis, j'ai soufflé par le nez. « Frithuric Burckl…

— Celui qui détient les cordons de la bourse.

— S'il s'était contenté d'une remarque en passant, je n'aurais pas relevé. Mais il insiste. Il semble entretenir des notions fort particulières sur notre… euh, sur nos traverseurs de la mer Rouge… Parfois, je me demande s'il a la moindre idée de ce que sont les idéaux du National-Socialisme. Le délicat équilibre de nos buts jumeaux et inséparables.

— Kreativ Vernichtung. Le postulat de toutes les révolutions. Kreativ Vernichtung.

— Exactement, la destruction créatrice. Mais puis-je me permettre… Burckl prétend que les Juifs sont de *bons travailleurs*, le croirez-vous, si on les ménage. Et il prétend qu'ils travailleront encore mieux le ventre plein.

— Démentiel.

— Je l'ai imploré d'entendre raison. Mais il reste sourd à toute persuasion.

— Dites-moi, quelles sont les conséquences objectives ?

— Entièrement prévisibles. Érosion classique de la chaîne de commandement. Burckl ne pousse pas les chefs d'équipe, les chefs d'équipe ne brutalisent pas les gardiens, les gardiens ne terrorisent pas les Kapos, et les Kapos ne frappent pas les Haftlinge. Il s'est installé une sorte d'atmosphère déliquescente. Nous avons besoin de quelqu'un qui... »

Mobius a sorti son stylo-plume. « Allons. Donnez-moi plus de détails, je vous prie. Vous avez eu raison, Herr Thomsen. Je vous écoute. »

*

À une allure raisonnablement régulière mais incroyablement lente, entre pas de parade et pas de l'oie, nuque en arrière comme s'il avait suivi du regard le parcours d'un aéroplane dans le ciel, Paul Doll a descendu l'allée entre les deux moitiés du public debout puis il a grimpé le court escalier de l'estrade. Il faisait moins quatorze et la neige, teintée de brun par les émanations du bûcher et des cheminées, tombait dru. J'ai regardé Boris, à ma droite puis, loin sur ma gauche, Hannah. Nous étions tous emmitouflés sous plusieurs couches de vêtements, épaisses comme des matelas, tels des vagabonds aguerris dans une cité septentrionale en hiver.

Doll s'est arrêté net devant le podium festonné d'oriflammes.

Derrière lui, alignées sur les planches, quatorze gerbes étaient posées contre quatorze « urnes » (des pots de fleurs noircis au goudron), dont les flammes vacillaient et fumaient sans conviction. Le commandant, la bouche en cul-de-poule, a marqué une pause. Pendant un instant, on a vraiment eu l'impression qu'il nous avait tous rassemblés là, en ce milieu de journée glauque, pour l'écouter siffler... Mais il a plongé alors la main dans les plis de son manteau molletonné et, d'un geste brusque, en a sorti une liasse de feuilles d'une épaisseur de mauvais augure. Le ciel gris était en train de virer de l'huître au maquereau. Toisant l'assemblée, Doll a entonné :

«Jawohl... Le firmament peut bien s'assombrir, en effet. Jawohl. Les cieux peuvent bien verser leur fardeau sur la terre. En cette date, Jour de Deuil du Reich !... Le 9 novembre, mes amis. Le 9 novembre.»

Tout le monde savait que Doll n'était point tout à fait sobre, mais il paraissait avoir bien ajusté son degré d'imbibition. Quelques verres judicieusement dosés lui avaient donné l'énergie nécessaire (et avaient fait descendre sa voix dans les graves) ; ses dents avaient cessé de claquer. C'est alors qu'il a sorti d'une niche pratiquée dans le lutrin un grand verre d'un liquide incolore, d'où s'échappa une vapeur floue lorsqu'il le porta à la bouche.

«Yech, le 9 novembre. Un jour béni qui revêt une triple importance pour notre... pour notre irrésistible mouvement... Le 9 novembre 1918... 1918..., les profiteurs de guerre juifs, dans leur escroquerie suprême, *ont vendu* notre bien-aimée mère-patrie à leurs coreligionnaires de Wall Street, de la Banque d'Angleterre et de la Bourse... Le 9 novembre 1938... 1938..., après le lâche assassinat de notre ambassadeur à Paris par un homme au nom intéressant de euh... comment, déjà... "Herschel Grynszpan"...? Reichskristallnacht ! Reichskristallnacht, la nuit où le peuple allemand, après tant d'années d'insupportables provocations, s'est levé spontanément dans sa pure quête de justice… Mais je veux vous parler aussi du 9 novembre 1923. 1923… tandis que nous célébrons dûment ce jour, le Jour de Deuil du Reich. »

Boris m'a donné un coup de son épaule rembourrée. Le 9 novembre 1923 en Bavière avait vu la ridicule débâcle du putsch de la Brasserie. Ce jour-là, un ramassis d'environ dix-neuf cents gueulards, fainéants, illuminés, pillards, membres de milice aigris, jeunes paysans assoiffés de pouvoir, séminaristes désabusés et boutiquiers ruinés (de toutes silhouettes et gabarits, de tous âges, tous armés et vêtus d'uniformes mal ajustés, ayant chacun reçu deux milliards de marks, qui, ce jour précis, valaient trois dollars et quatre ou cinq *cents*) se sont rassemblés au Burgerbraukeller et dans les alentours, près d'Odeonplatz à Munich. À l'heure dite, conduits par un triumvirat de célèbres excentriques (le dictateur *de facto* de 1916-1918, Erich von Ludendorff, l'as de la Luftwaffe style Biggles, Hermann Goring, et, dans la camionnette, le patron du NSDAP, le fougueux caporal autrichien), ils avaient émergé des sous-sols et entamé leur marche vers la Feldherrhalle. C'était le premier tronçon de la marche révolutionnaire sur Berlin.

« Ils sont sortis, racontait Doll, graves mais gais, mus par une volonté de fer mais le cœur léger, riant mais emplis d'une moite émotion, frémissant en entendant les cris joyeux de la foule. Ils avaient à l'esprit l'exemple électrisant de Mussolini et de sa marche triomphale sur Rome ! Ils plaisantaient encore, chantaient encore… ja, tout en conspuant les carabines dressées de la Police d'État Républicaine, tout en leur crachant dessus !… S'ensuivit un coup de fusil, une salve, une fusillade ! Se frayant un chemin à la force des épaules, le général Ludendorff tremblait d'une juste fureur. Goring tomba, gravement blessé à la jambe.

Quant au Sauveur lui-même, le futur Reichskanzler ? Ach, malgré ses deux bras cassés, il affronta les balles qui sifflaient pour porter en lieu sûr un enfant sans défense !... Quand, enfin, l'odeur âcre de la poudre se dispersa, quatorze hommes, quatorze frères, quatorze poètes-guerriers gisaient à terre !... Quatorze veuves. Quatorze veuves et trente-six orphelins. Jawohl, les voilà, ceux que nous honorons aujourd'hui. Le grand sacrifice germanique. Ces hommes ont donné leur vie pour que nous puissions avoir l'espoir... l'espoir de la renaissance et la promesse d'un matin nouveau. »

Depuis un bon moment déjà, la neige brune tombait moins dru et, bientôt, elle a cessé. Dans le silence, Doll, levant les yeux, a adressé un sourire reconnaissant au ciel. Puis, un bref instant, il a paru fléchir, se lasser, se lasser et vieillir d'un coup ; il s'est affaissé vers l'avant et, se rattrapant de justesse au lutrin, a paru l'enlacer.

Ensuite, brandissant l'objet pour que tous puissent le voir : « Maintenant, je déroule... cette bannière sacrée... notre Drapeau ensanglanté. Symboliquement taché avec du vin... Trans... euh, transubstantiation. Comme l'Eucharistie, nicht ? »

À nouveau, je me suis tourné vers ma gauche – et ai croisé, désastreusement, le regard de Hannah. Qui, tout de suite, l'a détourné pour le porter droit devant, collant sur son nez sa main protégée par une mitaine. Tout le temps qui a suivi, j'ai, avec urgence et au prix de gros efforts, lutté contre le poids sur ma poitrine, tentant de ne pas suivre la voix de Doll qui continuait de pivoter et de déraper, dévidant son écheveau de médailles, de chevalières, de blasons, de broches, de torches, de chants, de vœux, de serments, de rites, de clans, de cryptes, de sanctuaires...

Enfin, j'ai réussi à redresser la tête. Doll, dont le visage, maintenant, ressemblait à une énorme fraise pleine de terre, allait conclure.

« Un homme peut-il pleurer ? Oh, ja, ja ! Ach, souvent il en a même le devoir ! Souvent il ne peut qu'entonner un chant funèbre… Vous me voyez essuyer des larmes. Larmes de chagrin. Larmes de fierté. Tandis que j'embrasse ce drapeau, marqué par le sang de nos héros sanctifiés… Bien. Vous allez bientôt vous joindre à moi… pour interpréter *Das Horst Wessel Lied* et *Ich Hatt' Einen Kameraden*. Mais tout d'abord… nous allons observer trois minutes de silence pour… trois minutes pour chacun de nos martyrs perdus. Pour chacun des Vétérans, les *tombés*. Ach, au coucher du soleil, et à nouveau à l'aube, nous nous souviendrons d'eux. Jusqu'au dernier, jusqu'au dernier, ils ont affronté la tourmente.

1… Claus Schmitz. »

Après dix ou douze secondes, elle nous a assaillis : la mitraille d'un blizzard soufflant en diagonale.

A suivi un déjeuner au Club des officiers qui s'est transformé en beuverie sans tarder et sans retenue ; au bout d'une demi-heure, Doll était affalé sur un sofa profond, à l'extrémité de la salle, que j'ai traversée alors, comme dans un rêve mélodieux pétri de paix et de liberté ; des gens dansaient sur la musique distillée par le gramophone et, bien qu'*elle* et moi ayons gardé nos distances, nous étions, je le percevais, intensément et continuellement conscients de la présence l'un de l'autre ; il était difficile de ne pas céder à des pressions d'une nature différente, à différentes pressions sur la poitrine, difficile de ne pas rire, difficile aussi de ne pas s'effondrer à l'écoute de chansons d'amour (tirées d'opérettes sentimentales) à l'ardeur naïve, *Wer Wird denn Weinen,*

Wenn Man Auseinander gehet ? et *Sag' beim Abschied leise Servus.* « Qui pleurera, quand nous devrons faire nos adieux ? » « À l'heure de nous séparer, dis-moi tout bas "Au revoir". »

*

Dix jours ont passé avant que je ne reçoive un coup de fil de Konrad Peters, de Berlin.

« Désolé, Thomsen, cela prendra plus longtemps que je croyais. Ce qui se passe autour de ce cas précis... est inhabituel. Je suis confronté à une certaine, comment dire... à une certaine opacité. Le silence règne.

— Je pensais... Il ne pourrait pas avoir été mobilisé, n'est-ce pas, monsieur ? A-t-on commencé à enrôler les prisonniers ?

— Oui, mais pas les prisonniers politiques. Seulement les criminels. Votre homme serait toujours considéré comme euh, *unwurdig*, indigne... Je vais poursuivre mon enquête. Je soupçonne qu'il porte le triangle rouge quelque part. Un endroit improbable, voyez-vous... comme la Croatie. »

Pour des raisons qui pourraient paraître plus limpides qu'elles ne l'étaient en réalité, j'étais mal disposé envers Dieter Kruger. Je méprisais ce qu'il représentait – mépris depuis longtemps partagé par tous les Allemands non embrigadés. Il personnifiait la soumission nationale de mars 1933. D'obéissants suppôts du Kremlin comme Kruger (qui affirmait, disait Hannah, que les sociaux-démocrates ne valaient pas mieux que les fascistes) avaient empêché toute unité à gauche et l'accession de celle-ci au pouvoir. Tout semblait avoir été ajusté artistement par des doigts pernicieux. Pendant des années, les communistes en avaient fait assez et s'étaient assez vantés (du fait qu'ils étaient « prêts »), pour apporter une sorte de légitimité à leur liquidation immédiate ; après l'incendie du Reichstag et le vote, le lendemain matin, du décret pour la Protection du Peuple et de l'État, les droits civiques et l'état de droit avaient été relégués au passé. Or, qu'avaient fait les communistes ? Ils avaient desserré les poings et fait leurs adieux d'une main molle.

Ces réflexions-là en ont amené d'autres. Par exemple : pourquoi avais-je l'impression d'être comme l'oiseau malade incapable de voler, incapable de s'élever dans les airs ?

Il y a peu, l'Oncle Martin m'a raconté une histoire sur Reinhard Heydrich – le blond paladin dont le destin a voulu qu'il meure à petit feu, victime d'un siège d'auto (des éclats de la grenade de ses assassins avaient fait pénétrer le rembourrage de cuir et de crin dans son diaphragme et sa rate). Un soir, après une longue session de beuverie solitaire, le Reichsprotektor de Bohême-Moravie – le Boucher de Prague – s'était vu dans la psyché de sa salle de bains. Il avait dégainé son revolver et tiré deux coups dans le miroir, s'exclamant : « Enfin, je t'ai eue, ordure ! »

En vérité, j'avais une autre raison d'en vouloir à Dieter Kruger. Quoi qu'il ait pu être ou ne pas être par ailleurs (mauvais, sans cœur, vaniteux, prédateur, familier de l'abus de confiance), il était capable de bravoure.

Hannah l'avait aimé. C'était un brave.

*

Je ne pouvais plus tergiverser. Le dernier jour de novembre, j'ai trépigné dans la cour de la Buna-Werke jusqu'à ce que se profile la silhouette épaisse du capitaine

Roland Bullard. Je suis resté en retrait un moment, avant de le suivre d'un pas nonchalant et néanmoins vigilant dans l'un des ateliers situés entre les Stalags. Devant lui se trouvaient les pièces détachées d'un fer à souder sur une taie d'oreiller.

J'ai entamé la conversation : « Players. Senior Services. Et… Woodbine.

— Woodbine !… Ce ne sont pas les plus chères, mais ce sont les meilleures. Je vous en suis très reconnaissant, monsieur Thomsen. Merci.

— *Rule Britannia*. J'ai vérifié paroles de votre hymne. Écoutez : "Les nations moins fortunées que toi, / Des tyrans subiront le joug, / Alors que grande et libre tu croîtras, / Objet de crainte et d'envie universelles." Nous comprenons-nous ? »

Il m'a évalué, m'a jaugé une seconde fois, a penché en avant sa tête carrée.

« Capitaine Bullard, j'ai espionné vous. Demain, je… Hier, j'ai vous vu tordre les pales du système d'aération au Polimerisations-Buro. J'ai goûté votre initiative.

— Vous avez goûté mon initiative ?

— Y en a-t-il d'autres comme vous ?

— Oui. Douze cents autres.

— Voyons. Pour des raisons ne nous concernant pas, j'ai ma claque du Troisième Royaume. Ils disaient pouvoir durer mille ans. Mais nous ne voulons pas de ces casse-pieds jusqu'à…

— Jusqu'en 2933. Non. Certainement pas.

— Vous avez besoin d'informations ? Je peux aider ?

— Certainement.

— Donc, nous nous comprenons ? »

Allumant une Woodbine, Bullard a récité : « Écoutez : "Les tyrans jamais ne te dompteront ; / Leur âpre désir de te soumettre / Ne fera qu'alimenter ta flamme, / Il sera leur chute et ton renom." Oui, monsieur Thomsen. Nous nous comprenons. »

*

J'étais destiné à voir Hannah une fois de plus, de près cette fois, avant mon départ pour Berlin. Au Dezember Konzert (prévu pour le 19 du mois). Je n'en ai vraiment pris conscience qu'au moment où Boris, me saisissant le bras alors que nous traversions la place d'armes du Stammlager, m'a dit, l'air fier (voire suffisant) :

« Vite. Par là. »

Il m'a conduit dans un champ aussi vaste que saugrenu, entre le Block des Femmes et le périmètre extérieur. Nous le traversions quand il a commencé à se lamenter :

« Il y a un bon bout de temps. Ilse et moi avons eu une effroyable dispute. Au lit.

— Que c'est fâcheux.

— Hum. Et la conséquence, c'est qu'Esther est persécutée non seulement par Ilse mais aussi par sa petite favorite, Hedwig.

— Quelle était la cause de votre *effroyable* dispute ?

— Pas entièrement honorable. » Boris a tourné brusquement la tête : « Ce jour-là, je l'avais vue manier son fouet. Je crois que ça m'a coupé tous mes moyens... J'ai eu une panne...

— Hum. Oui, et, évidemment, ça ne passe pas inaperçu.

— Ce n'est pas tout. Je lui ai dit : "Ilse, c'est la meilleure façon de torturer un homme au lit. Pas besoin de ton fouet. Il suffit de provoquer une panne."

— Crois-tu qu'Hedwig représente un réel danger ?

210

— Pas vraiment. C'est Ilse. Elles font joujou avec Esther. Elle dit que c'est le pire. C'est Ilse, personne d'autre. Maintenant, chut. Regarde. »

Nous approchions d'un bâtiment de la taille d'un entrepôt, bardé de bois neuf sur les quatre côtés, et couronné par un toit en pitchpin détrempé qui semblait baver. Nous marchions dans la boue glacée mais le ciel était bleu et parcouru d'immenses nuages ivoire qui faisaient jouer leurs muscles.

Boris a regardé par la fenêtre à hauteur de tête et s'est mis à haleter : « Oh, un sonnet. Une rose. »

Il a fallu plusieurs secondes pour que mes yeux percent les mouchetures de poussière sur la vitre et s'ajustent à la lumière marbrée… L'espace, considérable, était empli de rangées de lits superposés et d'amoncellements d'équipements couverts approximativement de bâches. Ensuite, seulement, j'ai vu Esther.

« Elle a droit à la triple ration. Elles doivent bien s'occuper d'elle : c'est leur danseuse étoile. »

Chapeautées par Ilse Grese en grande tenue d'Aufseherin (cape, chemise blanche et cravate noire, jupe longue, bottes, ceinture à écusson très serrée, le fouet enroulé dedans), Esther avec cinq, non six, non sept autres Haftlinge, plus Hedwig, mettaient au point ce qui ressemblait à une valse lente.

« Ilse ne jure que par ce spectacle, Golo. Notre "coup du vendredi soir à Berlin" se croit catapultée dans les hautes sphères artistiques. Tout reposera sur l'étoile. Et si Esther laisse tomber Ilse… »

Observant les mouvements d'Esther, j'ai vu combien, bien que réticents, ils étaient d'une fluidité désespérée ; pendant une pause, elle a fait les pointes (pieds nus !), dessinant un cercle parfait avec les bras, mains jointes au-dessus de la tête.

211

« Est-ce qu'elle était danseuse ?

— Sa mère était dans le corps de ballet. À Prague.

— Qu'est-il arrivé à sa mère ?

— Nous l'avons tuée. Pas ici. Là-bas. Les représailles pour l'assassinat de Heydrich... Tu crois qu'elle va bien se tenir, le soir dit ? Elle sera tentée d'en rien faire. Devant tous ces SS. Mais regarde... »

La valse lente reprenait, Esther en tête.

« Elle est née là-bas... » Boris, levant le bras, désigna les pics glacés des Tatras, au sud-ouest : « Elle est née là-bas. Elle y a vécu dix ans... Regarde-la. Regarde-les. Golo, regarde-les danser, dans leurs tenues rayées. »

*

Comme on pouvait s'y attendre, mais avec une violence inattendue, l'affaire Dieter Kruger me confronte à un dilemme.

Je venais de faire mes adieux à Frithuric Burckl et d'être présenté à son remplaçant (un *antique* Vétéran du nom de Rupprecht Strunck) lorsque j'ai reçu le coup de fil de Peters.

« Bien, commence-t-il. Transféré du pénitencier de Brandebourg à la prison d'État de Leipzig le jour de Noël 33. Lui seul. En Steyr 220. Puis on perd sa piste.

— Pourquoi la voiture officielle, monsieur ?

— Oh, je crois que l'affaire remonte jusqu'en haut lieu. À mon avis, il n'y a que deux possibilités. Il ne peut avoir été libéré. Donc, soit il s'est *échappé*, plus tard. Dans des circonstances particulièrement gênantes. Soit ça, soit il a été enlevé, en vue d'un traitement spécial. Très spécial.

— Tué.

— Oh. Au moins. »

Le dilemme est donc clair.

Préférais-je que le robuste Kruger se soit évaporé dans la nature, orchestrant, intrépide, un groupe de francs-tireurs de la résistance, organisateur en planque, qui sait, courtisant le danger – sa mâle beauté burinée mûrissant et gagnant en noblesse et honneur ?

Ou plutôt que son existence soit réduite à un écho exténué dans une Horrorzelle ensanglantée, une poignée de cendres, un nom gratté ou raturé dans les registres d'une caserne ?

Quel destin, donc ?

*

À quatre heures, elle est sortie par la porte vitrée du boudoir qui donne sur le jardin...

Aujourd'hui, Doll n'a absolument aucune raison de s'attaquer à vous. Mais si votre plan fonctionne, il n'aura plus besoin d'une raison.

Permettez-moi de parler du fond du cœur. Vous pouvez bloquer le souvenir. Peut-être devriez-vous vous mettre à oublier. Et si vous n'êtes pas déjà bien disposée à mon égard, vous pourriez sauter directement au dernier paragraphe (de treize mots).

Après que nous eûmes porté à la Chancellerie un assassin politique bien connu, qui, lorsqu'il parlait en public, écumait, un homme dont il était visible quasiment à l'œil nu qu'il était revêtu de sang et de fange, après que cette grossière mascarade eut envahi la vie de tous sauf celle des fous, émotions, sensibilité, délicatesse, toutes, une à une, j'y ai renoncé et j'ai pris l'habitude de me dire, presque tous les jours : « Lâche ça. Lâche. Quoi, ça aussi ? Oui, lâche ça aussi. Quoi, encore ça ? Oui, encore ça. Lâche. Ah, lâche encore ça. » Ce processus interne

213

avait été incroyablement bien saisi, en seulement huit syllabes,
par le poète anglais Auden (et ce dès 1920) :

Disant Hélas
À moins et moins.

Dans ce Chalet d'Été à moitié construit, quand je vous
regardais dormir : pendant cette heure... cette heure dix (?),
j'ai senti quelque chose remuer aux sources de mon être. Tout
ce à quoi j'avais renoncé, tout ce que j'avais cédé s'est rap-
pelé à moi. Et j'ai vu, avec une grande détestation de soi,
combien j'avais laissé mon cœur être souillé et rétréci.

Quand vous avez fini par ouvrir les yeux, j'ai éprouvé
un sentiment qui ressemblait à de l'espoir.

Et maintenant, je me sens capable de recommencer − de
repartir de zéro. Je suis continuellement tourmenté par les
principes premiers, tel un enfant ou un névrosé, ou comme
un poétaillon dans une historiette. Mais c'est bien là l'état
d'esprit de l'artiste, j'en suis persuadé : diamétralement
opposé à l'attitude qui consiste à tout prendre pour
acquis. Pourquoi une main a-t-elle cinq doigts ? Qu'est-ce
qu'un soulier de femme ? Pourquoi les fourmis, pourquoi
les soleils ? Puis, avec une incorruptible incrédulité, j'observe
les personnages bâtons des deux sexes, avec leurs énormes
têtes chauves, en rangées de cinq, retourner à leur esclavage
au petit trot et au son de la fanfare.

Quelque chose comme de l'espoir − même quelque chose
comme de l'amour. D'ailleurs, l'amour : est-ce ça ?

Tout ce que vous faites et dites me réchauffe le cœur,
me ravit et me touche. Je trouve votre beauté physique au-
delà de toute assimilation possible. Et je ne puis tout simple-
ment pas m'empêcher, dans mes rêves, de vous embrasser : la
bouche, la nuque, la gorge, les épaules et le creux entre vos
seins. La femme que j'embrasse n'est pas d'ici et de main-
tenant. Elle vit dans l'avenir, elle vit ailleurs.

Le poème qui suit s'intitule Les Exilés *(ne sommes-nous pas les sains d'esprit, ne sommes-nous pas les exilés de l'*intérieur *?). En voici la fin :*

Les loupiotes des marchands,
La fortune des chalands
Et le grain de vives pluies
Remuent les vieilles plaies.

Engourdissant nos nerfs, leur présent un temps
Où amour et mensonge n'ont plus cours,
Résigné à la fin
Aux pertes de tout bord,
Agréant au rien,
Ombre de la mort.

À cela nous opposons un non *catégorique.*

Si vous voulez bien me rassurer infiniment, une fois par semaine, disons le mardi, à quatre heures, si vous pouviez sortir et vous promener cinq minutes dans votre jardin... je vous verrais depuis le bâtiment au sommet de la colline, je saurais que vous vous portez bien (et que vous marchez pour moi).

Un néant sans fin : mon mois ou deux ou peut-être trois au sein du Reich ; mais ce que j'ai, je le tiens et m'y accrocherai.

Lorsque l'avenir se penchera sur les Nationaux-Socialistes, il les trouvera aussi exotiques et improbables que les carnivores de la Préhistoire (ont-ils vraiment pu exister, le vélociraptor, le tyrannosaure ?). Ni humains ni mammifères. Car ce ne sont pas des mammifères. Les mammifères : ils ont le sang chaud et sont pleins de fougue juvénile.

Vous détruirez, bien sûr, cette lettre — il ne doit rien, rien en rester. GT.

*

215

« Esther décevra ce soir… exprès. Ah, et, au fait…
la guerre est perdue.

— Boris !

— Oh, à d'autres. Et je ne veux pas simplement dire
la VI⁰ Armée. Je veux dire "perdue sur tous les fronts
possibles". »

D'un geste de la main, il a refusé le godet de schnaps
que je lui versais. Sur la Volga, les troupes de Friedrich
Paulus étaient encerclées (nos soldats mouraient de faim
et de froid). Les renforts de von Manstein, qui avait
entamé son avancée trois semaines plus tôt, n'avaient pas
encore affronté Joukov.

« La guerre est perdue. Esther décevra ce soir. Voilà.
Mets-toi une goutte d'eau de Cologne derrière les oreilles.

— Quoi ? Laquelle est-ce ? Ah, "Eau des Dieux"…

— Une goutte d'eau de Cologne, ça peut être très
aguichant, Golo. Sur un homme d'une exceptionnelle
virilité. Derrière les oreilles. Sois pas timide. *Voi*là. Par*fait*. »

Nous nous trouvions dans son meublé encombré
du Fuhrerheim, nous nous mettions sur notre trente
et un pour le Dezember Konzert au sous-camp de
Furstengrube. Boris devait encore tirer cinq mois de
son année de rétrogradation mais, provocateur comme
toujours, il n'enfilait pas moins son uniforme d'apparat :
colonel, colonel-major, colonel d'active de la Waffen-SS.
Ce soir-là, Boris était une boule de nerfs telle qu'on l'eût
dit près de léviter : « C'était vraiment très bête… tenter
d'envahir la Russie.

— Ah. Tu as changé ton refrain ?

— Hum. Je dois avouer qu'au début, j'étais entièrement pour. Comme tu le sais. Bah. Je me suis laissé
griser par la victoire éclair en France. Comme tout le
monde. Personne pouvait rien Lui refuser après l'invasion
de la France. Alors, le petit caporal a dit : maintenant,

envahissons la Russie ! Et les généraux ont pensé : ça paraît dingue mais la France aussi, à l'époque… Merde, ce gars-là, c'est notre destin. Et puis, tant qu'on est là-bas, autant réaliser son rêve. Concernant les Juifs.

— Oy. "Le plus grand génie militaire de tous les temps." Je te cite.

— La *France*, Golo. Anéantie officiellement en trente-neuf jours. Mais, de fait, en quatre. Il a tout de même mieux réussi son coup que Moltke en 14 ! La *France,* voyons… »

Boris était mon frère de sang et notre amitié remontait à des temps immémoriaux (nous avons fait connaissance, semble-t-il, à l'âge de un an). Mais notre chemin commun avait été parsemé de sérieuses embûches. Pendant les mois qui avaient suivi la prise de pouvoir, je n'avais plus pu l'approcher. En 1933, seules deux personnes dans toute l'Allemagne souhaitaient viscéralement la guerre totale : Boris Eltz était l'autre. Et puis, il s'était glissé un nouveau froid entre nous, à partir de l'invasion de la Pologne jusqu'aux sévères revers aux portes de Moscou en décembre 41. Depuis, nos opinions continuaient de diverger profondément. Boris demeurait encore un nationaliste enragé – même si la nation en question était l'Allemagne nazie. S'il avait su ce que je complotais avec Roland Bullard, il n'aurait pas hésité un instant. Il aurait sorti son Luger de son étui et m'aurait tiré une balle dans la tête.

« Ça paraissait encore viable jusqu'aux environs de la fin septembre. La Vernichtungskrieg, Golo, elle n'est pas vraiment à mon goût, mais ça semblait faire l'affaire, de tous les exterminer… Par contre, c'était très bête, de vouloir envahir la Russie. Pousse-toi donc. »

Il voulait mieux voir son reflet dans la glace. Se cambrant en arrière à un angle absurde, à l'aide d'une brosse plate dans chaque main, il a lissé ses cheveux gris étain.

« C'est vraiment moche, tu crois, d'*adorer* se regarder dans le miroir ?… Je sais que c'est criminel de le dire mais nous avons perdu, Golo.

— Tu es bon pour la tôle.

— Seigneur, c'était couru d'avance. Une guerre sur deux fronts ? D'un côté, l'URSS. De l'autre, les USA. L'Empire britannique en prime. Seigneur, c'était couru d'avance. Décembre 41.

— *Novembre* 41. Je ne te l'ai jamais avoué, Boris, mais c'était clair déjà en novembre. Les gars de l'armement le lui serinaient tous les jours : la victoire était impossible. »

Boris hochait la tête, avec un soupçon d'admiration dans le regard : « Il s'aperçoit qu'il ne peut pas gagner face à la Russie. Que fait-il, alors ? Il déclare la guerre à l'Amérique. Ce n'est pas un régime criminel, mon cher. C'est un régime de psychopathes. Et nous sommes en train de perdre. »

J'étais gêné : « Il n'y a *pas encore* de deuxième front. D'ailleurs, les Alliés pourraient rompre avec Moscou. Et, Boris, n'oublie pas que nous sommes en train de fabriquer des armes miracles.

— Eux aussi. Avec le concours de *nos* scientifiques. Permets-moi de te donner une petite leçon d'art militaire, Golo. Règle numéro un : ne jamais envahir la Russie. Soit, on va tuer cinq millions des leurs, faire autant de prisonniers, et en affamer trente millions. Mais il en restera encore cent vingt-cinq millions.

— Calme-toi, Boris. Bois. Tu es trop lucide.

— Non, plus tard. Écoute-moi. Même si on rase Léningrad et Moscou… et après ? On se retrouvera avec une insurrection dans tout l'Oural, qui ne finira jamais. Et comment pacifier la Sibérie ? Elle fait huit fois la taille de l'Europe.

— Allons donc, on a bien réussi la dernière fois...
à envahir la Russie.

— Pas comparable. C'était une guerre de cabinet à
l'ancienne contre un régime à l'agonie. C'était une guerre
de pillage et de carnage. Comprends, Golo, que l'Armée rouge, c'est seulement la première ligne. Derrière
elle, tous les Russes se battront, les femmes, les enfants...
Jusqu'à octobre, jusqu'à Kiev, je croyais que la guerre
totale allait l'emporter. Je croyais que le massacre pourrait réussir l'impossible. » Boris se passait la main sur le
front et fronçait les sourcils, l'air de s'interroger : « Je
croyais que la nuit gagnait, Golo. Je croyais que la nuit
gagnerait et qu'on verrait ce qu'on verrait.

— Boris, tu es fou de ne pas boire... Moi, si tu le
permets, je vais me verser une goutte. »

M'évaluant du regard, avec une grimace amicale :
« Hum. Je suppose que tu meurs d'impatience de respirer la même atmosphère que Hannah... Ah, prends pas
cet air, Golo.

— Je ne le prends qu'avec toi.

— Si tu pouvais le prendre que quand tu es seul, ça
m'arrangerait... Je te l'ai déjà dit, c'est révulsant. »

Engoncés dans nos houppelandes, nous descendions,
d'un bon pas, l'allée des Cerisiers, vers le garage. À mi-distance, on testait les crématoires Topf flambant neufs : I
et II (bientôt suivraient III et IV). Comment les flammes
parvenaient-elles donc à se hisser dans les impressionnantes cheminées pour aller se répandre dans le ciel noir ?

Quoique claquant des dents, Boris s'est débrouillé
pour dire : « Un observateur peu compatissant pourrait
trouver nos activités plutôt répréhensibles.

— En effet. Il pourrait même les présenter sous un
très mauvais jour.

— Ach, désormais, il faut se battre comme des diables. Nous aurons besoin de toute la justice que les vainqueurs seront capables d'exercer. Alors qu'on me fait végéter ici avec ces crasses de Viennois. »

En obliquant vers la gauche, l'allée des Cerisiers devenait la rue du Camp.

« Prépare-toi, Golo. Esther Kubis. Cet après-midi, je lui ai fait un long sermon. Elle m'a écouté, avant de répliquer : "Ce soir, je vais te punir." Oh, pourquoi, Esther, pourquoi ?

— Ça se voit dans ses yeux : son intransigeance. Elle cultive ses griefs.

— Tu sais ce qui va arriver, n'est-ce pas, si elle déçoit ? Une demi-heure plus tard, Ilse Grese la fouettera à mort. Voilà ce qui arrivera. »

Contemplant le side-car bâché, je me suis préparé à une demi-heure glaciale et assourdissante... *La guerre est perdue.* Cela m'avait momentanément donné la nausée – car, pendant la dernière semaine à la Buna, j'avais été témoin des féroces innovations de Rupprecht Strunck. Mais, maintenant, je m'étais ressaisi. Car, oui, il fallait faire du zèle, aller trop loin, dépasser les bornes : tout, tout, n'importe quoi pour s'assurer que la nuit ne l'emporterait pas.

Enfourchant lui-même la selle du motard, Boris m'a invité à prendre place dans le panier du side-car. Avant d'attacher ses lunettes, il a regardé une dernière fois le fanal sans fin de la cheminée. « C'est la faute de la France. Rien de tout cela n'arriverait s'il y avait pas eu la France. C'est la faute de la France. »

*

Dans les parages, Furstengrube était bien connu, pas seulement en raison du taux de mortalité contre-productif de ses mines de charbon (où, en moyenne, l'esclave survivait moins d'un mois), mais aussi pour la respectable jauge de son théâtre (par rapport à la salle de spectacles en préfabriqué du Kat Zet I). Cette rotonde en brique rouge, ornée d'un dôme noir et trappu, qui faisait presque penser à un temple, avait été réquisitionnée en été 1940 pour notre usage exclusif.

Après avoir piétiné dans la cour, officiers, sous-officiers, simples soldats, chimistes, architectes, ingénieurs (chacun de nous allongé de panaches de vapeur longs de un mètre), lentement et en ordre dispersé, nous avons gravi les marches et passé sous le fronton en chêne. À l'intérieur, la douce lumière rougeâtre, avec son éclat mouillé de gaze et de soie usée, a déclenché en moi une cascade de souvenirs : le cinéma, le samedi matin à Berlin (Boris et moi, gamins innocents, éberlués, agrippant nos sachets de bonbons), les représentations de théâtre amateur dans des salles communales endimanchées, et, aux derniers rangs de cinémas de province, les séances de papouilles, lèvres en feu, qui duraient tout le temps des doubles programmes (plus les actualités)…

Dans le foyer, j'ai déposé nos houppelandes aux vestiaires. Quand j'ai rattrapé Boris dans la salle emplie de brouhaha, il était penché sur Ilse Grese, installée pas loin du milieu du premier rang. Alors que j'approchais, il disait avec malice :

« Tout le monde connaît le… euh, le surnom ou le titre qu'on te donne ici, Ilse. Et je suis désolé mais je trouve qu'il n'est pas entièrement adapté. Une *moitié* surtout. L'autre, c'est exactement cela. » Et, se tournant vers moi : « Tu sais comment on l'appelle, Golo, hein ? "La Belle Bête." »

221

Je me suis surpris à observer Ilse avec toute la fraîcheur de la découverte : les jambes fortes, écartées dans une attitude masculine, le tronc robuste en uniforme de sergé noir candidement constellé de signes et de symboles : éclair, aigle, croix gammée. Et dire que j'avais embrassé ces lèvres ridées et recherché la faveur du néant de ces cavités oculaires…

Elle a demandé d'un air pincé : « Quelle moitié, Hauptsturmfuhrer ?

— Ah, l'adjectif, bien sûr. Je réfute rageusement le substantif. Tu sais, Ilse, que je jurerais sous serment au tribunal qu'au fond, tu es humaine. »

Un projecteur sautillait sur le rideau en velours bleu. J'ai dit : « Ça se remplit.

— Encore un instant, a demandé Boris, avant d'ajouter d'un ton ardent : Ilse, un enquêteur de Berlin m'a appris que tu avais lâché tes chiens sur une jeune Grecque dans les bois, simplement parce qu'elle s'était égarée puis endormie dans un fossé. Et tu sais ce que j'ai fait ? Je lui ai ri au nez. Je me suis récrié : "Pas Ilse. Pas mon Ilse." Je vous souhaite une bonne soirée, Oberaufseherin. »

Une sonnerie électrique enrayée retentissait quand ils sont entrés : le commandant et sa femme. Comme nous, il avait revêtu son uniforme d'apparat (avec tout un assortiment de médailles), et elle portait une… Mais Hannah, déjà passée dans l'ombre, s'est perdue dans les ténèbres.

D'abord, l'orchestre de chambre bricolé pour l'occasion (deux violons, guitare, flûte, mandoline, accordéon), a interprété un pot-pourri à rallonge qui prétendait jouer sur la corde sensible du cœur prétorien (Strauss de la première période, des chansons de Peter Kreuder, des airs d'opérettes de Franz von Suppe). La scène s'est illuminée, assombrie et les acteurs l'ont envahie. Lumières. S'est ensuivie une opérette de une heure d'après *Les Souffrances du jeune Werther*. Le court roman de Goethe est d'une mélancolie si enjôleuse qu'il a provoqué à sa sortie une avalanche de suicides, en Allemagne mais également à travers toute l'Europe : le héros anomique dans le village bucolique, la jeune orpheline, l'amour impossible (car l'aimée est promise à un autre), la blessure par balle auto-infligée, la lente agonie...

Rideau, applaudissements opportuns, silence.

Est ensuite monté sur un petit podium un sergent SS d'à peine vingt ans, grand, mince, blond, le teint pâle, mou ; pendant les quarante-cinq minutes suivantes, il a récité par cœur de la poésie, voix et expression graves ou gaies à l'excès, au gré des émotions que les poètes avaient voulu au contraire maîtriser et formaliser ; tout du long, je n'ai pu manquer d'entendre des coups, des murmures, tout un micmac dans les coulisses (en plus des halètements et des jurons de Boris). Les auteurs sélectionnés par l'Unterscharfuhrer étaient Schiller, Holderlin et, choix bizarre, témoin de son ignorance : Heinrich Heine. Ignorance que le public partageait ; les applaudissements, quand ils sont venus, étaient brefs et blasés, mais la raison n'en était pas que Heine était juif.

Pendant le bref entracte, Paul Doll s'est dégourdi les jambes dans le chœur, apparemment à jeun mais curieusement flageolant, tête rejetée en arrière, lèvres en cul-de-poule, narines animées par un frémissement critique comme s'il avait voulu vérifier une odeur...

Les lumières ont faibli derechef, le public a cessé ses bavardages (et s'est mis à tousser), les rideaux se sont écartés lentement.

D'une voix enfantine, la gorge sèche, Boris a lâché : « Enfin, voici l'heure de gloire d'Esther... »

C'était le deuxième tableau d'un ballet que j'avais déjà vu, *Coppelia* (musique de Delibes).

L'atelier cossu d'un magicien : parchemins, potions, baguettes magiques, manches à balai (et les deux violonistes, costumés en clown, l'un côté cour, l'autre côté jardin). Interprété avec une agilité contenue par Hedwig, en redingote et perruque poivre et sel, le vieux docteur Coppelius se prépare à insuffler la vie à sa marionnette de taille humaine. Au milieu de poupées et mannequins de moindre importance (seulement à moitié terminés ou en partie démembrés), Esther, assise, raide, sur une chaise à dossier droit, immaculée dans un tutu, avec des bas blancs pailletés et des chaussons rose vif, lisant un livre (à l'envers : Coppelius a corrigé ça). Elle regarde par terre sans rien voir.

Le magicien lance son sort, gesticulant comme s'il avait voulu soustraire ses mains à l'humidité ambiante… Il ne se passe rien. Il essaie encore. Encore et toujours. Soudain, Esther tressaille ; brusquement, elle se redresse et jette son livre au loin. Papillonnant des yeux, haussant les épaules compulsivement, martelant la scène avec la plante des pieds (tombant souvent en arrière telle une planche dans les bras attentifs d'Hedwig), elle fait pesamment les cent pas : miracle de l'incoordination, un instant toute molle, le suivant robot, chaque membre contredisant son voisin. Et laide, comiquement, douloureusement laide. Les violons ne cessent de l'encourager, de l'enjôler, mais elle continue d'alternativement se pavaner et défaillir.

L'effet sur les sens des spectateurs fut si véhément que personne, sans doute, n'aurait su dire combien cette comédie avait duré dans un temps non subjectif. On aurait pu croire, en tout cas, que le mois de janvier en son entier défilait. Est arrivé un moment où Hedwig (après avoir une dernière fois secoué les doigts) a tout bonnement abandonné, elle a arrêté de jouer ; mettant les mains sur les hanches, elle s'est tournée vers le premier rang, où sa mentor s'inclinait en avant sur son siège. Coppelia, quant à elle, continuait sa course folle d'automate.

Boris a lâché dans un souffle : « Ah, suffit... »

Assez. C'était assez. Le charme opérait, l'illusion opérait, la magie a glissé du noir au blanc, le rictus de la privation s'est mué en sourire forcé mais néanmoins extatique, et Esther a pris son essor : elle naissait à la vie, elle palpitait, elle était libre. Lors de son premier jeté, moins un saut qu'un vol plané, même à son plus haut point, tous ses tendons frémirent, comme si elle avait essayé, avait eu besoin de voler plus haut encore. Le public était conquis et la salle parcourue de murmures ; mais je me demandais pourquoi les mouvements d'Esther, dont la fluidité caressait les yeux, semblaient être un tel poids à porter.

Un grognement mouillé a explosé à ma gauche ; Boris s'était levé et rejoignait déjà la sortie, presque plié en deux, mains au visage.

*

Très tôt le lendemain matin, lui et moi, ivres, avons fait la route, lentement, jusqu'à Cracovie dans une Steyr 220. Grâce au talent organisationnel de la Schutzstaffel, un Lastkraftwagen déversait précautionneusement du sable et du sel devant nous. Nous n'avions pas dormi.

« Golo, je viens de comprendre. Elle imitait les esclaves. Et les gardiens.

— C'est *ça* qu'elle faisait ?

— Oui, quand elle titubait, se pavanait, titubait, se pavanait encore… Et plus tard, quand elle s'est vraiment mise à danser.

— Sur quoi portait son accusation ? Qu'exprimait-elle ? »

J'ai fini par répondre moi-même : « Son droit à la liberté ?

— Non, encore plus basique que ça. Son droit à vivre. Son droit à vivre et à aimer. »

En descendant de voiture, Boris a dit : « Golo, si l'oncle Martin te retient longtemps à Berlin, à ton retour, je serai déjà parti pour le front de l'Est. Mais je me battrai pour toi, frère. Pas d'autre solution.

— Pourquoi ?

— Si nous sommes vaincus, plus personne ne te trouvera séduisant. »

J'ai posé ma main sur ses cheveux et l'ai étreint de toutes mes forces.

Pendant la réception qui a suivi la représentation, au milieu d'un groupe composé de Mobius, de Zulz, des Eikel, des Uhl et d'autres, Hannah et moi avons échangé deux phrases.

Je lui ai dit : « Il est possible que je doive aller à Munich vérifier les archives du QG du Parti, à la Maison brune. »

Et elle m'a répondu, avec un hochement de tête en direction de Paul Doll (manifestement aux abois) : « Er is jetzt vollig verruckt. »

L'air dévasté, Boris était installé à une table devant un carafon de gin ; Ilse caressait son avant-bras et baissait la tête pour lui sourire d'en dessous. À l'autre extrémité de la salle, brusquement Doll a tourné les talons et est revenu vers nous.

Il est devenu complètement fou.

226

*

Je suis arrivé à Berlin vers minuit ; depuis l'Ost-banhof, je me suis frayé un chemin à tâtons dans la capitale glaciale et plongée dans l'obscurité (les passants n'étaient que des ombres et des bruits de pas) jusqu'à la Budapesterstrasse et l'hôtel Éden.

2. DOLL : CONNAIS TON ENNEMI

Affaire résolue !

J'ai trouvé, saisi, compris, percé le mystère. Affaire résolue !

Oh, ce casse-tête coûta à votre humble serviteur, l'obstiné Sturmbannfuhrer, maintes, maintes nuits d'absolue concentration (je m'entendais haleter tout bas), en bas dans ma « tanière », tandis que, fortifié par des libations de choix, il défiait l'heure du crime et les heures au-delà ! Or, il y a quelques minutes à peine, l'illumination puis une chaleur intense me submergèrent en même temps que les premières vacillantes lueurs du matin...

Dieter Kruger est vivant. Et je suis content. *Dieter Kruger est vivant.* J'ai recouvré mon emprise sur Hannah. *Dieter Kruger est vivant.*

Aujourd'hui, je demanderai une faveur : une confirmation officielle – de la part de l'homme qui, dit-on, est le 3e le plus puissant du Reich. C'est une simple formalité, bien sûr. Mon Hannah et moi connaissons sa Sexualitat. Quand elle lisait cette lettre, enfermée dans la salle de bains : ce n'était pas la pensée de *Thomsen* qui endolorissait son Busen. Non, elle aime les vrais hommes, des hommes auréolés d'un peu de sueur et de barbe de trois jours, des hommes dont émane un peu d'odeur de pet et d'aisselles. Des hommes comme Kruger – et comme moi. Non, ce n'était pas Thomsen.

C'était Kruger. Affaire résolue. Kruger est vivant. Maintenant je peux reprendre mon vieux mode opératoire : menacer de le faire liquider.

Quand enfin l'odeur âcre de la poudre se dispersa, ai-je écrit sur le carnet, *14 poètes-guerriers gisaient à…*

« Ah, que veux-tu, Paulette ? Je suis en train de composer un discours extrêmement important. Au fait, cette blouse ne te va pas, tu es trop petite et trop grosse.

— C'est Meinrad, Vati. Mami dit que tu dois venir voir. Il a un truc visqueux qui lui coule du nez.

— Ach. Meinrad. »

Meinrad est un poney plein de ressources, aucun doute là-dessus. D'abord la gale, puis un empoisonnement par mylabre inconstant. Et sa dernière trouvaille ? La morve.

Mais il faut voir le bon côté des choses : cela signifie que les visites dominicales d'Alisz Seisser – les déjeuners copieux, les « trempettes » nonchalantes – deviennent une tradition familiale !

Non, il ne suffit plus qu'un gars soit en permanence calomnié et provoqué sous son propre toit ! Certains ont trouvé opportun de mettre en doute son intégrité et sa probité professionnelles, *rien de moins, merde, je vous prie…*

Dans le bureau du BAP, j'ai reçu une délégation de médecins : le professeur Zulz, naturellement, le professeur Entress, plus les docteurs Rauke et von Bodman. L'idée générale ? D'après eux, je parviens de moins en moins à tromper les transports.

« Que voulez-vous dire : *de moins en moins* ?

— Vous n'arrivez plus à les emberlificoter, dit Zulz. C'est la pure vérité, Paul, croyez-moi. Nous assistons à des scènes désagréables à chaque arrivée ou presque.

— Et c'est de ma faute ?

— Ne vous fâchez pas, Kommandant. Au moins, entendez-nous, Paul. S'il vous plaît. »

Je bouillais intérieurement. « Fort bien. Et qu'est-ce que, à *votre* avis, je suis censé mal faire ?

— Votre discours d'accueil. Paul, mon ami, il est... il est trop franc. Vous manquez totalement de crédibilité. On dirait que vous n'y croyez pas vous-même.

— Il est évident que je n'y crois pas moi-même, répondis-je avec le plus grand sérieux. Comment pourrais-je y croire ? Vous croyez que j'ai perdu la tête ?

— Vous savez bien ce que nous voulons dire.

— L'histoire de la barrique, Kommandant, intervint le Professeur Entress. Pouvons-nous au moins éliminer cette partie-là ?

— Quel est le problème avec la barrique ? » La barrique : une combine que j'ai inventée en octobre. En conclusion de mon discours de bienvenue, je dis : « Laissez vos objets de valeur avec vos vêtements, vous les reprendrez après la douche. Mais, s'il y a quelque chose à quoi vous tenez tout particulièrement et dont vous ne pouvez vous passer, alors placez-le dans la barrique à l'extrémité de la rampe. « Quel est le problème ?

— Ça génère une gêne, dit Entress : bon Dieu, leurs objets de valeur sont-ils à l'abri *ou pas* ?

— Seuls les très jeunes ou les vieux tombent dans le panneau, Kommandant, expliqua Zulz. Tout ce que nous trouvons jamais dans cette foutue barrique, c'est un flacon de fluidifiants sanguins ou un ours en peluche.

— Avec tout votre respect, Sturmbannfuhrer, confiez le porte-voix à l'1 d'entre nous, proposa le docteur von Bodman. Rassurer les gens fait partie de notre métier.

— Notre... contact avec les malades, Sturmbann-fuhrer », renchérit le docteur Rauke.

Rauke, von Bodman et Entress prirent congé ; Zulz s'attarda, l'air sinistre.

« Mon cher vieil ami, commença-t-il. Vous devriez vous éloigner de la rampe pendant un temps. Oh, je sais combien vous vous dévouez à votre tâche. Mais préservez-vous, Paul. Je vous parle en médecin. En homme qui soigne ses semblables. »

Toi, tu soignes qui que ce soit ? Ja, elle est bien bonne. Mais pourquoi avais-je dégluti, pourquoi les narines m'avaient-elles démangé quand il avait dit : *mon cher vieil ami* ?

Voilà pour le détail. Mais à plus grande échelle, je suis ravi d'annoncer que le spectacle est d'une aveuglante luminosité !

Il est temps (alors que l'automne devient hiver, et que 1943 est imminent) de « dresser le bilan », de s'accorder un moment de répit et de se pencher sur le passé. Nous ne sommes pas *tous* des surhommes, loin de là ; et il y eut des moments, au cours de cette lutte suprême, de cet anstrengung (le terrible revers aux portes de Moscou), où je succombai à un vertige quasi irréel, pétri de doute et de faiblesse. Plus maintenant. Ach, qu'il est doux de se savoir justifié. *Wir haben also doch recht !*

Le Sauveur nous avait bien fait comprendre dans sa magistrale allocution du 1er octobre que le bastion judéo-bolchevique sur la Volga était anéanti aux ¾, environ. Il avait prophétisé que la ville tomberait avant un mois ; bien que cette prédiction se soit révélée trop optimiste, personne ne doute que le drapeau à la croix gammée flottera sur ses ruines bien avant Noël. Quant à la population qui restera, le Hauptsturmfuhrer Uhl m'a informé que les femmes et les enfants seraient déportés, et tous les hommes fusillés.

Cette décision, quoique sévère, est assurément la bonne – juste tribut à l'échelle de l'offrande aryenne.

Je ne suis pas le moins du monde tenté par le triomphalisme, car les Nationaux-Socialistes ne fanfaronnent pas, ne plastronnent jamais. Nous nous attachons austèrement, bien plutôt, à une mature évaluation de nos responsabilités historiques. L'Eurasie est nôtre ; nous purifierons tout en pacifiant, en même temps que nous nous répandrons, suzerains reconnus, sur les nations sans défense de l'Occident. Je lève mon verre au général Friedrich Paulus et à sa vaillante VIᵉ Armée. Vive notre inéluctable victoire à l'issue de la bataille de Stalingrad !

Szmul a enfin réussi à me fournir un décompte des corps ensevelis dans le Pré du Printemps.

« Un tantinet exagéré, non ?

— Au contraire, monsieur, c'est sans doute une sous-estimation.

— Na. Il faut diviser le nombre par 2, ne ?

— C'est déjà fait, monsieur. »

Le nombre resterait toujours très élevé, à n'en pas douter, puisqu'il incluait non seulement les transports jusqu'à l'époque des premières crémations mais aussi les prisonniers des Stammlager morts de causes naturelles au cours de l'hiver 1941-1942, lorsque le créma au charbon près du Ka Be demeura hors-service pendant un bon bout de temps.

N'empêche. 107 000...

« Nous avons tous été très sensibles à ton discours », déclara Hannah au petit déjeuner.

Je beurrais tranquillement mon petit pain. « Oui, je suppose qu'il s'est plutôt bien passé.

— Pense donc. 14 hommes ! Un massacre. A-t-on jamais vu tant de gens mourir à la fois ?

— Ach. Ça arrive.

— Le brun. Quelle couleur magnifique. Et quelles associations !

— *Quelles* associations, Hannah ?

— La terre, voyons. La *terre*. » Elle prit une pomme. « Dommage pour la dernière heure, Pilli. Combien de cas d'hypothermie et de gelures ?

— Yech, on aurait dû se contenter de 1 minute de silence par martyr. Pas 3. »

— *Kurt und Willi* passe à la radio à 5 heures. J'ai entendu un petit extrait. Ça a l'air intéressant. Paul, écoutons-les ensemble. Comme autrefois. »

L'inhabituelle amabilité de son intonation me mit sur mes gardes. Mais que pouvait-on craindre de *Kurt und Willi* ? Je me tapai sur la cuisse : « *Kurt und Willi* ? Oui, pourquoi pas. J'adore *Kurt und Willi*. Je n'ai pas écouté leur émission depuis des mois. Un peu "décalé", cela dit... die BBC !... mais quel mal peut-il y avoir à écouter *Kurt und Willi* ? »

Une seule arrivée ce jour-là, à 13 h 37. Baldemar Zulz s'occupa du mégaphone. « Nous vous demandons de nous excuser pour le manque d'installations sanitaires dans les wagons. Mais ce n'est qu'une raison supplémentaire pour prendre une bonne douche bien chaude et se soumettre à une légère désinfection... parce que nous n'avons pas de maladies ici et nous n'en voulons pas. » Excellent, ça, je dois l'admettre. Le stéthoscope, la blouse blanche (les bottes noires) : du grand art. « Ah, au fait, les diabétiques et toute personne suivant un régime alimentaire particulier pourraient-ils se présenter au docteur von

Bodman après le dîner au Pavillon des Visiteurs ? Merci d'avance. » Excellent, ça aussi, chapeau…

À la Petite Retraite brune, alors que l'atmosphère se détériorait brusquement et que retentissaient les marmonnements gorge serrée que nous ne connaissons que trop bien, je sentis une présence froide et humide envahir ma main gauche non gantée. Je regardai : une fillette de 4 ou 5 ans m'avait agrippé les doigts. Ma réaction normale (reculer et émettre un grognement) fut étrangement lente à venir et, la refoulant, je parvins, au prix d'un effort considérable et d'une gêne incommensurable, à faire mon devoir et à rester de glace ainsi que l'exige mon rôle.

16 h 55 : la chambre à coucher conjugale.

« Est-ce que ça a commencé ?… Oh, et est-ce que Willi a fini par acheter une voiture ? »

Assise dos à la fenêtre, caressée par des teintes chaudes sur fond de ciel d'automne telle une gaze humide, Hannah portait une tenue suggestive, seulement 2 articles vestimentaires (je ne pouvais voir si elle avait des mules aux pieds) : le kimono bleu roi que je lui avais offert pour notre mariage (la ceinture à franges, les manches amples) ; et, collant à sa peau, son Unterkleid, sa « combinaison » spéciale blanche. Ce 2e vêtement était aussi un cadeau offert à Hannah par son époux ; je l'avais pris au Kalifornia la veille de son arrivée ici au KL (mais, lorsque, le lendemain soir, je suggérai que « nous l'essayions », madame n'avait guère paru apprécier). Bien que sujet à controverse, c'était un luxueux article, un placage semi-transparent blanc crème de la soie la plus fine, plus doux que les fesses d'un bébé…

« Un moment de comédie légère, m'exclamai-je, me frottant les mains en prenant mes aises sur le sofa au pied du lit. *Kurt und Willi*, c'est exactement ce qu'il nous faut… pas toute cette propagande… Comment va la belle-mère de Kurt ? Avec elle, on rit à coup sûr. »

Sans le moindre commentaire, Hannah tourna le bouton.

Quelques allègres accords d'accordéon précédèrent un brouhaha et des bruits de verres typiques d'une Bierstube sur la Potsdamer Platz. Kurt et Willi échangèrent un « salut germanique » – plutôt nonchalant, si vous voulez mon avis –, puis nous entendîmes des accents berlinois (vous savez bien… le « g » qui devient « ie » und so, ne ?).

Willi – Comment ça va, Kurt ?

Kurt – Pas trop bien, pour être franc, Willi.

Willi – Es-tu malade ? Sacré bon Dieu, *ton verre*… *il est li…vide.*

Kurt – Je sais. C'est pour ça que je le *colore* de cognac.

Willi – Eh bien, dis-moi ce qui cloche.

Kurt – Ach. Il vient d'arriver quelque chose d'absolument terrible. À l'étage du dessus, tu sais, vit une jeune femme, une Juive. Une scientifique. Une grosse tête : eh bien, aujourd'hui, elle se l'est mise dans le four. On l'a trouvée il y a une heure.

Willi – Ach.

Kurt – On venait de lui apprendre qu'elle allait être envoyée à l'Est.

Willi – Ah oui, en effet, c'est qu'il y avait de l'eau dans le gaz, alors !

Mon sourire commençait à jaunir. Je recroisai les jambes. « Hannah, je ne suis pas certain que ce soit…

— Chut, Paul, j'écoute. »

Willi – Ce que je ne comprends pas, c'est pourquoi elle n'a pas été déportée plus tôt.

Kurt – Quoi ? Oh. B'en, elle était ingénieur dans une usine d'armement. Vois-tu, Willi, ce matin encore, Lotte et moi, on essayait de lui remonter le moral. On lui a dit que ce serait peut-être pas si mal là où elle allait. Et tout vaut mieux que...

Willi – Oh non, mon ami. Une mort rapide dans sa cuisine, c'est bien, bien mieux... C'est ce qui se dit... au bureau. Tu peux me croire.

Hannah : « Où travaille Willi, déjà ?

— Au ministère du Reich de l'Éducation populaire et de la Propagande », répondis-je avec humeur.

Kurt – Qu'est-ce que tu racontes ? Ce genre de chose arrive vraiment ?

Willi – Oui. Ça arrive.

Kurt – Mais pourquoi ? À quoi ça sert ? Une petite dame... qui participe à l'effort de guerre ? C'est tout à fait inutile !

Willi – Non, Kurt. C'est nécessaire, au contraire. Pourquoi ? Pour instiller la crainte de la défaite. La crainte du châtiment.

Kurt – Mais qu'est-ce que ça a à voir avec les Juifs ?

Willi – Mensch, tu ne comprends donc rien ? La peur du châtiment ! Chaque citoyen allemand est impliqué dans le plus grand meurtre de masse jamais perpétré...

J'éclatai : « *Feindlicher Rundfunk.* Radio ennemie ! *Zweifel am Sieg* ! Ils doutent de la victoire ! *Feindlicher Rundfunk* !

— Oh, n'accuse pas Kurt et Willi, dit Hannah avec une langueur exagérée. Pauvre Willi. Pauvre *Kurt*. Écoute. Ils commandent d'autres cognacs. Ils ne sont pas dans leur assiette. »

Elle fit alors autre chose qui me consterna. Elle se leva ; défit sa ceinture ; et, d'un simple mouvement d'épaules, fit tomber les plis saphir de son kimono... révélant son Unterkleid ! De la Kehle à ses Oberschenkel, son corps paraissait comme saupoudré de sucre glace, et je vis nettement les contours de ses Brusten, la concavité de son Bauchnabel, le triangle de sa Geschlechtsorgane...

« Sais-tu, dit-elle, pinçant le col, à quelle morte tu as volé ça ? » Elle lissa le kimono, de haut en bas. « Le sais-tu ? »

Ensuite, prenant une brosse, elle tapa dessus, le regard plein de furie et d'arrogance.

« Tu es folle... tu es folle ! » criai-je, sortant de la chambre à reculons.

Et puisque nous parlons des épouses, quel prix pour « Pani Szmul » ?

Afin de localiser une Juive dans un ghetto polonais, on s'adresse tout simplement à l'Uberwachungsstelle zur Bekampfung des Schleichhandels und der Preiswucherei im judischen Wohnbezirk. Avant, c'était une subdivision de la Police de l'Ordre Juif, dont les membres, recrutés dans la pègre d'avant-guerre, étaient encadrés par la Gestapo ; mais la sélection naturelle a fait son œuvre et, aujourd'hui, les espions, les mouchards, les maquereaux et les putes mènent la danse. Criminaliser la gendarmerie : *voilà* comment on « saigne à blanc » un peuple assujetti, voilà comment on met main basse sur les richesses qu'il a accumulées !

Mine de rien, presque mollement, je me tourne vers le Bureau de Contrôle du Marché Noir et des Profiteurs dans le District Résidentiel Juif. Ja, exactement : die Uberwachungsstelle zur Bekampfung des Schleichhandels und der Preiswucherei im judischen Wohnbezirk.

Ça n'aurait pas paru aussi scandaleux à Berlin, ne ? À l'époque où cette ineptie profondément non germanique, la « démocratie », prenait l'eau de toute part. Ou à Munich, nicht ? Une timide beauté de 18 ans, fraîche comme le bleuet à sa boutonnière, traînant aux basques d'un robuste « intellectuel » qui aurait presque pu être son père ?

Très bien à Berlin ou à Munich, ne ? Mais ils vivaient dans le propret Rosenheim, aves ses parcs, ses pavés, ses clochers à bulbe. Ça sautait aux yeux comme le nez au milieu de la figure, que l'ami Kruger tripotait cette gamine ; et il me peine d'ajouter que Hannah n'était pas en reste – ach, elle lui sautait carrément au cou (doigts papillonnants, teint affolé, cuisses gluantes et entortillées). Il était aussi de notoriété publique qu'ils avaient « pris des chambres adjacentes », dans une pension à la réputation exécrable sur la Bergerstrasse…

Mon instinct protecteur était sur le qui-vive. Hannah et moi étions alors dans les meilleurs termes ; l'ami Kruger étant, comme on dit, « très pris », elle était presque toujours « partante » pour une promenade dans les jardins publics ou un verre de thé dans l'1 des nombreux cafés élégants de la ville. Je crois qu'elle savait que son comportement était répréhensible et que je l'attirais parce que je respirais le calme et la probité. Na, une chose était claire : c'était une petite bourgeoise sans le moindre penchant pour la révolution. Ce n'était guère la réunion de deux *esprits* – nicht ? Combien de fois, grimpant tranquillement l'escalier jusqu'à sa mansarde, je me trouvai confronté à d'alarmants ululements – *pas* les pudiques roucoulements, roulades et gazouillis d'une Geschlechtlichkeit saine et hygiénique ! Ces échos d'effroi et de perdition me transportaient à l'époque où, au presbytère, quand j'avais 13 ans, je dus écouter toute la nuit Tatie Tini donner naissance à ses jumeaux.

On les humait partout. Ces actes des ténèbres. La disparition galopante de l'ordre moral.

J'ai l'impression que, ces derniers jours, ces derniers soirs, chaque fois que je me rends à la rampe, il m'arrive quelque chose d'affreux. Comprenez : il m'arrive personnellement, à moi.

« Mets ça », dit-elle.

Dans un 1er temps, ça parut être l'un de nos transports les plus faciles. Le déversement sans accrocs, le discours de bienvenue (par le docteur Rauke), la Selektion rapide puis le bref parcours dans la forêt, des évacués dociles, l'équipe de Sonders sans chef mais compétente, passant dans leurs rangs en disant quelques mots discrets… J'avais pris position dans le couloir entre la porte extérieure et la salle de déshabillage, lorsqu'une Judin aux cheveux blanchis prématurément approcha avec le sourire de qui veut poser poliment une question ; j'inclinai même la tête pour l'entendre. Dans un accès de violence animale, elle leva la main et m'étala je ne sais quoi sur le visage : sur ma lèvre supérieure, sur mon nez, la paupière de mon œil gauche.

« Mets ça », dit-elle.

Des poux.

Ni 1ne ni 2, je courus au dispensaire de Baldemar Zulz.

« Ça aurait pu être grave. Mais vous avez eu de la veine, Kommandant. »

Je clignai des yeux (on m'avait fait allonger sur une table d'auscultation, sous le feu d'une lampe aveuglante). Je demandai : « Fleckfieber ?

— Affirmatif. Mais je sais reconnaître les poux du Kamchatka, déclara-t-il, me montrant une saleté de

239

morpion coincé au bout de sa pincette. Cette bestiole, elle, est européenne.

— Na. Le convoi était hollandais. De Westerbork, ne ?

— Voyez-vous, Paul, les Haftlinge… ils ramassent les poux sur les cadavres russes et les glissent sous les cols de nos uniformes. À la blanchisserie. Typhus exanthématique. Virulent.

— Yech, l'Untersturmfuhrer Kranefuss en sait quelque chose. Prufer est censé s'en occuper. Guère d'espoir de ce côté-là. »

Zulz dit rudement : « Ôte tes nippes. Plie-les avec soin et n'oublie pas où elles sont.

— Pourquoi ? »

Il se tendit comme s'il avait été près de bondir. « Désinfection ! »

Nous avons bien rigolé.

« Trêve de plaisanterie, Paul. Pour plus de sécurité. »

Parfait. Considérable soulagement général !

« Mets ça », dit-elle.

Depuis que j'ai fait en sorte qu'Alisz Seisser soit transférée au sous-sol du BAP, il nous a été donné de passer ensemble des heures précieuses.

À la fin de ma journée de labeur (voyez-vous, je veille parfois dans mon bureau jusque bien après minuit), je vais systématiquement rendre visite à la petite Alisz, lui apportant, la plupart du temps, un « casse-croûte » – un pruneau ou un morceau de fromage – qu'elle dévore de bon cœur !

Et que faisons-nous ? Eh bien, nous parlons, tout simplement. Du passé, du printemps de nos vies et de ce que nous avons en commun : les bosquets et les charmilles de notre bien-aimée campagne allemande. Elle me

240

raconte ses ébats, en été, sur les sables dorés de Poméranie, et moi, je la divertis avec mes histoires de la forêt de la Haardt et de mon hongre noir de jais, Jonti : sa crinière flottante, ses yeux étincelants !

Bien sûr, les conditions ne sont pas idylliques.

« Mais vous êtes en sécurité ici, Alisz. Du moins jusqu'à ce qu'elle passe, cette manie des sélections. Des sélections *insensées*, et pas seulement au Ka Be. Je ne peux pas être partout, voyez-vous. »

Sa gratitude et son respect ne connaissent pas de bornes.

« Oh, j'ai toute confiance en vous, Paul. »

Il n'est jamais question de la moindre inconvenance. Je considère Alisz avec la vénération due à la veuve d'un camarade tombé pour la cause. Mieux : je la considère comme une pupille, une protégée, que je dois guider indéfectiblement.

Elle reste assise, bien sagement, sur sa paillasse étroite, mains jointes entre les genoux. De mon côté, je préfère faire les cent pas ou tourner sur moi-même dans la ruelle entre le tabouret et les toilettes chimiques.

« Parfois, le grand air me manque, Paul.

— Ah, mais que veux-tu, Alisz. C'est comme ça, la Détention préventive, nicht ? »

Yech, le « Gruppe », les réunions hebdomadaires dans la cave du miteux Selbstbedienungsrestaurant, l'interminable Dialektik ! *La conversion du produit en valeur, la superstructure au-dessus de la base économique, la loi de la paupérisation croissante...* D'abord théocrate, puis monarchiste, puis militariste, je succombai à l'envoûtement du marxisme – jusqu'à ce que je mette de côté *Das Kapital* pour me consacrer à l'analyse poussée de *Mein Kampf*. L'éveil ne tarda point. Page 382 : « Le marxisme n'est que le déplacement, par le Juif, Karl Marx, d'une attitude philosophique… vers la forme d'une foi politique particulière… Et tout cela au service de sa race… Le marxisme, systématiquement, tend à donner le monde aux Juifs. » Ah, quel argument pourrait-on opposer à une telle logique ? Non, vraiment : *quod erat demonstrandum*. Une autre question, s'il vous plaît ?

Voyez-vous, à l'époque, il y avait chez Hannah une sorte de maladresse rustaude ; elle n'avait pas encore acquis l'élégance et l'allure qui seraient siennes une fois qu'elle serait devenue Frau Paul Doll, première dame du KL. Soyons honnête, qu'y a-t-il de plus répugnant, en fin de compte, que la vénération d'une adolescente ? L'horrible façon qu'ont les adolescentes de s'offrir, la graisse spécifique à cet âge, l'haleine brûlante. J'attendis simplement que l'ami Kruger se lasse d'elle, ce qui ne manqua point d'arriver (il poursuivit sa route et passa à autre chose). Mais ensuite ?

Représentez-vous, je vous prie, la salle de séjour de la pension : les napperons, le coucou, le gros teckel qui somnolait dans un coin (et flatulait en silence). Très « gemutlich », ne ? Hannah pleurant son amour perdu et votre serviteur assis à un guéridon tout près ; peu à peu, je gagnai du terrain grâce à ma compassion, à mon grand tact, à mes *petits cadeaux*, à ma manière avunculaire de lui tapoter la main, und so weiter. Et puis la sonnette retentissait et, jawohl, l'ami Kruger passait subitement sa truffe par la porte du petit salon. Il n'avait même pas besoin de claquer des doigts. Hannah l'entraînait séance tenante à l'étage pour une nouvelle partie galante de gigotements et gémissements. Cela arriva quantité de fois.

Ah, mais c'est alors que le sort vola à mon secours. Une certaine nuit, après l'une de ces réunions transpirantes avec notre enfant fondamentalement innocente, notre lion marxiste fut surpris sur la Bergerstrasse par un groupe de gars hâves de la Sturmabteilung (Cellule H). Ils l'ont si bellement passé à tabac que ses acolytes du KP et du Syndicat des Travailleurs préférèrent l'envoyer en douce à Berlin. Nos chemins ne se croisèrent plus pendant 4 ans ½. Quand je le revis, l'ami Kruger avait le nez écrasé contre le sol d'une cellule disciplinaire à Dachau. Un instant à savourer jusqu'à la lie, nicht ? J'entrai, avec deux camarades, et fermai la porte derrière nous.

C'était en mars 1933, quand tout commença à aller très bien pour nous, après l'incendie du Reichstag. Après l'incendie du Reichstag, voyez-vous, nous prîmes la mesure toute simple qui consista à rendre illégale toute opposition. L'Autobahn de l'autocratie était ouverte.

Qui mit le feu au Reichstag ?

L'incendie avait-il été démarré par le communiste hollandais, le loup solitaire éméché, van der Lubbe, avec ses allumettes, ses amis de la jaquette, sa personnalité trouble ? Non. Avait-il été démarré par nous ? Non. L'incendie du Reichstag fut démarré par la destinée. Par la Providence.

Le soir du 27 février, le Reichstag fut embrasé par Gott !

Hannah me demanda : « Quel est cet homme que je vois gravir la côte tous les jours ?

— Sans doute parles-tu de Szmul.

— Je n'ai jamais vu mine aussi triste. Et il ne croise jamais mon regard. Jamais.

— Oui, eh bien, c'est le Klempnerkommandofuhrer. La vidange, tu sais… »

*

243

Dans l'ensemble, avec ses tchou-tchou et ses teuf-teuf, le SS-Obersturmbannfuhrer Eichmann est aussi méticuleux qu'un mioche ; mais il n'empêche qu'il arrive parfois que (cauchemar de tout Kommandant) les convois *se chevauchent*. C'est ce qui s'est passé aujourd'hui.

J'en ai encore les mains qui tremblent et je viens d'avaler 3 Phanodorm.

J'ai absolument tenu à manier le porte-voix, et il faut reconnaître que les choses ont vite… Je réfute, tout simplement, l'idée que j'emberlificote de moins en moins bien les évacués. À mon avis, ce sont plutôt eux qui se laissent de moins en moins facilement emberlificoter. À y réfléchir, il est aisé de comprendre pourquoi. Oui, nous aurions dû anticiper cette difficulté – mais c'est en forgeant qu'on devient forgeron. Les membres des communautés ciblées tirent leurs propres conclusions d'une vérité évidente et irréfutable : aucun des leurs *n'est jamais revenu*. Ils ont donc vite fait le rapprochement, et nous avons perdu *l'avantage de la surprise*… Soit, je l'exprimerai d'une façon légèrement différente : en ce qui concerne le sort de ces « colons » des territoires de l'Est, nous ne jouissons plus de l'avantage d'être inconcevables. De l'atout décisif qui consiste à *dépasser l'entendement*.

Cet après-midi, un premier groupe s'affola quasi instantanément, à peine descendu des wagons à bestiaux. Le professeur Zulz et ses gars n'avaient même pas commencé la sélection ; ils étaient 800, hommes, femmes et enfants à tourner dans tous les sens dans la gadoue ; et ça a commencé. Un geignement interrogateur qui semblait solliciter, tâtonner, sonder, puis le premier cri digne de ce nom, puis un coup de fouet, puis un gnon, puis une détonation.

90 minutes plus tard, un semblant d'ordre avait été rétabli : les 600 et quelques survivants avaient été forcés, qui cogné, qui fouetté, qui tapé sur les fesses avec une

baïonnette, à grimper dans les camionnettes et les ambulances de la Croix-Rouge. Sur le quai, bras croisés, je me demandais combien de temps il faudrait pour nettoyer *cette petite cargaison-là*. Or voilà qu'un soldat hurle et brandit sa matraque. Et que ne voyons-nous pas : la consternante apparition, avec 4 heures d'avance, du Sonderzug 319, qui brinquebale en gravissant la côte jusqu'à nous ?

Je n'oublierai pas de sitôt la scène qui s'ensuivit – même si Dame Fortune, à ce moment-là, nous sourit, à nous, les Prétoriens. Tout d'abord, je crus que c'était l'une de ces occasions où la Détention préventive s'entremêle avec une autre campagne pour l'avancement de l'Hygiène nationale, à savoir l'Aktion T4 (ou « Programme d'Euthanasie »). Ce 2nd train transportait un maigre contingent d' « incurables » : dans ce cas précis, les « organiquement fous ». Mais ce n'étaient pas des Allemands déficients : c'étaient des *Juifs* déficients – un lot de tarés sortis des instituts psychiatriques d'Utrecht. Assistés par leurs jeunes et jolies infirmières, les évacués s'alignèrent avec calme le long de la voie de garage jonchée de cadavres gisant dans des mares de sang, avec sa douzaine de pyramides de sacs trempés. Aux habituels effets sonores s'ajoutèrent d'effrayants éclats de rire.

2 vieillards aux boucles argentées – des jumeaux – attirèrent mon regard et fixèrent mon attention : avec un sourire d'intense satisfaction face à ce spectacle, ils ressemblaient à une paire de robustes fermiers prospères se rendant à une fête de village. À l'avant, une adolescente dégingandée, avec une queue-de-cheval, en camisole de force de toile verte, trébucha sur un tas de hardes et tomba menton en premier, avec un claquement qui me donna un haut-le-cœur. Elle roula de côté et se mit à agiter dans tous les sens ses quilles de cigogne blanches comme neige. Les autres la regardèrent, l'air heureux,

puis applaudirent quand l'Aufseherin Grese approcha et l'attrapa par les cheveux.

En me couchant, je priai pour ne pas rêver des jumeaux nus, grimaçant dans la Petite Retraite brune.

Quand on porte une camisole de force, voyez-vous, et qu'on tombe, on se retrouve le nez contre terre.

Quand on porte une camisole de force, voyez-vous, et qu'on tombe et se retrouve le nez contre terre, on ne parvient pas à se relever – pas tout seul.

« Les as-tu feuilletés ?

— Oui. Vaguement. Pas vraiment à mon goût, Paul. »

La semaine dernière, j'ai prêté à Alisz 2 monographies sur l'ethnobiologie, dans l'idée d'enrichir nos bavardages nocturnes. Hélas, elle manifeste peu de penchants pour la chose imprimée. Rien, je le crains, ne vient la divertir pendant ses journées au BAP (car il va de soi que je suis son unique visiteur). Ne, leur monotonie n'est en rien atténuée par quelque événement que ce soit – seulement le grincement du métal, à 11 h 30, quand on lui passe son plateau par le trou.

Hier soir, nous évoquâmes les premiers temps de nos mariages respectifs : elle, follement éprise du viril sous-off Orbart à Neustrelitz, moi guidant les pas de la vaurienne Hannah à Rosenheim et plus tard à Hebertshausen, près de Munich. Elle versa 1 larme ou 2 en évoquant son saint époux, et je me retrouvai de mon côté à employer un ton élégiaque, comme si mon épouse avait de même disparu (en couches, disons).

Ce fut une heure édifiante et, quand je pris congé, je m'autorisai à embrasser Alisz sur le front en tout bien tout honneur – sur l'« implantation en pointe de ses cheveux ».

« Ah, ma petite Sybil. Pourquoi ces larmes, ma jolie ?

— Meinrad. Il a la gorge toute gonflée. Viens voir. »

Après la morve, qu'est-ce que Meinrad a encore inventé ? La maladie de Carré, voilà ce qu'il a inventé.

Quant aux nouvelles du front de l'Est ? Loyalement et pas moins inquiet, j'ai l'oreille collée à mon Volksempfänger en bakélite ; et tout ce que j'entends, c'est le silence plutôt déroutant de Berlin. Au début, je pensais : eh bien, pas de nouvelles, bonnes nouvelles, nicht ? Mais je commençai à me poser des questions.

Toutefois, je vais vous dire qui est susceptible de vous procurer des informations fiables sur notre situation militaire. Pas Mobius, pas Uhl (tous 2 sont terriblement taciturnes). Et pas Boris Eltz. Eltz est par nature fougueux, invariablement tout feu tout flamme, mais c'est un gars futé, sarcastique. Beaucoup trop malin, si vous voulez mon avis (comme un tas de gens que je pourrais nommer).

Non, le gars qu'il faut consulter, même si c'est plutôt surprenant, c'est le jeune Prufer. Wolfram Prufer a quantité de défauts, Dieu m'en est témoin, mais c'est un Nazi irréprochable. En outre, son frère Irmfried est à l'état-major de Paulus, ne ? Et le courrier, semble-t-il (du moins pour l'heure, à l'approche de Noël), est tout ce qui entre ou sort de Stalingrad.

« Oh, nous remporterons la victoire, Kommandant, déclara-t-il à l'heure du déjeuner, au Mess des officiers. Le soldat allemand n'a que mépris pour les conditions objectives.

— Certes, mais quelles sont-elles ?

— Eh bien, l'ennemi nous surpasse en nombre. Sur le papier. Ach, mais 1 soldat allemand vaut 5 soldats russes. Nous avons le fanatisme et la volonté. Ils ne nous arrivent pas à la cheville en matière d'implacable brutalité.

— En êtes-vous sûr, Prufer ? Une résistance obstinée…

— Ce n'est pas comme en France ou aux Pays-Bas, Sturmbannfuhrer. Des nations civilisées. Le cran et la décence de s'incliner devant une puissance supérieure. Les Russes sont des Tartares et des Mongols. Ils se battent jusqu'à la mort. » Prufer se gratta le cuir chevelu. « Ils sortent des égouts la nuit, un couteau entre les dents.

— Des Asiatiques. Des bêtes. Alors que nous sommes encore bridés par notre mentalité chrétienne. Qu'est-ce que ça signifie pour la VIᵉ Armée, Hauptsturmfuhrer, et pour l'Opération Bleue ?

— Avec notre zèle ? La victoire sans l'ombre d'un doute. Elle mettra un peu plus de temps à venir, voilà tout.

— J'entends dire que nous manquons de ravitaillement. La pénurie…

— C'est vrai. Il n'y a presque plus de carburant. Ou de nourriture. Ils mangent les chevaux.

— Et les chats, m'a-t-on rapporté.

— Non, ils ont terminé les chats. Cette situation est temporaire. Tout ce qu'ils ont à faire, c'est reprendre la base aérienne de Gumrak. D'ailleurs, les privations ne posent aucun problème aux hommes de la Wehrmacht.

— On raconte aussi qu'ils sont victimes d'épidémies. Et ils n'ont pas beaucoup de médicaments, j'imagine.

— Il fait moins 30 mais ils ont des tas de vêtements chauds. Dommage qu'il y ait les poux. Et ils doivent être vigilants. Il y a peu, Irmfried s'est réveillé en pleine nuit : une énorme souris avait rongé ses chaussettes et s'attaquait à ses orteils. Il ne s'en était pas aperçu à cause des engelures. Oh, et les munitions. Ils manquent de munitions.

— Aïe, bon Dieu, comment allons-nous vaincre sans munitions ?

— Pour un soldat allemand, ces difficultés sont immatérielles.

— Ne risquent-ils pas d'être encerclés ?

— Les lignes allemandes sont imprenables. » Après une pause gênée, Prufer déclara : « Cela dit, à la place de Joukov, je foncerais sur les Roumains.

— Ach, Joukov est un *moujik*. Il est bien trop stupide pour y penser. Il n'arrive pas à la cheville d'un stratège allemand. Dites-moi, comment se porte Paulus ?

— Sa dysenterie ? Il est encore alité, Sturmbannfuhrer. Mais écoutez-moi, monsieur. Même s'il était techniquement possible de nous encercler, Joukov est incapable d'arrêter Manstein. Le Generalfeldmarschall Manstein percera ses lignes sans mal. Et ses 6 divisions renverseront la vapeur.

— Comme vous l'avez dit vous-même, euh, Wolfram, la défaite est une impossibilité biologique. Comment pourrions-nous être défaits par ce ramassis de Juifs et de péquenauds ? À *d'autres* ! »

2 visiteurs de Berlin, venus simultanément, mais bien sûr tout à fait indépendamment, le massif Horst Sklarz, du Wirtschafts-Verwaltungshauptamt, et l'efféminé Tristan Benzler, du Reichssicherheitshauptamt. Et c'est toujours la même rengaine.

Sklarz n'a en tête que l'économie de guerre, alors que l'unique préoccupation de Benzler est la sécurité nationale. En d'autres mots, Sklarz veut plus d'esclaves, Benzler plus de cadavres.

J'aurais aimé les enfermer dans la même pièce et les laisser débattre entre eux ; mais non, ils arrivèrent et repartirent séparément, et je dus supporter de les laisser me brailler dessus pendant des heures chacun.

Leurs opinions concordaient sur 1 seul point. Sklarz et Benzler, chacun de son côté, commentèrent en termes fabuleusement irrespectueux la qualité de ma comptabilité en particulier, et de ma paperasserie en général.

En outre, d'abord Benzler puis Sklarz firent pareillement allusion à mon possible transfert à une annexe de l'Inspection des Camps de Concentration à Cologne. Tous 2 en parlèrent comme d'une « promotion », malgré la rétrogradation et la perte de tout pouvoir effectif (sans parler de la coupe drastique dans mon salaire). Qui plus est, Cologne est le Militarbereichshauptkommandoquartier, le QG de la région militaire, et donc *bombardé* sans trêve.

Quoi qu'il en soit, ils sont partis, maintenant. Ils ont sans doute raison : je devrais adopter une approche plus méthodique du côté administratif de l'opération. Mon bureau au BAP, ainsi que Sklarz et Benzler l'ont tous 2 fait remarquer : une véritable honte. Une botte de foin sur une botte de foin sur une botte de foin : où ai-je donc pu fourrer cette foutue aiguille ?

Une baisse de salaire, hein ? Quelle chance que j'aie réussi à mettre quelques sous de côté (un petit pécule, mon « bas de laine », si vous préférez) pendant que je dirigeais le Konzentrationslager !

« Dépêche-toi, Paul. »

Déjà le Dezember Konzert !

Ce soir-là, j'étais en retard, et un tantinet agacé et nerveux parce que Hannah portait ses talons les plus hauts, je vous prie, sans compter qu'elle s'était fait un chignon, ce qui me donna l'impression, quand nous nous retrouvâmes dans le vestibule (la Dienstwagen nous attendait), qu'elle était 2 fois plus grande que moi. Comme je le lui ai souvent fait remarquer, la fille allemande est une adepte de la nature : elle n'est pas *censée* porter des échasses.

« J'arrive ! »

Je me précipitai donc dans mon bureau et y cherchai mes échasses à moi. Nicht ? Les talonnettes en cuir que je glisse parfois dans mes bottes pour gagner quelques centimètres supplémentaires. Mais je ne les trouvai nulle part. Je démembrai donc un vieux numéro de *Das Schwarze Korps*, pliai 4 pages au format *in-16* et m'en servis à la place. Les filles allemandes ne sont pas *censées* porter des talons hauts. Les talons hauts sont réservés aux catins qui minaudent dans les rues de Paris et de New York, avec leurs bas de soie, leurs jarretières en satin et leurs...

« Paul !

— Oui. *Oui !* »

À notre arrivée au théâtre du sous-camp de Furstengrube, alors que nous nous hâtions, juste avant qu'on n'éteigne les lumières, de rejoindre nos sièges au milieu de la 1ʳᵉ rangée, un murmure d'admiration et d'envie parcourut la salle ; je dois avouer que je cédai à un fort plaisant et revigorant sursaut de fierté, même s'il était teinté d'une certaine mélancolie. Tous les spectateurs, j'en suis persuadé, attribuèrent le retard du Kommandant à un impulsif « retroussement de jupon » dans la chambre matrimoniale. Hélas. Comment auraient-ils pu être au courant des pitoyables défaillances de Frau Doll en ce domaine ? J'observai, de biais, tristement, le beau visage de Hannah : la largeur de la Mund, la force du Kiefer, les Zahnen canines – et puis la salle fut plongée dans l'obscurité.

Bientôt, je me demandai si je pourrais jamais assister à une importante réunion publique sans que mon esprit se mette à me jouer des tours. Ce ne fut pas comme la fois précédente, où, peu à peu, je m'étais laissé aller à relever mentalement le défi logistique qui aurait consisté à gazer le public. Non. Cette fois, j'imaginai tout de go que les spectateurs dans mon dos étaient déjà morts : déjà morts et récemment exhumés afin d'être immolés sur le bûcher. Comme les Aryens embaumaient ! Si je les faisais fondre au milieu des flammes et des fumées, les os, en brûlant (j'en étais convaincu) garderaient toute la fraîcheur de l'arôme aryen !

Ensuite, le concevrez-vous, dans la fièvre de ma « transe » (vers la fin, ballet und so…), il me vint à l'esprit que le Sauveur devait urgemment être informé de ma découverte. *À l'instant où ils passent de l'état de nature à l'éternité, les enfants des Teutons ne pourrissent et n'empestent pas.* Lui et moi irions ensemble présenter cette découverte à la barre de l'histoire, et Clio en personne sourirait et chanterait la bravoure et la justesse de notre cause… Puis, et ce fut déconcertant, tout prit fin, et l'obscurité se dissipa dans une cataracte d'applaudissements.

Radieux, je me tournai vers mon épouse. Qui, alors, était hideuse comme jamais – Kinn tendu en avant et frémissant, Augen veinés de rouge, une bulle de mucosité dans la Nasenloch gauche, qui brusquement éclata.

« Ach », lâchai-je.

Il y avait de longues files d'attente aux toilettes et, quand je retournai enfin au foyer, mon épouse papotait au milieu d'un groupe qui incluait les Seedig, les Zulz, Fritz Mobius, Angelus Thomsen et Drogo Uhl. Peloté par la resplendissante Ilse Grese, Boris Eltz, manifestement et ignoblement ivre, était assis sur le côté, le visage dans les mains.

« Chorégraphie de Saint-Léon, disait Mobius à Seedig. Musique de Delibes. » Il se tourna et plongea le regard vers moi, de toute sa hauteur. « Ah, voici le Kommandant. Je suppose que vous êtes au courant, Paul... puisqu'on dirait que vous venez de croiser un fantôme. »

C'était probablement vrai. Aux toilettes, j'avais découvert que mes deux talonnettes en papier journal dans mes bottes étaient trempées de sueur. En conséquence de quoi, peut-être, j'avais la bouche intolérablement sèche. J'avais donc bu au robinet rouillé, dans la coupe formée par ma main, 2 bonnes gorgées d'une eau tiède et jaunâtre. Après 2 ou 3 minutes nauséeuses, j'avais rendu plusieurs jets de vomi, que j'avais adroitement dirigés vers l'auge en fer-blanc de l'urinoir. 5 ou 6 SS étaient passés par là tandis que je me trouvais dans cette posture. Mobius leva la voix :

« Manstein a été refoulé et bat en retraite. Joukov l'a mis en pièces 50 kilomètres à l'ouest. »

S'ensuivit un silence. Je me retournai et fis les 100 pas, mains jointes dans le dos. J'entendis les *ploc ploc* dans mes bottes.

« Ach, tout à l'heure j'ai marché dans une flaque ! m'exclamai-je, retrouvant un instant ma verve coutumière. Et des 2 pieds ! Ça, c'est bien ma chance... » À ce moment-là (tous les regards étaient braqués sur moi), je compris que je devais faire un commentaire, c'était mon rôle de Kommandant. « ... Donc ! La VIe Armée continue de se battre seule contre tous, nicht ? Il se trouve que j'ai des informations de première main sur Stalingrad. Le jeune Prufer, ne ? Il a un... J'ai confiance. Je suis plus que confiant : Paulus prendra toutes les mesures nécessaires pour ne pas se laisser encercler.

— Herrgott noch mal, Paul, il est *déjà* pris en étau. Joukov a enfoncé les lignes roumaines il y a des semaines. Nous sommes faits comme des rats, nous avons la corde au cou.

— Alors, adieu le pétrole du bassin du Donetz, déclara Thomsen. Et en avant le carburant de la Buna-Werke. Mais dites-moi, Frau Doll, dites-moi, Frau Uhl… comment vont vos délicieuses filles ? »

Le lendemain, mon Volksempfanger en bakélite, qui, comme il se doit, se conformait à la radio Nationalsozialistische, se gargarisait de notre « comportement héroïque » dans le Caucase. La VIe Armée était comparée aux Spartes lors de la bataille des Thermopyles. Mais les Spartes n'avaient-ils pas tous été massacrés ?

Hannah se met à se comporter bizarrement dans la salle de bains. Je ne vois que ses extrémités inférieures : elle est sur la chaise près du porte-serviettes, nicht ? Elle contracte et étire ses pieds, ses longs orteils, comme si elle… hum, une espèce de rêverie érotique, j'imagine. Elle pense à ses nuits (ses après-midi, ses matinées ?) passées à faire je ne sais quoi avec son ami Kruger. Ce sont ses souvenirs de Kruger (et peut-être la perspective de retrouvailles après la guerre ?) qui affolent sa Fofotze.

Hum, ça n'a rien à voir avec Thomsen. Ils ne se sont pas approchés, pas 1 seule fois, en dehors des soirées officielles. Maintenant qu'il est parti, il va de soi que j'ai rayé le Kapo Steinke du registre du personnel (et pour éviter toute possibilité de gêne future, j'ai fait en sorte qu'on s'occupe de lui suivant la modalité adéquate).

Kruger vit. D'un instant à l'autre, j'attends une confirmation de la Chancellerie.

Alors, 1 autre pièce du puzzle trouvera sa place.

Le jeune Prufer, à la différence de son malheureux aîné, passa Noël chez lui. À son retour, je ne perdis pas un instant pour le cuisiner :

« Savaient-ils qu'ils étaient encerclés ?

— Oui. Ils sont encerclés depuis bien plus d'un mois.

— Pourquoi ne m'en aviez-vous pas informé ? Je suis vraiment passé pour un...

— Je ne pouvais risquer de le faire, Sturmbannführer. C'est désormais un délit gravissime... d'écrire une information de ce genre dans une lettre. Irmfried l'a rédigée en code bébé.

— En *code bébé* ?

— Une langue à usage personnel. Pour que je sois seul à comprendre. Je suis navré, monsieur, mais je ne voulais pas lui attirer des ennuis. J'imagine qu'ils en ont assez, vu l'état des choses. Il écrit qu'ils ressemblent tous à des glaçons. Il y a deux semaines, il a vu des hommes décapiter la carcasse pourrie d'une mule. Ils ont mangé la cervelle à mains nues.

— Hum. Mais, pour un soldat allemand... Comment va le moral ?

— Il pourrait aller mieux, très sincèrement. Le soir de Noël, les soldats pleuraient tous comme des enfants. Ils s'étaient mis en tête qu'ils étaient punis par Dieu à cause de tout ce qu'ils ont fait en Ukraine. L'année dernière.

— Na. L'année dernière. » Cela me rendit pensif. Prufer reprit au bout d'un moment :

« Mais permettez-moi de vous rassurer, mein Kommandant. Il n'est pas question de reddition. Ces garçons ne sont pas seulement des soldats hors pair, ce sont des Nationaux-Socialistes. Et, en première ligne, Friedrich Paulus, qui semble moulé dans l'airain. Ils se battront jusqu'à la dernière balle.

— En ont-ils, des balles ? »

Le jeune visage de Prufer fut le théâtre d'un jeu d'émotions contradictoires, et sa voix chuta dans les graves.

« Le soldat allemand sait comment mourir, je le sais. Je crois que le guerrier allemand comprend ce qu'il faut entendre par Sein oder nicht sein. Oh, j'en suis persuadé. Le guerrier allemand sait ce que *ça* implique, j'en suis sûr.

— Comment les choses vont-elles se dérouler, alors, Wolfram ?

— Eh bien... Le Generalfeldmarschall devra se suicider, naturellement. Un jour ou l'autre. Et la VIe tombera dans un tonnerre de gloire. Cela coûtera cher à l'ennemi... nous pouvons en être assurés. Et qui remportera la victoire, au bout du compte, Paul ? Le prestige allemand. L'honneur allemand, Kommandant !

— Indubitablement. » Je me redressai sur mon siège et pris une profonde inspiration. « Vous avez raison, pour ce qui est du prestige, Hauptsturmfuhrer. Quand ¼ de million d'hommes sacrifient leurs vies avec joie... au nom d'une idée...

— Oui, Paul ?

— *Quel message au monde*, Wolfram ! Il le fera trembler. *Guerre à mort**. Aucune reddition !

— Bravo, Kommandant. Aucune reddition. Entendez-le ! Entendez-le ! »

Tout allait si bien, tout allait si bien, pour une fois ; ils se dévêtissaient tous calmement, il faisait bien chaud dans la Petite Retraite brune, Szmul était là et ses Sonders se faufilaient à travers les déplacés, tout allait si bien, les oiseaux chantaient si joliment que je « crus », pendant cet interlude moite et brumeux, que nous choyions vraiment ces gens que nous avons tout de même beaucoup chahutés, que nous allions vraiment les laver, leur fournir des vêtements propres, les nourrir et leur procurer des lits douillets pour la nuit – mais je savais bien que quelqu'un allait gâcher mon humeur, je savais que quelqu'un anéantirait tout et affolerait mes cauchemars : et c'est elle qui s'en chargea, venant à moi, exempte de violence ou d'anathème – non, rien de cela : une très jeune femme, nue, d'une beauté vibrante de la tête aux pieds, fondant sur moi en haussant les épaules, puis faisant un geste avec les mains, qu'elle leva lentement, puis presque un sourire, puis un nouveau haussement d'épaules, puis 2 mots, elle prononça 2 mots avant de poursuivre son chemin :

« 18 ans. »

C'est encore un peu tôt pour le dire, je l'admets, mais 1943 a déjà apporté plus que son quota de déceptions.

Je veux me décharger sans plus de cérémonie d'une certaine nouvelle : Alisz Seisser, comme on dit avec délicatesse chez nous, est « dans une situation nouvelle ». Et moi par la même occasion.

Elle est enceinte.

La nuit ayant porté conseil, je me levai à 6 h 30 et descendis prendre un petit déjeuner solitaire. J'entendis frapper, des petits coups secs, à la porte d'entrée. Puis les froufrous de la bonne et ses traînements de pieds.

« Courrier de Berlin, monsieur.

— Posez-le ici, Humilia. Appuyez-le contre le porte-toasts. Et un peu plus de Darjeeling. »

Imperturbable, je liquidai mon yaourt, mon fromage, mon salami...

Un grand flou entourait le parcours pénitentiaire de Dieter Kruger. Regardez le soleil un instant de trop – et bientôt le point que vous fixez n'est plus qu'une brume parcourue de pulsations. L'amant de Hannah se cachait derrière ces palpitations gluantes. Jusqu'à présent.

J'avançai la main vers l'enveloppe blanc immaculé :
mon nom à l'encre de Chine ; l'écusson doré de la
Chancellerie. Mes mains ne tremblaient pas quand j'allu-
mai un cheroot et pris un couteau ; je coupai la gorge à
la missive et me préparai à découvrir le statut et la loca-
lisation de l'ami Kruger. Le contenu de la missive était
le suivant :

> *Cher SS-Sturmbannfuhrer Doll,*
> *Dieter Kruger. Leipzig, 12 janvier 1934.*
> *Auf der Flucht erschossen.*
> *Mit freundlichen Empfehlungen,*
>
> *M. B.*

Abattu lors d'une tentative d'évasion !
Abattu lors d'une tentative d'évasion : la formulation pouvait recouvrir toute une pléiade de destins.
Abattu lors d'une tentative d'évasion. Pour dire les choses
autrement : abattu. Pour dire les choses encore autrement : coups de pied, de fouet, de matraque, étranglé,
mort de faim, de froid, torturé à mort. En tout état de
cause : mort.
Il n'y a que 2 explications possibles. Soit Angelus
Thomsen était mal informé, soit, pour des raisons connues
de lui seul, il a donné une mauvaise information à Hannah.
Mais pourquoi, pourquoi, bon sang, aurait-il fait ça ?

Les derniers héroïques combattants de Stalingrad,
entonna mon fidèle Volksempfanger, levèrent le bras
pour, qui sait, la dernière fois de leur vie afin de chanter
les hymnes nationaux. Quel exemple les guerriers allemands n'ont-ils pas montré en cette grande époque ! Le
sacrifice héroïque de nos hommes à Stalingrad ne fut pas
vain. Et l'avenir nous montrera pourquoi...

Heure : 07 h 43. Lieu : mon bureau quelque peu fouillis. J'écoutais un enregistrement de l'allocution fondatrice du ministre de la Propagande, prononcé au Sportpalast le 18 février. C'était un discours fleuve, considérablement ralenti encore par des salves d'applaudissements enthousiastes. Au cours de l'une des ovations les plus longues, j'eus le temps de lire et relire un bel éditorial dans un numéro récent du *Volkischer Beobachter*. Sa conclusion ? *Ils sont morts pour que l'Allemagne puisse vivre.*

Quant au ministre, il termina sa harangue avec un appel à la guerre totale : « Peuple, lève-toi ! Tempête, souffle ! »

Quand sifflets et tapages de pieds finirent pas s'atténuer, je me précipitai au Club des officiers, poussé par un besoin de solidarité et de camaraderie en cette heure éprouvante. J'y trouvai, dans le même état que moi, Mobius, qui sirotait son remontant du matin.

J'emplis mon verre et me torturai les méninges pour trouver un commentaire à faire, une remarque adaptée à la gravité bienséante de notre humeur.

« Ah, Untersturmfuhrer, commençai-je tout bas. Il n'est de plus grand amour, nicht, que l'amour de celui qui...

— De celui qui quoi ?

— Qui donne sa vie pour...

— Blutige *Holle*, Paul, d'où tenez-vous vos informations ? Du Volksempfanger ? Ils n'ont pas *donné leur vie*. Ils se sont *rendus*.

— Kapitulation ? Unmoglich !

— 150 000 morts, 100 000 prisonniers. Avez-vous *la moindre idée* de la façon dont l'ennemi va utiliser ça ?

— ... la propagande ?

— Oui. *La propagande*. Pour l'amour de Dieu, Paul, ressaisissez-vous. » Il poussa un soupir accablé. « À

Londres, ils sont déjà en train de fondre une supposée Épée de Stalingrad… "sur commande du roi". Churchill l'offrira en personne à "Staline le Tout-Puissant" lors de leur prochain sommet. Et ce n'est que la mise en bouche.

— Hum, il est vrai que les choses paraissent un peu… Ah, mais le Generalfeldmarschall, Untersturmfuhrer… Friedrich Paulus. Comme le grand guerrier qu'il était, tel un Romain, il a pris…

— Oh verpiss dich, tu parles ! Il fait des ronds de jambe à Moscou. »

Ce soir-là, je rentrai à la villa l'estomac noué. Il m'apparaissait de plus en plus clairement que j'avais été berné – trahi, du moins en pensée, par celle dont j'avais cru qu'elle resterait toujours à mon côté… C'est bien Thomsen. C'est bien Thomsen qui fait gonfler son Busen. C'est bien Thomsen qui fait frémir son Saften. Mais je ne suis pas censé être au courant.

Je poussai la porte. Hannah était allongée en travers du lit. À la radio ennemie, une voix disait dans un impeccable allemand grand teint : *Désormais, les nations civilisées du monde sont pleinement parées contre l'hydre fasciste. Ses infamies insensées ne peuvent plus s'abriter derrière la brume et le brouillard, l'haleine fétide d'une guerre meurtrière. Bientôt le…*

« Qui parle ?

— Paulus », répondit Hannah gaiement.

Je perçus des murmures incendiaires sous mes aisselles. Je lâchai : « Kruger. Il est mort.

— Hum. À ce qu'on dit.

— Alors, pourquoi, puis-je savoir, rayonnes-tu ainsi ?

— Parce que la guerre est perdue.

— Hannah, tu viens à l'instant de commettre un *crime*. Un crime pour lequel…, déclarai-je, examinant

260

mes ongles (je notai que je devrais me les curer), un crime pour lequel nous sommes en droit d'exiger la peine capitale.

— Oui, douter de la victoire… Mais dis-moi, Pilli, ne doutes-tu pas de la victoire ? »

Je me redressai de toute ma hauteur. « Certes, il est possible que nous n'atteignions pas l'hégémonie espérée, mais la défaite est impossible. Cela s'appelle un armistice, Hannah. Une trêve. Nous imposerons nos conditions.

— Oh que non. Tu devrais écouter la radio ennemie, Pilli. Les Alliés n'accepteront qu'une reddition inconditionnelle.

— Unerhort ! »

Elle se renversa en arrière, sur le côté, dans son Unterrock suggestif. Ses Uberschenkelen bruns et luisants : cuisses de géante. « Que te feront-ils, demanda-t-elle, se retournant et me présentant le mamelon fendu de son Hinterteil, quand ils apprendront quels actes tu as commis ?

— Hah. De simples crimes de guerre…

— Non. Des crimes. Des crimes tout court. Je n'ai pas remarqué de guerre dans les parages. » Elle tourna la tête vers moi et sourit. « Je suppose qu'ils te pendront haut et court. Nicht ?

— Et tu seras libre.

— Oui. Tu seras mort et je serai libre. »

Naturellement, je ne daignai pas riposter. Mes pensées s'étaient portées vers une réalité plus intéressante : la Kreativ Vernichtung, la destruction créatrice du Sonderkommandofuhrer Szmul.

3. Szmul : le Temps des garçons muets

En septembre, j'aurai trente-cinq ans. Cette affirmation n'est guère ambitieuse, je le sais – pourtant, elle comporte deux erreurs factuelles. En septembre, j'aurai encore trente-quatre ans. Car je serai mort.

À chaque nouveau lever de soleil, je pense : « Voilà. Pas cette nuit. » À chaque nouveau coucher de soleil, je pense : « Voilà. Pas aujourd'hui. »

Il transpire qu'il y a quelque chose d'infantile dans une existence fortuite. Il est infantile de n'exister que pour l'heure qui vient.

Qu'il est extraordinaire de dire : je ne peux pas me défendre contre l'accusation de *frivolité*. Il est frivole, il est bête de persister dans un paradis artificiel, et encore plus dans un enfer artificiel.

La torpeur et la perplexité s'abattent sur le Lager après la défaite des Allemands sur le front Est. C'est comme un accès (à nouveau, je reconnais pécher par désenchantement) de gêne mortelle. Ils sont en train de comprendre l'énormité de leur pari sur la victoire : ils sont enfin en train de comprendre que les crimes démesurés légalisés par leur État sont illégaux ailleurs.

Cette atmosphère dure cinq ou six jours mais n'est déjà plus aujourd'hui qu'un souvenir assez plaisant.

262

Des sélections partout : à la rampe, cela va de soi, et au Ka Be, cela va de soi, mais aussi dans les Blocks, à l'appel, à la grille. À la grille : il arrive que les Kommandos qui travaillent à l'extérieur soient confrontés à la sélection deux fois par jour, à l'aller et au retour. Des hommes qui ont la forme de bréchets auxquels on aurait arraché la peau – et qu'on aurait sucés jusqu'à l'os – bombent le torse en trottinant.

Les Allemands ne peuvent pas gagner la guerre contre les Anglo-Saxons et les Slaves. Mais ils ont sans doute encore le temps de gagner leur guerre contre les Juifs.

À la rampe, Doll a changé de comportement. Il fait des efforts. Il a l'air moins négligé, il n'a plus, et de loin, une cuite ou la gueule de bois (ou les deux). Il parle – c'est étrange, d'ailleurs – avec plus d'assurance et dans une langue plus fleurie. Il est encore dément, de mon point de vue, forcément. Que peuvent-ils faire sinon aller plus loin encore dans leur folie ? Doll est à nouveau convaincu ; il est entré en contact avec son moi le plus profond et s'est aperçu que, oui, assassiner les Juifs est juste.

Les Sonders souffrent de Seelenmord – meurtre, mort d'âme. Mais les Allemands aussi ; je le sais ; comment pourrait-il en être autrement ?

Je ne crains plus la mort, mais j'ai encore peur de mourir. J'ai peur de mourir car ce sera douloureux. Voilà tout ce qui me rattache à la vie : le fait que partir va faire mal. Ça fera mal.

Avec l'expérience, j'ai appris que mourir ne dure jamais moins d'une soixantaine de secondes. Même quand c'est d'une balle dans la nuque, et qu'on tombe comme une marionnette dont on coupe les ficelles, le fait même de mourir ne dure jamais moins de soixante secondes.

J'ai encore peur de cette minute assassine.

Quand Doll vient à nouveau me voir, je suis à la morgue, je supervise le Kommando Rasage et le Kommando Oral. Les hommes du Kommando Rasage utilisent des cisailles ; les hommes du Kommando Oral travaillent avec, dans une main, un burin ou un marteau de petite dimension mais très lourd et, dans l'autre, pour maintenir les mâchoires, un crochet émoussé. Avachi sur un banc, dans un coin, le dentiste SS se lèche les babines dans son sommeil.

« Sonderkommandofuhrer. Approche.

— Monsieur. »

Luger pendant à ses doigts sur le côté (comme si le poids de l'arme maintenait sa main contre sa hanche), Doll me fait passer devant quand nous pénétrons dans la réserve où sont entreposés les tuyaux d'arrosage, les balais, les brosses et l'eau de Javel.

« Je veux que tu inscrives une date dans ton carnet. »

Il y a une longueur de Wurst devant toi, tu la manges, et puis elle est derrière toi. Il y a un godet de schnaps devant toi, tu le bois, et il est derrière toi. Il y a un bon lit chaud devant toi, tu dors, et il est derrière toi. Il y a un jour et une nuit devant toi, et puis ils sont derrière toi.

Avant, j'avais le plus grand respect pour les cauchemars – leur acuité, leur créativité artistique. Maintenant, je pense que les cauchemars sont pitoyables. Ils sont incapables, et de loin, d'inventer les horreurs que je perpètre tous les jours – ils ont d'ailleurs cessé de tenter de le faire. Désormais, je ne rêve plus que de propreté et de nourriture.

« 30 avril. Inscris cette date, Sonderkommandofuhrer. La nuit de Walpurgis. »

On est le 10 mars. J'ai l'impression qu'on m'accorde la vie éternelle.

« Où ? continue-t-il. La Petite Retraite brune ? Le Mur des Lamentations ? À quelle heure ? Dix heures du matin ? Deux heures de l'après-midi ? Et de quelle manière ?... Tu as l'air accablé, Sonder, par cet éventail de choix.

— Monsieur.

— Pourquoi ne pas t'en remettre simplement et entièrement à moi ? »

Ces hommes, les SS à tête de mort, étaient probablement des êtres très ordinaires, avant, quatre-vingt-dix-neuf pour cent d'entre eux. Ordinaires, quelconques, banals, anonymes – normaux. Ils furent ordinaires, avant. Ils ne le sont plus.

« Il y aura un prix à payer, Sonder. Tu devras me rendre un service avant de tirer ta révérence. Ne te fais pas de bile. Laisse faire ton Kommandant. »

Ce jour-là, à Chełmno, le froid était assourdissant. Et c'est peut-être tout ce que c'est, tout ce que ça signifie : le Temps des garçons muets.

Mais non. La bise cinglait les arbres, on l'entendait. De cinq heures du matin à cinq heures du soir, la puissance allemande mania le fouet, et on l'entendait. Les trois camionnettes de gazage n'arrêtèrent pas de faire des allers-retours entre le Schlosslager et le Waldlager, où les pièces étaient déversées, et puis le brasier encore, et on entendait tout le remue-ménage.

Le 21 janvier 1942, la quantité était telle que les SS et les gars de l'Orpo sélectionnèrent une centaine supplémentaire de Juifs pour aider les Sonders à tirer les cadavres jusqu'au charnier. Ce Kommando supplémentaire était constitué d'adolescents. On ne leur donna ni nourriture ni eau, ils travaillèrent pendant douze heures sous le fouet, nus dans la neige et dans la boue congelée.

Quand la lumière faiblit, le commandant Lange emmena les garçons aux fosses et les tua un à un – ça aussi, on l'entendait. Vers la fin, il manqua de munitions et se mit à frapper les crânes avec la crosse de son pistolet. On l'entendait. Mais les garçons, qui se bousculaient et jouaient des coudes pour être le prochain, n'émettaient pas un bruit.

Et après tout ça, ceci encore.

« Elle est brune, ta femme, avec une mèche blanche au milieu. Comme une moufette. Nicht ? »

Je hausse les épaules.

« Elle a un emploi rémunéré, ta Shulamith. Couturière qualifiée, elle coud des croix gammées sur des uniformes de la Wehrmacht. À l'Usine 104. La nuit, elle retourne à sa mansarde au-dessus de la boulangerie de la rue Tlomackie. Pas vrai, Sonder ? »

Je hausse les épaules.

« Elle sera prise le 1er mai. Une *bonne* date, une *bonne* date, Sonder… le troisième anniversaire de la fermeture, déclara-t-il, montrant ses dents supérieures pas nettes, du ghetto juif. Elle sera prise le 1er mai et, cahin-caha, viendra ici. As-tu hâte de revoir ta Shulamith ?

— Non, monsieur.

— Alors, je vais t'éviter ça. Pauvre vieux sentimental que je suis. Je la ferai tuer ce jour-là à Łódz. Le 1er mai. C'est ce qui arrivera à moins que je donne un contre-ordre, le matin même. Compris ?

— Monsieur.

— Dis-moi. Étais-tu heureux avec ta Shulamith ? Était-ce le genre d'amour où c'est toujours le mois de mai ? »

Je hausse les épaules.

« Hum, j'imagine que tu devrais lui expliquer pourquoi, en son absence, tu as tellement dégringolé. Tu t'es un peu laissé aller. Ach, rien de pire que le mépris d'une épouse. La tienne, Shulamith, c'est un beau brin de fille, pas vrai ? Est-ce que Shulamith aimait que tu la baises, Sonder ? »

Le 31 août 1939 était un jeudi.

Je suis allé chercher mes fils à l'école, sous un soleil parfait un brin improbable. Le soir, toute la famille a dîné, de la soupe de poulet et du pain bis. Des amis et des proches sont passés nous voir, et tous se posaient la même question : est-ce qu'on avait trop tardé à se mobiliser ? L'angoisse était palpable, et même la terreur, mais on ressentait aussi de la solidarité et une certaine ténacité (après tout, on était la nation qui, dix-neuf ans plus tôt, avait vaincu l'Armée rouge). Et puis on a fait une longue partie d'échecs, on a parlé comme d'ordinaire de tout et de rien, avec les habituels sourires et les coups d'œil d'usage, et, ce soir-là, au lit, hardi, j'ai étreint mon épouse. Six jours plus tard, les rues de la ville vaincue étaient jonchées de carcasses de chevaux putréfiées.

Quand je suis parti avec le premier convoi, pour l'Allemagne a priori, m'attendant à y trouver un travail rémunéré, j'ai emmené mes fils – Chaim, quinze ans, et Schol, seize, tous deux grands et larges comme leur mère.

Mes fils faisaient partie des Garçons muets.

Et après, tout ceci.

« Ne te fais pas de mouron, Sonder. Je te dirai qui tuer. »

V

Mort et vivant

1. THOMSEN : DES PRIORITÉS DU REICH

« Je t'assure, je me plais beaucoup ici, Tantchen
— c'est comme des vacances loin de la vie réelle.

— Une vie de famille toute simple.

— Exactement. »

Il y avait Adolf, douze ans (on lui avait donné le nom
de son parrain), Rudi, neuf ans (on lui avait donné le nom
de son parrain, l'ex-chef de la Chancellerie du NSDAP
Rudolf Hess), et Heinie, sept ans (on lui avait donné
le nom de son parrain, le Reichsfuhrer-SS Heinrich
Himmler). Étaient également présentes trois filles, Ilse
(onze ans), Irmgard (quatre) et Eva (deux), et un autre
garçon, Hartmut (un an). Frau Bormann, ce Noël-là,
avait une nouvelle à annoncer : elle était enceinte.

« Ça en fera donc huit, Tante », ai-je dit en la suivant dans la cuisine : le pin brut, les buffets, la vaisselle
au décor kaléidoscopique. « Comptes-tu en avoir encore ?

— Hum, il m'en faut dix. Parce que, alors, on te
donne la plus haute distinction. Quoi qu'il en soit, ça en
fait neuf, pas huit. J'en ai *déjà* eu huit. Il y a eu Ehrengard.

— En effet, ai-je rétorqué avec une certaine audace
(je connaissais bien Gerda), mais, désolé, ma vieille, est-ce

269

que Ehrengard compte bien ? Puis-je t'aider d'une quelconque façon ?

— Oh oui. » Les mains gantées et les avant-bras frémissants, Gerda a sorti du four une soupière de la taille d'un bidet, qu'elle a posée sur le réchaud. « Oh oui, les morts comptent. Il n'est pas nécessaire qu'ils soient vivants. À la naissance de Hartmut, j'ai postulé pour le Mutterkreuz en or : qu'auraient-ils pu objecter ? "Pas de Mutterkreuz pour vous. L'un d'eux est mort, ce qui fait qu'il n'y en a que sept qui comptent" ? »

Je m'étirais. « Maintenant, je me rappelle. Quand tu as été promue de l'argent à l'or, Tantchen. Grâce à Hartmut. C'était une fière journée. Bon, je ne peux vraiment pas me rendre utile ?

— Ne sois pas ridicule, Neffe. Reste donc assis. Un bon verre de... qu'est-ce que c'est ?... ah, du Trockenbeerenauslese. Tiens. Prends un rollmops. Que vas-tu leur offrir ?

— Aux enfants ? Des billets, comme d'habitude. D'une valeur exactement proportionnée à leurs âges respectifs.

— Tu es toujours trop généreux avec eux, Neffe. Ça leur monte à la tête.

— Je réfléchissais, ma chère Tante : il pourrait y avoir un léger problème si ton dixième est un garçon (ces bébés-là étaient automatiquement appelés Adolf, on leur assignait le même parrain). Ça te ferait deux Adolf.

— Aucun problème. Nous appelons Adolf Kronzi. Au cas où, justement.

— Très avisé de votre part. Au fait, je suis désolé d'avoir appelé Rudi Rudi. Je veux dire... je suis désolé d'avoir appelé Helmut Rudi. »

Le nom de Rudi avait été changé, par arrêt du tribunal, après que Rudolf Hess, l'éminent hypnotiseur et voyant (et numéro trois du Reich), s'était envolé seul pour l'Écosse, en mai 1941, dans l'espoir de négocier un traité de paix avec un personnage dont il avait vaguement entendu parler, un certain duc de Hamilton.

« Ne t'excuse pas, dit Gerda. J'appelle Rudi Rudi tout le temps. Pardon... j'appelle Helmut Rudi... Oh, et rappelle-toi. N'appelle pas Ilse Ilse. Ilse s'appelle Eike désormais. Comme Frau Hess. Pas Ilse, donc, mais *Eike*. »

Tandis qu'elle mettait la table pour sept et installait deux chaises hautes, Tante Gerda a raconté des anecdotes sur plusieurs de ses domestiques : la gouvernante (étourdie), le jardinier (fuyant), la bonne (dévergondée) et la nounou (voleuse). Après quoi, se réfugiant dans le silence, elle s'est perdue dans ses pensées.

Au bout d'un moment, elle a simplement répété : « Il n'est pas nécessaire qu'ils soient vivants. Les morts comptent aussi. »

Pendant ce temps, son époux, le directeur de la Chancellerie du Parti, l'éminence grise de la Wilhelmstrasse, était sur la route, il venait nous rejoindre à la vieille maison de famille, à Pullach, en Bavière méridionale. Et d'où rentrait-il ? De la retraite de l'Obersalzberg dans les Alpes bavaroises – de la résidence officielle connue sous les noms de Berchtesgaden, Berghof ou le Kehlsteinhaus. Bardes et rêveurs l'appelaient le « Nid d'Aigle »...

Indignée, tout à coup, Gerda s'est exclamée : « J'y compte bien, qu'ils comptent ! Surtout par les temps qui courent. Personne n'arriverait jamais à dix s'ils ne comptaient pas. » Et partant d'un rire méprisant : « Bien sûr, qu'ils comptent ! »

*

271

C'était dans la matinée. Penché sur la table du vestibule, l'Oncle Martin triait et rangeait sa volumineuse correspondance.

« Tu te souviens bien du personnel en jupe du troisième étage du Sicherheitsdienst, n'est-ce pas, Neffe ? Te connaissant. Chien. J'ai besoin d'un coup de pouce.

— En quoi puis-je vous aider ?

— Il y a une fille là-bas, que je… Tiens, emporte une partie de ce fatras, Golo. Tends les bras. Je vais te charger de cette pile. »

Avec la guerre mondiale qui tournait sur ses gonds, l'avenir géohistorique de l'Allemagne en question, l'existence même du National-Socialisme menacée, le Reichsleiter avait fort à faire.

« Les priorités, Neffe. Les urgences. Tu comprends, racontait-il d'un ton magnanime, le Chef ne peut se passer de sa soupe aux légumes. On pourrait presque dire qu'il en est devenu *dépendant*. Ce serait ton cas, Golo, si tu avais juré de ne plus manger de viande, de poisson, de gibier. Eh bien, il transparaît que sa cuisinière diététicienne au Berghof est affublée d'une grand-mère juive. On ne peut guère permettre à ce genre de créature de cuisiner pour le Chef.

— De toute évidence.

— Je l'ai renvoyée. Et qu'arrive-t-il ? Il abroge ma décision… Elle est de retour !

— Ah, on ne peut rien contre la soupe aux légumes, Onkel. Est-ce que sa, sa euh… est-ce que sa compagne cuisine ?

— Fraulein Braun ? Non. Elle ne fait que choisir les films. Et prendre des photographies.

— Ces deux-là, Onkel, est-ce qu'ils… Font-ils… ?

— Bonne question. » D'un geste vif, il a tendu une enveloppe à la lumière. « Ils disparaissent ensemble, en tout cas… Vois-tu, Golo, le Chef refuse de se déshabiller même devant son médecin attitré. Sans compter que c'est un toqué d'hygiène. Comme *elle*. Quant à la chambre à coucher, il faut… on ne peut pas… il faut remonter ses…

— Cela se conçoit, Onkel.

— Attention. Tiens cette pile de documents avec le menton… Considère la question selon l'angle suivant, Neffe. Le Chef a fait du chemin depuis son asile de nuit viennois jusqu'à… quasiment le statut de roi d'Europe. C'est stupide, c'est *futile* d'attendre de lui qu'il se comporte comme le commun des mortels. J'aimerais bien avoir des détails… à qui pourrais-je demander ?… Gerda.

Gerda approchait. « Oui, Papi.

— J'ai une question.

— Oui, Papi ? » Gerda battait déjà en retraite.

Au physique, le couple Bormann ressemblait aux Doll. Gerda, mon âge, fière allure, visage faisant écho à plusieurs types de beauté picturale, dépassait 1,80 m avec ses sabots. L'Oncle Martin était une version encore plus comprimée et donc plus large du commandant – mais séduisant à sa manière sombre et féline, avec son visage jovial et son regard de braise. Sa bouche avait quelque chose de juteux : elle s'épanouissait constamment en un franc sourire. Il était révélateur, d'ailleurs, que Martin ne semble jamais dérangé par la taille de Gerda ; il marchait à son côté comme si elle l'avait rendu plus grand, et ce malgré son ventre imposant et son postérieur de caissier.

« Le sapin de Noël, a-t-il dit alors.

— Ils se sont ligués contre moi, Papi. Ils sont allés trouver Hans dans mon dos.

— Gerda, je croyais que nous étions d'accord au moins sur le sujet de la religion. Une goutte de cet encens et ils sont empoisonnés à vie.

— Exactement. J'accuse Charlemagne. Parce qu'il l'a apportée à l'Allemagne.

— Non, n'accuse pas Charlemagne. Accuse plutôt Hans. Jamais plus. D'accord ? »

Tandis que nous avancions, nous l'avons entendue murmurer : « Oui, Papi. »

Le bureau de l'Oncle Martin, à Pullach : les rangées de classeurs gris acier, les fichiers avec les milliers de fiches cartonnées, la surface immense de la table de travail compartimentée, le coffre mastoc. Une fois de plus, j'ai pensé à Doll, à sa table et à son cabinet de travail : odes honteuses à l'irrésolution et à la négligence.

« Onkel. Et Speer, qu'en faites-vous ? Cet individu représente un danger. » Pour une fois, je parlais avec sentiment : avec ses simplifications fulgurantes (rationalisation, standardisation), le juvénile ministre de l'Armement et de la Production de Guerre était capable, d'après moi, de repousser la défaite d'au moins un an. « Pourquoi n'avez-vous pas agi ?

— C'est trop tôt, a répondu l'Oncle Martin, allumant une cigarette. Pour l'instant, l'Estropié (Goebbels, der Kruppel) lui colle au cul. Et il a l'oreille du Travesti (Goring, der Transvestit). Mais Speer découvrira bientôt sa faiblesse au sein du Parti. Dont le nom de code est : Bibi. »

Fumant moi aussi, j'étais affalé sur le canapé en cuir à la droite de mon oncle :

« Savez-vous pourquoi le Chef lui fait les yeux doux, Onkel ? Je vais vous le dire. Ce n'est pas parce qu'il a... je ne sais, moi... profilé la production de verre prismatique.

Non, le Chef regarde Speer et pense : j'aurais été pareil, j'aurais été *lui*... un architecte, un créateur libre... si je n'avais pas répondu à l'appel de la Providence. »

Lentement, la chaise pivotante de Martin s'est tournée vers moi. « Et alors ?

— Ça en fait un satrape cupide de plus, Onkel, comme tous les autres. Vous comprenez : il fait des difficultés, il se lamente du manque de ressources... L'attrait de la nouveauté passera vite.

— Il faut laisser au temps... Alors, Golo, dis-moi. La Buna ? »

Quand nous sommes entrés dans le salon pour l'apéritif, l'Oncle Martin disait : « Je compatis, fils. Ça suffirait à rendre fou n'importe qui. Je suis confronté aux mêmes casse-tête sans fin à propos des prisonniers de guerre et de la main-d'œuvre étrangère. »

Rudi/Helmut, Ilse/Eike, Adolf/Kronzi, Heinie et Eva, assis autour de l'arbre (décoré de bougies, de biscuits et de pommes), jubilant devant leurs cadeaux. Irmgard était au piano ; elle appuyait sur la touche la plus aiguë, avec la sourdine.

« Arrête ça, Irma ! Ach, Golo, ils disent : pas de châtiments corporels ! Mais comment les forcer à travailler, sinon ?

— Comment ? Comment ? Voyons, tout va bien, Onkel, maintenant que Burckl est parti. Plus de cajoleries. Retour aux bonnes vieilles méthodes éprouvées.

— Ils sont trop nombreux, dans l'état des choses. Si nous n'y prenons pas garde, crois-moi, nous gagnerons la guerre sur le plan militaire mais nous la perdrons sur le plan racial. Un peu de gin hollandais... ? » L'Oncle Martin pouffait : « Tu veux que je te dise ? Le Chef m'a fait rire, l'autre jour. Il venait juste d'apprendre que quelqu'un essayait d'interdire la contraception dans les territoires de l'Est. Ce devait être le Masturbateur – Rosenberg (die Masturbator). Le Chef a dit : "Celui qui essaie, je le liquide de mes propres mains !" Il était dans une de ces humeurs... Pour lui remonter le moral, je lui ai raconté une histoire que j'avais entendue dans le ghetto de Litzmannstadt. Là-bas, pour leur consommation personnelle, ils confectionnent des capotes avec des tétines de bébé. Et il répond du tac au tac : "C'est exactement dans cet ordre-là que ça doit se passer !" Salut !

— Salut. Ou, comme disent les Anglais : *Cheers*.

— Régale-toi de ce spectacle, mon garçon. Ach. Une bonne panoplie de gamins. Un feu de bois qui crépite. Dehors, la neige. Sur la terre. Sur die Erde. Ta compagne à la cuisine, jamais plus épanouie que lorsqu'elle vaque à ses occupations ménagères. Et les deux gardes au portail, les poches pleines de cigarettes de réserve. Écoute celle-là, Golo. Elle est bonne. »

L'Oncle Martin perdait ses cheveux suivant les habituels contours capillaires masculins mais son toupet retroussé avait quelque chose d'artistique dans la forme, et il était encore soyeux. Il a passé les doigts dedans.

Baissant la voix : « Fin octobre. J'étais allé au SD récupérer de la paperasse chez Schneidhuber. J'avais besoin de ronéoter des documents : j'ai alpagué une fille de l'équipe. Elle est là, elle regarde par-dessus mon épaule pendant que je marque les pages. Eh bien, sur l'impulsion du moment, Golo, j'ai glissé ma main entre ses mollets. Elle n'a même pas cillé... J'ai remonté, j'ai remonté, j'ai dépassé les genoux. Encore plus haut. Toujours plus haut. Et quand j'ai atteint ma destination, Neffe, elle a simplement... elle a simplement *souri*... Alors, j'ai tendu mon pouce et je le lui ai fourré dans...

— Elle est bien bonne, en effet, celle-là, Onkel !

— Ah, mais, à cet instant même, Neffe, à cet instant même, on m'a convoqué à la Tanière du Loup ! J'y suis resté un mois. Quand je reviens, bien sûr, la fille a disparu. Aucune trace d'elle au Personnel. Concentre-toi, Neffe. Une boule de joie de vivre, cette petite gredine de rouquine. Un gribouillis de courbes partout là où il faut. Son nom commence par un *k*. Klara ?

— Ah. Elle est connue comme le loup blanc. Mais elle ne fait pas partie de l'équipe, Onkel. C'est la préposée au thé. Krista. Krista Groos. »

Arrimant ses doigts effilés aux commissures de ses lèvres, le Reichsleiter a émis un sifflement tellement aigu qu'Irmgard et Eva ont toutes deux éclaté en sanglots. On a entendu alors des claquements précipités de gros souliers et Gerda a déboulé, Hartmut tout nu à califourchon sur sa hanche.

« Neffe va la retrouver pour moi ! s'est exclamé l'Oncle Martin, la larme à l'œil. Ma rousse au grand sourire. »

Gerda a remonté Hartmut jusqu'à son épaule. « Parfaite coordination, Papi ! Parce que je ne serai pas utilisable après mars. Tu comprends, après le troisième mois, Golo, il ne m'approche plus. Les enfants ! L'oie est servie ! Oh, arrête donc de renifler, Eva. »

*

Jusqu'au surlendemain, on n'a vu l'Oncle Martin qu'à l'heure des repas. Il a reçu une série de visiteurs : un certain Max Amman (Publications du Parti), un certain Bruno Bilfinger (Race et Relocalisation) et un certain Kurt Mayer (Office Généalogique du Reich). Chacun de ces fonctionnaires s'est joint à son tour aux adultes pour le dîner, et tous arboraient la même expression, celle d'hommes qui barrent leur navire en se fiant aux étoiles les plus brillantes du firmament.

J'ai fait de longues promenades avec Gerda. Divertir Gerda, m'imprégner de Gerda, soulager Gerda : ça avait toujours fait partie de mes attributions, et contribué à ma valeur aux yeux du Reichsleiter. « Après tes visites, Golo, m'a-t-il révélé un jour, pendant des semaines elle chante en astiquant le carrelage. »

Ce Noël-là, nous avons marché bras dessus bras dessous le long des pelouses et des allées, tout emmitouflés, Gerda avec un chapeau en tweed, une écharpe en tweed et un châle en tweed. Quand je l'enlaçais, ce que je faisais souvent (réflexe népotique remontant à treize ans auparavant), j'imaginais que c'était Hannah : même taille, même masse. Je saisissais ses épaules et tentais de prendre plaisir à son visage : nez fort, yeux marron débordant de tendresse. Si ce n'est que ses lèvres pulpeuses s'entrouvraient, qu'elle se mettait à parler… Je l'enlaçais derechef.

« Tu as cet air… Golito. Tu penses à quelqu'un, n'est-ce pas ? Je le devine.

— On ne peut rien te cacher, Tante. C'est vrai. Elle a ta taille. Quand je te serre contre moi, je sens ton menton contre mon cou… C'est pareil avec elle.

— Hum. Peut-être pourrez-vous vous installer ensemble après la guerre.

— Comment savoir ? La guerre, ça flanque tout par terre, Tante. On ne sait jamais ce qui va en ressortir à la fin.

— Vrai, Golito. Vrai. Et comment va le célèbre Boris ? »

Nous avons repris notre promenade. C'était merveilleux, de pouvoir respirer un air sans mauvaises odeurs. Le silence était sublime : juste les bruits de froissement

278

réguliers que faisaient nos pas. La blancheur des plis et des buttes de neige était fantastique. Neige blanche.

*

Et que manigançait l'Oncle Martin (avec Max Amman, Bruno Bilfinger et Kurt Mayer) au cours de ces derniers jours de 1942 ? Il me l'a raconté.

Avec l'éditeur du Parti, Amman, l'Oncle Martin prenait des mesures en vue d'abolir l'alphabet allemand. Pourquoi ? Parce que la Chancellerie avait émis l'hypothèse que la vieille graphie gothique (dont les enjolivures buissonnantes faisaient le bonheur de tous les chauvins) pourrait avoir des origines juives. L'idée était donc de la remplacer (pour un coût incalculable) par Roman Antiqua – d'un bout à l'autre du Reich, dans les manuels scolaires, les journaux, les documents, les plaques des rues et tout le bataclan.

Avec Bilfinger, de Race et Relocalisation, l'Oncle Martin tentait de trouver une définition exploitable des Mischlinge (les hybrides ethniques). Cela fait, ils décideraient comment régler la question. Ce mois de décembre-là, Bilfinger et lui « évaluaient le montant » de la stérilisation pour un nombre estimé de soixante-dix mille hommes et femmes, dont chacun devrait séjourner dix jours à l'hôpital, pour un coût exorbitant.

Les choses étaient différentes avec le racialiste Mayer. Avec Amman et Bilfinger, le Reichsleiter s'investissait, intervenait avec toute son ardeur ; mais, avec Mayer, il ne pouvait dissimuler une vague impatience face à son destin.

Certes, l'Oncle Martin était sans doute périodiquement dépité par ses rejetons ; mais il était chroniquement tourmenté par ses ancêtres. Un haut fonctionnaire de son rang devait pouvoir prouver son aryanité sur quatre générations ; or, dans son cas, on était sans cesse confronté au point d'interrogation de son arrière-grand-père.

L'enquête sur la généalogie Bormann avait débuté en janvier 1932.

Il n'avait pas tort lorsqu'il disait : « Et elle ne s'arrêtera pas. Même si les Russes passent l'Oder et les Américains le Rhin... elle ne s'arrêtera pas. »

L'arrière-grand-père de Martin, Joachim, était un enfant illégitime. Et sa trisaïeule était, comme il l'avouait volontiers, *la pompe à sperme du village*, de sorte que l'origine paternelle de Joachim était laissée à l'appréciation de *chacun*.

« Mets-toi en grande tenue, ce soir, Neffe. Pour intimider Mayer. Je ferai de même. »

La colère ne lui avait jamais fait lever la main sur quiconque, sauf à la maison, et, à l'origine, il n'était pas un Vétéran, simplement le trésorier de certains Vétérans. N'empêche, l'Oncle Martin venait de recevoir une nouvelle promotion, et il est arrivé au dîner en uniforme de SS-Obergruppenfuhrer : de lieutenant général.

*

« Je contribue. De ma poche. Mais j'ai aussi accordé aux gens de Mayer un "soutien proportionnel" sur les fonds de l'État. Cela *pourra peut-être* faire l'affaire. Tant que je continue à travailler dur.

— Vous travaillez trop, Onkel.

— C'est ce que je n'arrête pas de lui répéter, Neffe. Je lui répète tout le temps : "Papi, tu travailles trop !"

— Tu entends ? C'est tout ce qu'elle dit jamais. *Tu travailles trop.* Maintenant, vas-y, Gerda. Je dois discuter affaires avec Golo.

— Bien sûr, Papi. Puis-je vous apporter quelque chose, messieurs ?

— Si tu pouvais simplement te pencher un peu et ajouter une bûche en sortant. Profite du spectacle, Neffe. Ah. C'est pas une gentille fille, ça ? »

« Ce que je fais en ce moment ? Côté personnel, voulez-vous dire ? Oh, pas grand-chose. J'ai perdu plusieurs jours à remuer la poussière à la Gestapo. Paperasses, encore des paperasses et toujours des paperasses. J'essaie de retrouver la trace de quelqu'un. Rien qui me concerne personnellement. J'essaie seulement de faire plaisir à une amie.

— Tu t'y connais dans ce domaine. Brute.

— Je suis *assez* pressé de retourner à la Buna. Mais, jusque-là, je suis tout à votre service. Comme toujours, Onkel.

— Que sais-tu de l'Ahnenerbe ?

— Pas grand-chose. Un institut de recherches culturelles, n'est-ce pas ? Des spécialistes de l'héritage ancestral aryen. Plutôt déclassé, je crois.

— Tiens. Prends ça. Ne te plonge pas tout de suite dans la lecture. Lis simplement le titre, pour l'instant.

— *La Théorie de la glace cosmique.* Qu'est-ce que c'est ?

— Hum. Eh bien, ça nous vient du Charlatan… Himmler (der Kurpfuscher). Entre nous, je n'ai jamais beaucoup cru à son… anthropologie. N'en vois pas l'utilité. Et sa phytothérapie. Laxatifs et yaourts. Je ne suis pas d'accord. Ne vois pas à quoi ça sert.

— Les bains d'avoine et le reste.

— Non, je n'y crois pas. Mais là, c'est différent, Golo. Écoute. À l'Ahnenerbe, il existe une section Météorologie. Où ils sont censés travailler sur des prévisions à long terme. Mais c'est juste une façade.

Leur véritable sujet d'étude, c'est la Théorie de la glace cosmique.

— Vous feriez mieux de m'expliquer, Onkel.

— On crève de chaud, ici, non ? Donne-moi ton verre. Bien. Bois ça.

— *Santé.*

— *Santé.* Voilà. Cette théorie, c'est que les Aryens... c'est que les *Aryens* ne sont pas... Attends. Oui... et il y a cette affaire de continent perdu... C'est plutôt technique, je ne veux pas entrer dans les détails maintenant. C'est tout là-dedans. Je veux que tu potasses ça, Neffe. Et que tu me fasses un état des lieux de l'Ahnenerbe.

— Un état des lieux sur la Théorie de la glace cosmique...

— Comprends-moi, je ne défends pas l'idée pour ses mérites. De toute évidence. Je n'en serais pas capable.

— Bien sûr. Ce n'est pas votre domaine.

— Je ne suis pas qualifié, sur le plan scientifique. D'un autre côté, je m'y connais en politique, Neffe. Et ce n'est pas la théorie qui compte. C'est qui y croit. Le Charlatan est entièrement pour, tout comme le Travesti... même si, lui, on ne l'écoute plus guère... grâce à moi. Mais le Chef, Golo, le Chef. Le Chef est formel : si la Théorie de la glace cosmique est validée, alors...

— Un instant, Onkel. Pardonnez-moi, mais je croyais que le Chef n'avait pas de temps à consacrer à ce genre de choses.

— Oh, ça le passionne de plus en plus. Les runes, et tout le tintouin. Et il autorise l'Estropié à dresser son horoscope... Comprends donc. Le Chef affirme que, si la Théorie de la glace cosmique est validée, si nous pouvons l'accréditer et la pérenniser... eh bien... à son avis, nos ennemis déposeront tout simplement les armes et offriront leurs plus plates excuses. Et le Reich de Mille Ans aura son mandat… son *mandat divin*, dixit le Chef. Donc, tu vois, Golo… je ne peux pas me permettre d'être du mauvais côté de cette affaire.

— Ça serait du plus mauvais effet.

— Alors, potasse cette histoire de glace cosmique. Klar ?

— Oh, parfaitement klar, Onkel. »

« Juste une goutte. Allons, mon garçon. Ça t'aidera à dormir.

— Je pensais. Puisque je suis ici, je pourrais aussi bien aller vérifier à la Maison brune.

— Pourquoi ? Ce n'est plus qu'une grande toile d'araignée.

— Certes. Mais ils ont tous les papiers de la SA pour 33 et 34. Sait-on jamais.

— Qui cherches-tu exactement ?

— Oh… un communiste.

— Son nom ? Ah, attends ! Laisse-moi deviner. Dieter Kruger. »

Quoique extrêmement surpris, j'ai répondu d'un ton indolent : « Oui. Kruger. Comme c'est bizarre. Pourquoi est-ce tellement amusant, Onkel ?

— Oh, lala. Oh, lalalalalala. Je suis désolé. » Toussotant, il a plongé le regard dans le feu. « Eh bien. D'abord, cette affaire Kruger, elle est du plus haut comique. Elle me fait toujours hurler de rire. Et, Neffe, pour ajouter à la gaieté générale, toi, mon garçon, à moins que je me mette le doigt dans l'œil, toi, mon garçon, tu te paies Frau Doll.

— Non, Onkel. Au Kat Zet ? Ce serait déplacé.

— Hum. Je te l'accorde, un peu glauque, j'imagine.

— Oui. Un peu glauque. Mais, un instant, monsieur. Je ne vous suis plus. Je suis perdu.

283

— D'accord. D'accord. (Et, séchant ses larmes :) Début novembre, j'ai reçu un télétype du Kommandant. Sur Kruger. Je n'ai pas encore répondu, mais je vais devoir le faire. Vois-tu, Neffe, ce qu'il y a, c'est que lui et moi sommes unis par des liens sacrés.

— Décidément, nous allons de surprise en surprise, ce soir, Onkel.

— Les liens les plus sacrés qui puissent exister. Plus sacrés que les liens du mariage. Complicité de meurtre.

— Oh. Il faut que vous me racontiez.

— Avale, Golo. » Et il me tend le cognac. « Parfait. Début 23, Neffe. L'unité paramilitaire de Doll identifie un "traître" dans ses rangs. À Parchim. J'étais innocent, votre honneur ! Tout ce que j'ai fait, c'est autoriser une petite bastonnade. Mais Doll et ses gars se sont acharnés trop longtemps à la taverne en question, puis ils en ont remis une couche dans les bois. J'ai écopé de un an. Tu ne te rappelles pas ? Pas de camping, cet été-là ? Doll en a récolté dix. D'une certaine manière, on peut dire qu'il a trinqué pour moi. Il en a purgé cinq. Quoi qu'il en soit, pourquoi s'intéresse-t-il à Kruger ? Si longtemps après ? Parce que Kruger a baisé sa femme avant lui ?

— Dans votre réponse, qu'allez-vous lui dire ? À Doll.

— Oh, je ne sais pas. (Bâillant.) Sans doute : "Abattu lors d'une tentative d'évasion."

— Est-ce le cas ?

— Non. Simple formule, naturellement. Tout ce que ça signifie, c'est qu'il est mort.

— Est-ce le cas ?

— Ach. Ach, je meurs d'envie de te raconter toute l'histoire, Neffe. Parce que je sais que tu en saisiras toute la poésie. L'une des cimes morales du National-Socialisme. Mais il ne doit pas y avoir une demi-douzaine d'hommes

284

dans tout le Reich qui sachent ce qui est arrivé à Dieter Kruger. La nuit porte conseil, je réfléchirai à la question. Oh, lalalala.

— Doll. Il a été communiste, aussi, n'est-ce pas ? Pendant un temps.

— Jamais. Toujours un bon Nazi. On doit lui reconnaître ça, au moins. Non, il était à la solde des Chemises brunes. C'est lui qui a donné Kruger à la Cellule H. Les "Poings américains", tu sais… Cette Hannah… pourquoi a-t-elle épousé un minus comme lui ? Ooh, j'aurais pu la maltraiter moi-même, à l'époque. Quel châssis. Mais sa bouche. Trop large, tu ne trouves pas ?

— Non, elle a une très belle bouche. Est-ce que vous voyez encore la tragédienne ? Manja ? Ou est-ce terminé, ça aussi ?

— Non, ça continue. En fait, je veux qu'elle emménage ici. Quand elle ne tourne pas, du moins. Gerda est tout à fait d'accord… tant que je la baise. Je veux dire… Manja. Et Gerda aussi. Parce qu'elle veut arriver aux dix gamins pour obtenir son Mutterkreuz. Bien, éteignons les lumières. Occupe-toi de celles de ce côté-là. »

À cinq heures, le lendemain matin – le dernier jour de 1942 –, l'Oncle Martin a pris congé. Où allait-il ? D'abord, au refuge de Berchtesgaden, en voiture ; ensuite, au QG de campagne, à Rastenberg, en Prusse orientale, cette fois en avion. Du Kehlsteinhaus à la Wolfsschanze : du Nid d'Aigle à la Tanière du Loup…

*

J'ai prévenu Gerda au petit déjeuner : « Non, je serai ravi de passer la Saint-Sylvestre avec toi, ma chère. Mais je devrai rentrer en ville à l'aurore, le 1ᵉʳ. Hans m'emmènera en camionnette. Le Reichsleiter m'a investi d'une mission urgente. »

Gerda, d'un air distrait : « Je crois que le maréchal Manstein est juif. Tu ne penses pas ? À cause de son nom… Et après Munich, Neffe ?

— Retour à la Buna. L'oisiveté est la mère de tous les vices, Tante.

— Qu'as-tu dit ? » Elle regardait ailleurs, comme si elle n'avait pas attendu de réponse.

Pendant la nuit, il avait plu, la température était remontée et la neige fondait. Un soleil jaune jouait sur les avancées et les pentes des toitures. Toutes les tuyauteries fonctionnaient à plein régime, vannes, grandes eaux ; ça m'a fait penser à une cavalcade de souris.

« Papi a-t-il parlé de la guerre ? a demandé Gerda.

— À peine. » Après avoir siroté mon thé, je me suis essuyé la bouche. « Et à toi, en a-t-il parlé ?

— Pareil. Je crois que la guerre ne l'intéresse pas vraiment. Ce n'est pas son rayon.

— C'est vrai, Tante. Tu as raison. La Buna ne l'intéresse pas davantage, d'ailleurs. Ce n'est pas son rayon non plus. La Buna : les matériaux synthétiques, Tantchen. »

Des ruisselets de neige fondue étincelaient comme autant de rideaux de perles contre les vitres embuées. Quelque part, une congère s'est fracassée par terre avec grand bruit.

« Pourquoi c'est si important, la Buna ?

— Parce qu'elle nous assurerait l'autarcie.

— Vraiment ? Mais ce n'est pas bien, ça.

— "Autarcie", pas "anarchie", Tantchen. L'autarcie. Nous serions autonomes. Quand les premières cinq mille tonnes de caoutchouc seront produites par la Werke, quand nous convertirons le charbon en essence à un rythme de sept cent mille tonnes par mois, cette guerre prendra une tout autre tournure, je peux te l'assurer.

— Merci, mon très cher. Tu me mets du baume au cœur. Merci d'avoir dit ça, Neffe.

— Est-ce que l'Oncle Martin s'intéresse particulièrement aux Juifs ?

— Hum, pas moyen de faire autrement, n'est-ce pas ? Et, bien sûr, c'est un pro.

— Pro ?

— Pro-Endlosung, bien sûr. Attends... en fait, j'y pense, il a bien parlé de la guerre... » Fronçant les sourcils : « Apparemment, ils savent maintenant pourquoi nous avons sous-estimé l'Armée rouge. Ils ont compris l'astuce. La Russie a mené une guerre de son côté, récemment, ou je me trompe ?

— Tu as raison, comme toujours, mon amour. La guerre d'Hiver russo-finlandaise. En 39-40.

— Et ils l'ont bâclée, n'ai-je pas raison ? Eh bien, d'après Papi, ils l'ont fait exprès. C'était un stratagème pour nous induire en erreur. Et autre chose...

— Quoi, Tante ?

— Staline était censé avoir tué la moitié de ses officiers. Non ?

— Encore vrai. Pendant les purges. 37-38. Plus de la moitié. Sans doute les sept dixièmes.

— Eh bien, c'était faux. Encore un mensonge juif. Et nous sommes tombés dans le panneau comme les âmes simples que nous sommes. Ils ne sont pas morts. Ils sont en vie. »

Juste de l'autre côté des portes-fenêtres, une gouttière cassée apparut brusquement, se balançant, déversant des trombes d'eau avec ivresse et, eût-on dit même, une certaine muflerie, avant de disparaître comme elle était apparue. De grosses larmes étaient venues aux yeux de

Gerda. Les souris fusaient et couinaient, dégringolaient les unes sur les autres, de plus en plus vite.

« Ils ne sont pas morts, Neffe. Les judéo-bolcheviques. Ni la maladie ni la misère ne réussiront à éliminer cette vermine. Pourquoi, mon très cher ? Dis-le-moi. Pardon… je ne te demande pas pourquoi les Juifs nous détestent. Je te demande pourquoi ils nous détestent *tant*. Pourquoi ?

— Je n'en ai aucune idée, Tantchen.

— Ils ne sont pas morts. (Et, comme hantée par l'idée :) Ils sont tous *vivants*. »

*

Le premier de l'An, dans mon compartiment de première classe, *La Théorie de la glace cosmique* (une volumineuse dissertation à plusieurs mains) était posée, dédaignée, sur mes genoux. Je regardais par la fenêtre. D'abord, les faubourgs de Munich devenus tentaculaires, apparemment interminables, ont passé, au son d'infinis grincements : des prairies et des bois vierges naguère avaient cédé la place à des fonderies, des usines, des pyramides de sable et de gravier. On a entendu les sirènes de la ville, puis le train s'en encastré dans un tunnel, où il est resté tapi pendant plus d'une heure. Et puis on a repris de la vitesse et, dans le soleil ardent, l'Allemagne a bientôt défilé, tel un torrent de teintes terreuses, sienne, ambre, ocre…

Le registre du rire de l'Oncle Martin m'avait averti que Kruger n'était plus de ce monde. Et je n'ai pu que me rappeler la conversation que j'avais eue avec Konrad Peters.

Escamoté en vue de traitements spéciaux. En vue de traitements très spéciaux.

Exécuté.

Oh. Au moins.
J'avais besoin de connaître l'étendue de ce *au moins.*

Il était ardu d'être un brave sous la Troisième Allemagne. Il fallait être prêt à mourir – et à mourir après un prélude sous forme de torture, qu'en outre il fallait endurer sans dénoncer quiconque. Et ce n'était pas tout. Dans les territoires occupés, le criminel le plus vil pouvait résister, puis mourir en martyr. Ici, même le martyr mourait comme le criminel le plus vil, dans le genre d'ignominie qu'un Allemand aurait eu grand mal à accepter. Et on ne laissait derrière soi qu'un sillage de peurs.

Dans les pays occupés, un tel homme pouvait être une inspiration – mais pas dans la Troisième Allemagne. Les parents de Kruger, s'ils vivaient encore, ne parlaient sans doute pas de lui, sauf entre eux et tout bas. Sa femme, s'il était marié, aurait retiré sa photographie du manteau de cheminée. Ses enfants, s'il en avait, auraient ordre d'oublier jusqu'à son souvenir.

De sorte que la mort de Dieter Kruger ne servait à rien ni personne. À personne sauf à moi.

2. DOLL : LOGIQUE DES TÉNÈBRES

C'était en novembre – le 9 novembre, le Jour de Deuil du Reich. Je me réveillai, je revins à moi au Club des officiers. Salut, vieille branche, m'exclamai-je en mon for intérieur, tu as dû piquer du nez. Tu as dû faire un somme, nicht ? Le déjeuner était terminé depuis longtemps, et cette collation, entamée avec une ferveur patriotique, enflammée par mon discours commémoratif, avait clairement dégénéré. Autour de moi, les reliefs et les miettes d'un banquet de gangsters : serviettes éclaboussées de vomi, bouteilles renversées, mégots plantés dans les ruines du diplomate. Dehors, le crépuscule maculé de la Silésie. Crépuscule en novembre, aube en février : telle est la couleur du KL.

Alors que j'étais effondré là, à tenter de décoller ma langue de mon palais, me vinrent ces pensées…

Si ce que nous faisons est bien, pourquoi une telle puanteur ? Sur la rampe, le soir, pourquoi ressent-on le besoin irrésistible de s'assommer d'alcool ? Pourquoi avons-nous contraint la prairie à bouillonner et à crachoter de cette façon ? Les mouches grasses comme des mûres, la vermine, les maladies, ach, scheusslich, schmierig – pourquoi ? Pourquoi la botte de rats coûte-t-elle 5 rations de pain ? Pourquoi les déments, et seulement les déments, semblent-ils se plaire ici ? Pourquoi, ici, la conception et la gestation promettent-elles non pas une nouvelle vie mais une mort certaine pour la femme et l'enfant ? Ach, pourquoi la Dreck, le Sumpf, le Schleim ? Pourquoi brunissons-nous la neige ? Pourquoi faisons-nous ça ? Pourquoi faisons-nous ressembler la neige à la merde des anges ? Pourquoi, pourquoi faisons-nous ça ?

Le Jour de Deuil du Reich – en *novembre*, l'an dernier, avant Joukov, avant Alisz, avant la nouvelle Hannah.

Sur le mur du bureau, une affiche proclame : *Ma Loyauté Est Mon Honneur Mon Honneur Est Ma Loyauté. Dépasse-Toi. Obéis. CROIS* ! Je trouve hautement suggestif que notre terme pour « obéissance aveugle », *Kadaver*gehorsam, comporte le mot *kadaver* (ce qui est doublement curieux, puisque les cadavres sont les choses les plus réfractaires du monde). L'obéissance du cadavre. La conformité du cadavre. Ici, au KL, dans les crémas, dans les fosses : eux sont morts. Mais nous aussi, nous qui obéissons aux ordres…

Les questions que je me suis posées sur le Jour de Deuil du Reich : *elles ne doivent jamais plus être posées.*

Je dois cadenasser une certaine zone de mon esprit.

Je dois accepter que nous avons mobilisé les armes, les armes miracles des ténèbres.

Et je dois assimiler intimement les forces de la mort.

Dans tous les cas, comme je l'ai toujours exprimé clairement, le système chrétien du bien et du mal, du bon et du mauvais, je le rejette catégoriquement. Ces valeurs, reliques de la barbarie médiévale, n'ont plus cours. Il n'y a que des résultats positifs et des résultats négatifs.

« Écoute-moi bien. C'est une affaire de la plus grande gravité. J'espère que tu le comprends. Fraterniser avec une *Haftling*, c'est déjà grave. Mais la *Rassenschande*… ça, c'est une injure faite au sang ! Un caporal pourrait s'en tirer avec un blâme et une amende. Mais je suis le

Kommandant. Tu comprends, n'est-ce pas, que cela sonnerait le glas de ma carrière ?

— Oh, Paul... »

La paillasse, le tabouret, le lavabo, les toilettes chimiques.

« Que Dieu ait pitié de toi si tu en parles à qui que ce soit. D'ailleurs, ce serait ma parole contre la tienne. Et tu appartiens à la race des sous-humains. Techniquement, je veux dire...

— Alors, comment ça se fait que tu m'aies prise sans capote anglaise !

— Parce que... j'étais à court, rétorquai-je d'un air menaçant. Écoute-moi, ma fille. Oy. De la tenue. Rappelle-toi. Ta parole contre la mienne.

— Mais qui ça pourrait être d'autre ? »

J'en restai pantois. Alisz n'était là que depuis un peu plus de 3 mois ; le personnel de surveillance consistait en 2 Aufseherinnen girondes et 1 Rottenfuhrer cacochyme.

« La fin de ta carrière, fit-elle en reniflant. Et la fin de ma vie ? Je me fais engrosser et ils me zigouillent...

— Pas forcément, Alisz. » Je fis un signe du menton. « Voyons. Il ne sert à rien de pleurer. Gna gna gna. Écoutez-la donc. Gna gna gna gna gna gna. Voyons, ma fille. Je suis le Kommandant, non ? Je trouverai *une solution*.

— Oh, Paul...

— La ferme. La ferme. Tu es enceinte... *Suffit*. »

Ces derniers temps, j'applique ma nouvelle attitude mentale à la reconsidération des objectifs militaires du Dritte Reich.

Objectif n° 1. Acquisition de Lebensraum, ou espace vital – ou empire.

Même si la suprématie incontestée nous échappe, nul doute que nous réussirons à concocter un compromis (écartons d'emblée toutes ces fadaises sur une « reddition inconditionnelle »). Nous devrons sans doute restituer la France, la Hollande, la Belgique, le Luxembourg, la Norvège, le Danemark, la Lettonie, l'Estonie, l'Ukraine, la Biélorussie, la Yougoslavie et la Grèce mais, avec un peu de chance, cela ne les gênera pas que nous nous accrochions à la Lituanie, disons, les Sudettes et le reste de l'entité tchèque, plus notre moitié de la Pologne (je ne crois pas qu'il sera même question de l'Autriche).

Donc, objectif n° 1 : mission accomplie !

« Bien, Wolfram. Le shemozzle au Block 33. Expliquez-moi.

— Eh bien, Paul, il y a eu une sélection massive. Tous entassés dans le Block. 2 500 au total.

— 2 500 dans 1 seul Block ? Pendant combien de temps ?

— 5 nuits.

— Bon Dieu. Pourquoi si longtemps ?

— Aucune raison. Les choses ne se sont pas faites, voilà tout.

— On les a laissés sortir pour l'appel, je suppose ?

— Naturellement. Le *Zahlappel* est impératif, Paul. Non, le problème, c'est qu'on leur a servi de la nourriture. D'habitude, on ne prend même pas cette peine. Ça a été une grave erreur.

— De prévoir de la nourriture ?

— Oui. Les Kapos l'ont interceptée. C'était prévisible. Ils l'ont échangée contre de l'alcool. Bla bla bla. Ensuite, ils sont revenus, Paul... Et ils ont mis la pagaille. Les Kapos ont mis la pagaille parmi les prisonniers.

— Hum. Voyez-vous, ça vient de ce qu'on chouchoute trop la main-d'œuvre. Les *nourrir* ! Quelle idiotie. Qui a eu cette riche idée ?

— Sans doute Eikel.

— Na. Combien de pièces avez-vous dit ?

— 19. Regrettable. Et intolérable. Mais ça ne change pas le décompte final. Quoi qu'il en soit, ils sont passés à la sélection...

— *Menschenskind*, Hauptsturmfuhrer ! Le Zahlappel ! Le *Zahlappel* ! »

S'ensuivit un silence. Prufer fronçait les sourcils en me regardant avec ce qui ressemblait à une intense sollicitude. Toussotant, il dit doucement :

« Paul. *Paul*. Le comptage des Haftlinge, Paul... tant que le total correspond, il n'y a pas de problème. Vous vous rappelez ? Pas besoin qu'ils soient vivants... »

Je répondis, après un moment de réflexion : « Non. Non. Bien sûr que non. Vous avez tout à fait raison, Wolfram. Que je suis bête. Oui. Qu'ils soient morts si ça leur chante. Pas besoin qu'ils soient vivants. »

Ma Vendredi fessue, la petite Minna, frappa et passa la tête par la porte. Elle me demanda où était un certain dossier et je lui dis où je pensais qu'il devait se trouver.

« Que pensez-vous du boulot à la rampe, Wolfram ?

— Eh bien, je comprends pourquoi vous en avez eu votre claque, Paul.

— C'était chic de votre part de me remplacer. Mais je vais bientôt y retourner. » Je tapotai le plateau de mon bureau. « Bon. Comment allons-nous traiter les Kapos ? Nous devons faire preuve de fermeté. Phénol ? Petit calibre ? »

À nouveau, le même regard plein de sollicitude. « Pure perte de matériel, je vous l'assure, Kommandant. Voyez-vous... il est plus simple de réviser leur statut. Ensuite, Paul, les Juifs pourront se débrouiller entre eux.

— Hum. Autant pour l'*esprit de corps*... comme on dit outre-Rhin, Wolfram. L'esprit d'équipe. Le moral des troupes et ce qui s'ensuit. »

Sybil devient plus jolie à chaque jour qui passe. Sa passion dévorante (plutôt répréhensible, je le conçois) reste le maquillage. Elle en fauche dans la coiffeuse de sa mère. Du rouge à lèvres, nicht ? C'est plutôt comique. Ah, la voir faire un grand sourire forcé et la moue en alternance, des marques carmin sur l'émail des dents…

Et vous devriez voir comment elle s'emmêle quand elle essaie les soutiens-gorge de Hannah !

But n° 2. Consolider le Reich de 1 000 ans.

Pour qu'il dure, voyez-vous, aussi longtemps que celui que nous avons eu avant : celui qu'a fondé Charlemagne et qui s'est achevé avec Napoléon.

Comme je l'ai déjà reconnu, le mauvais moment à venir ne va pas être une partie de plaisir. Mais, une fois passé…

Voici un fait sur lequel on n'insiste pas assez. Aux élections de juillet 32, le NSDAP obtint 37,5 % des votes : *le meilleur résultat pour un parti dans toute l'histoire de Weimar.* Preuve s'il en est, donc, de l'affinité profonde entre les sobres aspirations du Volk et le rêve doré du National-Socialisme. Car c'était là de tout temps, voyez-vous. En novembre 33, le plébiscite populaire atteignit les 88 % ; en avril 38, il dépassait légèrement les 99 % ! Quelle meilleure preuve pourrait-il y avoir de l'auguste santé sociopolitique de l'Allemagne nazie ?

Ach, une fois que nous aurons franchi ce bout de chemin un peu cahoteux, après quelques ajustements (dont, en temps voulu, la nomination d'un chef d'État plus modéré), il n'y aura plus aucune raison matérielle pour que nous ne maintenions pas notre vitesse de croisière pendant toute la durée du prochain millénaire.

CQFD. Objectif n° 2 : mission accomplie !

Ma visite eut lieu à l'heure habituelle. Alisz était avachie sur le tabouret, elle se tordait mollement les mains sur les genoux.

« Bien, femme, tu peux arrêter de geindre. Ferme les vannes. J'ai parlé au médecin. Simple procédure. La routine. Elle en fait à tout bout de champ.

— Mais… Paul. Il n'y a pas de femmes docteurs ici.

— Il y a des *100aines* de femmes médecins. Des Haftlinge.

— Les femmes docteurs prisonnières n'ont pas d'instruments chirurgicaux. Elles ont des trousses à outils !

— Pas toutes. » Je fis asseoir Alisz près de moi sur le lit et m'efforçai de la rassurer, ce qui prit un bon bout de temps. « Ça va mieux, maintenant ?

— Oui, Paul. Merci, Paul. Tu trouves toujours une solution. »

C'est alors qu'à ma grande surprise, je sentis refluer les scrupules élevés qui, d'ordinaire, en présence d'une femme fertilisée, m'inhibent.

« Allons. Allons. Voyons. Remonte-les un peu. »

Et oui, je poussai de l'avant et la lui mis là. Avec, à l'esprit, tout le temps, une formule que j'appliquais souvent à la situation d'ensemble : *Hé ! Sans débourser un putain de sou. Sans débourser un putain de Pfennig !*

Ils sont absolument incompressibles, mes engagements auprès d'Alisz Seisser : comment, autrement, pourrais-je conserver dignité et respect de soi ? Naturellement, je fais référence à l'atmosphère exécrable qui règne à la Villa Doll. La gratitude et l'estime indéfectible d'Alisz (sans

296

parler de ses roucoulements d'extase amoureuse) constituent un contrepoids crucial au, au...

J'ai peur de Hannah.

Voilà, c'est écrit noir sur blanc. Il faut une certaine forme de courage pour coucher sur le papier une pensée de ce calibre. Mais c'est le cas, je vous l'assure. Comment décrire cette peur ? Quand nous sommes seuls, je sens un vide dans mon plexus solaire : comme une boule d'air compact.

À compter du soir du Dezember Konzert, Hannah s'est réinventée. Son apparence. Même si elle n'a jamais été une grande partisane des sabots et des dirndls, sa tenue était toujours d'une retenue exemplaire. Désormais, elle s'habille en aguicheuse – elle s'habille en aguicheuse expérimentée.

Elle me rappelle Marguerite, Pucci, Xondra, Booboo. C'est moins le maquillage brillant de youpine et les sections supplémentaires de Fleisch en vue (et le fait qu'elle se rase le Achselhohlen !). C'est son regard : regard de fieffée rouée, de créature calculatrice. Ces femmes, voyez-vous, elles pensent constamment au Bett, au sexe. Alors que c'est un attrait chez une compagne « sophistiquée », c'est absolument insoutenable chez une épouse.

Je ne peux que comparer la sensation que j'éprouve quand nous sommes seuls... non pas aux *conséquences* d'une panne sexuelle mais à la *perspective de la panne*. Et cela défie toute intuition : depuis 8 mois, avec Hannah, je ne comptabilise aucune panne (et aucun succès).

Elle continue, au rez-de-chaussée, à prendre son air préoccupé et suffisant. Rêvasse-t-elle aux charmes efféminés d'Angelus Thomsen ? Je ne le crois pas. Elle rit tout bonnement de la déconfiture de la virilité de Paul Doll.

Hier soir, j'étais dans ma « tanière », m'imbibant paisiblement (avec modération, toutefois : depuis quelque temps, j'ai considérablement réduit ma consommation). J'entendis le grincement de la poignée. Mon épouse parut, emplit le chambranle avec sa robe de bal verte, gantée jusqu'aux coudes, Schultern nues soutenant le poids des torsades de son Haar. Instantanément, je sentis mon sang se glacer et refluer. Hannah me dévisagea, sans ciller, au point de me faire détourner le regard.

Elle approcha. Avança lourdement et, avec grand bruit, vint s'asseoir sur mes genoux. Le fauteuil fut comme submergé par les plis empesés de sa robe. Ah, comme j'aurais aimé être libéré de ce poids – que j'aurais aimé qu'il me soit ôté…

« Sais-tu qui tu es ? fit-elle tout bas (je sentis ses lèvres contre le duvet de mes oreilles). Le sais-tu ?

— Non. Qui suis-je ?

— Tu es un jeune puceau, un connard de Chemise brune, un connard de bouffon enragé qui défile avec les Chemises brunes. Qui braille avec les Chemises brunes, Pilli.

— Défoule-toi. Si ça te soulage.

— Tu es cul et chemise, connard, avec les Chemises brunes. Tu en as marre de penser à des cochonneries en brandissant ta Vipère, tu t'endors sur ta couchette et tu fais le pire cauchemar imaginable. Dans ton cauchemar, personne ne te fait rien. C'est toi qui leur fais des choses. Des choses affreuses. Des choses innommables. Et puis tu te réveilles.

— Et puis je me réveille.

— Et puis tu te réveilles et tu découvres que tout est vrai. Mais tu t'en moques. Tu te remets à brandir tranquillement ta Vipère. Tu te remets à penser à tes cochonneries. Bonne nuit, Pilli. Bisou. »

Aspiration n° 3. Abattre le judéo-bolchevisme une bonne fois pour toutes.

Voyons. Nous n'avons guère eu de chance, pour l'instant, avec le bolchevisme. Mais côté judéo...

Il n'y a pas longtemps, on discuta beaucoup d'un meurtre, à Linz. Un homme avait tué sa femme de 137 coups de couteau. Les gens semblèrent estimer que c'était un nombre, somme toute, excessif. Mais je saisis immédiatement sa logique. Sa logique des ténèbres.

Nous ne pouvons plus nous arrêter, plus maintenant. Parce que : que faisions-nous, que pensions-nous que nos actes signifiaient, pendant ces deux dernières années ?

La guerre contre les Juifs ne ressemble pas à la guerre contre les Anglo-Saxons. Dans la mesure où nous jouissons, en termes militaires, d'un avantage indiscutable, puisque l'autre parti n'a pas d'armée. Pas de marine, pas de force aérienne.

(Pense-bête : parler *très vite* à Szmul.)

Donc, voyons voir. Espace vital. Reich de 1 000 ans. Judéo-bolchevisme.

Résultat ? 2 ½ sur 3. Yech, je vais trinquer à ça.

Réunion d'urgence à la Section politique ! Fritz Mobius, Suitbert Seedig, Rupprecht Strunck et moi-même. Crise à la Buna-Werke...

« Cette pédale mélangeait du sable à la graisse de moteur, pesta Rupprecht Strunck (qui, pour être tout à fait honnête, est un vieux corniaud). Pour bousiller les vitesses.

— Wirtschaftssabotage ! m'exclamai-je sans hésiter.

— Et ils avaient desserré les boulons, ajouta Suitbert. Pour qu'ils sautent. Ils ont aussi gauchi les jauges de pression. Pour fausser les relevés.

299

— Dieu seul connaît l'étendue du complot ! s'exclama Strunck. Il doit y avoir des douzaines de salopards complices, avec un coordinateur sur place. Et il doit y avoir une taupe. Chez Farben.

— Comment le savons-nous ? » demanda Fritz.

Suitbert expliqua la situation. Les malfaiteurs ne trafiquaient que l'équipement dont le « baptême du feu » était de l'histoire ancienne. De sorte que, quand on utilisait telle ou telle pièce et que la mécanique de l'engin s'enrayait, quand il calait, tombait en morceaux ou explosait, personne n'était plus en mesure de savoir qui l'avait assemblé. Strunck :

« Ils ont mis la main sur un putain de calendrier de livraison des pièces neuves. Quelqu'un le leur a fourni.

— Burckl ! m'exclamai-je avec ma perspicacité proverbiale.

— *Non*, Paul, répondit Fritz. Burckl est juste un crétin. Pas un traître.

— Le coupable appréhendé a-t-il été interrogé ?

— Oh oui. Il a passé la nuit avec Horder. Pour l'instant, chou blanc.

— Un Juif, j'imagine.

— Non. Un Anglais. Un gradé du nom de Jenkins. On l'a transféré à la niche. Off va s'en charger. Puis Entress avec son scalpel. On verra s'il apprécie. » Fritz se leva, rassembla ses documents en une seule pile. « Pas un mot. À personne. Pas un mot à Farben… Doktor Seedig, Standartenfuhrer Strunck… ? Silence sur tous les fronts, mein Kommandant. Compris, Paul ? Et, pour l'amour de Dieu, *n'allez pas bavasser avec Prufer.* »

Bien sûr, les filles meurent d'impatience d'aller faire un tour sur cette petite loque de Meinrad, mais désormais il a une tendinite, il peut à peine mettre un sabot

devant l'autre. Et, depuis un certain temps, nous ne béné-
ficions plus des bons soins dominicaux de la Tierpfleger
Seisser ! Ach. Nous n'avons plus droit qu'à une visite de
temps en temps de Bent Suchanek, le muletier schludrig
vaguement rattaché à l'Académie équestre.

Quel oiseau rare, notre Judin Prominente, de l'Institut d'Hygiène SS (le SS-HI), l'1 des rares prisonnières
médecins qui, sous surveillance resserrée, cela va de soi,
travaillait au laboratoire sur la bactériologie et la SERA
expérimentale. À la différence du Ka Be (entre hospice
et fourrière) et à la différence du Block 10 (débauche de
castrations, d'hystérectomies und so), le SS-HI possédait
quelques points de ressemblance assez convaincants avec
un établissement médical. Je m'y rendis pour un premier
contact mais, pour notre 2ᵉ rencontre, je la fis venir dans
une réserve tranquille du BAP.

« Veuillez vous asseoir. »

Germano-polonaise, Miriam Luxemburg (dont la
mère était censée être une nièce de Rosa Luxemburg,
la célèbre « intellectuelle » marxiste) nous a rejoints 2 ans
plus tôt. Les femmes vieillissent mal au KL – surtout suite
aux privations (voire à la faim, la faim chronique, qui
peut faire disparaître toutes les essences féminines en 6
ou 7 mois). Le Dr Luxemburg paraissait avoir la 50taine,
alors qu'elle n'avait probablement que la 30taine ; mais
ce n'est pas la malnutrition qui avait retroussé ses lèvres
et réduit sa chevelure à une sorte de nid de moisissure.
Elle avait encore un peu plus que la peau sur les os, sans
compter qu'elle paraissait tolérablement propre.

« Pour des raisons de sécurité, il faudra opérer vers
minuit, expliquai-je. Vous apporterez votre propre matériel. De quoi d'autre aurez-vous besoin ?

— De serviettes propres et de grandes quantités d'eau bouillante, monsieur.

— Vous allez lui donner 1 de ces préparations, n'est-ce pas... vous savez, 1 de ces pilules des trompes dont on parle...

— Nous n'avons pas de pilules des trompes, monsieur. Nous devrons procéder par dilatation et curetage.

— Eh bien, faites ce qu'il faut, quoi que ce soit. Ah, et il est possible qu'il y ait un contre-ordre. » Ce n'était, pour ainsi dire, que pure conjecture. « Oui, Berlin pourrait bien modifier l'ordre. »

Mon offre initiale de 6 rations de pain ayant été déclinée avec quelque hauteur, je lui tendis alors un sachet en papier contenant 2 cartouches de Davidoff, et il y en aurait 2 autres : 800 cigarettes en tout. Elle avait l'intention, je le savais, de transmettre ce capital à son frère, qui se démenait tant bien que mal au sein d'un Kommando pénal dans les mines d'uranium au-delà de Furstengrube.

« Modifier de quelle façon, monsieur ?

— La Chancellerie pourrait encore opter pour une issue légèrement différente. Au cas où la procédure ne se passerait pas bien. Pour la patiente.

— C'est-à-dire ?

— C'est-à-dire, *monsieur*...

— C'est-à-dire, monsieur ?

— Bien sûr, il y aurait 800 Davidoff supplémentaires.

— C'est-à-dire, monsieur ?

— Sodium evipan. Ou phénol. Une simple injection intracardiaque... Oh, ne me regardez pas avec ces yeux-là, "Doktor". Vous avez déjà participé à des sélections, je me trompe ? Vous en avez fait. Vous avez séparé les uns et les autres.

— On l'a parfois exigé de moi, oui, monsieur.

— Et vous avez éliminé des nouveau-nés. Inutile de le nier. Nous savons tous que ça arrive.

— On l'a parfois exigé de moi, oui, monsieur.

— C'est assez héroïque, d'une certaine façon. Ces naissances secrètes. Vous risquez la mort. »

Elle ne répondit pas. Car elle risquait la mort tous les jours, à chaque heure, simplement en étant ce qu'elle était. Je me dis : *Ça va t'ajouter quelques cernes sous les yeux et quelques encoches aux lèvres.* Mon regard se fit interrogateur. Elle déglutit avant de répondre :

« Étudiante... interne, j'avais des choses fort différentes en tête, monsieur.

— Je n'en doute pas. Eh bien, vous n'êtes plus étudiante. Voyons, qu'est-ce qu'1 piqûre, après tout ?

— Ce n'est pas dans mes compétences, monsieur. L'injection intracardiaque. Le phénol. »

Je fus à 2 doigts de lui suggérer de descendre le couloir jusqu'au SS-HI et de s'exercer dans la « Salle 2 », où l'on pratiquait cette opération une 60aine de fois par jour.

« C'est facile, pourtant, non ? On me dit qu'il n'y a rien de plus simple. Au niveau de la 5e côte gauche. Tout ce qu'il faut, c'est une seringue assez longue. Simple comme bonjour.

— C'est simple, soit. Fort bien, monsieur. Pourquoi ne pas le faire vous-même ? »

Pendant un moment, je me détournai d'elle, plongé dans mes pensées... Mes précédentes réflexions, quant à Alisz Seisser, avaient, en fin de compte (après beaucoup d'allers-retours), pris la direction suivante : pourquoi prendre des risques ? L'alternative n'était pas moins dénuée de dangers : il y avait, entre autres, la récurrente et barbante question de l'intraçabilité du cadavre.

« Voyons, voyons. Très certainement la Chancellerie s'en tiendra à sa décision. Je suis persuadé qu'il n'y aura pas de changement d'objectif. De l'eau bouillante, vous dites ? »

Je suppose aussi que je voulais me l'attacher. Comme assurance, cela va de soi. Mais maintenant que nous en sommes à parler d'exploration des ténèbres, il est juste de préciser que je voulais qu'elle vienne à moi, qu'elle me suive loin de la lumière.

— Quand pourrai-je évaluer la patiente, monsieur ?

— Quoi, avant ? Oh, non, je crains que ce soit impossible. » C'était vrai, littéralement : il y avait des gardiens, des témoins, là-bas. « Vous devrez régler ça sans l'avoir examinée au préalable.

— Quel âge ?

— 29 ans. À ce qu'elle dit. Mais vous savez comment les femmes... Oh pardon... j'ai failli oublier. Est-ce douloureux ?

— Sans même une anesthésie locale ? Oui, monsieur. Extrêmement.

— Hum. Eh bien. Autant en faire une, alors. Voyez-vous, nous ne pouvons pas nous permettre de la laisser hurler... »

Miriam déclara qu'elle aurait besoin d'argent. 20 dollars américains. Mazette. Je n'avais que des billets de 1 dollar ; je me mis à les compter, simple affaire d'arithmétique mentale. « 1, 2, 3. Votre, hum, grand-tante..., dis-je en esquissant un sourire. 4, 5, 6... »

À Rosenheim, pendant ma période léniniste (indécrottable rêveur que je suis !), je m'étais interrrogé, avec ma future épouse, sur le *magnum opus* de Luxemburg, *L'Accumulation du capital*. (Bien que Rosa ait condamné son recours à la terreur, un jour, Lénine l'avait appelée : « un aigle ».) Début 1919, peu après le lamentable échec de la Révolution allemande, Rosa Luxemburg fut arrêtée par une unité du Freikorps à Berlin, pas mes gars de la bataille de Rossbach mais une meute de vandales sous le commandement nominal du vieux Walli Pabst...

« 10, 11, 12. Rosa Luxemburg. Ils l'ont tabassée, ils lui ont tiré une balle dans la tête et ils ont jeté son corps dans le Landwehrkanal. 18, 19, 20. Combien de langues, au fait, parlait-elle ?

— 5. (Miriam leva les yeux.) Cette intervention, monsieur. Le plus tôt sera le mieux. De toute évidence.

— Hum. Ça ne se remarque pas encore. (J'étais décidé.) Elle paraissait en bonne forme la dernière fois que je l'ai vue. » Et il était très agréable de ne pas avoir à utiliser de capotes. Plissant le nez d'une façon expressive, j'ajoutai : « Je crois que nous attendrons un peu. »

Szmul appliquait son expertise à l'évaluation des nouvelles installations, à savoir Créma 4 : 5 3-fours (capacité journalière : 2 000). Dès le départ, cette installation-là se révéla être une véritable catastrophe. Après seulement 2 semaines de fonctionnement, le mur arrière supportant la cheminée s'effondra ; et quand nous eûmes réussi à tout rallumer, il ne s'écoula pas 8 jours avant que Szmul ne m'annonce : « Tout a grillé. » 8 jours, bigre !

« Les briques se sont à nouveau descellées, monsieur. Elles sont tombées dans le conduit entre les moufles et la cheminée. Les flammes n'ont plus d'issue par laquelle sortir.

— Fabrication défectueuse.

— Mauvais matériaux, monsieur. La terre cuite n'est pas de bonne qualité. Vous voyez les veines décolorées ?

— Économies de temps de guerre, Sonder. Je prends pour acquis que 2 et 3 assurent la relève ?

— Avec une réduction de la ½, monsieur.

— Grands dieux. Qu'est-ce que je vais pouvoir raconter aux Transports ? Que je refuse les convois ?

305

Ach, ça signifie le retour aux fosses, j'imagine. Et aux récriminations de la Défense aérienne. Dis-moi... »

Le Sonderkommandofuhrer se redressa. Il poussa la grille avec le pied et ferma le verrou de la porte du moufle. À quelque distance l'un de l'autre, nous étions enveloppés par les ténèbres grisâtres de la salle voûtée, avec son plafond bas, ses lumières grillagées, ses échos.

« Dis-moi, Sonder. Est-ce différent ? De connaître euh... ta date de départ ?

— Oui, monsieur.

— C'est évident. 30 avril. Où en sommes-nous, maintenant ? Le 6. Non, le 7. Donc. 23 jours avant la nuit de Walpurgis. »

Il sortit de sa poche un lambeau de chiffon d'une saleté immonde, avec lequel il s'essuya les doigts.

« Je ne m'attends pas à ce que tu te confies à moi, Sonder. Mais y a-t-il quelque chose... de positif ? Dans le fait de savoir ?

— Oui, monsieur. D'une certaine manière.

— Plus calme etc. Plus résigné. Hum, désolé de jouer les rabat-joie, alors. Tu pourrais ne pas apprécier ton ultime besogne. Tu pourrais ne pas exactement voir d'un bon œil le dernier service que tu devras me rendre. Que tu rendras au Reich, d'ailleurs. »

Je l'informai de ce en quoi consisterait sa mission.

« Tu baisses la tête. Tu as l'air abattu. Mais réjouis-toi, Sonder ! Tu éviteras à ton Kommandant quantité de tracas. Quant à ta pauvre petite conscience, voyons, tu n'auras pas à "vivre avec" pendant très longtemps. 10 secondes, à mon avis. Tout au plus. » Je me frottai les mains. « Bien. Que vas-tu employer ? Prends ton sac... Qu'est-ce que c'est, ça ? Qu'est-ce que ce foutu engin, dis-moi ? Hum. Une sorte d'épissoir avec un manche.

Bon. Il disparaîtra sous... ta manche. Essaie... Parfait. Repose-le, maintenant. »

Je fis un geste. Nous remontâmes et nous engageâmes dans un tunnel couvert de plaques de tôle ondulée qui craquaient et sifflaient.

« Ah, j'oubliais. Nous savons où se trouve ta femme, Sonder. »

En réalité, et c'était agaçant, ce n'était plus le cas ; Pani Szmul n'occupait plus la mansarde au-dessus de la boulangerie du numéro 4, rue Zamkow. Lorsqu'on avait fait subir un interrogatoire au chef boulanger, il avait avoué qu'il l'avait aidée à fuir le ghetto – elle, et son frère. Ils étaient censés être partis vers le sud. Rien d'étonnant : la Hongrie, où les Juifs, hormis une razzia et un progrom par-ci par-là, étaient simplement rétrogradés à une citoyenneté de 2e classe – ils ne portaient même pas l'étoile. Et ce malgré la garantie personnelle du président Chaim Rumkowski. Le plus scandaleux (je ne peux vraiment pas l'encaisser), oui, le plus scandaleux de tout (non, je ne l'accepte point), c'est que cela se passait sous notre nez, là sous le nez de l'Uberwachungsstelle zur Bekampfung des Schleichhandels und der Preiswucherei im judischen Wohnbezirk ! Et combien d'argent avais-je dépensé ?

« Halt. »

Na, je n'étais pas vraiment découragé. Le déménagement de Shulamith à la cloche de bois n'était un revers que sur le papier, en théorie : la menace tiendrait encore ; le pouvoir du grigri était entier. Cependant, ayant pris la peine de localiser cette créature, j'éprouvais une irritation esthétique, tout de même, à l'imaginer se pavanant libre comme l'air sur les boulevards de Budapest.

« Eh bien, Sonderkommandofuhrer. Jusqu'au 30. La Nuit de Walpurgis, nicht ? »

Mobius aspira une gorgée. Il essuya sa bouche avec sa serviette. Il poussa un soupir et dit posément :
« Cette cabale des poulettes. Norberte Uhl. Suzi Eikel, Hannah Doll... Hannah Doll, Paul !
— Ach.
— Défaitisme. Frivolité. Radio ennemie... c'est clair d'après ce qu'elles racontent. Écoutez, *Paul*, j'en ai touché un mot à Drogo Uhl et, depuis, Norberte se la ferme. Idem avec Olbricht et Suzi. Or je vous en ai aussi touché un mot et...
— Ach.
— Je n'en ai pas parlé avant mais vous ne pouvez ignorer que votre... position ici ne tient qu'à un fil. Et voilà que votre Hannah se pavane et plastronne à la moindre petite mauvaise nouvelle. L'épouse du Kommandant ! Si ça ne change pas et vite, je vais devoir avertir la Prinz Albrecht Strasse. Je réitère donc ma demande. Voyons, c'est pourtant simple, que diable ? Pouvez-vous, ou non, contrôler votre femme ?
— Ach. »

J'avais décidé de me coucher à une heure raisonnable. Recroquevillé sur moi-même, je lisais paisiblement le grand succès d'avant-guerre *Die judische Weltpest : Judendammerung auf dem Erdball.*
La porte s'ouvrit d'un coup. Hannah. Nue hormis ses hauts talons les plus hauts de sa garde-robe. Outrageusement maquillée. Elle avança et vint se poster au-dessus de moi. Elle se pencha et me saisit par les cheveux, à deux mains. Elle appuya rudement, douloureusement, mon visage contre les roncières de son

Busch, avec une force telle qu'elle m'écorcha les lèvres, avant de me relâcher avec une démonstration théâtrale de dédain. Ouvrant les yeux, je vis les perles verticales de son Ruckgrat, les courbes jumelles de sa Taille, les imposants hémisphères gigoteurs de son Arsch.

Il brandit sa Vipère, il ne cesse de la brandir. Il brandit sa Vipère, il ne cesse de la brandir. Les ténèbres règnent en Allemagne. Voyez alentour : voyez comment elles se répandent – partout où la Mort rôde ! Vivantes ténèbres !

3. Szmul : un signe

Ce ne sera pas cette semaine. Ce ne sera pas la semaine prochaine. Ce ne sera même pas la semaine suivante. Ce sera la semaine d'après.

J'étais pourtant prêt. Mais je ne suis pas prêt pour *ça* ; alors que j'aurais dû l'être.

Un jour, n'est-ce pas, quelqu'un, un poète, un visionnaire viendra au ghetto ou au Lager et explicitera *l'assiduité* quasi farcesque de la haine allemande.

Et je commence en posant la question : pourquoi et comment avons-nous été enrôlés, pourquoi avons-nous été amenés à participer à l'élan qui nous a menés à notre perte ?

Un jour de décembre 1940, mon épouse est revenue de l'usine textile à la chambrette pas chauffée que nous partagions avec trois autres familles, et elle m'a dit :

« J'ai passé les douze dernières heures à teindre des uniformes en blanc. Pour le front de l'Est. Pour qui est-ce que je travaille ? »

Réduite à la misère, transie, affamée, prisonnière, asservie et terrorisée, elle travaillait pour la puissance qui avait bombardé, canonné, mitraillé et pillé sa ville, rasé sa maison, tué son père, sa grand-mère, deux de ses oncles, trois de ses tantes et dix-sept de ses cousins.

Voilà où nous en sommes, comprenez-vous ? Les Juifs ne peuvent prolonger leur vie qu'en aidant l'ennemi à vaincre – une victoire qui, pour les Juifs, signifie quoi ?

N'oublions pas non plus mes fils muets, Schol et Chaim, leur contribution à l'effort de guerre : la guerre contre les Juifs.

J'étouffe, je me noie. Ce crayon, ces bouts de papier ne suffisent pas. J'ai besoin de couleurs, de sons, d'huiles, d'orchestres. J'ai besoin de plus que les mots.

Nous sommes dans le sépulcre sombre et humide au sous-sol du Crématoire IV. Doll debout, son pistolet dans une main, un cigare dans l'autre ; il se lisse le sourcil avec l'auriculaire.

« Bien. Voyons donc ce mouvement. Fais glisser l'arme de ta manche dans ta main. Et transperce ce sac-là. Aussi vite que possible... Très *bien*, Sonder. J'ai l'impression que tu n'en es pas à ton coup d'essai, ne ? Écoute. Laisse-moi te le préciser encore une fois. Ils iront chercher Shulamith Zachariasz à midi le 1er mai. À moins que je donne un contre-ordre le matin même par téléphone. C'est donc très simple. Et très élégant. »

Il avance et se penche sur moi, menton contre menton, et, les yeux brillants, m'aspergeant d'une pluie de postillons, il dit :

« La Nuit de Walpurgis, nicht ? *Walpurgisnacht. Nicht ? Nicht ? Yech ? Nicht ? Yech ? Nicht. Walpurgisnacht...* Sonder, la seule façon pour que ta femme reste en vie, c'est de tuer la mienne. Klar ? »

La Terre obéit aux lois de la physique, elle tourne sur son axe et décrit sa course autour du Soleil. Ainsi les jours passent, la terre fond, l'air se réchauffe...

311

Il est minuit à la rampe. Le convoi a bien roulé depuis le camp français de la Zone libre. Chaque wagon à bestiaux était équipé d'un seau d'eau et, encore plus rare, d'un pot de chambre pour enfant. La sélection commence et la file, qui serpente tout le long du quai (délimité par l'éclat blanc des réflecteurs), est bien ordonnée. Plusieurs projecteurs n'éclairent que faiblement ou sont tournés de l'autre côté. Il souffle une brise douce, calme. Tout à coup, une volée d'hirondelles plonge puis reprend vite son essor.

Ils vous façonnent (c'est ce que je marmonne en mon for intérieur), ils vous façonnent à leur image, ils vous façonnent comme le forgeron à sa forge et, vous ayant conféré une autre forme, ils vous graissent avec leurs propres fluides, ils vous badigeonnent d'eux-mêmes...

Je me surprends à dévisager une famille de quatre : une femme, la vingtaine, un bébé dans les bras, flanquée d'un homme, la trentaine, et d'une autre femme, la quarantaine. Il est trop tard pour intervenir ; s'il survient le moindre désordre, je mourrai ce soir et Shulamith mourra le 1er mai. Néanmoins, poussé par une force surnaturelle, j'approche, je touche l'épaule de l'homme, je le tire de côté et, dans mon mauvais français, je lui dis – et, de toute ma vie, je n'ai jamais mis plus d'intonation dans une phrase :

« *Monsieur, prenez à votre femme le garçon et donnez-le à sa grand-mère. S'il vous plaît, monsieur. Croyez-moi. Croyez-moi. Celui n'est pas jeune* ?* » Je hoche la tête d'un air entendu. « *Les mères ayant des enfants*... ?* » Je hoche encore la tête. « *Que pouvez-vous y perdre* ?* »

Après avoir hésité, troublé, pendant plusieurs minutes, il suit mon conseil. Et, quand leur tour vient, le professeur Entress en sélectionne donc deux, et pas un seul pour la file de droite.

Je retarde ainsi une mort : la mort de la femme la plus jeune. J'ai, pour l'instant, sauvé une épouse. Plus encore : pour la première fois, j'ai autorisé un homme à croiser mon regard. *Ce que je prends pour un signe.*

Ce n'est pas aujourd'hui. Ce n'est pas même demain. C'est après-demain.

Je suis dans la salle de déshabillage vide à la Petite Retraite brune. Cette fois encore, nous subirons un retard conséquent à cause des préposés au Zyklon B, débilités par la drogue ou l'alcool ; il faut les remplacer.

Nous attendons le transport de Hambourg, le SS et moi.

La salle de déshabillage paraît efficace et fonctionnelle, avec ses patères, ses bancs, ses avis dans toutes les langues européennes ; la chambre à gaz nettoyée au jet a repris ses airs de salle de douches, avec ses pommeaux (mais aucune évacuation au sol).

Les voici. Leur colonne avance, mes Sonders se faufilent entre eux.

Un Unterscharfuhrer me tend une note de la part du Lagerfuhrer Prufer. Je lis :

20 wagons (approx. 90 pièces chacun) au départ de Hambourg. Arrêt à Varsovie : accrochage de 2 wagons supplémentaires. Total : 22 wagons. 1 980 Colons moins 10 % jugés bons pour le travail = approx. 1 782

Je vois un garçon, manifestement seul : sa démarche étrange qui fait mal à voir. Il a un pied-bot – et il aura dû ajouter sa bottine chirurgicale au tas sur le quai, avec tous les autres bandages herniaires, appareils orthopédiques et prothèses.

Je m'exclame : « Witold ? Witold. »

Il lève les yeux et, après une phase d'incompréhension, son visage s'illumine, explose de gratitude et de soulagement.

« Monsieur Zachariasz ! Où est Chaim ? J'ai voulu aller le chercher.

— Le chercher où ?

— À la boulangerie. Elle est fermée. Elle est barricadée. J'ai demandé aux voisins et ils ont dit que Chaim était parti depuis longtemps. Avec vous et Schol.

— Et sa mère ? Sa mère ? Pani Zachariasz ?

— Ils ont dit qu'elle était partie aussi.

— Avec un convoi ?

— Non. À pied. Son frère l'a emmenée. Monsieur Zachariasz, j'ai été arrêté ! À la gare. Pour vagabondage. Ils m'ont mis à la prison Pawiak ! On croyait qu'ils allaient nous fusiller mais ils ont changé d'avis. Est-ce que Chaim est ici ?

— Oui, il est ici. Witold, viens avec moi. Viens donc. Viens vite. »

C'est le printemps dans le bois de bouleaux. Les écorces argentées pèlent ; la brise exprime des gouttelettes d'humidité des feuilles parcheminées.

Je lance au Kapo, Krebbs, un regard significatif et lui demande, *avec l'autorité dont le pouvoir allemand m'a investi* : « Kannst du mich mal zwei Minuten entbehren ? »

Posant d'abord la main sur son bras, j'entraîne Witold sur le sentier bordé de plantes en pot jusqu'au portillon blanc. Puis, posant mes mains sur ses épaules, je le regarde droit dans les yeux et lui dis :

« Oui, Chaim est ici. Avec son frère. Ils travaillent à la ferme. Aux champs. Avec un peu de chance, toi aussi tu auras le même travail. Ce sont de grands garçons maintenant. Ils ont grandi.

« — Et ma bottine ? J'en aurai besoin dans les champs.

— Tous les objets vous attendent à la pension. »

Un bruit me fait lever la tête : la voiture officielle de Doll, ses pneus flasques et chauves patinent férocement dans la gadoue. Je fais un signe à Krebbs.

« On va te donner des sandwiches au fromage tout de suite, et puis un repas chaud plus tard. Je vais demander à Chaim de venir te trouver.

— Oh oui, ça serait bien. »

Ce seront ses derniers mots.

« Qu'est-ce qui se passait, là ? demande Doll en regardant le jeune cadavre traîné à l'arrière de l'ambulance.

— Un fauteur de trouble, monsieur. Il n'arrêtait pas de réclamer sa bottine chirurgicale.

— Sa bottine chirurgicale. Oui, je voyais bien qu'il avait un *problème*. Vendredi, six heures, Sonder. Dans mon jardin. À la tombée de la nuit. »

Je cille lorsqu'un oiseau vole si bas que je vois son ombre gigantesque passer sur mon torse. « À la tombée de la nuit, monsieur. »

De 1934 à 1937, Witold Trzeciak et mon Chaim étaient aussi proches que des jumeaux. Ils passaient toutes les fins de semaine ensemble, soit chez lui soit chez nous (à la moindre excuse : une histoire qui leur avait fait peur, un chat noir qu'ils avaient aperçu sous une échelle, la fête des Morts ou… la nuit de Walpurgis, ils réclamaient de dormir dans le même lit étroit).

Les parents de Witold ont divorcé en 1938, et il a commencé à prendre le train régulièrement, triste et intrépide petit voyageur, entre Łódz (son père) et Varsovie (sa mère). Ce manège a duré jusqu'à bien après l'invasion. En 1939, Witold avait douze ans.

Witold perd connaissance. Krebbs recule. Witold met moins d'une minute à mourir. Vingt secondes s'écoulent, et il n'est plus. Moins de choses auxquelles faire ses adieux, moins de vie, moins d'amour (peut-être), et moins de souvenirs à essaimer au vent.

Ce n'est pas demain, pas même après-demain. Encore le jour d'après.

VI

La nuit de Walpurgis

1. THOMSEN : GROFAZ

Tout intérêt que j'aurais pu avoir pour le sujet s'est évaporé après la lecture de quatre ou cinq pages de *La Théorie de la glace cosmique* ; je me suis aussi fait mon idée sur la valeur des Recherches Culturelles volkisch après quatre ou cinq minutes à l'Ahnenerbe. Donc, même si l'on incluait le manuscrit fleuve à l'impartialité et à la rigueur des plus contestables et hypocrites, mes affaires à la capitale étaient bel et bien bouclées dès la dernière semaine de février.

Les giboulées de mars n'ont fait qu'accroître mon désir déjà pressant de retourner au Kat Zet. Cette douloureuse impatience avait moins à voir avec Hannah Doll (dans ce domaine, nous en étions restés, c'est ce que j'espérais, en tout cas, au statu quo) qu'avec une autre sorte de dilemme : les tempos respectifs de la Buna-Werke et de la guerre.

Qu'est-ce qui me retenait ? Le rendez-vous non fixé mais non optionnel avec le Reichsleiter. À ce moment-là, l'Oncle Martin semblait passer tout son temps dans la troposphère, dans des allers-retours constants entre la Bavière alpine et la Prusse orientale, entre le Nid d'Aigle

317

et la Tanière du Loup… Sept, huit, neuf rendez-vous ont été prévus, puis annulés, par la fidèle vieille fille Wibke Mundt, secrétaire du Sekretar.

« C'est à cause de sa nouvelle passion, mon cher, dit-elle au téléphone. Elle l'accapare.

— Mais… qu'est-ce que c'est, Wibke ?

— Sa dernière lubie. La diplomatie. Il rencontre sans cesse ces… Magyars. »

Elle a continué dans la même veine. Le cahier des charges de l'Oncle Martin concernant la Hongrie : la question du rapport de la Hongrie aves ses Juifs.

« Je suis navrée, mon cher. Je sais que vous rongez déjà votre frein mais vous allez devoir encore prendre votre mal en patience et goûter aux plaisirs de Berlin. »

*

À la différence de Cologne, Hambourg, Brême, Munich et Mayence (et tout le Ruhrgebiet), Berlin était encore d'une pièce. En fin 40 et début 41, la capitale avait subi des douzaines de raids de diversion mais ils s'étaient espacés progressivement et il n'y avait rien eu en 42. Chacun savait, toutefois, que bientôt le ciel serait noir de bombardiers.

Ce qui a été le cas, le lendemain du Jour de la Luftwaffe (parades, défilés, cérémonies grandioses) : le soir du 1er mars a eu lieu le premier raid aérien de plusieurs escadrilles réunies. Les sirènes m'ont réveillé (trois coups suivis par un hurlement strident) ; m'enveloppant avec nonchalance dans ma robe de chambre, je suis descendu rejoindre la fête dans les caves de l'Éden. Quatre-vingt-dix minutes plus tard, l'atmosphère légère et décadente s'évapora subitement, et on aurait cru qu'un géant aveugle trébuchait en enjambant les immeubles, avançait péniblement sur nous, avec un coup de tonnerre préhistorique à chaque pas ; alors que nous nous demandions *de quelle manière* nous allions succomber (atomisés, brûlés vifs, broyés, étouffés, noyés), tout aussi brusquement le Brobdingnab ou le Blunderbore tituba, changea de cap et alla s'écraser à l'est.

Des centaines de morts, des milliers de blessés, peut-être cent mille sans-abri, et un million de visages décharnés et horrifiés. Sous nos pieds, partout un tapis de verre craquant, et, au-dessus de nos têtes, un ciel jaune soufre, chargé d'exhalaisons. La guerre arrivait enfin là où elle avait débuté : elle arrivait à la Wilhelmstrasse.

Quelque chose, déjà, ne tournait plus rond du tout dans la capitale, quelque chose ne tournait plus rond du tout au niveau des ballets et des attitudes des gens dans les rues. Au bout d'une demi-heure, on comprenait pourquoi : pas un seul homme jeune en vue. On voyait de-ci de-là les dos courbés d'équipes à peine surveillées (la main-d'œuvre des contrées subjuguées), la police municipale et les SS ; sinon, pas de jeunes hommes.

Pas de jeunes hommes, sauf avec des béquilles ou tirés dans des carrioles ou dans des rickshaws. Et, quand on descendait les marches des cafés de la Potsdamer Platz, on ne pouvait manquer de remarquer les manches creuses, les jambes de pantalon vides... (sans compter, cela va de soi, les gueules cassées).

Le soir, dans les couloirs de l'hôtel, on voyait ce qui ressemblait au premier coup d'œil à des rangées de membres amputés : des bottes cavalières, laissées là pour les cireurs.

*

« Puis-je débuter en tentant de resituer les choses ?
J'y réfléchis beaucoup ces derniers temps.

— Oui, monsieur, je vous en prie.

— Le crime sans nom a commencé, disons, le 31 juillet 41, au zénith du pouvoir nazi. La lettre rédigée par Eichmann et Heydrich, puis envoyée à Goring, qui l'a retournée avec sa signature. Le "souhait" du Fuhrer… d'une solution *finale*. Le courrier disait, dans les faits : depuis un mois, nous réunissons la main-d'œuvre nécessaire à l'Est. Vous avez toute latitude. Préparez-vous à agir.

— Une opération à grande échelle… ?

— Hum, ils croyaient peut-être encore qu'ils pourraient s'en débarrasser dans un coin perdu froid et désert… *après* une victoire éclair contre la Russie. Quelque part plus loin que l'Oural, là-haut près du Cercle arctique. L'extermination à distance. Ensuite, on a ressenti la pression venue d'en bas : un concours à qui serait le plus extrémiste, pour ainsi dire, dans les rangs des plénipotentiaires en Pologne. Vous avez annexé trois millions de Juifs en plus, mein Fuhrer. Nous ne pouvons plus faire face au nombre. Quid ? En août/septembre, alors que la solution territoriale s'éloignait : un nouveau coup d'accélérateur. On avait assisté à une avancée morale. Et quelle était-elle, Thomsen ? Tuer pas seulement les hommes, ce qu'on faisait depuis des mois, mais aussi les femmes et les enfants. »

29 mars. Konrad Peters au Tiergarten — au zoo — avec les troncs noirs et le givrage de rosée fumante sur l'herbe… Le professeur Peters était encore plus âgé et plus éminent, encore plus impressionnant que je me le rappelais. Petit, volumineux, de la forme d'un ballon de rugby, nœud papillon et gilet aux riches couleurs, lunettes aux verres épais, et un énorme sommet du crâne tout ridé,

désormais presque impeccablement chauve. On aurait dit un géant dandifié, coupé à la hauteur des jambes.

J'ai répondu : « Ils affirment agir par pure logique en ce qui concerne les enfants, n'est-ce pas le cas, monsieur ?

— Si. Ces bébés grandiront et voudront se venger des nazis vers... 1963. J'imagine que la logique pour les femmes de moins de quarante-cinq est la possibilité qu'elles puissent être enceintes. Et la logique pour les vieilles est *pendant que nous y sommes.* »

Il s'est arrêté brusquement et, pendant un moment, a paru étouffer. J'ai détourné le regard. Après quoi, il a renversé la tête en arrière et repris la marche.

« Les gens, les gens comme vous et moi, Thomsen, nous nous étonnons de la nature industrielle de la méthode, de sa modernité. Ce qui est compréhensible. C'est très frappant. Mais les chambres à gaz et les crématoires ne sont que des épiphénomènes. L'idée était d'accélérer le processus, et de faire des *économies,* cela va de soi ; sans compter qu'on essayait ainsi d'épargner les nerfs des bourreaux. Les bourreaux... ces roseaux graciles. Mais les balles et les bûchers auraient fait l'affaire, en fin de compte. Ils avaient la volonté. »

Les allées du Tiergarten étaient parcourues par d'autres flâneurs et promeneurs, en groupes de deux ou de trois, courbés, accaparés par des conversations savantes ; c'était l'équivalent berlinois du Speakers' Corner de Hyde Park à Londres (même si l'on n'y haranguait pas la foule mais parlait tout bas). Peters a repris :

« Il est bien connu que les Einsatzgruppen en ont déjà tué plus d'un million par balle. Ils y seraient arrivés... de cette façon. Imaginez. Des millions de femmes et d'enfants. Par balle. Ils en avaient la volonté.

— Que pensez-vous... de ce qui nous est arrivé ? Ou de ce qui leur est arrivé, à eux ?

— Cela leur arrive encore maintenant. C'est un phénomène bizarre, inhabituel. Si je ne dis pas "surnaturel",
c'est seulement parce que je ne crois pas au surnaturel.
Mais ça *donne l'impression* d'être surnaturel. Leur volonté.
D'où la tiennent-ils ? Leur agressivité est teintée de soufre.
Un vrai souffle de feu de l'enfer. Ou peut-être, ou *peut-
être* cela a-t-il au contraire été très humain, purement et
simplement humain.

— Je suis désolé, monsieur... mais comment pourrait-ce être possible ?

— Peut-être tout cela arrive-t-il quand on répète
constamment que la cruauté est une vertu. Digne d'être
récompensée comme toute autre vertu... par des pri-
vilèges et du pouvoir. Comment savoir. L'attrait de la
mort... tous azimuts. Avortements et stérilisations forcés. Euthanasie... par dizaines de milliers. Le goût de la
mort est véritablement aztèque. Saturnien.

— Donc, la modernité et...

— Oui, moderne, voire futuriste. Comme la Buna-
Werke devait l'être : l'usine la plus grande, la plus
perfectionnée d'Europe. Ça, mêlé à quelque chose d'incroyablement antédiluvien. Remontant à l'époque où
nous étions tous des mandrills et des babouins.

— Conçu, avez-vous dit, au zénith de leur pouvoir.
Et maintenant ?

— Ce sera poursuivi et peut-être complété dans
l'âpreté d'un déclin rapide. Ils savent qu'ils ont perdu.

— Oui. Berlin. L'atmosphère a changé du tout au
tout, un revirement total. La défaite est si palpable.

— Hum. Devinez comment on le surnomme
aujourd'hui. Après l'Afrique. Après Tunisgrad. *Grofaz.*

— Grofaz.

— Une sorte d'acronyme : Großter Feldherr aller
Zeiten, le "Plus grand maréchal de tous les temps". C'est

juste une forme de sarcasme allemand enfantin : pas mal explicite. *Grofaz*... Tout a changé. Plus de salut nazi. Retour aux bonjours habituels, "Guten Tag" et "Gruss Gott". Obliger des dizaines de millions d'Allemands à hurler son nom trente fois par jour, de par la loi. Le nom de ce traîne-misère osterreichisch... Eh bien, le charme est rompu. Notre nuit de Walpurgis a duré une décennie et touche à sa fin. »

Les branchages des arbres, qui se duvetaient de vert, offriraient bientôt au site ses coutumières ombres profondes. Je lui ai demandé combien de temps ça prendrait.

« Il ne s'arrêtera pas. Pas jusqu'à ce que Berlin ressemble à Stalingrad. La résistance réussira peut-être à le tuer.

— Vous voulez dire les *von* Truc... les colonels.

— Oui, les Prussiens. Mais ils s'étripent entre eux quant à la constitution du prochain gouvernement. Perte risible de temps et d'énergie. Comme si les Alliés allaient mettre une nouvelle équipe d'*Allemands* aux commandes. Des Prussiens, qui plus est ! Pendant ce temps, notre Antéchrist petit-bourgeois garde le couvercle sur la marmite... *by means of the nation's nineteen guillotines.*

— Alors, pourquoi tant de satisfaction dans l'air, amère soit-elle ? Je n'arrive pas à comprendre pourquoi tout le monde semble être si content.

— Les gens ressentent de la Schadenfreude, jusque pour eux-mêmes. » Peters a encore marqué une pause, puis a déclaré, m'adressant un regard compatissant : « Tout le monde est content, Thomsen. Tout le monde sauf vous. »

Je lui ai dit pourquoi. Je n'ai pas cherché à enjoliver les choses ; je n'ai pas précisé que, chaque fois que je fermais les yeux, je voyais un squelette recouvert de peau arrimé au banc de flagellation.

« Donc, Grofaz et Rupprecht Strunck, entre eux deux, m'ont fait Schreibtischtater. » Un perpétrateur de bureau – un *meurtrier bureaucrate*. « Et tout ça pour rien. »

Fronçant les sourcils, Peters a pointé l'index vers moi. « Non, pas pour rien, Thomsen. L'enjeu est encore énorme. La Buna et le carburant de synthèse ne remporteront pas la guerre mais pourront la prolonger. Or, chaque jour qui passe…

— C'est ce que je n'arrête pas de me dire, monsieur. N'empêche…

— Les événements restreindront votre Herr Strunck, croyez-moi. Bientôt, ils ne tueront plus *que* les femmes et les enfants. Parce qu'ils auront besoin des hommes comme main-d'œuvre. Alors, haut les cœurs, eh ? Voyez le bon côté des choses. Vous voulez que je vous dise quelle question est sur toutes les lèvres, en ce moment ?

— Si vous le voulez bien.

— Pour qui tuent-ils les Juifs ? *Cui bono* ? Qui jouira des fruits d'une Europe judenfrei ? Qui se prélassera à son soleil ? Pas le Reich. Il *n'y aura pas* de Reich… »

L'espace d'un éclair, j'ai songé à Hannah – aux unités de temps, de lieu et d'action, et à ce que la guerre leur fait. Peters, souriant :

« Vous savez qui Grofaz déteste le plus… maintenant ? Parce qu'ils lui ont fait faux bond ? Les Allemands. Vous verrez. Quand il sera chassé de Russie, tous ses efforts se porteront sur le front ouest. Il veut que les Russes arrivent ici les premiers. Alors, tenez bon. »

Je lui ai serré la main, affirmant que je lui étais reconnaissant de m'avoir accordé une portion de son précieux temps et de sa sollicitude.

Peters, haussant les épaules : « Dieter Kruger ? Nous touchons au but.

— Je suis persuadé que j'en apprendrai davantage. Mon oncle... il ne peut résister à une bonne histoire. Auquel cas, il est certain que je...

— Oui, faites ça. Je n'arrête pas d'y penser... Leipzig, janvier 34. C'est là, à ce moment-là, que le pyromane hollandais s'est séparé de sa tête. » Soufflant par le nez, il a ajouté : « Notre visionnaire viennois s'était donné pour but : la corde. Plus avilissant de cette façon. Il a été horrifié d'apprendre qu'il n'y avait pas eu de pendaison en Allemagne depuis le XVIIIe siècle. » Peters a désigné, au loin, le dôme crémeux du Reichstag brûlé et abandonné. « Leipzig, janvier 34. Croyez-vous que Dieter Kruger pourrait avoir été mêlé à l'incendie ? »

*

Wibke Mundt était une fumeuse compulsive – en une heure, elle était capable de faire déborder un cendrier avec des mégots de petits cigares. C'était aussi une tousseuse et une râcleuse de gorge compulsive. Il s'était écoulé un mois entier, et je me trouvais dans son bureau à la Chancellerie (sur une Wilhelmstrasse bombardée mais convenablement rafistolée)... J'observais, hébété, les mouvements d'une autre secrétaire, plus jeune, moins gradée, une blonde aux traits doux, du nom de Heidi Richter. En proie à une admiration abstraite, j'ai noté la façon dont elle se penchait de côté, en avant, s'accroupissait, se relevait... Au cours des mois passés à la capitale, j'avais joué le rôle de l'ascète privilégié, arpentant les banlieues populaires de Friedrichshain et Wedding l'après-midi, dînant tôt et frugalement à l'Éden (gibier, pâtes et autres denrées non rationnées, et même, de temps à autre, des huîtres et du homard) avant de monter dans ma chambre (où, prenant un certain risque, je

325

lisais des auteurs tels que Thomas Mann). Il y avait trois ou quatre jeunes Berlinoises avec qui j'avais ce que nous appelions des « arrangements » ; pourtant, je les délaissais. Boris se serait moqué de mon sérieux, mais j'avais l'impression d'avoir empoché un capital émotionnel, voire moral, tel que je ne voulais pas l'entamer, je ne voulais pas le dilapider. Et dire qu'à peine quelque temps avant, j'avais coïté avec la meurtrière Ilse Grese...

« Liebling, inutile de faire les cent pas, dit Wibke. Il n'arrivera pas avant un bon bout de temps. Tenez, prenez une tasse de cet ersatz. »

L'attente dans l'attente : j'étais arrivé à midi et il était maintenant trois heures moins vingt. J'ai donc encore regardé les deux courriers qu'on m'avait remis quand j'avais réglé mon énorme facture à l'Éden.

À son désespérant rapport hebdomadaire, Suitbert Seedig avait ajouté un addendum confidentiel sur les ultimes agissements de Rupprecht Strunck. Ce dernier avait aboli l'unverzuglich – le travail au petit trot. Désormais, les Haftlinge devaient travailler au pas de course. La Cour principale, ainsi que la dénommait Seedig, ressemblait à une *fourmilière pendant un feu de forêt*.

L'autre lettre, datée du 19 avril, était de Boris Eltz (un correspondant fort relâché, dois-je souligner). Elle était plus ou moins codée. Ce que les censeurs voulaient lire étant presque toujours l'exact opposé de la vérité, lorsque Boris écrivait, par exemple : *J'ai entendu dire que le jeune abstinent va bientôt être promu en raison de sa superbe efficacité et de son éthique patinée*, je savais que le Vieux Pochetron allait bientôt être rétrogradé pour incompétence caractérisée et vénalité hyperactive.

De Hannah il écrivait : *Je l'ai vue chez les Uhl le 30 janvier et chez les Doll le 23 mars.*

326

Ce devaient avoir été des soirées décadentes. Le 30 janvier était le dixième anniversaire de la prise de pouvoir ; le 23 mars du même hiver avait été votée la loi allemande des pleins pouvoirs, qui avait dissous l'État constitutionnel – la « Loi d'habilitation », comme ils l'appelaient, « en vue de remédier à la détresse du Volk et du Reich »...

Boris terminait sa lettre comme suit :

> *À ces deux réceptions, ton amie a poussé notre Agent politique à la rabrouer car elle ne se conformait pas à l'atmosphère ambiante. Elle était ostensiblement taciturne, alors que tous les autres, bien sûr, flairant la victoire, étaient euphoriques, brûlant d'un feu nationaliste !*
>
> *Mais revenons à un sujet plus sérieux, frère. J'ai été libéré six semaines plus tôt : mon séjour chez les Autrichiens est donc parvenu à son terme. Ce soir, le cœur ardent, j'entame mon périple vers l'est. Ne t'inquiète pas. Je me battrai jusqu'à la mort pour m'assurer qu'Angelus Thomsen conserve tout son charme auprès des Aryennes. Et toi, mon très cher, tu feras tout, tout ce qui est en ton pouvoir pour protéger la « Theres » aux yeux bleus et au casque d'or, notre réfractaire des Hautes-Tatras.*
>
> *À jamais, B.*

« Heidi, a demandé Wibke, pourriez-vous conduire l'Obersturmfuhrer Thomsen à la Salle à Manger Privée ? »

*

Même si elle n'était pas comparable à la Salle à Manger Officielle (une salle de banquet de la taille d'un atrium), la Salle à Manger Privée était vaste, et son plafond de dix mètres de haut faisait de son mieux pour contenir un chandelier en cristal de plusieurs tonnes. Je me suis installé avec les autres convives à la table rectangulaire, où l'on m'a servi une tasse de vrai café et un verre de bénédictine. L'air empestait le tabac et le malheur existentiel ; un homme de grande taille, gras, étouffant dans sa redingote trop serrée et son col cassé, lisait laborieusement une feuille de papier, suant copieusement en psalmodiant dans un allemand guindé mais très correct : « Herr Reichsleiter, nous vous adressons nos remerciements les plus chaleureux pour votre hospitalité éminemment teutonne. Notre mémoire s'attardera tout spécialement sur les vues superbes du célèbre Nid d'Aigle, la splendide représentation du *Tristan et Yseult* de Richard Wagner à Salzbourg, la visite guidée de Munich avec sa poignante cérémonie au Temple des Martyrs, et, enfin, couronnement du tout, le somptueux dîner dans votre domaine de Pullach, avec vos beaux enfants et votre affable et gracieuse épouse. Pour tout cela, ainsi que pour notre séjour dans le glorieux *imperium* de votre capitale, Herr Reichsleiter, du plus profond de nos cœurs, nous vous transmettons nos...

— Gern geschehen, gern geschehen. Maintenant, revenons à la réalité », l'a interrompu le Sekretar.

L'air particulièrement intéressé et amusé, l'Oncle Martin s'est éclairci la gorge en se redressant sur son siège. Adressant moult sourires prévenants et légèrement contraints au traducteur, il poursuivit : « Berlin est soucieux de renforcer ses liens déjà étroits avec Budapest... Maintenant que vous vous comportez à nouveau en alliés et pas en nation neutre... voilà un point acquis. Quant à l'autre affaire... Vous savez parfaitement que nous déplorons le retrait du Premier ministre Bárdossy et sommes franchement consternés... par la politique du Premier ministre Kállay... En l'état des choses, la Hongrie est un

véritable paradis (ein Paradies auf Erden) pour les Juifs...
Il n'y a pas un Nez-crochu (jeder Hakennase) en Europe
qui ne rêve de passer votre frontière... Nous avons
honte, messieurs, nous *avons honte* (wir *erroten*) quand
nous voyons votre conception de la sécurité nationale ! »

L'Oncle Martin a jeté un regard panoramique
empreint de pitié sur chaque visage présent. Un homme
sombrement barbu, sans doute de rang ministériel, a sorti
un mouchoir vert de sa poche de veston et s'est mou-
ché avec un abandon adolescent.

« Pour preuve de bonne volonté, il vous est instamment demandé d'introduire certaines mesures *en accord*
avec la jurisprudence du Reich... *Primo* : confiscation
de tous les biens... *Secundo* : exclusion de toute activité
culturelle et économique quelle qu'elle soit... Et, *tertio*,
imposition de l'étoile jaune... Il faudra ensuite les réunir
et les placer en quarantaine. L'expédition (Absendung)
doit suivre en temps voulu... Je reviens, messieurs, du
Wolfsschanze, pas moins !... Solennellement, je suis
chargé de transmettre des salutations personnelles au
régent Horthy. » Levant une fiche cartonnée, il a alors
ajouté en souriant : « À l'adresse de... euh... de son
Altesse sérénissime le Régent du Royaume de Hongrie...
qui, lorsqu'il nous a honoré de sa visite il y a à peine
deux semaines... paraissait étrangement imperméable à
nos recommandations... des salutations, donc, et aussi une
promesse... : dussiez-vous nous forcer à faire intervenir
la Wehrmacht, nous aurons vos Juifs... Nous aurons vos
Juifs. Klar ? Das ist klar ?

— Certes, Herr Reichsleiter.

— Reste donc là, Neffe, le temps que j'accompagne
nos dignitaires à leurs voitures. »

L'Oncle Martin est revenu moins d'une minute plus tard. Congédiant les domestiques mais gardant les alcools, il a bu un verre debout :

« Rien de tel, vois-tu, Golo... Indiquer aux nations la marche à suivre. » Il a tiré la chaise à côté de moi et demandé sans cérémonie : « Alors ? »

J'ai répondu que j'avais rédigé un long rapport, précisant : « Mais laissez-moi vous dire simplement que c'est une affaire vite résolue.

— En deux mots, je te prie.

— La théorie de la glace cosmique, Onkel, également connue sous les termes de "principe de la glace mondiale", avance que la Terre aurait été créée lorsqu'une comète glacée de la taille de Jupiter serait entrée en collision avec le Soleil. Les premiers Aryens auraient été méticuleusement moulés et formés au cours du trillénaire glaciaire qui aurait suivi. Ainsi, Onkel, seules les races inférieures descendraient des grands singes. Les peuples nordiques étaient préservés cryogéniquement depuis l'aube des temps terrestres... dans le continent perdu de l'Atlantide !

— Perdu comment ?

— Submergé, Onkel.

— Et c'est tout ?

— À peu près. Curieux endroit, l'Ahnenerbe. La théorie de la glace cosmique n'est pas la seule qu'ils tentent de valider. Ils essaient aussi de montrer que le chaînon manquant n'était pas un premier humain mais une espèce d'ours. Et que les Grecs anciens étaient scandinaves. Sans oublier que le Christ n'était pas juif.

— Qu'est-ce qu'il était, alors ? Mais... *tout* est comme ça ?

— Il aurait été amorrite. Non, ils font aussi de l'excellent boulot par ailleurs, et ils valent bien leur million annuel. »

Je songeais : oui, ils valent le moindre sou qu'ils dépensent. Le fait que les employés de l'Ahnenerbe soient considérés comme « essentiels à l'effort de guerre », et donc exemptés de service militaire, était, militairement, une aberration nulle et non avenue : aucun d'entre eux n'aurait réussi les tests médicaux ; pas un seul, songeais-je parfois, n'aurait *survécu* aux tests. Ces Aryens patentés avaient des visages de travers qui paraissaient avoir été rêvés par des esprits de guingois : yeux exorbités, dents de lapin, bouches baveuses, mentons fuyants, goutte au nez (rouge). La plupart étaient des pseudo-chercheurs ou des amateurs de carrière. J'ai eu l'occasion un jour de jeter un coup d'œil au « Pavillon anatomique » : une tête coupée bouillant dans un récipient en verre au-dessus d'un bec Bunsen, un bocal plein de testicules à la saumure. La Studiengesellschaft fur Geistesurgeschichte : un musée de cire, un amas cauchemardesque de diagrammes, de membres humains, de bouliers, de peaux mortes et de salive...

« Mais c'est principalement de la propagande. Là réside toute sa valeur, Onkel. Raviver le nationalisme. Et justifier les conquêtes. La Pologne n'est qu'une partie de la Germanie aborigène : ce genre de billevesée. Mais le reste ? D'accord, cependant dites-moi... La théorie de la glace cosmique... qu'en pense Speer ?

— Speer ? Il ne s'abaisse même pas à professer une opinion. C'est un technicien. Il pense que c'est de la merde.

— Et il a *raison*. Éloignez-vous-en, Onkel. Le Reichsfuhrer et le Reichsmarschall n'ont rien à gagner à soutenir ces balivernes, si ce n'est de se ridiculiser. Oubliez la théorie de la glace cosmique. Et attaquez-vous à Speer. Qu'a-t-il de particulier ?

— Eh bien, Neffe, répondit Oncle Martin en remplissant les verres, en février, il a prétendu avoir doublé la production de guerre en moins d'un an. Et c'est vrai. *Voilà ce qu'il a de particulier.*

— Ce qui est précisément le danger. Ne voyez-vous pas ce qu'il est en train de mettre en place... lui... et Saukel, Onkel ? Speer veut ce qui de toute évidence vous revient de droit. La succession.

— La succession.

— Si, Dieu nous en garde...

— Hum. Dieu nous en garde... J'ai toutes les cartes en main, Neffe. Les Gauleiters sont avec moi. Cela va dire. Ils sont du Parti. Alors, vois-tu... Speer commande un train entier de pièces détachées et mes gars en récupèrent la moitié en chemin. J'ai placé Otto Saur et Ferdi Dorsch dans son ministère. Il sera contrecarré à chaque tournant ; tout ce qu'il peut faire, c'est tenter de s'approcher assez du Chef pour lui rebattre les oreilles avec toutes ses lubies. Désormais, Speer n'est plus qu'un fonctionnaire de plus. Ce n'est pas un artiste. Ce n'est *plus* un artiste.

— Bien, Onkel. Bien. Je savais que vous ne vous contenteriez pas de rester les bras croisés, monsieur, et n'accepteriez pas d'être dépouillé de ce qui est à vous. »

Un peu plus tard, quand je l'ai informé de l'heure de mon train, le Sekretar a appelé la Section automobile et annoncé qu'il m'accompagnerait à l'Ostbahnhof. Dans la cour, devant l'auto, j'ai dit, surpris :

« Cette portière... Ce qu'elle est lourde.

— Blindée, Golo. Ordres du Chef.

— Mieux vaut prévenir que guérir, hein, Onkel ?

— Monte... Tu vois ? C'est une limousine, mais on s'y sent presque à l'étroit. C'est le prix du pouvoir. Alors, comment s'est passé ton réveillon ?

332

— Fort agréable. Tantchen et moi sommes restés assis au coin du feu jusqu'à minuit dix. Puis nous avons trinqué à votre santé et regagné nos chambres. Et le vôtre ? »

Les motards penchés sur leurs montures fonçaient pour dégager la rue devant nous ; nous brûlions splendidement les feux rouges ; puis ils revenaient rouler de part et d'autre de notre limousine. L'Oncle Martin a dodeliné de la tête, comme s'il avait eu du mal à croire à ce qu'il racontait :

« Minuit dix, hein ? Tu me croiras si tu veux, Golo, mais j'ai veillé jusqu'à cinq heures du matin. Avec le Chef. Nous avons passé ensemble trois heures trois quarts. L'as-tu déjà approché de près ?

— Bien sûr, Onkel, mais une seule fois. À votre mariage. » C'était en 1929 – Gerda et moi étions tous deux à l'aube de notre troisième décennie. Le patron du NSDAP avait tellement l'air d'un chef de rang pâlichon, ventru et cruellement sollicité qu'on aurait cru que les civils présents devaient se retenir pour ne pas lui donner un pourboire. « Quel charisme. Je n'oserais jamais imaginer un… euh… tête-à-tête, de quelque nature que ce soit.

— Tu sais, n'est-ce pas, que pendant des années, les gens auraient vendu père et mère pour passer *cinq minutes* seuls avec lui ? Alors que j'ai eu quasiment quatre heures. Juste lui et moi. Au repaire du loup.

— *Tellement* romantique, Onkel. »

Il a ri et dit : « C'est drôle. Quand j'ai, euh, renoué mes liens avec Krista Groos… je te remercie mille fois, au fait… j'ai ressenti la même excitation. Non que… rien de ce genre. Simplement le même *niveau* d'exaltation. As-tu remarqué, Golo, que les rousses sentent plus fort ? »

Pendant un quart d'heure, l'Oncle Martin a parlé de ses avancées avec Krista Groos. Quand je regardais par les fenêtres teintées, instinctivement je m'attendais à surprendre un océan de poings levés et de visages rancuniers. Mais non. Des femmes, des femmes, des femmes de tous âges, occupées, occupées, ô comme elles étaient occupées, pas à la manière mercantile du vieux Berlin (acquisitions et dépenses), elles étaient simplement occupées à vivre, elles tentaient de se procurer une enveloppe, une paire de lacets, une brosse à dents, un tube de colle, un bouton. Leurs maris, leurs frères, leurs fils, leurs pères se trouvaient tous à des centaines ou des milliers de kilomètres de là ; au moins un million d'entre eux avaient déjà péri.

« Je vous avais dit qu'elle était bien connue, lui ai-je rappelé quand la limousine s'est immobilisée à l'arrière de la Gare de Silésie.

— Et elle le mérite, Golo. Elle le mérite. Hum, j'ai voulu que nous arrivions en avance pour une bonne raison. Avant ton départ, je vais te faire un petit cadeau. L'étrange histoire de Dieter Kruger. Je ne devrais pas, bien sûr. Mais ça n'a plus d'importance, maintenant.

— Oh, vous êtes formidable, Onkel.

— Le soir de son exécution, nous sommes allés faire un modeste pèlerinage à la cellule de Kruger. Des potes à moi et moi-même. Tu ne devineras jamais ce que nous avons fait. »

Tandis que le Sekretar narrait son histoire, j'ai baissé la vitre pour humer une dernière fois l'air de Berlin. Oui, c'était vrai. Comme le Reichskanzler (redouté dans ce domaine par tous ses interlocuteurs, y compris Onkel), la capitale souffrait d'halitose. Berlin avait mauvaise haleine. Parce que nourriture et boissons y étaient préparées, traitées, voire, qui sait, *inventées* par IG Farben (Krupp, Siemens, Henkel, Flick et les autres). Pain chimique, sucre chimique, saucisses chimiques, bière chimique, vin chimique. Avec quelles conséquences ? Gaz, botulisme, scrofule et furoncles. Où se tourner alors que même le savon et le dentifrice empestaient ? Des femmes au blanc des yeux jaunâtre pétaient sans vergogne, mais il y avait pire : elles pétaient par la bouche.

« Sur son torse nu ! conclut l'Oncle Martin avec son sourire le plus juteux. Sur son torse nu. Tu ne trouves pas ça tordant ?

— Hilarant, Onkel. » Je me sentais mal. « Comme vous l'aviez promis : le national-socialisme à son plus mordant.

— Impayable. Impayable. Dieu, que nous avons ri ! » Vérifiant l'heure à sa montre, il s'est tu pendant un moment. « Horrible, cet endroit, le Wolfsschanze. Presque comme un KZ de poche, sauf que les murs mesurent cinq mètres d'épaisseur. Mais le Chef… ach, le Chef réserve une sacrée surprise à nos amis à l'Est. Rappelle-toi : le saillant de Koursk. Quand le sol durcira. Opération Citadelle, Neffe. Tiens-toi au courant du saillant de Koursk.

— Je n'y manquerai pas. Hum, Onkel. Il va sans dire que je vous suis éternellement reconnaissant. Transmettez mes sentiments les plus chaleureux à Tantchen.

— Ton Hannah, a répondu Onkel en fronçant les sourcils. Ce n'est pas sa taille qui me chagrine. Au contraire. Pourquoi crois-tu que j'ai épousé Fraulein Gerda Buch ? Mais ses lèvres, Golo… les lèvres de Hannah. Trop épaisses. Elles lui remontent jusqu'aux oreilles. »

Mes épaules sont tombées d'elles-mêmes. « C'est une très jolie bouche.

— Hum. Oui, je suppose qu'elle a fière allure… quand tu plantes ta queue dedans. Toujours un plaisir, mon cher Golo. Prends grand soin de toi. »

*

Boris était parti à la guerre le cœur ardent, et moi aussi, j'étais très ému en me préparant à partir pour ma propre ligne de front à l'Est.

Les trains express en provenance et à destination de Pologne n'étaient jamais bondés : les Polonais n'avaient pas le droit de les emprunter. Pas plus que n'importe quel autre train, tram ou autocar, d'ailleurs, sans laissez-passer spécial. Ils étaient interdits de théâtre, de concert, d'exposition, de cinéma, de musée, de bibliothèque, ils n'avaient le droit d'utiliser ni appareil photo ni radio ni instrument de musique ni gramophone ni vélo ni bottes ni sacoche en cuir ni manuel scolaire. En outre, tout Allemand de souche avait le droit de tuer un Polonais quand cela lui chantait. Pour le National-Socialiste, les Polonais avaient le statut de bêtes, sans toutefois être des insectes ou des bactéries, comme les prisonniers de guerre russes, les Juifs et désormais aussi les Roms et les Sinti – les Alisz Seisser de ce monde.

J'avais donc un compartiment à moi tout seul et le choix entre deux couchettes. Depuis longtemps ces luxes s'accompagnaient pour moi de nausée (qu'il était humiliant, qu'il était méprisable, d'être un membre actif de la race des maîtres), et j'ai trouvé du réconfort dans le fait que toutes les surfaces visibles du compartiment fussent recouvertes d'une épaisse couche de crasse. Un demi-centimètre de crasse, en Allemagne ! La guerre était donc bien perdue, l'Allemagne était perdue. Je me suis installé confortablement en vue des huit heures de parcours (plus trois de Varsovie à Cracovie). Je serais rentré au Kat Zet pour la nuit de Walpurgis.

Nous avons subi un léger retard quand on a rattaché la voiture-restaurant. De mon côté, je me contenterais, bien sûr, du panier que m'avaient préparé les héroïques (mais incroyablement onéreuses) cuisines de l'hôtel Éden. Un coup de sifflet a retenti.

C'est ainsi que Berlin a entamé son voyage à rebours, que Berlin a reflué à l'ouest : Friedrichshain avec ses glandes sébacées bloquées et ses gargotes pestilentielles, l'Ahnenerbe avec ses squelettes et ses crânes, ses peaux mortes et ses morves, la Potsdamer Platz avec ses gueules cassées et ses uniformes flottants.

*

Il était quatre heures de l'après-midi quand j'ai à nouveau foulé le sol de la Vieille Ville. J'avais l'intention de prendre un bain, de me changer et d'aller me présenter à la villa du Kommandant. Ah, une carte postale de l'Oberfuhrer Eltz. *Je me suis déjà fait amocher*, écrivait Boris, *une blessure à l'arme blanche à la nuque, quelle barbe ; mais ça ne m'empêchera pas de participer demain à l'assaut...* Les deux dernières lignes avaient été rayées avec soin.

Le célèbre chasseur, Maksik, Max, était assis, yeux clos, sur le paillasson mouillé près de la glacière fermée à l'aide d'une corde. Sans doute Agnès était-elle venue la veille et l'avait-elle laissé dans l'appartement pour qu'il y fasse son ouvrage. Il paraissait repu ; et maintenant, après avoir accompli son devoir, il avait pris la position de la théière, queue et pattes repliées sous lui.

Parvenu au milieu du salon, mon allure a ralenti d'elle-même. Soudain, j'ai remarqué du changement. Pendant dix minutes, j'ai inspecté mes tables et ai vite ouvert tiroirs et placards. De toute évidence, mon humble logis avait été fouillé. La Gestapo avait deux modes opératoires :

une visite fantomatique quasi indétectable, ou un tremblement de terre suivi par un ouragan. Or, mon appartement n'avait pas été fouillé de fond en comble : il avait été visité avec désinvolture, comme en passant.

Je me suis lavé avec une détermination et une vigueur redoublées, car on ressent toujours la souillure du viol (seulement modérément odieuse, dans le cas en question) : imaginer Michael Off roulant un cure-dents entre ses dents tout en trifouillant dans mes affaires de toilette ! Tout en replongeant dans mon bain une dernière fois avant de me rincer, j'ai pensé, en fin de compte, qu'il s'agissait d'un simple avertissement, sinon de la routine : beaucoup de gens, peut-être tout le personnel d'IG, avait sans doute eu droit à une fouille pour la forme. J'ai sorti de ma garde-robe mes tweeds et mes sergés.

Quand je suis retourné à la cuisine, Max se redressait ; il a étiré ses pattes de devant et s'est approché de moi, d'un pas nonchalant. Quoique la plupart du temps dépourvu de sentiments, il lui arrivait, comme à cet instant-là, de se dresser de toute sa hauteur, de marquer une pause, puis de se renverser par terre comme en pâmoison. Je me suis penché pour lui caresser le menton et la gorge, m'attendant à ce qu'il me gratifie de son ronronnement râpeux et asmathique. Mais non, rien. J'ai observé ses yeux : ceux d'un autre genre de félin, asséchés, eût-on dit, par la dureté et l'hostilité. J'ai retiré ma main d'un coup – mais pas assez vite : une fine bande rouge à la base de mon pouce, qui, dans environ une minute, je le savais, se mettrait à saigner.

« Quelle petite merde ! »

Il n'a pas fui, il ne s'est pas caché. Il est resté là, sur le dos, à me fixer, griffes dégainées.

Il était doublement étrange de déceler la bête en lui. En effet, dans le train de nuit, j'avais rêvé (vision prophétique) que le zoo, juste en face de l'hôtel Éden sur la Budapesterstrasse, était bombardé par les Anglais. Des SS couraient entre les cages déchiquetées, tiraient sur les lions, les tigres, les hippopotames, les rhinocéros, tentant de tuer tous les crocodiles avant qu'ils ne se glissent en zigzaguant dans la Spree.

*

Il était six heures moins le quart lorsque j'ai descendu les marches et débouché sur la place. Après avoir négocié tant bien que mal les gravats de la synagogue, j'ai suivi les ruelles sinueuses, je suis descendu jusqu'à la route plate et ai pénétré dans la Zone d'Intérêt, approchant toujours plus de *l'odeur*.

2. Doll : la peine suprême

J'en suis venu à penser que ce fut une erreur tragique.

Allongé dans le lit avant le lever du soleil, me préparant à une énième immersion dans les rythmes féroces du KL (lever, lavabos, Block Dysenterie, hardes, appel, Stucke, étoile jaune, Kapo, triangle noir, Prominenten, équipes de travail, Arbeit Macht Frei, orchestre, Selektion, pales des systèmes d'aération, briques réfractaires, dents, cheveux), rictus de commandement maîtrisé face à 1 000 défis, je ressasse des choses dans ma tête et, oui, j'en suis venu à penser que ce fut une erreur tragique. D'épouser une femme si baraquée.

Et, en outre, une femme si jeune. Parce que l'âpre vérité est que...

Bien sûr, je ne suis pas novice en matière de corps à corps, comme je l'ai montré, je le crois, sur le front irakien pendant la Grande Guerre. Néanmoins, dans ces cas-là, mes adversaires étaient presque toujours gravement blessés ou handicapés par la faim ou la maladie. Plus tard, pendant ma période Rossbach, même s'il y avait des échanges de coups de feu und so, il n'y avait pas de baston, pas de baston sanglante, à moins de prendre en compte l'affaire de l'instituteur de Parchim ; d'ailleurs, même dans ce cas-là, je bénéficiais d'un net avantage numérique (5 contre 1, ne ?). Quoi qu'il en soit, tout

340

cela remonte à 20 ans – depuis lors, je suis devenu un bureaucrate, certes de renom, mais assis à son bureau, le cul peu à peu fondu dans le bois de mon fauteuil, voire le débordant.

Je ne prétends pas qu'il faille être un génie pour comprendre où je veux en venir. Je suis incapable d'accomplir le nécessaire – ce qui restaurerait l'ordre et la satisfaction, ainsi que la sécurité de l'emploi, à la villa orange : je ne peux pas la battre (avant de tringler comme il se doit cette sorcière géante dans la chambre matrimoniale). Elle est trop balèze, merde !

Quant à la petite Alisz Seisser : Alisz a la carrure de Paulette. Elle connaît sa place et y retourne dès que le Sturmbannfuhrer montre les dents !

*

« Arrête donc de chialer, tout de suite. Écoute, ça arrive tout le temps, partout. Pas la peine d'en faire un drame. »

Le tabouret, les toilettes chimiques, le chaudron d'eau qui enfin commence à bouillir sur le réchaud...

« Allons, haut les cœurs, Alisz. Une terminaison claire et nette. Tu devrais célébrer ça... avec une bouteille de gin dans un bain brûlant ! Nicht ? Allons, fais-moi une risette... Ach. Gna gna gna. Bon. C'est la ½. Il faut y aller. Gna gna gna gna. Veux-tu te ressaisir, jeune dame, à ton propre rythme ? Ou il te faut une autre baffe ? »

Elle apporta un beau barda, pour sûr, Miriam Luxemburg.

D'abord, elle déplia une tablette (on eût dit une table d'opération miniature) ; elle la recouvrit d'une pièce d'étoffe bleue : une seringue, un spéculum, une pince et une longue tige terminée par un anneau en métal dentelé acéré. Les instruments semblaient être d'une qualité acceptable – bien, bien meilleure que la panoplie de jardinier à laquelle même les SS chirurgiens ont recours périodiquement.

« Est-ce moi, m'enquis-je avec un calme parfait, ou soufflait-il comme un air printanier aujourd'hui ? »

Un tantinet dépitée, sans doute, parce qu'à plusieurs reprises j'avais repoussé l'intervention, Luxemburg n'esquissa qu'un vague sourire et Alisz, qui, à ce moment-là, serrait dans sa bouche une sorte de lanière en cuir, ne répondit point (elle était enfermée dans sa cellule depuis si longtemps, faut-il dire !). En maillot blanc, la patiente était allongée sur la paillasse recouverte de serviettes, jambes écartées et genoux bien hauts.

« Combien de temps est-ce que ça prend ?

— 20 minutes si tout va bien.

— Alors ? Vous entendez, Frau Seisser ? Pas besoin de faire tout ce cinéma. »

J'avais eu l'intention de m'esquiver dès le début de l'opération, étant très tatillon quant aux bidules féminins et à la tuyauterie du sexe faible. Mais je restai pendant que Luxemburg appliquait la solution désinfectante et pratiquait l'anesthésie locale. Je m'attardai tandis qu'elle s'attachait à la dilatation – à l'aide du spéculum, avec son effet de pincettes à l'envers. Et je restai pour le curetage.

C'était très bizarre. Je cherchai en moi des traces de sensibilité exacerbée – or, de sensibilité exacerbée, je n'en trouvai pas une once.

Quand je reconduisis Luxemburg à l'Institut Hygiénique (et lui tendis le sachet en papier contenant les 400 Davidoff supplémentaires), je lui demandai combien de temps il faudrait à la petite Alisz pour redevenir comme avant.

Le 20 avril, comme de bien entendu, nous célébrâmes le 54ᵉ anniversaire d'un certain quelqu'un. Une fête en demi-teinte au Mess des officiers ; Wolfram endossa le rôle de maître des bans.

« Dem Prophet der den Deutschen Status, Selbstachtung, Prestige, und Integritat restauriert !

— Einverstanden.

— Der Mann der seinen Arsch mit dem Diktat von Versailles abgewischt !

— Ganz bestimmt.

— Der *Grosster Feldherr aller Zeiten* !

— Richtig. »

Outre le jeune Wolfram et bibi (le cher garçon avait un peu forcé sur la boisson), la seule autre personne présente qui réagit avec une verve à la hauteur de l'occasion fut mon épouse. « Je vois, lui glissai-je à l'oreille, que tu te laisses emporter par l'esprit joyeux de cet anniversaire.

— Tout à fait », répondit-elle aussi bas.

Hannah, fidèle à elle-même, se donnait en spectacle. Vêtue comme une catin, elle joignit sa voix (bien trop fort) à la longue série de bans, avant de se répandre en gloussements satiriques – dirigés contre la solennité bienséante de l'humeur ambiante. Fermant les yeux, je remerciai le Seigneur : Fritz Mobius était parti en permission.

« Oui, je suis toute à la célébration de cet anniversaire, expliqua-t-elle, car, avec un peu de chance, ce sera son dernier. Je me demande comment ce minable petit branleur choisira d'en finir ? Je suppose qu'il a une de ces sordides petites pilules... tu sais... en réserve, en cas de coup dur. Est-ce qu'on t'en a donné une, aussi ? Est-ce qu'ils en fournissent à tous leurs branleurs en chef ? Ou est-ce que tu n'es pas assez "en chef" ?

— Haute trahison caractérisée. Tu mérites amplement, répondis-je sans ciller, la peine capitale... Oui, c'est cela. Ris tout ton soûl. Rira bien qui rira le dernier. »

Je veux simplement voir son regard à ce moment-là.

Cette fois, Meinrad a l'aspergegillosis : des champignons aux poumons.

L'Académie équestre refusant de le reprendre, je proposai donc de le vendre au muletier schmierig – pour le prix d'un vieux bout de ferraille. Avec quel résultat ? Grand Dieu, ces miaulements juvéniles ne cesseront donc jamais. De ce point de vue, Sybil ne vaut pas mieux que Paulette. Elles *vivent* presque dans l'appentis crasseux, elles caressent Meinrad étendu là, sur le flanc, pantelant.

Voyez-vous – Dieter Kruger me *manque* !

Mes potes et moi avons passé un bon moment avec lui, en personne, en 33, dans sa cellule de Dachau ; ensuite, dans les années 1934-1940, il devint une mine d'amusement par procuration. Ach, je baladais l'ami Kruger de prison en prison et d'un camp à l'autre – je le parquais là où ça me plaisait. Et, quand il a été question de guerre, ah, je lui fis niveler les marécages à Stutthof, casser des pierres à Flossenburg, lécher la glaise de la briqueterie à Sachsenhausen. Oh, que je l'ai éreinté... tout en diversifiant ingénieusement ses souffrances (cellule d'isolement, Kommando disciplinaire, rations de jeûne, expérimentation médicale par-ci, 75 coups par-là). Bref, il semble que je me sois laissé emporter ; j'en fis trop, bien sûr, au point de perdre toute crédibilité.

Le sort de Dieter Kruger était la seule chose susceptible d'avoir une quelconque emprise sur Hannah.

Autrefois, même, simplement en évoquant l'ami Kruger, on pouvait lui soutirer de temps à autre une bonne baise, pendant laquelle elle prenait son air de martyre. Ach, comme elles paraissent loin, maintenant, ces fusions extatiques !

Dieter Kruger *me manque.*

« Vous vous rendez au feu d'artifice ? » demanda Fritz Mobius. En chemin vers son bureau, nous dépassions les rangées d'archivistes penchés sur leurs tables de travail. Bunker 11 : Gestapo.

« Les filles iront. Moi, je le regarderai de notre jardin. »

Pas un mot sur Hannah, pas un mot sur la discipline maritale : Fritz était sombrement préoccupé par le sujet du moment.

« Comment s'est déroulée votre permission ? » Les Mobius habitaient dans ce qui restait d'un immeuble du centre de Brême. « Bière et bowling ?

— Oh, taisez-vous, répondit-il d'un air las en donnant un coup d'œil à la 1re page du rapport de Rupprecht Strunck. Donc, ce salaud est le coordinateur sur place ?

— Positif. Le gradé, Jenkins, l'a dénoncé, puis Strunck a trouvé son calendrier dans la remise à outils.

— Bien. Ach, Paul. Plus de vitres aux fenêtres, pas d'eau, pas d'électricité : le matin, rien que pour chier, c'est toute une expédition. Le seau d'eau, il faut faire cinq cents mètres pour aller le remplir.

— Ja ?

— Hum. Et tout le monde ne parle que de *patates.* » Il tourna une page et souligna une phrase. « Ce que Bobonne m'a rasé avec ses histoires de… patates ! Sa mère pareil. Et sa sœur aussi. Ach, les patates !

— Les patates.

345

— Et dans l'abri, Jesus Christus, vous devriez voir comment les gens regardent les sandwiches des autres. Ils *les dévorent des yeux*, Paul. Hypnotisés. C'est lamentable. » Mobius bâilla. « J'ai essayé de me reposer. Tu parles. Allons. »

Il me précéda dans l'escalier aux marches crissantes jusqu'au 2ᵉ sous-sol.

« Depuis combien de temps ce monsieur est-il sous notre protection ?

— Voyons… 6 jours. Quasiment une semaine.

— Oui, Paul, dit-il, le dos tourné (mais je devinais qu'il souriait), 6 jours, quasiment une semaine. Bref. Qui chez Farben lui a fourni le calendrier de livraison du matériel neuf ?

— Il refuse de le dire. »

Fritz s'arrêta d'un coup et ses talons firent crisser le sol. « Qu'entendez-vous par : *il refuse de le dire* ? Il a été mis à la niche, à ce qu'on m'a rapporté ? Et l'électrode dans sa fente ?

— Ja, ja.

— Vraiment ? Et Entress ?

— Naturlich. Entress a tenté sa chance. Deux fois. Horder pense que ce salaud est masochiste. Bullard. Bullard adore ça.

— Oh, le Seigneur nous vienne en aide. »

Il tira les verrous. À l'intérieur se trouvaient 2 hommes, Michael Off somnolant sur un tabouret, un crayon dans la bouche, et Roland Bullard allongé sur le flanc par terre. J'observai, fasciné, sa tête, qui avait l'aspect d'une grenade éclatée.

Poussant un soupir, Mobius lâcha : « Ah. Excellent boulot, Agent. » Puis il soupira encore. « Agent Off, un homme enfermé dans la niche depuis 72 heures, un homme qui a tâté deux fois du scalpel professoral *ne va*

346

pas voir 36 chandelles à cause d'1 petit gnon au visage, pas vrai ? Pouvez-vous *vous lever* au moins quand je vous parle ?

— Ortsgruppenleiter ! »

À mon avis, Fritz avait tout à fait raison. Un homme qui...

« De l'imagination ? Un peu de créativité, Off ? Oh non. »

Du bout de sa botte, Mobius taquina le capitaine Bullard à l'aisselle.

« Agent. Allez au Kalifornia et amenez-moi une jolie petite Sara. Ou avez-vous tellement merdé qu'il n'y voit même plus ? Tournez-lui la tête... Ah, les yeux sont hors-service. » Mobius tira son Luger de son étui et logea une balle dans la paillasse : la détonation fut assourdissante. Bullard frémit. « D'accord. Bon. Il n'y voit plus rien. Mais il entend. »

Cette fois encore, je trouvai le raisonnement de Fritz d'une logique imparable. D'accord, il n'y voit plus rien, mais tant qu'il y...

« Les rosbifs sont tellement fleurs bleues. Y compris avec les Juifs. Paul, je vous garantis que tout sera fini en moins de deux. Un homme comme Bullard... il se moque de ce qui peut lui arriver. »

Qu'est-ce que je découvre au Club des officiers, en ce vendredi venteux, sinon 1 exemplaire du *Stürmer* ? Comme d'habitude, la couverture figure 1 caricature d'Albert Einstein (ou d'un sosie) se frottant à une Shirley Temple assoupie...

J'insiste inlassablement sur le point suivant : Julius Streicher a causé le plus grand tort à tout ce qui est le plus réfléchi dans notre mouvement, et il est bien possible que le *Stürmer* soit la seule raison pour laquelle, contrairement à la vision initiale du Sauveur, l'antisémitisme exterminatoire n'ait pas « pris » à l'Ouest.

J'ai épinglé sur le panneau d'affichage du Club 1 avis destiné à tous les officiers (il va de soi qu'on ne peut pas faire grand-chose pour les autres échelons). Quiconque sera découvert en possession de ce torchon se verra retirer 1) 1 mois de salaire, et 2) 1 an de permissions.

Je dois recourir aux mesures les plus radicales, imposées sans crainte et sans exception, afin de convaincre certains qu'il se trouve que je pense ce que je dis.

« Viens dans le jardin, Hannah. »

Elle était à ½ recroquevillée sur le fauteuil au coin du feu, avec 1 livre et 1 verre, son Beine moins sous elle qu'à côté d'elle, nicht ?

« Regarde les chandelles romaines. Et oh oui : moque-toi donc encore de moi. Le Klepnerkommandofuhrer *Szmul*, pas moins, veut t'offrir 1 cadeau. Il te vénère.

— Ah bon ? Pour quelle raison ?

— Pour quelle raison ? Ne m'as-tu pas raconté qu'un jour tu lui as dit bonjour ? Pour ce genre d'individu, ça suffit. J'ai glissé dans la conversation que ç'allait être ton anniversaire, et il veut t'offrir quelque chose. Viens dehors, il fait si bon. Et tu peux fumer. Et puis, je dois aussi te confier un secret à propos de notre ami Herr Thomsen. Je vais chercher ton châle. »

Le ciel rosâtre virait au brun lilas, un brun lilas de la teinte d'un blanc-manger au café. Au bas de la pente, les flammes du feu de joie sautillaient et se tortillaient. Dans l'air enfumé, on sentait l'odeur particulière de peaux de pommes de terre brûlées.

« Raconte-moi donc ce que tu sais sur Thomsen, fit-elle. Est-il de retour ?

— Hannah, j'espère sincèrement qu'il n'y a rien eu entre vous 2. Parce qu'il a été prouvé que c'était un traître, Hannah. Un vil saboteur. Une racaille de la pire espèce. Il a bousillé des machines cruciales pour la Buna-Werke. »

Je devinai dans la réaction de Hannah tout ce qu'il y avait de disculpation, ½ excitation, ½ décharge stoïque, quand elle répondit :

« Bien.

— *Bien*, Hannah ?

— Oui, bien. Je l'admire et le désire d'autant plus.

— Crois-moi, il est dans une fâcheuse posture. Je tremble à l'idée de ce qui attend l'ami Thomsen dans les prochains mois. Le seul à pouvoir adoucir quelque peu son sort, c'est moi. »

Je souris et Hannah sourit en retour, lâchant : « Oh, naturellement.

— Pauvre Hannah. Fatalement attirée par les raclures de nos geôles. Qu'as-tu donc, Hannah ? As-tu été molestée à un âge tendre ? Bébé, jouais-tu trop avec ton pooh-pooh ?

— Pas de "nicht", aujourd'hui ? D'ordinaire, tu ajoutes un "nicht", non ? Après tes plaisanteries les plus subtiles ? »

Je ricanai : « Tout ce que je veux dire, c'est que tu ne sembles pas avoir beaucoup de chance avec tes petits amis. Voyons, Hannah. Il pourrait y avoir une enquête. On pourrait t'interroger. Rassure-moi. Tu n'as pas été impliquée dans ses agissements de quelque façon que ce soit ? Peux-tu jurer, la main sur le cœur, que tu n'as rien fait qui puisse entraver notre projet ici ?

— Pas assez, en tout cas. J'ai transformé le Kommandant en Piepl. Mais ce n'était pas difficile.

— Merci de le préciser, Hannah. Oui, tu as raison, ris tout ton soûl maintenant. Apprécies-tu bien ta cigarette, au moins ? »

Je veux simplement voir son expression à ce moment-là.

« Ah, tu sors ton pistolet ?

— C'est la procédure habituelle en présence d'1 Haftling. Le voici. Avec ton cadeau. Regarde. Il va te l'offrir. »

3. Szmul : pas tout à fait entièrement

Ce ne sera pas ce matin, ce ne sera même pas cet après-midi. Ce sera en fin de journée, à la tombée de la nuit.

Bien que je vive dans le présent, et cela avec une constance pathologique, je me rappelle tout ce qui est survenu depuis mon arrivée au Lager. Tout. Se remémorer une heure prendrait une heure. Se remémorer un mois prendrait un mois.

Je ne peux pas oublier car je ne peux pas oublier. Maintenant, à la toute fin, tous ces souvenirs vont devoir être dispersés.

Il n'y a qu'une issue possible, et c'est celle que j'appelle de mes vœux. Car ainsi, je prouve bien que ma vie est mienne, et à moi seul.

En allant là-bas, en chemin, j'enterrerai ce que j'ai écrit, dans la Thermos, sous le groseillier.

Et, par ce biais, je ne disparaîtrai pas tout à fait entièrement.

L'APRÈS

I. Esther : perdue dans la mémoire

De façon plus ou moins chronologique...

Szmulek Zachariasz a cessé de vivre vers 6 h 45 le 30 avril 1943 – à peine une heure après mon arrestation.

Roland Bullard a reçu une balle dans la nuque le 1er mai.

Fritz Mobius a succombé à une crise cardiaque vers la fin d'une nuit d'interrogatoire le 1er juin.

Boris Eltz – six semaines plus tard, le 12 juillet – a été tué en ce jour paroxystique de la défaite allemande à Koursk : l'affrontement de treize mille tanks sur un champ de bataille de la taille du Pays de Galles. Son Panzer affolé n'était plus qu'une balle de feu quand il l'a dirigé contre le flanc de deux T–34 russes montés à la charge ; on lui a décerné la médaille du mérite à titre posthume.

En même temps que deux autres SS, Wolfram Prufer a été battu à mort, à coups de pierres et de pics, au cours de la révolte du Sonderkommando du 7 octobre 1944.

Konrad Peters comptait parmi les environ cinq mille suspects arrêtés suite à la tentative d'assassinat du 20 juillet 1944 ; il figurait aussi parmi les environ douze mille prisonniers morts du typhus à Dachau au cours des quatre premiers mois de 1945.

L'oncle Martin, Martin Bormann : eh bien, il s'est écoulé plusieurs années avant que les faits soient finalement

355

avérés. Blessé par un obus lancé par l'artillerie russe alors qu'il tentait de fuir la Chancellerie à Berlin, aux petites heures du jour, le 1er mai 1945 (après le suicide des « jeunes mariés » et leur immolation subséquente, qu'il a organisé en collaboration avec Goebbels), il a avalé du cyanure. Il a été condamné à mort *in absentia* le 1er octobre 1946.

Ilse Grese a été pendue dans la prison de Hamelin, dans la Zone britannique, le 13 décembre 1945. Elle avait vingt-deux ans. Toute la nuit, elle avait chanté à tue-tête le *Horst Wessel Lied* et *Ich Hatt' einen Kameraden* ; son dernier mot (prononcé avec « langueur », d'après son bourreau, Pierrepoint, qui s'est également occupé de Lord Haw-Haw, le fasciste anglais qui faisait de la propagande allemande à la radio) a été : *Schnell*.

Paul Doll a été rétrogradé et remisé sur une voie de garage en juin 1943 ; on lui a confié un poste administratif à l'Inspection des Camps de concentration, à Berlin (alors bombardé toutes les nuits, puis de jour comme de nuit). Il a récupéré son rang de commandant en mai 1944. Capturé en mars 1946, jugé à Nuremberg, il a été livré aux autorités polonaises. Dans son ultime déclaration, Doll écrivit : « Dans la solitude de ma cellule, j'en suis arrivé à l'amère conclusion que j'ai péché gravement contre l'humanité. » Il a été pendu devant le Bunker 11 du Kat Zet I le 16 avril 1947.

Les professeurs Zulz et Entress ont été parmi les médecins nazis jugés en Union soviétique au début de l'année 1948 et condamnés au « quart » : vingt-cinq ans de goulag.

Treize cadres et directeurs d'IG Farben (mais pas Frithuric Burckl) ont été condamnés à Nuremberg en juillet 1948. Suitbert Seedig a été condamné à huit ans de prison pour esclavagisme et meurtre de masse. Rupprecht

Strunck, rappelé d'une retraite anticipée (entamée en septembre 43), a été condamné à une peine de sept ans de prison pour pillage, spoliation, esclavagisme et meurtre de masse. Pas une once de caoutchouc synthétique, pas un millilitre de carburant synthétique n'a jamais plus été produit à la Buna-Werke.

Alisz Seisser a contracté la tuberculose de la hanche et été transférée, en janvier 1944, au camp de Theresienstadt (très épisodiquement potemkinisé), dans les environs de Prague. Il y a de bonnes chances qu'elle ait survécu à la guerre.

*

On ignore le sort d'Esther Kubis, du moins, moi, je l'ignore. *Elle ne craquera pas*, disait Boris. *Elle est soupe au lait mais, en fin de compte, son esprit refusera de leur donner cette satisfaction.* Il rappelait souvent la première chose qu'elle lui eût jamais dite. À savoir : *Je ne me plais pas ici et je n'ai pas l'intention d'y mourir...*

La dernière fois que je l'ai vue, c'était le 1ᵉʳ mai 1943. Nous étions ensemble dans un Block cadenassé, rien que nous deux. J'étais sur le point d'être transféré dans un autre camp (finalement, ça a été Oranienburg) ; Esther terminait ses dernières heures d'une peine d'isolement de trois jours (privée de nourriture et d'eau) parce qu'elle n'avait pas fait son lit ou ne l'avait pas fait correctement : Ilse Grese était très tatillonne sur le sujet.

Nous avons parlé pendant près de deux heures. Je lui ai confié la promesse que Boris m'avait extorquée (faire tout ce qui était en mon pouvoir pour elle), une promesse que, toutefois, je n'étais plus en mesure de tenir (je n'avais plus rien à lui donner, pas même ma montre-bracelet). Elle écoutait avec attention, avais-je l'impression – parce que, désormais, j'étais de toute évidence du mauvais côté du Reich. Je n'ai pas rectifié sa suggestion muette selon laquelle Boris, lui aussi, n'était peut-être pas ce qu'il semblait être.

J'ai conclu notre conversation ainsi : « Esther. Ce cauchemar insensé prendra fin et l'Allemagne perdra. Reste en vie pour au moins voir ça. »

Puis j'ai somnolé, après une longue nuit répétitive quoique peu brutale aux mains de la Section politique. Les six premières heures, Fritz Mobius était avec moi mais, malgré toutes ses vociférations les plus outrées (non simulées : ce n'était pas du chiqué mais la véritable et millénaire fureur germanique en action), pas une fois il n'a eu recours à la force. Au changement d'équipe, à minuit, Paul Doll est venu jeter un coup d'œil. Il m'a paru clairement perturbé et furtif ; mais il a réussi à me gifler plusieurs fois, mû, aurait-on pu croire, par un dégoût patriotique spontané, et il m'a aussi donné un coup de poing dans le ventre (cognant, sans grande force d'ailleurs, sur l'arête osseuse juste au-dessus du plexus solaire). Après quoi, jusqu'à l'aube, j'ai été entre les mains de Michael Off, qui a continué dans la même veine ; apparemment, quelqu'un lui avait dit qu'il ne fallait pas qu'on voie de traces.

C'était curieux. Doll m'a fait penser à un mineur remontant du puits. Sa tunique et ses jodhpurs étaient constellés d'infimes pointes de lumière. Et il avait sur le dos un éclat de la taille d'une pièce. Un tesson de miroir…

À mon réveil, Esther était debout à la fenêtre, avant-bras sur le rebord. Le ciel était d'une pureté exceptionnelle. J'ai compris qu'elle contemplait les sommets des Sudètes. Je savais qu'elle était née et avait grandi dans les Tatras (dont les pics recouverts de glaces pérennes scintillaient). De profil, déjà, on devinait sur son visage un froncement de sourcils et l'esquisse d'un sourire ; elle était tellement perdue dans ses souvenirs qu'elle n'a pas entendu la porte qui, dans son dos, s'est ouverte en grinçant.

Hedwig Butefisch a pénétré dans le Block. Elle a marqué une pause, puis s'est agenouillée, quasi accroupie ; elle a avancé en catimini et pincé l'arrière de la cuisse d'Esther − pas méchamment, pas du tout, par jeu, plutôt, mais assez fort pour effrayer la rêveuse.

« Tu rêvais !

— Mais tu m'as réveillée ! »

Pendant trente secondes, ludiques, elles se sont battues, chatouillées, glapissant aux éclats.

« *Aufseherin !* » (Ilse Grese : depuis le seuil.)

Instantanément, les filles se sont ressaisies et redressées, parfaitement refroidies, et Hedwig a poussé dehors sa prisonnière.

2. Gerda : effacement du National-Socialisme

« Essaie de boire un peu, ma très chère, ma chérie. Je te tiens le verre. Voilà...

— Merci, Neffe. Merci, Neffe, tu as encore maigri. Mais je ferais mieux de me taire.

— Ah, je suis tel le troubadour, Tantchen. Affamé d'amour.

— Passe-moi ça, veux-tu ? Qu'as-tu dit ?... Oh, Neffe... Boris ! J'ai *pleuré* pour toi, Golo, quand j'ai entendu la nouvelle.

— Chut, Tante. Je vais fondre.

— *Pleuré* pour toi. Plus qu'un frère, tu disais toujours...

— Chut, Tante.

— Du moins, ils lui ont rendu tous les honneurs possibles. Il était si photogénique... Est-ce que Heinie va bien ?

— Heinie va bien. Tous vont bien.

— Hum. Sauf Volker, non ?

— Oui, bien sûr. » Volker était son neuvième enfant (en comptant Ehrengard), un garçon. « Volker est un peu souffrant.

— Parce que cet endroit est malsain ! »

« Cet endroit », c'était Bolzano, dans les Alpes italiennes (et l'on était au printemps 1946). Les seuls parents Bormann qui me restaient avaient connu un sort improbable : ils se retrouvaient dans un camp de concentration allemand (appelé « Bozen » de 1944 à 1945). Mais sans esclavage, sans coups de fouet ou de matraque ; on n'y mourait plus de faim, on n'y assassinait plus. Des tas de déplacés, de prisonniers de guerre et d'autres détenus dont le cas devait être étudié : désormais, l'établissement était italien, la nourriture frugale mais bonne, les conditions d'hygiène étaient raisonnables et il y avait de nombreux accorts religieux et religieuses parmi les bénévoles. Gerda était alitée à l'hôpital de campagne ; Kronzi, Helmut, Heinie, Eike, Irmgard, Eva, Hartmut et Volker vivaient sous une sorte de tente militaire à côté.

« Les Américains ont-ils été horribles avec toi, Tante ? lui ai-je demandé.

— Oh ça, oui. Oui, Golo. Horribles. Le médecin, le médecin... pas moi, Neffe, le *médecin*... leur a dit que je devais être opérée à Munich. Toutes les semaines, il part un train. Et cet Américain a répondu : *Ce train n'est pas pour les nazis. Il est pour leurs victimes* !

— C'était cruel, ma chère.

— Ils croient que je sais où il est !

— Vraiment ? Hum. Eh bien, s'il s'en est sorti, il pourrait être n'importe où. En Amérique du Sud, probablement. Au Paraguay. L'enclave du Paraguay, oui, sans doute. Il enverra de ses nouvelles.

— Et... Golo. Est-ce qu'ils ont été horribles avec toi ?

— Les Américains ? Non, ils m'ont donné un travail... Ah, pardon. Tu veux dire les Allemands. Non, pas très. Ils en mouraient d'envie, Tante. Mais, jusqu'au bout, le pouvoir du Reichsleiter a tenu bon. Tout comme tes adorables colis.

— Ce n'est peut-être pas la fin.

361

— Certes, ma chère, mais c'est la fin certaine de son pouvoir.

— Le Chef... le Chef, Neffe. Tué à la tête de ses troupes pour défendre Berlin. Et maintenant, tout est fini. La fin du National-Socialisme. C'est ça qui est insupportable. La fin du National-Socialisme ! Tu ne comprends pas ? Voilà pourquoi mon corps *se rebelle.* »

Le lendemain soir, elle m'a posé la question. J'ai lu la contrariété dans son regard :

« Golo, es-tu encore riche ?

— Non, ma chérie. Tout est perdu. Tout sauf... environ trois pour cent. » Ce qui, en fait, était loin d'être négligeable. « Ils ont tout pris.

— Ah, vois-tu... une fois que les Juifs reniflent quelque chose comme... Pourquoi souris-tu ?

— Parce que ce n'étaient pas les Juifs, ma très chère. Mais les Aryens. »

À l'aise : « Mais tu as encore tes tableaux et tes *objets d'art*.*

— Non. Il ne me reste plus qu'un Klee et un minuscule mais très joli Kandinsky. Je suppose que le reste a atterri chez Goring.

— Ooh, cette brute adipeuse. Avec ses trois chauffeurs, son léopard et son ranch de bisons. Et son maquillage. Et il changeait de tenue toutes les dix minutes. Golo ! Pourquoi ne t'indignes-tu pas davantage ? »

Avec un haussement d'épaules nonchalant : « Moi ? Je ne me plains pas. » Bien sûr, je ne me plaignais pas, de ça ou de quoi que ce soit d'autre : je n'en avais pas le droit. « J'ai eu beaucoup de chance, j'ai été très privilégié, comme toujours. Même en prison, j'ai eu tout le loisir de réfléchir, Tantchen, et on me permettait d'avoir des livres. »

S'aidant des épaules, elle s'est redressée dans son lit :
« Nous n'avons jamais douté de ton innocence, Neffe !
Nous savions que tu étais blanc comme neige.

— Merci, Tante.

— Je suis *sûre* que tu as la conscience totalement tranquille. »

J'avais, il est vrai, envie de parler de ma conscience avec une femme. Mais pas Gerda Bormann... La vérité, Tantchen, c'est que le zèle que j'ai mis à entraver le pouvoir allemand a en réalité infligé des souffrances supplémentaires à des hommes qui souffraient déjà atrocement, qui souffraient plus qu'il n'était imaginable. Ils mouraient, mon amour. Durant la période 1941-1945, trente-cinq mille personnes sont mortes à la Buna-Werke.

« Naturellement, j'étais innocent. Tout reposait sur le témoignage d'un seul homme.

— D'un seul homme !

— Un témoignage obtenu sous la torture. (Et, après coup :) Selon une jurisprudence moyenâgeuse. »

Elle est retombée sur l'oreiller, reprenant d'une voix indistincte : « Mais ces choses du Moyen Âge... sont censées être bonnes, n'est-ce pas ? Noyer... des invertis étranglés... dans des tourbières. Ce genre de choses. Et les duels, Neffe, les duels. »

Elle ne divaguait pas, quand elle évoquait les duels (ou les tourbières, d'ailleurs). Le Reichsfuhrer-SS avait brièvement réintroduit les duels comme méthode pour régler les affaires d'honneur. Mais les Allemands s'étaient déjà habitués à vivre sans honneur – sans justice, sans liberté, sans vérité, sans raison. Les duels sont donc redevenus illégaux après qu'un gros bonnet nazi (un époux outragé dans le cas en question) avait été rondement tué (par celui qui l'avait cocufié)... Brusquement, Tante a ouvert grand les yeux, s'exclamant :

« La hache, Golo ! La hache ! » Sur quoi, sa tête est retombée sur l'oreiller. Une minute s'est écoulée avant qu'elle ne reprenne la parole : « Tout ça, c'est censé être pour le mieux. N'est-ce pas ?

— Repose-toi, Tantchen. Repose-toi, ma douce. »

Le lendemain soir, elle était plus faible mais plus volubile.

« Golo, il est mort. Je le sens. Une épouse, une mère sent ces choses-là.

— J'espère que tu te trompes, ma chérie.

— Vois-tu, Papi n'a jamais aimé Papi. Je veux dire : Vater n'a jamais aimé ton Oncle Martin. Mais j'ai tenu bon, Neffe. Martin avait un tel sens de l'humour ! Il me faisait rire. Et je ne riais pas aisément, déjà enfant. Très jeune, je me demandais toujours : pourquoi est-ce que les gens produisent tous ce bruit idiot ? Même plus tard, je ne comprenais jamais ce qu'ils trouvaient si amusant. Mais Papi, lui, il me faisait rire. *Ach*, ce qu'on riait, tous les deux... Oh, parle-moi, Golo. Pendant que je me repose. Le son de ta voix... »

J'avais apporté une flasque de grappa. J'en ai avalé une gorgée avant de poursuivre :

« Il te faisait rire... Riais-tu toujours des mêmes choses, Tante ?

— Toujours. Toujours.

— Eh bien, voilà une histoire drôle que l'Oncle Martin m'a racontée... Il y avait une fois un homme qui s'appelait Dieter Kruger. Mon ange, je ne veux pas faire mon pédant, mais c'était il y a si longtemps... Te rappelles-tu l'incendie du Reichstag ?

— Bien sûr. Papi était tellement excité... Continue, Neffe.

364

— L'incendie du Reichstag... trois semaines après notre accession au pouvoir. Tout le monde nous croyait coupables. Parce que c'était du pain béni pour nous. » J'ai pris une nouvelle gorgée. « Quoi qu'il en soit, nous n'y étions pour rien. Le coupable était un anarchiste hollandais. Il a été guillotiné en janvier 34. Mais il y avait un autre homme, du nom de Dieter Kruger. Tu es réveillée, Tante ?

— Naturellement, je suis réveillée !

— Ce Dieter Kruger... Dieter Kruger avait déjà participé, avant, avec le Hollandais, à l'incendie d'un bureau de l'assistance publique dans le quartier de Neukolln. Il a donc été exécuté lui aussi. Pour la bonne mesure. Kruger était communiste et...

— Et juif ?

— Non. Ce n'est pas important, Tante. Ce qui est important, c'est que c'était un philosophe politique publié et un ardent communiste... Donc, la veille de son exécution, l'Oncle Martin est descendu dans le couloir de la mort. Avec des amis et du champagne.

— Pourquoi ? Pourquoi du champagne ?

— Pour porter des bans, Tante. Kruger avait déjà été un peu cabossé, comme on pouvait s'y attendre, mais ils l'ont redressé, ils lui ont déchiré la chemise, et ils lui ont attaché les mains dans le dos. Et, pendant une parodie de cérémonie, ils l'ont décoré. La Croix de Fer avec les feuilles de chêne. La médaille de l'Ordre de l'Aigle allemand. Le Chevron d'Honneur de l'Ancienne Garde. Etc. Ils les lui ont épinglés directement sur le torse.

— Ah ?

— L'Oncle Martin et ses amis ont fait des discours, Tantchen. Ils ont célébré Kruger en tant que "père de l'autocratie fasciste". Il a marché à sa mort comme ça. En héros décoré du national-socialisme. L'Oncle Martin trouvait la chose très amusante. Et toi, trouves-tu ça très amusant ?

— Quoi ? Ils l'ont *décoré* ? Non !

— Hum. Mmm.

— Après tout, s'il avait incendié le Reichstag... »

Mon dernier soir à Bolzano, au prix d'un gros effort, elle a recouvré tous ses esprits :

« Nous avons tant de raisons d'être fiers, Golo. Pense à ce qu'il a accompli, Oncle Martin. Je veux dire... Tout seul. »

S'ensuivit un silence. Un silence compréhensible. Quoi ? L'intensification des châtiments corporels dans les camps d'esclavage. L'expression de son prudent désaccord sur la question de la Glace cosmique. La désémitisation de l'alphabet. La marginalisation d'Albert Speer. L'Oncle Martin ne s'intéressait absolument pas à tout l'attirail du pouvoir, seulement au pouvoir en soi, qu'il a mis à profit, tout le temps, à des fins invariablement triviales...

Tantchen : « Ce qu'il s'est donné pour la question des Mischlinge ! Des Juifs et des Juives mariés à des Allemands et des Allemandes.

— Oui. Et, en fin de compte, nous les avons tolérés. Les mariages mixtes. *En gros.*

— Ah, mais il a eu ses Hongrois. » Elle a émis un léger gargouillement de satisfaction. « Jusqu'au dernier. »

Pas tout à fait. En avril 44 encore, alors que la guerre était perdue depuis longtemps, que les villes allemandes étaient rasées, que des millions de citoyens allemands étaient à moitié morts de faim, sans toit sur leur tête, vêtus de hardes, le Reich trouvait encore sensé de détourner des troupes vers Budapest ; où l'Abschiebung a débuté. Vois-tu, Tante, c'est comme cet homme de Linz qui a tué sa femme de cent trente-sept coups de couteau.

Le deuxième coup ne faisait que justifier le premier. Le troisième justifiait le deuxième. Et ainsi de suite, jusqu'à plus soif. Des Juifs hongrois, seulement deux cent mille ont survécu, Tantchen, alors que près d'un demi-million avaient été déportés puis assassinés lors de l'« Aktion Doll » au Kat Zet II.

« Hum, il disait toujours que c'était sa plus grande réussite sur la scène internationale. Tu sais... sa plus grande contribution comme homme d'État.

— Tu m'enlèves les mots de la bouche, Tante.

— Et maintenant, Neffe. Que vas-tu faire, maintenant, mon chéri ?

— Je suppose qu'en fin de compte, je vais reprendre mon droit. Mais pas sûr. Peut-être continuer comme interprète. Mon anglais s'améliore à vue d'œil. J'ai fait des progrès *by hook or by crook*.

— Quoi ? C'est une langue très laide, il paraît. Tu ne devrais pas travailler pour les Américains, tu sais, Golo.

— Je sais, ma chère, mais je le fais tout de même. » Pour l'OMGUS, le Bureau américain du gouvernement militaire, et les cinq D : dénazification, démilitarisation, désindustrialisation, décartellisation et démocratisation. « Tante, j'essaie de retrouver quelqu'un. Mais le fait est que... j'ignore son nom de jeune fille... Je ne le lui ai jamais demandé.

— Golito... Pourquoi ne pouvais-tu pas te trouver une gentille célibataire ?

— Parce que je me suis trouvé une gentille déjà mariée.

— Tu as l'air chagrin, mon très cher.

— C'est vrai. Je trouve que je suis en droit de l'être.

— Oh. Pauvre Golito. Je comprends. Qui est donc le mari ?

— Ils sont séparés et elle n'a pas gardé son nom de femme mariée, j'en suis sûr. Il a été jugé par l'IMT.

— Ces porcs. La justice juive. Était-il un bon Nazi ?

— L'un des meilleurs... Quoi qu'il en soit. Je piétine. Il ne reste aucun endroit où aller vérifier. » Je voulais dire par là que tous les dossiers, toutes les chemises, toutes les fiches cartonnées, le moindre bout de papier relié au Troisième Reich avait soit été détruit par les uns avant la capitulation soit saisi et mis sous scellé par les autres après. « Il ne reste rien qu'on puisse vérifier.

— Golito, fais passer une annonce dans la presse. C'est ce qui se pratique.

— Hum, j'ai déjà essayé. Plus d'une fois. Et tu veux que je t'avoue ? C'est assez décourageant... Pourquoi ne m'a-t-elle pas trouvé ? Je ne suis pourtant pas difficile à trouver.

— Elle essaie peut-être, Neffe. Ou, je vais te dire... elle est peut-être morte. C'est arrivé à tant de gens. Quoi qu'il en soit, c'est toujours le cas, n'est-ce pas, après une guerre ? Personne ne sait où sont passés les autres. »

Je me suis assis sur le lit et suis resté là, songeur, la flasque sur les genoux.

« Je ne suis pas difficile à trouver. » Je me suis relevé lentement. « C'est l'heure, c'est triste, ma chère, mais c'est comme ça. Je vais devoir y aller, Tantchen. Tantchen ? »

Gerda s'était endormie et c'était compréhensible ; elle avait plongé dans les abîmes du sommeil.

« Dieu te bénisse, mon ange » : penché sur elle, j'ai posé mes lèvres sur son front cireux, et puis je suis allé rejoindre les autres dans le camion.

*

Gerda avait un cancer de l'utérus. Elle est morte dix jours après, le 26 avril 1946. Elle avait trente-sept ans. Et le pauvre Volker, qui avait toujours été un bébé puis un gamin chétif, est mort la même année. Il avait trois ans.

J'étais ainsi depuis un moment : je ne pouvais pas voir de la beauté là où je ne voyais pas de l'intelligence.

Mais je voyais Gerda avec les yeux de l'amour et, même sur son lit de mort, elle était belle. La beauté stupide de Gerda Bormann.

un de 1...
mais de 1...
un de 1...

3. Hannah : la Zone d'Intérêt

En septembre 1948, je me suis assigné une mission impossible.

À ce moment-là, on ne pouvait déjà plus décrire très adéquatement la Quatrième Allemagne comme un hospice posé sur un crassier. Au cours de la période d'hyperinflation de mon adolescence, l'argent ne gardait une valeur donnée que pendant quelques heures (le jour de la paie, tout le monde faisait ses courses de la semaine ou du mois, et les faisait *illico*) ; à l'inverse, pendant la période d'après-guerre, l'argent n'avait, dès le départ, aucune valeur. Une fois encore, la solution résida dans un changement de billets. La réforme de la monnaie, le 20 juin, a mis un terme à la Zigaretten Wirtschaft (la période pendant laquelle une Lucky Strike avait trop de valeur pour qu'on ose la fumer) et on a introduit la Soziale Marktwirtschaft, ou économie de marché : pas de rationnement, aucun contrôle des prix. Et ça a fonctionné.

Dans l'esprit donquichottesque de cet été-là, j'ai acheté une voiture, une vieille Tornax brinquebalante (dont le cric noirci, auquel il fallait souvent avoir recours, me rappelait une swastika cassée). Hardiment, j'ai pris la route du sud. Mon but ? Il était de m'approcher de la mort de l'espoir : de l'épuiser, afin de m'en débarrasser, dans la mesure du possible. J'étais plus sage, plus vieux, plus grisonnant (cheveux et yeux délavés) ; mais ma santé physique était bonne, j'aimais bien traduire pour les Américains (je m'étais, d'ailleurs, pris de passion pour un travail *pro bono* que je faisais en plus), j'avais des amis hommes et même femmes, je fréquentais le bureau, le magasin de la base américaine, le restaurant, le cabaret, le cinéma. Mais, quant à me construire une vie intérieure tout aussi plausible, je n'y réussissais pas.

Mes collègues de l'OMGUS aimaient à dire que le nouvel hymne national était : *Ich Wusste Nichts Uber Es* (« Je n'étais pas au courant ») ; pourtant, vers cette époque, tous les Allemands, qui se réveillaient lentement d'un long sommeil après la Vernichtungskrieg et le Endlosung, étaient censés être réformés. Moi-même, je l'étais. Mais impossible de m'élaborer une vie intérieure autonome ; et c'était peut-être là le grand échec national (que, du moins, je n'ai pas tenté d'atténuer en rejoignant je ne sais quelle formation). Lorsque j'analysais ma vie, je ne voyais que le lait aqueux de la solitude. Au Kat Zet, comme tout perpétrateur, je m'étais senti double (c'était moi et ce n'était pas moi) ; après la guerre, je me suis senti réduit de moitié. Et quand je pensais à Hannah (fréquemment), je n'avais pas l'impression d'un récit amèrement inachevé. J'avais plutôt l'impression d'un récit jamais entamé.

Plus haut, j'ai écrit qu'on ne pouvait vivre dans la Troisième Allemagne sans découvrir qui on était vraiment, plus ou moins (c'était toujours une révélation, et souvent fâcheuse) – et sans découvrir qui étaient les autres, d'ailleurs. Désormais, il me semblait tout juste avoir fait la connaissance de Hannah Doll. Je me rappelais et goûtais encore le plaisir complexe que j'éprouvais face à elle, à sa façon de se tenir, de tenir un verre, de parler ou de traverser une pièce : l'impression de comédie chaleureuse et l'émotion dont tout cela m'emplissait. Où exactement ces interactions avaient-elles eu lieu ? Quelle était cette puanteur gluante que murs et plafonds étaient incapables de refouler ? Et qu'était donc *cet homme*, son époux ?... La Hannah que je connaissais existait dans un puisard de misère, dans un lieu que même ses gardiens appelaient *anus mundi*. Comment donc pouvais-je m'empêcher d'imaginer une nouvelle Hannah qui se serait extraite de ce cauchemar ? Qui serait-elle – qui serait-elle dans une société paisible et libre, confiante et inspirant la confiance ? Qui donc ?

Sous le National-Socialisme, on se regardait dans le miroir et on voyait son âme. On se découvrait. Cela s'appliquait, par excellence et a fortiori (avec une violence incommensurable), aux victimes, ou du moins celles qui vivaient plus d'une heure et avaient le temps de se confronter à ce reflet. Mais cela s'appliquait également à tous les autres : les malfaiteurs, les collaborateurs, les témoins, les conspirateurs, les martyrs absolus (Orchestre rouge, Rose blanche, les hommes et les femmes du 20 juillet) et même les obstructeurs, comme moi et comme Hannah Doll. Nous découvrions tous ou révélions, désemparés, qui nous étions.

La véritable nature de chacun. Ça, c'était la Zone d'Intérêt.

C'est ainsi que j'ai repris ma quête d'un nom de jeune fille.

*

Hannah avait rencontré Paul Doll à Rosenheim, où ils avaient passé quelque temps, et il semblait probable

372

qu'ils s'y soient mariés. Je suis donc allé à Rosenheim. Ronronnant, sursautant et cliquetant, puis calant avant de repartir avec un hoquet, l'effroyable Tornax a fini par parcourir les soixante kilomètres depuis Munich.

Rosenheim comptait dix-huit arrondissements, dont chacun avait son propre Standesamt : naissances, mariages, décès. Mon projet emplirait donc aisément toute ma semaine de congé. Qu'à cela ne tienne, les « permissions », désormais, s'appelaient audacieusement « vacances ». En plus du retour brutal de certains services et denrées, l'atmosphère avait changé radicalement. Quoi que ç'ait été, ce n'était pas le retour à la normalité. Il n'y avait plus aucune normalité à laquelle retourner, pas depuis 1914, pas en Allemagne. Il fallait avoir au moins cinquante-cinq ans pour que ses souvenirs d'adulte remontent à la normalité. Mais il n'en flottait pas moins quelque chose dans l'air, et c'était neuf.

Arrivé le dimanche, je me suis installé dans une pension près du Riedergarten. Tôt le matin, grave, conscient de la futilité de ma quête, activant la manivelle de la Tornax, j'ai entamé ma tournée en cercles concentriques.

Le samedi suivant, à cinq heures de l'après-midi, je buvais un verre de thé à un stand de la grand-place, gorge en feu, yeux mouillés aux commissures. Après une débauche de dur labeur, de ruse, de servilité et d'argent (ces valeureux nouveaux Deutschmarks), j'avais réussi à éplucher en tout trois dossiers – en pure perte. En d'autres mots, cette excursion, cette entreprise se soldait par un lamentable échec. J'étais donc là, contemplant mollement la ville qui avait recouvré la paix et la liberté. C'était indéniable : la paix et la liberté étaient là (même si la capitale était soumise au blocus, et s'il y avait peu de paix, et peu de liberté, dans la zone russe du nord-est, où, d'après la rumeur, on avait retrouvé des charniers de un hectare). Quoi d'autre ? Maintes années plus tard, je lirais la première missive d'un journaliste américain posté à Berlin, qui consistait en cinq mots : *Rien de sensé à rapporter.* Elle datait de 1918.

En janvier 1933, quand les clefs de la Chancellerie avaient été remises au NSDAP, une faible majorité d'Allemands avaient ressenti, pas seulement de l'horreur, mais la sensation cauchemardesque d'être plongés dans une atmosphère irréelle ; quand on sortait, on reconnaissait vaguement ce qui vous était familier, mais seulement comme on le perçoit sur une photographie ou une bobine de film : le monde paraissait abstrait, c'était un ersatz, une illusion. C'est peut-être ce dont j'ai fait l'expérience, ce jour-là à Rosenheim. Les prémices du compromis allemand avec la réalité. Le réalisme social : tel était le genre en vigueur. Pas un conte de fées, pas un court roman gothique, pas une saga de capes, d'épées et de sorcellerie, pas un roman à quatre sous. Et certainement pas un roman à l'eau de rose (je commençais à accepter la chose). Le réalisme, rien d'autre.

D'où découleraient certaines questions inévitablement pressantes.

D'en haut ? demandait Konrad Peters au Tiergarten, à Berlin – le pointilleux Peters, qui est mort à Dachau couvert de sa merde et de poux. D'en haut : la Realpolitik de Bismarck dévaluée à un énième degré. Combinée à un antisémitisme hallucinatoire et un penchant pour la haine entré dans les annales de l'histoire. Ah, mais aussi d'en bas, tel est le véritable mystère. C'est une injure communément faite aux Juifs, mais pas à l'écrasante majorité de la population allemande : véritables

374

moutons de Panurge, ils se sont précipités à l'abattoir. Puis ils ont noué leur tablier de caoutchouc et se sont mis à l'ouvrage.

Je pensais, oui : comment une contrée assoupie de poètes et de rêveurs, la nation au niveau d'éducation le plus élevé que la terre ait jamais portée, comment a-t-elle pu tomber si bas, de façon aussi insensée, aussi aberrante ? Qu'est-ce qui a mené son peuple, hommes et femmes confondus, à consentir au viol de leurs âmes – un viol perpétré par un eunuque (Grofaz : le Priape vierge, le Dyonisos abstinent, le Tyrannosaurus *rex* végétarien) ? D'où est-il venu, ce besoin d'une exploration tellement systématique, pédante et littérale de la bestialité ? Je l'ignorais, bien sûr, tout comme Konrad Peters, et comme tous les autres autour de moi, familles, vétérans boiteux, couples qui se bécotaient, groupes de très jeunes et très ivres GI (ces flots de Löwenbrau forte, bon marché, délectable), bénévoles agitant leur boîte en ferblanc, quêtant pour une bonne cause, veuves de noir vêtues, une rangée mobile, tortueuse de boy-scouts, marchands des quatre saisons...

C'est alors que je les ai vues. Je les ai vues au loin dans la foule – elles marchaient dans la direction opposée, elles s'éloignaient, de l'autre côté de la place. La configuration de leur trio suffit : rien de plus, une mère et ses deux filles, toutes les trois en chapeau de paille, sac en osier se balançant à leur poignet, vêtues de robes à l'étoffe blanche crenelée.

J'ai avancé très vite dans leur direction au milieu des hordes de vacanciers.

*

« Vous êtes trop vieilles maintenant, ai-je lancé d'un ton mal assuré (un pétillement de détresse dans les sinus), et trop grandes aussi, pour manger des glaces.

— Non, pas du tout, a rétorqué Sybil. On ne sera jamais trop vieilles pour manger des glaces.

— Ou trop grandes, a renchéri Paulette. Oh, allons, Mami... Mami ! Oh *s'il te plaît*. Allons. »

J'ai payé aux filles des banana split dans le salon du Grand Hôtel. Leur mère a finalement accepté de prendre un jus d'orange (pour ma part, j'ai commandé un grand schnaps)... Quand, au bas de l'allée en pente, prononçant son nom, j'avais effleuré son épaule, Hannah s'était retournée. Son expression avait été frappée par la stase du souvenir ; elle avait simplement écarquillé les yeux et porté à sa bouche sa main gantée de blanc.

D'une voix chargée d'émotion, j'ai expliqué :

« Le terme savant, jeunes filles, c'est : *lustrum*. Cinq ans. Et il n'y a pas d'autre lustrum qui change davantage un être que celui qui sépare ses quatorze ans de ses dix-neuf ans. Toi, Paulette, surtout, tu as changé, si je puis me permettre. Ta beauté s'est révélée. »

C'était incidemment et providentiellement vrai : elle avait pris trente centimètres au moins, et l'on pouvait désormais la regarder sans revoir la longue lèvre supérieure et les narines ignorantes et inexpressives du Kommandant.

« Et de dix-huit à vingt-trois ans ? a demandé Sybil.

— Ou de rien à cinq ans ? a dit Paulette. Oui, pourquoi pas de rien à cinq ans ? »

Une élégante galerie marchande jouxtait l'atrium tout en verre de l'hôtel ; j'espérais que les jumelles ne pourraient résister à la tentation des néons, des étoffes coûteuses, des parfums des bouquets de la fleuriste.

« On peut, Mami ?

« — Pas maintenant… Oh, bon, d'accord. Mais seulement cinq minutes. Pas plus. »

Les filles nous ont laissés.

Penché en avant, les mains sur les cuisses : « Pardonnez-moi. Je n'avais pas compris que vous vous étiez remariée. »

Elle s'est redressée. « *Remariée* ? Ah oui, j'excelle dans ce domaine, pas vrai ? Mais non, mon statut, a-t-elle ajouté avec lenteur, est : *veuve*.

— Je dois être rentré à Munich demain soir. » J'avais à l'origine prévu de partir le soir même, ma valise était déjà dans le coffre rouillé de la Tornax. « Puis-je vous revoir, fût-ce brièvement, avant mon départ ? Disons, au café, demain matin ? »

Elle a pris un air perturbé… comme s'il avait fait trop chaud pour elle dans la salle ; son genou gauche s'est mis à trembler. Mais le plus inquiétant, c'est qu'elle ne cessait de fermer les yeux : les paupières supérieures restaient à leur place alors que les inférieures glissaient vers les cieux. Quand un homme voit une femme faire ça, il ne lui reste qu'à marmonner une politesse quelconque et à prendre la direction de la porte. Elle a dit :

« Non. Non, je ne crois pas que cela soit utile. Je suis navrée. »

Après avoir réfléchi un instant, j'ai osé : « Puis-je vous poser une question ? » J'ai sorti de mon portefeuille un petit morceau de papier journal, une annonce que j'avais fait passer dans les colonnes adéquates du *Munchener Post*. « Me feriez-vous l'honneur de lire ceci ? »

Elle a pris le papier et l'a lu à voix haute : « *Avocat et traducteur, trente-cinq ans, recherche a) des cours d'espéranto et b) des cours de théosophie par un(e) spécialiste. Veuillez répondre à…*

— Au cas où vos parents seraient tombés dessus. Aujourd'hui, j'ai trente-huit ans. » J'ai réussi à me refréner d'attiser sa curiosité en lui promettant un compte-rendu des dernières heures de Dieter Kruger. Je me suis contenté de : « Vous êtes trop généreuse pour ne pas m'accorder un peu de votre temps. Je vous en prie. S'il vous plaît. »

À ce moment-là, elle a pris une décision et, d'un ton pragmatique, m'a dit où, quand et pour quelle durée. Quand je la lui ai demandée, elle m'a même donné son adresse.

« Une partie du problème, ai-je expliqué, c'est que je ne connaissais pas votre nom de jeune fille.

— Il ne vous aurait pas été d'une grande utilité. Schmidt. Ah, où sont passées les filles ? »

*

Du crépuscule à l'aube, j'ai eu l'impression d'avoir été soumis à un délire ininterrompu, à une force virale : cauchemars à fleur de peau, semi-conscients, d'impuissance. J'essayais en vain de soulever ou de déplacer une série infinie d'objets encombrants, d'un poids qui les rendait quasi intransportables ; puis j'essayais (toujours en vain) de franchir d'épaisses portes d'or et de plomb ; honteux de mon échec, je fuyais ou battais en retraite devant des ennemis grimaçants : j'étais nu et ratatiné, on se moquait de moi, me raillait, me provoquait depuis des chambres, des salles de réunion ou de bal. En fin de compte, mes dents se mettaient à valser autour de mes mâchoires, changeaient de place, se cachaient les unes derrière les autres, jusqu'à ce que je les crache comme une bouchée de noix pourries. Et je pensais : ça y est, c'est la fin. Je ne peux plus manger, parler, sourire ou embrasser.

Dehors, le temps était neutre, et tout semblait comme arrêté.

*

Hannah m'avait donné rendez-vous au kiosque à musique derrière la Freizeitgelande – l'aire de loisirs. *Tout le monde connaît.* Elle avait précisé qu'elle ne disposerait que d'une heure. Elle l'avait dit très simplement. Bien sûr, j'ai voulu être d'une ponctualité irréprochable ; et je serais tout aussi ponctuel au moment de prendre congé.

Au rez-de-chaussée de la pension, j'ai commandé un petit déjeuner que j'ai été incapable d'avaler. Je suis donc remonté dans ma chambre, j'ai pris mon bain, je me suis rasé et, à dix heures et demie, j'ai pris dans le lavabo le bouquet de fleurs que j'avais acheté la veille au Grand Hôtel, puis je me suis mis en route.

*

Trois fois, j'ai demandé mon chemin et, trois fois, on me l'a indiqué avec la même attention grave (comme si les passants qui me répondaient avaient été prêts à m'accompagner si ce n'est me porter, à mon rendez-vous). J'ai contourné la gare, rouverte, bien sûr (même si l'on voyait, non loin, un amoncellement géant de rails déchiquetés), j'ai traversé deux zones bombardées, de la surface de deux immeubles, débarrassées des gravats mais sentant encore l'essence. Tout cela (d'après l'un de mes guides) datait des raids de la mi-avril 45, dont le dernier avait eu lieu le 21, à l'époque où les Russes,

379

déjà entrés dans Berlin, bombardaient la Chancellerie. Les bombardiers étaient britanniques – les moins haineux, les moins haïs (et les moins antisémites) de tous les combattants. Ah, penserais-je plus tard, les guerres vieillissent comme le reste : elles se font des cheveux blancs, elles sentent mauvais, elles puent la pourriture et la folie ; et plus grande est leur envergure, plus vite elles vieillissent…

Ensuite, l'aire de loisirs (trois adolescents jonglaient avec un ballon de football) et le bassin : un clan de canards, un cygne solitaire. La grande cloche de Saint-Kaspar, avec ses intervalles menaçants de trois secondes, sonnait onze heures quand je me suis assis sur un banc avec vue sur le kiosque, où plusieurs vieux types en uniforme de sergé bleu élimé avec des boutons dorés remballaient d'antiques trompettes et trombones. Sur fond de ciel aussi incolore, aussi neutre que du papier calque, dans une tenue plutôt en demi-teinte, tricot assorti à la jupe longue, tout habillée en coton bleu marine, elle est arrivée : diminuée (nous étions tous diminués), mais encore grande, ample, pleine, et le pas encore léger. Je me suis levé.

*

« Elles sont pour vous, bien sûr. Pour que vous ayez l'impression d'être une vedette de cinéma.

— Des amaryllis. » Elle ne faisait qu'énoncer un fait. « Les tiges aussi épaisses que des poireaux. Accordez-moi un instant, je vais les mettre dans l'eau. »

Après qu'elle se fut agenouillée pour ce faire, quand elle s'est redressée et a retiré un brin d'herbe de sa manche, j'ai à nouveau ressenti le même plaisir confus que naguère, avec son étrange mélange de joie et de pitié. Devant la façon qu'elle avait de faire ceci ou cela, ainsi et pas autrement. Ses habitudes, ses choix, ses décisions. Empli de désir, mais aussi écrasé d'effroi, j'ai su que son emprise sur mes sens était intacte et entière ; cette emprise était chagrine mais, également, en quelque sorte, comique : elle me donnait envie de pleurer et de rire à la fois.

« Je vous en prie, comprenez bien que mes attentes sont minimales. » J'ai joint les mains comme en prière, tout en leur accordant une grande mobilité, pour souligner en mesure mes paroles tandis que je précisais : « Une correspondance. Peut-être une sorte d'amitié... »
Elle en a pris acte. J'ai continué :
« Parce qu'il est possible que rien ne puisse être sauvé. Nous ne nous en étonnerions pas, je ne crois pas.
— Non, en effet. » Elle s'est retournée. « Rien n'a survécu, n'est-ce pas, de cette époque. Pas même un bâtiment ou une statue. »
J'ai sorti un paquet de Lucky Strike ; nous avons pris une cigarette chacun, que j'ai allumée avec ma flamme épaisse et droite (pas de vent, beau temps). « Hum, je crois comprendre pourquoi vous vous êtes sentie mal à l'aise, au début, en... en me revoyant.
— Écoutez, je ne veux pas être désagréable, mais qu'est-ce qui vous fait croire que je ne le suis plus ? J'ai continué de l'être. Je le suis en ce moment même. »
À mon tour, j'ai pris acte. De sa franchise.
Elle a vite repris. « N'allez pas croire que c'est seulement vous. Je vis dans la hantise de revoir les gens, n'importe qui de cette époque. Je ne crois pas que je pourrais jamais revoir même la petite Humilia. Qui se porte bien, au fait. »

381

Son intonation n'avait rien de théâtral : plate et anodine, à l'unisson avec son regard franc. Les cheveux châtain foncé étaient les mêmes, la large bouche était la même, la découpe virile de la mâchoire était la même. Deux rides verticales s'étaient creusées de part et d'autre de l'arête du nez, mais rien d'autre n'avait changé.

« Je dois être de retour en ville à trois heures, de toute façon. À midi, je serai parti.

— J'étais peut-être névrosée, ou j'ai peut-être simplement été faible. Soit. Mais c'était trop pour moi. Je n'étais pas taillée pour. »

Mes sourcils ont continué d'onduler en sympathie, mais je sentais que tout mon être, pas seulement mon cœur, résistait : il rejetait le tour que prenaient les choses, avec une fermeté que je n'ai pas comprise sur le moment. J'ai préféré me taire.

« Je ne peux m'empêcher de penser que je vais revoir Doll. Je suis folle à ce point. Je mourrais si je le revoyais. » Elle a frissonné, elle s'est tortillée, elle a dit : « Je mourrais probablement s'il me touchait.

— Il ne peut plus vous toucher. »

S'est ensuivi un long silence. Il y avait déjà eu plusieurs longs silences. Sur le ton du reproche, Saint-Kaspar sonna le quart.

« Pouvons-nous bavarder de choses plus légères pendant un instant ? Parlez-moi de votre travail. Ça me calmera.

— Ce n'est pas vraiment changer de sujet. » Moi aussi, cela dit, je ressentais le besoin de bavarder de choses légères, *pendant un instant*. Je lui ai donc décrit mon travail. Les huit millions de questionnaires remplis, les cinq degrés de la classification en vigueur : de l'acquittement à la condamnation pour crime contre l'humanité.

« Le cinquième. C'est le seul qui puisse convenir à feu mon époux.

— En effet. Désolé. Oui. » J'hésitais. « Mais permettez-moi... permettez-moi d'être honnête et de tout vous raconter sur l'aspect des choses qui m'intéresse vraiment. »

Mon travail subsidiaire n'avait pas grand-chose à voir avec la justice des vainqueurs (comme si, après une guerre, il pouvait y en avoir une autre). Il était lié au Bundesentschadigungsgesetz, les lignes directrices suivant lesquelles les réparations devaient se faire : la justice pour les victimes. Dans mon cas, les indemnités pour « parents assassinés », « années sacrifiées à l'esclavage et à la terreur » ou « débilité physique et mentale persistante » (ainsi que pour le vol de tous les biens et actifs). Mon ami David Merlin, un avocat juif, capitaine de l'armée américaine (l'un de nos dénazificateurs les plus brillants et les plus honnis), m'avait recruté l'année précédente ; au début, toute cette affaire m'avait paru à la fois profondément pertinente et tout aussi profondément fantaisiste : qui, à ce moment-là, aurait pu imaginer une Allemagne non seulement souveraine et solvable mais, en plus, repentante ? Mais l'eau avait coulé sous les ponts et les choses avaient changé. La nouvelle réalité (l'émergence d'Israël, au mois de mai) avait fait l'effet d'une piqûre ou d'une insémination ; et Merlin prévoyait déjà une mission exploratoire à Tel-Aviv. Hannah a dit :

« C'est la meilleure chose que vous puissiez faire. Et vous disposez de ce pouvoir.

— Merci. En tout cas, mes journées sont bien remplies. Au moins, j'ai de quoi m'occuper.

— Hum. Moi pas. »

Elle a dit devoir désormais veiller davantage sur ses parents : la hanche de sa mère, le cœur de son père.

« Et je donne des cours de conversation française cinq heures par semaine. Je ne peux pas m'attaquer au français écrit à cause de mes lacunes en orthographe. Vous savez : la dyslexie. Donc, tout ce que je fais, au bout du compte, c'est élever mes filles. »

Qui ont surgi à ce moment-là, émergeant de l'autre côté du bassin, alors que sonnait la demie. Elles se sont arrêtées – il était clair qu'elles avaient reçu l'ordre de venir vérifier que tout allait bien pour leur mère. Laquelle leur a fait signe, et elles lui ont fait un signe en retour avant de s'esquiver derechef.

« Les jumelles vous aiment. »

Déglutissant, j'ai répondu : « J'en suis ravi, parce que je les aime aussi, depuis toujours. Et c'est bien, non, que maintenant, Paulette puisse marcher la tête haute à côté de Sybil ? C'est décidé, je serai un ami de la famille. Je viendrai vous voir de temps à autre, en train, et je vous emmènerai au restaurant.

— Je suis désolée, mais je n'arrive pas à quitter ce cygne des yeux. Je le déteste. Vous voyez ? Son cou est assez propre, mais regardez ses plumes. D'un gris crasseux.

— Comme la neige en Pologne. » D'abord blanche, puis grise, puis brune. « Quand êtes-vous partie ?

— Sans doute le même jour que vous. Quand ils vous ont embarqué. Le 1er mai.

— Pourquoi si tôt ?

— À cause de la nuit précédente. La nuit de Walpurgis. » Un court instant, son visage s'est illuminé. « Hormis l'évidence, que savez-vous de cette nuit de Walpurgis ?

— Je vous écoute.

384

— Les filles étaient très excitées. Pas seulement à cause du feu de joie, des feux d'artifice et des pommes de terre au feu de bois. Elles avaient un livre avec lequel elles aimaient se faire peur. La nuit de Walpurgis est censée être le moment où s'abolit la frontière entre les mondes visible et invisible. Entre le monde de la lumière et le monde des ténèbres. Elles adoraient ça. Puis-je avoir une autre cigarette ?

— Bien sûr... Un ami à moi, un ami qui est mort depuis, disait que le Troisième Reich n'était qu'une longue nuit de Walpurgis. Il parlait d'une autre frontière, de la frontière entre la vie et la mort, et de la façon dont elle semblait être levée alors. Le 30 avril. N'est-ce pas la nuit où la curieuse créature de la Wilhelmstrasse a mis un terme à sa misérable existence ?

— Vraiment ? C'est aussi mon anniversaire. Quoi qu'il en soit... » Avec feu, elle a ajouté : « Je vous le demande, car je ne suis pas sûre d'avoir bien vu... Regardez comme ce cygne est mauvais. »

Le cygne : le point d'interrogation furieusement offensé de son cou et de son bec, son regard fixe et noir.

Avec une légère gêne, j'ai répondu : « Ah oui. La nuit de Walpurgis figure dans... pourrait-ce être *Faust* ? *Les sorcières copulent, les boucs défèquent...*

— C'est *bien*, ça. » Haussant les sourcils, elle a poursuivi : « Il m'a fait sortir dans le jardin. Pour regarder les chandelles romaines. Il a dit que Szmul... il a dit que Szmul voulait m'offrir un cadeau d'anniversaire. Essayez d'imaginer que vous assistez à la scène. »

Eux trois dans la nuit qui tombait. Plus loin, au bas de la déclivité, le flamboiement de la nuit de Walpurgis et, peut-être, le souffle vertical d'une fusée. Le coucher de soleil, les premières étoiles. Le Sonderkommandofuhrer Szmul se trouvait de l'autre côté de la barrière du jardin. En tenue rayée. L'atmosphère, racontait Hannah, ne ressemblait à rien de ce qu'elle avait jamais lu, entendu dire ou expérimenté elle-même. Le regard vide, le prisonnier avait sorti de sa manche un objet allongé, un instrument ou une arme terminé par une pointe étroite. Tout était incertain, tout était factice.

Poussant le portail du pied, Doll avait dit : *Entre donc…*

Szmul n'avait pas bougé. Il avait ouvert sa chemise et dirigé la pointe vers sa poitrine. (Hannah tendait les bras devant elle, mains jointes.) La dévisageant, Szmul lui avait dit :

Eigentlich wollte er dass ich Ihnen das antun.

Et Doll : *Oh, tu n'es vraiment bon à rien.*

Et il lui avait tiré une balle dans la tête. Il avait sorti son pistolet et lui avait tiré une balle dans la tête. Puis il s'était accroupi et lui avait tiré une balle dans la nuque.

Quand le corps de Szmul avait cessé de trembler, Doll, encore accroupi, avait pivoté lentement et l'avait regardée droit dans les yeux.

Eigentlich wollte er dass ich Ihnen das antun. Il voulait que je vous fasse ça.

« Tout en parlant, Szmul a soutenu mon regard. Je le voyais tous les jours mais il ne l'avait jamais fait jusque-là : soutenu mon regard. » Pendant un moment, comme étonnée d'avoir une cigarette à la main, Hannah a aspiré une bouffée avant de la jeter par terre. « Doll était couvert de sang. Mon Dieu, les dégâts qu'une seule balle peut causer… Mais il essayait encore de sourire. Soudain, j'ai compris qui il était depuis toujours. Il se tenait là devant moi, ce petit garçon cauchemardesque.

Pris en flagrant délit, surpris à faire quelque chose de parfaitement répugnant. Et ça ne l'empêchait pas d'essayer de sourire.

— Donc vous...

— Oh. Tout de suite. J'ai pris les filles et les ai emmenées chez Romhilde Seedig. Nous sommes parties dès que cela a été possible. » Et, posant sa main, à plat, juste en dessous de sa gorge : « J'avais finalement vu clair en lui. Mais... maintenant, Herr Thomsen, vous, le Referendar, que pensez-vous de tout cela ? »

Écartant les doigts : « Vous-même avez eu cinq ans pour y réfléchir. Vous avez dû vous forger une opinion.

— Hum. Eh bien, en fin de compte, le pire, vraiment, c'est qu'il a empêché Szmul de s'ôter la vie lui-même. Il lui a détruit le visage. Voyez-vous, je disais bonjour à Szmul dans notre rue tous les matins. Quoi qu'il ait été, il n'était pas violent... J'ai raison, n'est-ce pas ? Doll avait, que sais-je, poussé Szmul à me faire du mal, ou peut-être même à me tuer.

— Ce que j'avais craint tout du long. Il l'a contraint, il l'a forcé d'une manière ou d'une autre. Je me demande comment.

— Moi aussi.

— Pour le reste, vous avez vu juste, je crois. »

Pesamment, Saint-Kaspar nous rappela qu'il était onze heures quarante-cinq. C'était dimanche, mais l'on n'entendait aucune autre cloche d'aucune autre église, dans cette cité aux cent clochers.

« Souhaitez-vous savoir ce qui est arrivé à Dieter ? Qu'est-ce que Doll vous a dit à son sujet ?

— Eh bien... qu'il était mort. Ce qui est le cas, n'est-ce pas ? Oh, Doll a beaucoup parlé. Il n'arrêtait pas de débiter des souvenirs différents et contradictoires.

Il prétendait qu'ils lui avaient coupé tous les nerfs de l'aine. Ils l'avaient enfermé dans une espèce de glacière. Puis ils…

— Non, non, rien de tout cela n'est vrai.

— J'ai deviné que *tout* ne pouvait pas être vrai.

— Mais il a bien été martyrisé, ai-je expliqué d'un ton ferme. Il est mort pour sa cause, une mort rapide, toutefois. Et au tout début. En janvier 34. Je le tiens du Reichsleiter.

— Vous avez été en prison, n'est-ce pas ? Pas dans un camp.

— Camps d'abord, prison ensuite, Dieu soit loué. Comparé à un camp, la prison est un paradis. Stadelheim, dix-huit mois dans l'aile politique… Je vous raconterai ça une autre fois. S'il y a une autre fois. »

Il était onze heures cinquante-quatre et je devais parler.

« Hannah, je n'ai pas tout imaginé, n'est-ce pas ? Vous éprouviez bien des sentiments pour moi, à l'époque ? »

Levant la tête : « Non, ce n'était pas votre imagination. Et ça paraissait, comment dire… tout semblait normal quand vous m'avez tenue dans vos bras au pavillon, ce jour-là… Je sortais dans le jardin comme vous me l'aviez demandé et j'étais heureuse de le faire. Je pensais beaucoup à vous. Beaucoup. Et j'aurais aimé ne pas avoir à détruire votre lettre. J'ai même retrouvé le poème que vous aviez cité. *Les Exilés*.

> Les loupiotes des marchands,
> La fortune des chalands
> Et le vent des vives pluies
> Remuent les vieilles plaies,
> … »

Poursuivant d'un air triste : « Mais il est arrivé quelque chose. À l'époque, vous représentiez tout ce qui était sensé. Ce qui était correct, normal, civilisé. Puis tout a été chamboulé. Je… C'est désolant. Vous n'êtes plus normal, pas à mes yeux. Quand je vous vois maintenant, je suis transportée dans ce temps-là. Quand je vous vois, je sens… Et je ne veux pas sentir. »

J'ai fini par répondre qu'il me peinait d'admettre que ses paroles étaient des plus sensées.

« C'est difficilement croyable. J'ai été mariée à l'un des assassins les plus prolifiques de l'histoire. Moi. Il était tellement vulgaire, et tellement… prude, si laid, si lâche, si bête. Dieter était un cas désespéré aussi, à sa manière. La tête farcie des idées d'un autre. Des idées de Staline. Vous me comprenez ? Je ne suis pas faite pour ça. Je ne m'en sens pas capable. Doll. Doll. L'idée d'être avec un homme m'est désormais étrangère. Je ne leur accorde plus un regard depuis des années. J'en ai fini avec eux. Fini pour de bon. »

J'ai réfléchi pendant un moment – ou, plus exactement, pendant un moment, j'ai cessé de réfléchir : « Vous n'avez pas le droit de dire ça.

— Je n'ai pas le *droit* ?

— Non, vous n'avez pas le droit, je ne crois pas. Seules les victimes ont le droit de dire qu'il n'y a aucun retour possible. Et elles ne le font quasiment jamais. Elles veulent à tout prix recommencer leur vie. On n'entend jamais s'exprimer ceux qui ont vraiment été brisés. Ils ne parlent… ils ne parlent à personne. Vous, vous avez toujours été victime de votre époux, mais vous n'avez jamais été *une victime*. »

Secouant sa tête carrée, elle m'a regardé fixement. « Tout dépend de la personne, n'est-ce pas ? La souffrance n'est pas relative. N'est-ce pas ce qu'on dit ?

« — Oh que si, la souffrance est relative. Avez-vous perdu vos cheveux et la moitié de votre poids ? Riez-vous aux enterrements parce qu'on fait tout un tintouin pour un seul mort ? Votre vie dépendait-elle de l'état de vos souliers ? Vos parents ont-ils été assassinés ? Ou vos filles ? Craignez-vous les uniformes, les foules, les flammes nues et l'odeur des détritus mouillés ? Êtes-vous terrifiée à l'idée de vous endormir ? Souffrez-vous *encore et toujours*, souffrez-vous *à chaque instant* ? Votre âme est-elle tatouée ? »

À nouveau, elle s'est redressée. Elle est restée immobile pendant un moment, avant de répondre d'une voix ferme : « Non. Bien sûr que non. Mais c'est exactement ce que je voulais dire. Le fait est que nous ne méritons pas de sortir la tête de l'eau. Après tout ça.

— Donc, ils ont gagné, n'est-ce pas ? Dans le cas de Hannah Schmidt ? Vrai ? *Engourdissant nos nerfs, leur présent un temps où l'amour n'a plus cours. Disant Hélas à moins et moins.* »

— Exactement. *Résigné à la fin aux pertes de tout bord.* Et je ne parle pas de la guerre.

— Non. *Non.* Vous êtes une combattante. Comme le jour où vous avez réussi à faire à Doll ses yeux au beurre noir. D'un seul coup de poing... Dieu, vous êtes comme *Boris*. Oui, vous êtes une combattante... voilà ce que vous êtes.

— Non, ce n'est pas vrai. Je n'ai jamais été moins moi-même qu'à cette époque-là.

— Et *ceci* est ce que vous êtes vraiment ? Tapie à Rosenheim. Finie ? »

Elle a croisé les bras et regardé de côté.

« Qui je suis importe peu. C'est plus simple. Vous et moi. Écoutez. Imaginez comme ce serait dégoûtant que quelque chose de bien sorte de cet endroit. Là-bas. »

Le premier coup de cloche : trente-six secondes.

« Je vais me lever et partir. »

Et, de fait, je me suis levé. Dans le ciel, au-dessus du gris – encore plus de gris, et pas un soupçon de bleu. À nouveau, j'ai dégluti, bruyamment, et demandé, doucement :

« Puis-je vous écrire ? Puis-je vous rendre visite ? Permis ? Interdit ? »

Les bras croisés, encore, un autre regard de côté.

« Eh bien, je… hum, je ne l'interdis pas, n'est-ce pas ? Ce serait… Mais vous perdez votre temps. Et le mien. Désolée. Je suis désolée.

— Voyez-vous, oscillai-je devant elle, je suis venu à Rosenheim dans l'espoir de vous retrouver. Et maintenant que vous êtes là et pas perdue, je ne puis renoncer. »

Elle m'a fixé du regard. « Je ne vous demande pas de ne pas m'approcher. Mais je vous demande… d'abandonner. »

Mes genoux ont craqué quand je me suis incliné et ai dit, avec quelque brusquerie : « Je vous avertirai quand je viendrai. Veuillez prévenir les filles qu'elles prendront le thé au Grand Hôtel. Avec leur oncle Angelus. »

Le clocher a sonné le neuvième coup, puis le dixième.

« Je compte sur vous, bien sûr : vous n'oublierez pas vos fleurs. » Comme mes jambes flageolaient plus encore, j'ai pressé les articulations de ma main gauche contre mon front. « Voudrez-vous bien faire quelque chose pour moi ? *À l'heure de nous séparer,* en ce dimanche après-midi, *dis-moi tout bas "Au revoir"* ?

— Hum, je me rappelle. Oui, bien sûr. Certainement. (Et, dans un souffle :) *Au revoir.* »

Les jumelles ont réapparu alors, au pas de promenade, derrière le grand volatile blanc dans le bassin rond.

J'ai répondu « Au revoir », j'ai tourné les talons et je suis parti.

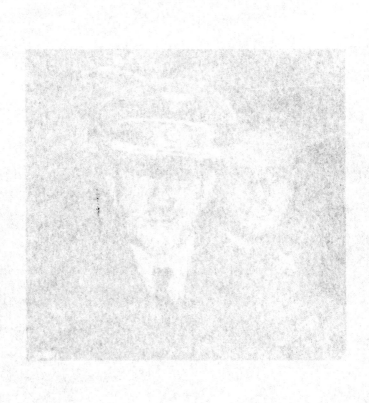

Remerciements et postface :
« Ce qui s'est fait »

Bien entendu, je dois énormément aux *loci classici* sur le sujet. Parmi tant d'autres, les travaux de Yehuda Bauer, Raul Hilberg, Norman Cohn, Alan Bullock, H. R. Trevor-Roper, Hannah Arendt, Lucy S. Dawidowicz, Martin Gilbert, Ian Kershaw, Joachim C. Fest, Saul Friedländer, Richard J. Evans, Richard Overy, Gitta Sereny, Christopher R. Browning, Michael Burleigh, Mark Mazower et Timothy Snyder. Ces auteurs ont à eux tous établi le macrocosme. Qu'on me permette d'exprimer ma dette au niveau du *mésocosme* et du *microcosme*.

Pour la couleur et la texture de la vie quotidienne sous le Troisième Reich : les magistraux *Je veux témoigner* et *Jusqu'au bout* de Victor Klemperer ; l'amèrement intelligent *La Haine et la Honte* de Friedrich Reck ; le captivant et politiquement incisif *Journal d'une jeune fille russe à Berlin, 1940-1945* de Marie Vassiltchikov ; et les *Briefe an Freya 1939-1945* de Helmuth James von Moltke, monument de solidité morale (et de dévotion à sa femme), d'autant plus convaincant que l'auteur ne cache pas l'ambiguïté de ses sentiments après la déroute française en juin 1940.

Pour IG Farben, la Buna-Werke et Auschwitz III : le ciselé *Hell's Cartel* de Diarmuid Jeffreys ; *The Nazi Doctors : Medical Killing and the Psychology of Genocide* de Robert Jay

395

Lifton ; de Rudolf Vrba (avec Alain Bestic), *Je me suis évadé d'Auschwitz* ; de Laurence Rees, *Auschwitz* ; de Witold Pilecki, *Le Rapport Pilecki : Déporté volontaire à Auschwitz, 1940-1943* ; et, bien sûr, de Primo Levi, *Si c'est un homme*, *La Trêve* et *Les Naufragés et les Rescapés*. Pour l'esprit et la composition de la SS, *L'Ordre noir, histoire de la SS* (avec son excellent appareil critique), de Heinz Hohne et *The SS : A New History*, de Adrian Weale.

Pour la toile de fond, les détails et les aperçus de l'intimité derrière la façade : Golo Mann, *Histoire allemande des XIXᵉ et XXᵉ siècles* ; Robert Conquest, *Le Féroce XXᵉ siècle : Réflexions sur les ravages des idéologies* ; Peter Watson, *The German Genius* et *A Terrible Beauty* ; Paul Johnson, *Une histoire moderne* et *Une histoire des Juifs* ; Antony Beevor, *Stalingrad*, *La Chute de Berlin* et *La Seconde Guerre mondiale* ; Niall Ferguson, *The Pity of War* et *The War of the World* ; la somme en trois volumes *Nazism : A History in Documents and Eyewitness Accounts*, sous la direction de J. Noakes et G. Pridham ; *Bomber Command*, *Armageddon* et *All Hell Let Loose*, par Max Hastings ; Heike B. Görtemaker, *Eva Braun* ; Jochen von Lang, *Der Sekretär : Martin Bormann : Der Mann, der Hitler beherrschte* ; Eric A. Johnson, *La Terreur nazie : la Gestapo, les Juifs et les Allemands ordinaires* ; Edward Crankshaw, *Gestapo* et, plus spécialement, son exquis *Bismarck* ; et les mémoires sur les cellules de la mort, *Le Commandant d'Auschwitz parle*, par le boucher sanguinaire et éméché Rudolf Höss (préface et postface de Geneviève Decrop dans la version française ; dans la version anglaise, la préface est de Primo Levi : « Malgré ses efforts pour se défendre, on découvre l'auteur tel qu'il est : une crapule épaisse, stupide, arrogante, verbeuse. »)

En ce qui concerne les tics et les rythmes de l'allemand, mon principal guide a été *Alison Owings* et son *Frauen : German Women Recall the Third Reich*. Inlassablement, en les sondant, en les amadouant, en se prêtant à leur jeu et en les amenant là où elle veut, Owings s'immisce dans l'intimité

d'un large éventail de ménagères, d'héroïnes, de jusqu'au-
boutistes, de dissidentes, d'ex-prisonnières, d'ex-gardiennes.
Ses sujets sont anonymes sauf une ; le morceau de résistance
de ce livre à la fois amusant, effrayant et lumineux de part en
part est une longue interview, dans le Vermont, avec Freya
von Moltke, près de cinquante ans après l'exécution de son
époux. Owings écrit :

> J'avais imaginé, en prenant pour me rendre chez elle une
> succession d'avions toujours plus exigus, que je trouverais une
> femme courageuse et digne : ça a été le cas. Mais je n'étais
> pas préparée à trouver une femme éprise.
>
> [...] « Les femmes qui ont perdu un mari au cours de
> cette guerre effroyable et même ici, dans ce pays, ont connu
> bien pire que moi. Pour elles, c'était horrible, leurs hommes
> partaient à la guerre et ne revenaient pas. Quantité de maris
> disparus détestaient [le régime] et n'en étaient pas moins
> tués. C'est une réalité amère. Mais pour moi, tout valait
> le coup. Je me disais : il se réalise. Et c'est ce qu'il a fait.
> Absolument.
>
> Quand on me parle longtemps, explique-t-elle, on com-
> prend qu'une vie entière peut germer à partir de cette expé-
> rience-là. Quand il est mort, j'avais deux adorables enfants,
> deux chers fils. J'ai pensé : bon. C'est suffisant pour toute
> une vie. »

Concernant les survivants et leurs témoignages, je souhaite distinguer, dans l'amas d'archives aussi intimidantes
que pléthoriques, un volume qui mériterait d'être disponible
en permanence : *The Journey Back from Hell* d'Anton Gill.
L'auteur réunit avec autant de flair que de discrétion tout
un spectre de voix fort différentes, toutes d'extraordinaires
sources d'inspiration. Ces incroyables souvenirs et mono-
logues réorientent nos humbles tentatives pour répondre à
l'inévitable question : quelles qualités fallait-il posséder pour
survivre ?

Les plus souvent citées sont les suivantes : de la chance ; une grande capacité d'adaptation, immédiate et radicale ; l'art de passer inaperçu ; la solidarité avec une autre personne ou un groupe ; la préservation de la décence (« d'ordinaire, les gens qui n'avaient pas de principes auxquels s'accrocher – peu importait leur nature – succombaient même s'ils se battaient avec acharnement ») ; la conviction constamment ravivée d'être innocent (une nécessité soulignée à maintes reprises par Soljenitsyne dans *L'Archipel du Goulag*) ; l'immunité contre le désespoir ; et, encore et toujours, de la chance.

Après avoir fréquenté les personnages qui hantent le livre de Gill, avec leur stoïcisme, leur éloquence, leur sagesse aphoristique, leur humour, leur poésie et un niveau uniformément élevé de perception, il est possible de suggérer une exigence supplémentaire. Il se trouve que, réfutation catégorique de l'idéologie nazie, ces sous-hommes étaient en réalité la crème de l'humanité ; et qu'une sensibilité riche, tout en délicatesse, réactive, loin d'être un obstacle (est-ce surprenant ?), était en fait une force. En plus de leur rejet quasi unanime de la vengeance (et tout autant du pardon), les témoignages réunis ont un autre trait commun. Un fil conducteur de culpabilité qui court chez tous leurs auteurs : le sentiment que, alors qu'ils ont été sauvés, un autre plus méritant, une personne « meilleure » a péri, tragiquement effacée. Il doit s'agir d'une illusion magnanime : avec tout le respect qu'on doit à tous ces rescapés, personne n'aurait pu être meilleur qu'eux.

Un nom n'a nulle part été cité dans ce roman ; or le temps est venu d'écrire les mots « Adolf Hitler ». Allez savoir pourquoi, ils paraissent légèrement plus gérables quand on les affuble de guillemets. Aucun historien de la mouvance dominante ne prétend le comprendre ; nombre d'entre eux, plutôt, insistent sur le fait qu'ils ne le comprennent pas, justement ; certains, comme Alan Bullock, vont plus loin et avouent une perplexité croissante. (« Je ne saurais expliquer Hitler. Je ne crois pas que quiconque le puisse... Plus j'en apprends sur lui, plus je le trouve difficile à cerner. ») Nous en savons beaucoup sur le comment – sur la façon dont il a agi ; mais nous semblons presque tout ignorer du pourquoi.

En février 1944, détenus depuis peu à Auschwitz, depuis peu dénudés, douchés, rasés, tatoués et vêtus de haillons (sans compter qu'ils n'avaient pas avalé une goutte d'eau depuis quatre jours), Primo Levi et ses codétenus italiens furent entassés dans une baraque vide, où on les somma d'attendre. Le passage, très connu, continue ainsi :

> *[...] j'avise un beau glaçon sur l'appui extérieur d'une fenêtre. J'ouvre, et je n'ai pas plus tôt détaché le glaçon qu'un grand et gros gaillard qui faisait les cent pas dehors vient à moi et me l'arrache brusquement. « Warum ? » dis-je dans mon allemand hésitant. « Hier ist kein warum » (ici, il n'y a pas de pourquoi), me répond-il en me repoussant rudement à l'intérieur.*

Primo LEVI, *Si c'est un homme*,
traduit par Martine Schruoffeneger,
Julliard, Paris, 1987.

Il n'y avait pas de pourquoi à Auschwitz. Y avait-il un pourquoi dans l'esprit du *Reichskanzler*-président-généralissime ? Et si c'était le cas, pourquoi ne le découvrons-nous pas ?

Un moyen de sortir de l'impasse implique d'en passer par un rejet épistémologique : tu ne chercheras point de réponse. Ce commandement peut prendre plusieurs formes (qui nous entraînent dans une sphère connue sous l'appellation de : théologie de l'Holocauste). Dans *Pourquoi Hitler ?* (un ouvrage d'une force et d'une perspicacité troublantes), Ron Rosenbaum fait sien le malaise spirituel d'Emil Fackenheim (auteur, entre autres, de *Penser après Auschwitz*) alors qu'il égratigne le séculaire Claude Lanzmann (*Shoah*), dont il trouve moralisateur le point de vue selon lequel toute tentative d'explication est « obscène ». Rosenbaum penche pour la position de Louis Micheels (auteur des mémoires douloureusement intimes *Docteur 117641*) : « *Da soll ein warum sein* : Il doit bien exister un pourquoi. » Ainsi que Yehuda Bauer le dit à Rosenbaum, à Jérusalem : « J'aimerais le trouver [le pourquoi], oui, mais je ne l'ai pas trouvé » : « Hitler est explicable en principe, mais ça ne signifie pas qu'on l'ait *effectivement* expliqué. »

Néanmoins, nous ne devrions pas oublier que le mystère, le pourquoi, est divisible : d'abord, l'artiste manqué autrichien devenu démagogue, ensuite, l'attirail allemand – et autrichien – qu'il charriait. Le journaliste et historien Sebastian Haffner a étudié les deux extrémités du phénomène, d'en bas dans *Histoire d'un Allemand* (souvenirs d'une existence berlinoise 1914-1933, écrits en 1939, juste après sa fuite) et d'en haut, dans *Considérations sur Hitler*, une exégèse passionnée publiée en 1978 (Haffner avait alors soixante et onze ans ; il en avait sept en 1914). Son premier livre ne fut jamais publié de son vivant, et personne ne tente de lier les deux perspectives. Mais nous pouvons essayer ; et l'on ne peut ignorer les liens qui existent entre l'un et l'autre.

En termes d'humeur et de mentalité, semble-t-il, *Volk* et Führer baignaient dans le même opaque bouillon danubien. D'un côté, le peuple, avec son drôle de « désespoir politique » (l'expression est de Trevor-Roper), son fatalisme forcené, son recours complaisant à l'irascibilité et à la perversion, ce que Haffner appelle sa « bêtise vengeresse » et sa « promptitude exacerbée à haïr », son rejet de la modération et, dans l'adversité, de toute consolation, son éthique du jeu à somme nulle (du tout ou rien, *Sein oder Nichtsein*), sa propension à l'irrationnel et à l'hystérie. Et, de l'autre côté, le chef, qui encourageait ces tendances sur la scène de la politique globale. Son hermétisme intime, pense Haffner, se manifesta dans toute sa noirceur pendant le tournant capital de la guerre : les deux semaines entre le 27 novembre et le 11 décembre 1941.

Quand la *Blitzkrieg* à l'Est commença à s'enliser, la réaction de Hitler fut la suivante (le 27 novembre) : « Sur ce point-là également, je reste d'une froideur parfaite. Si, un jour, la nation allemande n'est plus assez forte ou assez prête au sacrifice pour verser son sang dans la défense de son existence, qu'elle périsse, alors, et soit annihilée par une puissance plus grande... Je ne pleurerai pas sur la nation allemande. »

Le 6 décembre, ainsi que le rapportait le *Journal de guerre du Personnel des Opérations de la Wehrmacht*, Hitler reconnut que « toute victoire est devenue impossible ». Le 11 décembre, quatre jours après Pearl Harbor, il déclarait la guerre aux États-Unis : décision hardie, gratuite, suicidaire. Où est ici le pourquoi du Führer ? D'après Haffner, désormais, il « courtisait la défaite » ; et il désirait que cette défaite soit « aussi complète et désastreuse que possible ». Par la suite, son agressivité visait une nouvelle cible : les Allemands.

Cette grille de lecture propose un cadre pour la période qui va de décembre 41 à avril 45. Elle nous aide à mieux comprendre l'offensive des Ardennes à la fin 44 (elle ouvrit les portes aux Russes à l'est) et les deux « ordres du Führer » au mois de mars 45 (évacuation de masse des civils à l'ouest, et l'« Ordre Néron » qui imposa la politique de la terre brûlée). On est en droit de se demander : jusqu'où remontent-ils, ce penchant subconscient pour l'autodestruction et, plus tard, son perfide corollaire, le penchant conscient pour la « mort nationale » ? La réponse semble être qu'ils remontaient aux sources.

L'idée centrale de Hitler, « l'espace vital », annoncé avec une pompe convenue dans *Mein Kampf* (1925), était depuis le début un ridicule anachronisme (un raisonnement « pré-industriel ») ; son *sine qua non*, une victoire éclair contre la Russie, était exclu d'avance par la démographie comme par la géographie. Quand le diariste dissident Friedrich Reck, qui était issu d'une vieille famille de militaires, fut informé de l'attaque contre la Russie (en juin 1941), il céda à une « intense jubilation » : « Les phalanges de Satan se sont surpassées, maintenant elles sont prises au piège, et elles ne parviendront plus jamais à en sortir. » Selon les propres mots de Haffner, le « programmaticien », ainsi que Hitler aimait à se proclamer, « a programmé son échec ».

Les deux livres de Haffner présentent la rare qualité d'une clarté divinatoire (quoique, sans doute, fugitive) ; lus en tandem, ils semblent réellement nous rapprocher d'une certaine cohérence. Mais nous restons confrontés à un point capital : celui de la santé mentale. Après tout, l'autre idée centrale de Hitler, la supposée conspiration juive mondiale, vient directement du b.a.-ba de la maladie mentale : c'est le premier, le plus pitoyable cliché du schizophrène. Dans la rue, donc, la judéophobie de caniveau (ou, au mieux, l'« indifférence » contre nature présentée par Ian Kershaw), un nationalisme fulminant, une docilité de masse ponctuée par des « griseries de masse » ; à la Chancellerie, le lent *felo de se* d'un esprit stagnant dans son pouvoir. Et la folie, si nous l'envisageons (or, comment l'exclure ?), ne peut que frustrer l'enquêteur – car, bien sûr, nous n'obtiendrons aucune cohérence, aucun « pourquoi » identifiable de la part du fou.

Quel est l'unique obstacle qui nous empêche d'accepter « ce qui s'est fait » (l'expression volontairement neutre, *was geschah*, de Paul Celan) ? Toute tentative de réponse ne pourra être que personnelle et, pour cette raison, comme Michael André Bernstein l'a écrit, « le génocide nazi est peu ou prou central dans notre quête sur notre compréhension de soi ». Tout le monde n'aura pas le même ressenti face aux événements qui se sont déroulés en Europe orientale dans les années 1941-1945 (je me rappelle ici un aparté lapidaire de W. G. Sebald, pour lequel quiconque était un tant soit peu sérieux ne pouvait jamais penser à autre chose). Mais j'approuve la formulation de Bernstein ; c'est un élément fondateur de toute singularité.

Mon parcours intime est celui d'une stase chronique, suivie par une sorte de sursis. En voici une illustration. J'ai lu une première fois en 1987 le classique de Martin Gilbert *The Holocaust : The Jewish Tragedy* ; je l'ai lu, à l'époque, avec incrédulité ; je l'ai relu en 2011, et mon incrédulité est demeurée intacte et entière − rien ne l'avait entamée. Entre ces deux dates, j'avais étudié quantité de livres sur le sujet ; j'avais peut-être accru mon savoir, mais je n'avais en rien gagné en perspicacité. Les faits, inscrits dans une historiographie de dizaines de milliers de volumes, ne sont absolument pas soumis au doute ; mais ils demeurent dans une certaine mesure incroyables, au-delà de ce qui est imaginable : ils ne sont pas assimilables. Avec d'infinies précautions, j'avance que ce pan du caractère hors-norme du Troisième Reich repose sur sa rigidité, sur la sévérité électrique avec laquelle il nous empêche de l'approcher et de le saisir.

Peu après avoir fait cette découverte négative (je n'ai rien trouvé, je n'ai rien compris), mon attention fut attirée par une nouvelle édition du livre de Primo Levi *La Trêve* (pendant comique et positif du sombre *Si c'est un homme*). Et je suis tombé sur un addendum que je n'avais pas remarqué avant : « Réponses de l'auteur aux questions de ses lecteurs », dix-huit pages en petits caractères.

Question 7 : « Comment peut-on expliquer la haine fanatique des nazis contre les Juifs ? » Dans sa réponse, Levi énumère les causes les plus souvent citées, qu'il juge néanmoins « sans commune mesure avec les faits à expliquer ». Il poursuit :

> *Peut-être ne peut-on pas ou, qui plus est, ne doit-on pas, comprendre ce qui s'est fait, car comprendre, c'est presque justifier. Qu'on me permette d'expliquer : « comprendre » une proposition ou un comportement humain équivaut à le*

« circonscrire », *circonscrire son auteur, se mettre à sa place, s'identifier à lui. Aucun être humain normal ne pourrait jamais s'identifier à Hitler, Himmler, Goebbels, Eichmann et quantité d'autres. C'est ennuyeux et, en même temps, cela nous soulage quelque peu car il est sans doute désirable que leurs paroles (et aussi, hélas, leurs actes) nous restent incompréhensibles. Ce sont des paroles et des actes non humains, véritablement antihumains... Le rationnel est totalement absent de la haine nazie ; cette haine n'est pas en nous ; elle est en dehors de l'humain...*

Les historiens considéreront ce qui précède comme une esquive plus qu'un argument. Mais, pour des écrivains non discursifs (et nous devons nous rappeler ici que Levi était aussi romancier et poète), ce genre de feinte ou de fioriture peut être stimulant. Levi est très loin de hisser le panneau d'interdiction réclamé par les sphinxistes, les anti-explications. Au contraire, il lève la pression sur le pourquoi et, ce faisant, pointe vers une ouverture.

*

Qu'on me permette d'adresser des remerciements tout particuliers à Richard J. Evans, qui a vérifié mon tapuscrit, a attiré mon attention sur des implausibilités historiques, sur la nécessité de corriger plusieurs erreurs graves dans le saupoudrage d'allemand dans le roman ; merci, de même, à mon ami de près d'un demi-siècle, Clive James, pour ses suggestions et commentaires. Comme je l'ai dit, au début, au professeur Evans, la seule liberté consciente que j'ai prise avec les faits attestés a été d'avancer de dix-sept mois la défection à l'URSS de Friedrich Paulus (le commandant défait de Stalingrad). Hormis quoi, je colle aux faits historiques, à « ce qui s'est fait », dans toute son horreur, sa désolation et son opacité sanguinaire.

À ceux qui ont survécu et aux autres ; en souvenir de Primo Levi (1919-1987) et de Paul Celan (1920-1970) ; aux innombrables Juifs, demi-Juifs et quart-Juifs qui comptent pour moi au passé comme au présent : en premier lieu, ma belle-mère, Elizabeth, mes plus jeunes filles, Fernanda et Clio, et mon épouse, Isabel Fonseca.

Table des matières

Cet ouvrage a été imprimé en France par

BUSSIÈRE

à Saint-Amand-Montrond (Cher)
en septembre 2015

N° d'éditeur : 4344524/05
N° d'imprimeur : 2018245
Dépôt légal : septembre 2015.